Tull kiss

野獣な若頭はウブな彼女にご執心

寺原しんまる

この物語はフィクションであり、実在の人物・団体・事件等とは、いっさい関係ありません。

野獣な若頭はウブな彼女にご執心

Royal Kiss more

一．ホステスは簡単なバイトではありません！

「雅姫《まさき》〜！　あそこ、あそこが空いてるから席を取っといてー！」

所々で新入生が初々しい姿を見せている女子大学のカフェテリア。派手な身なりの女性が大声を出し、一つのテーブルを指差す。雅姫と呼ばれた女性――篠田《しのだ》雅姫は盛大に注目を浴びたために少し耳が赤い。黒髪のサラサラロングヘアーをなびかせて歩いているが、視線は恥ずかしさから下を向いている。

カフェテリアにいた学生たちが、コソコソザワザワと小声で何かを話しながら、一斉に雅姫たちを見ていた。そのカフェテリアは一階と二階が吹き抜けのガラス張りで、とても明るく広々としており、女子たちのお喋《しゃべ》りの場所にはもってこいだ。

「涼子《りょうこ》、わかったから。ちょっと静かに！　新入生もいるし……」

雅姫はパッチリと大きく開いた、くっきり二重の目を更に見開き、シーッと桜色の淡いリップが光る唇の前で、指を一本立てながら先程大声を出した派手な女性を窘《たしな》める。シンプルな服を好んで着る雅姫と華やかな見た目の涼子。二人は傍《はた》から見ると正反対だが、一年前の入学式で涼子が雅姫に派手にぶつかってからの友人だ。それから二人は「でこぼこコンビ」などと大学内で言われている。因みに身長も小柄な涼子とスラッとした体型の雅姫は、その点でもでこぼこだった。

「えー？　なんで？　まあ、ええわ。雅姫はきつねうどんな。関東出身のアンタには関西の透明出汁《だし》の良さをわかってもらわんとな。もう、神戸《こうべ》に住んで一年以上やろ？　身体《からだ》のＤＮＡも、関西風にとっくに作り変えられとるんちゃうか？　ほら、私が買っとくから先に座っといて」

涼子にポンッと背中を軽く押されて席に向かう。本当は関東の濃い出汁のうどんが好きだったが、根っからの関西人の涼子には「絶対にあかん」と食べることを許してもらえない。強引で周りをも巻き込む性格の涼子。それに対して「友達だし」と流されてしまっているところがあるのも事実だ。

まだチラチラ見てくる学生たちを無視し、席に座って涼子がやって来るのを眺めていると、涼子はヒョイッと両手にお盆を持ち、右手には雅姫のきつねうどん、左手には涼子のカレーうどんを載せて器用に運んでくる。

――おいおい、大丈夫か？

雅姫は心配でハラハラと落ち着きなく手を動かした。涼子はとても大雑把なところがあるからだ。何度もお盆を手から滑らせて、雅姫のお昼御飯を台無しにした過去がある。

「はい、お待たせ！」

涼子はドンッとテーブルにお盆を載せる。案の定、お盆の上には少し汁がこぼれていた。それを「あ、こぼれてもた」と気にする様子もなく、涼子は何食わぬ顔でそのまま「冷めるで、早《はは》よ食べよ」と言うだけだった。

「夏にな、ヨーロッパに行こかって真紀《まき》ちゃんとかと言ってるねんけど、雅姫も一緒に行かへん？」

チュルッとカレーうどんを啜《すす》りながら涼子が尋ねてくる。隣の椅子には有名なブランドバッグが無造作に置かれていた。

涼子は須磨《すま》の実家から通っている、お嬢様だ。父親は地元では知る人ぞ知る与儀《よぎ》建設という会社の社長で、大きな家に住んでいるらしい。綺麗《きれい》な顔立ちで派手な見た目ではあるが、お嬢様風《かぜ》を吹かせることもなく、大学では一番の仲良しだ。家族仲もいいらしく、海外旅行にも家族揃って何度も行っているのだとか。

そんな涼子とは対照的に、雅姫の親は未だ娘の進学先に不満を持っているようで、家族仲はギクシャクしている。関東の有名進学校から国立大に進学するはずが、重圧に負けて受験に失敗したからだ。近所では噂の的になり、肩身の狭い地元や親から逃げるために神戸の大学に進学した。今は親に連絡を取ることも避けている。流石《さすが》に海外旅行の費用を貰うことはできなそうだ。地方公務員の父の稼ぎでは、学費に下宿代でいっぱいいっぱいだと兄からも聞いていた。雅姫は住んでいるマンションの最寄り駅のコンビニで、少しバイトもしているが、そこの稼ぎでは日々の洋服代と交際費で粗方消える。女子大生はお金がかかってしょうがない。

「う〜ん、行きたいけれど、私にはその軍資金はないよ。ごめん！」

ヨーロッパに行けば、本の中でしか見たことがない美術品を鑑賞できるだろうし、有名な街並みも歩けるだろう。雅姫は想像しながらハァーッと大きく溜め息を吐《つ》いた。無理だ、行けない、と。

「親に言って旅費を出してもらえば？」

「む、無理だよ……。うちはしがない地方公務員だし。お父さんがまだ私のことを怒っているの……。お母さんも、一人暮らしが心配だから実家に帰ってこいって五月蠅《うるさ》いし」

「雅姫んとこのお母さんて、めっちゃ過保護やったよね……。話を聞いてなかなかヘビーやと思ったもん。こんなん言ったら悪いけど、毒親系ってやつ」

「あ、アレね。子供の頃から持ち物点検に服装チェック。行動制限に友人関係にも口出し。学校と塾と家との往復だけが許されてた。まともに友達もできなくて、お兄ちゃんも私も本当に苦労したもん、ハハハ……」

雅姫は自分の小中高時代のことを思い出し、身震いをしてしまう。今は親元を離れたことで、やっとあの異常さが理解できている。当時はそれが当たり前だと洗脳されていたが。

雅姫の話を聞いて少し黙り込んだ涼子が、何かを決断したようにカレーうどんの汁をゴクリと飲み込んで口を開いた。

「……雅姫が行かへんねんやったら、私も行かへん！」

――え、何言っているの？　そんなことしたら涼子の友達の真紀ちゃん激怒じゃん！　私が責められる！

雅姫は必死に涼子を説得しようとした。自分が行かなくても真紀ちゃんたちがいるじゃん、と。真紀とはそれほど親しいわけでもないので、彼女にあまり悪い印象を与えたくなかった。

「あ、それやったら雅姫。アンタ、他にバイトしたらええねん。割りのええバイトあるわ」

涼子が雅姫を舐め回すように見て、ニヤーッと笑っている。

――あ、嫌な予感。

「風俗とか絶対に駄目だからね！」

雅姫は少し立ち上がりキレ気味に言う。処女なのに風俗とかあり得ないと心の中で叫びながら。無論、涼子は雅姫が処女だとは知らない。涼子がチッチチーッと指を一本横に振り、ニヤーッと更に口角を上げる。

「風俗ちゃうちゃう。ホステス、クラブホステス！」

雅姫は色白の清楚系やから人気出るで～っと、なおもニヤニヤしている。

「ホ、ホス、テス？　水商売？」

無理無理無理無理っと大袈裟に首を左右に振るが、涼子は聞く耳を持たない。

「大丈夫、大丈夫。友達が店長と知り合いやねん。Moonlight Sonataってお店。ヘルプのバイト探してるから綺麗な子紹介してって言われてたんよ」

安全な店やから大丈夫って聞いたで～と付け加えるが、雅姫は冷めた目つきで涼子を見る。

「涼子ー！　どうやったら私にホステスなんてできると思うのよ。こんな地味でお子ちゃまな私が……！」

涼子は目を大きく見開いて、「はぁ？」と言いたげな顔で少し首を横に傾けている。

「え、それ本気で言うてんの、雅姫？　大きくてクリクリのアーモンド型の目。シャム猫のように気品があって、長い手足に細身。しかし胸は身体の割に豊満、透き通るような肌！『私、何も知りません』っていう純情そうな顔。オッサン連中は貪りつきたくなる容姿やんか。あえて水商売にはいない感じがええねん！」

あかんわこの子自分をわかってへんと、ブツブツ言いながら涼子が続ける。

「ええか、雅姫。雅姫は今までの生活から抜け出したくて、変わりたくて親元を離れて神戸の大学に来たんやろ？　やったらちょっとは冒険してみ！」

その冒険が水商売なのかとばかりに、雅姫の顔はヒクヒクと引きつっている。

「ホステスやってな、大人のフェロモン学んでな、夜の蝶の頂点を目指せ～！」

――いやいや、夜の蝶の頂点は目指さないから……。

心の中で盛大に突っ込んだがもちろん涼子には聞こえていない。涼子が一人であれこれと水商売の説明をしている側《そば》で、夜の蝶として優雅に歓楽街を歩く自分を想像する。

――でも、夜の街って少しハードルが高いと思っていたけど、デビューも悪くない？

自分の生きてきた世界とは百八十度違う夜の世界。きっと、こんなことでもなければ一生関わることはない。じわじわと好奇心が湧き起こる。全然知らないお店で働くのは怖いが、涼子の知り合い経由なら安心かもしれない。

結局、雅姫は涼子に「あれこれ」と言いくるめられ、旅費が貯まるまでホステスのバイトを短期でやってみることにした。コンビニのバイトの何倍ものお給料が貰え、しかも短期でＯＫだと言うので、海外旅行の十分な軍資金ができたら辞めればいいと思った。それに自分の知らない夜の世界にも少し興味はある。雅姫の好奇心を擽《くすぐ》る何かが待っているかもしれない。

「神戸はヤの人が経営している店が多いから。まあ、気を付けんとあかんよ～」

涼子がフフフと意味ありげに笑う。

「え、やだ！　そのお店もそうなの？」

ヤクザなんて今まで実際に出会ったことはない。関東の田舎ではあまり見かけないからだ。テレビの中にいる、「オンドリャー！」と大声で叫びながら大股で歩く柄シャツを着た人が、雅姫の想像するヤクザだった。そんな人物を頭の中でグルグルと空想してみる。「オンドリャー！」と意味もなく叫ぶその男の横で、座って水割りを作るという構図を……。それを思い描くだけで、雅姫の顔はグッと引きつった。

――嫌だ、ダメ！　きっと爆笑してしまう！

そして「オンドリャー！」と言われながら、神戸港に重りをつけて沈められてしまうのだ。

「さようならー！」と海中に沈んでいく自分の姿まで思い浮かべ、雅姫は不安げな声を発した。

「涼子、やっぱりダメ。止《や》めておく、ホステスのバイト！　何かを失敗して神戸港に沈められるから……！」

しかし「神戸港？　また、雅姫の妄想始まった？　きっと大丈夫やで～」と、雅姫の背中を叩いて笑う涼子に半ば強引に押し切られる形で、ホステスのバイトの面接を受けることになった。

＊＊＊＊

雅姫は初めて神戸ＪＲ三ノ宮《さんのみや》の駅の北側、加納町《かのうちょう》という場所に向かった。バイトの面接のためである。加納町一帯はいわゆる神戸の有名歓楽街。クラブ、ラウンジ、キャバクラ、スナックが所狭しと立ち並ぶ。別名、北野坂《きたのざか》。そこら中のビルの一階から最上階までが、美しく着飾った女性が笑顔で迎える飲み屋で埋め尽くされている。

バイトの面接は営業時間前におこなわれるので、雅姫はまだ準備中のお店に出向いた。その時間の北野坂は閑散としており、出入りの酒屋などが各店へバタバタと走り回りながら配達している。周辺の道路には、配達用のトラックがハザードランプをチカチカと点滅させ、ぎっしりと縦列駐車されていた。

雅姫はスマートフォンの地図アプリを片手に面接を受ける店を探す。神戸に住んでまだ一年と少しなので、地図アプリなしではどこにも行けない。探しているクラブMoonlight Sonataは、中山手通《なかやまてどおり》の少し手前の八階建てビルの六階と七階部分にあった。

ズッシリとした高級感漂うドアをグッと押し開いて、「すみません、面接に来ました」と薄暗い店内に声を響かせる。中はとても広く、天井の中央には立派なシャンデリア、その他にも金色のキラキラと光るクリスタルの飾りが沢山吊り下げられている。壁は曇りのない鏡張りで、開店前の薄暗さでも十分眩しく、「うわー」と小声を上げて驚いてしまった。

店内には薔薇《ばら》や百合、胡蝶蘭といった、とても豪華な花が所狭しと生けられている。特に生花の胡蝶蘭は店の一角で天井から流れてくるような配置で沢山咲いており、まさに花の滝になっていた。これを維持するのにどれくらいの経費がかかるのかを想像するだけで、雅姫は目眩《めまい》がしそうだ。いくつもの高級感漂う黒革のソファーがボックス型に設置してあり、それぞれの前にガラスのテーブルが置いてある。店の奥には個室があり、清掃中らしく重厚な革張りのドアは開いていて中が少し見えていた。そこには更に豪華なアンティーク調の革張りの椅子と、木製のテーブルが備え付けてある。

暫《しばら》くして雅姫の声が聞こえたのか、奥のソファーの上で寝転んでうたた寝をしていたボーイが、少し面倒臭そうにムクッと起き上がる。

「ハーアい。ちょっと待ってね」

頭を掻きながら歩いてくる派手な茶髪の男の服装は、白いシャツの胸元が開いていて、ネクタイも締めていない。黒いジャケットはソファーの上に無造作に置かれていた。歳は三十代前半だろうか？　細身で長身の男だ。ホストっぽいチャラい顔で、長めの前髪が顔の片側を半分ほど隠している。

「えっと〜、自分が面接の子？　えらい、清楚な子が来たなあ」

男は半笑いでニヤニヤしながら、水商売の面接には不釣り合いなシンプルなワンピース姿の雅姫を、頭のてっぺんから爪先まで何度も繰り返し見ていた。思わずムッとして、それを顔に出してしまう。感情を隠すことができないのだからしょうがない。まあ座ってとボックス席に案内され、少し不機嫌そうにソファーに腰かける。

「自分さあ、ここがどういう店かわかってる？　お酒作って飲ませるところやで」

まあエッチなことは基本ないけどな〜と、男はなおもニヤニヤしている。

「……理解しています」

雅姫はキッとボーイの男を睨む。男は「わかってるんならええけど」と少し口を尖らせた。

そして「涼子ちゃんの知り合いなら大丈夫か……」とブツブツ言いながら、唇をペロッと舐めて雅姫を観察している。しかしその目がいやらしく、雅姫は本能的にゾクッとした。

「えっと、俺の名前は鷹木《たかぎ》です。ここでボーイ兼店長してます」

「篠田雅姫です」

「雅姫ちゃんさあ、水商売の経験ないよね？」

——いきなりちゃん付けなの？　見たままのチャラさ！

「はい。ないです……」

「あ、未経験でもええねんよ。俺がガッチリ手取り足取り教えるから、グフフ。取《と》り敢《あ》えず可愛《かわい》い子は合格やねん！」

鷹木は雅姫の手をグッと握り、スリスリといやらしく摩《さす》っていた。そして半笑いの顔で視線を合わせてくる。雅姫はわざとらしく目を逸らして握られた手を引っ張り戻す。そしてテーブルの下でゴシゴシと服で拭いた。

——やだ！　何だか気持ち悪い……。帰ろう！　私には無理かも……。

そう思い雅姫が口を開きかけると、それにかぶせるように鷹木は少し大きな声を出す。

「ああ！　ホンマに若い子は手がスベスベで肌触りがええねえ。真っ白で透けるように白い肌やん。なあ、シャワー浴びてると水が弾ける感じやろ？　オバハンみたいにベトッと垂れていかんよなあ」

「え、はあ……？」

——やっぱり嫌な予感しかしない……。初対面だけれど、この人は生理的に受け付けないわ。

「あのう、やっぱり私には無理かも……」

「週三勤務、ノルマなし。アフターもなしで終電で帰ってええよ。君になら時給これくらい出してもええ」

鷹木が提示する時給は、涼子から聞いていた金額より随分と多い。雅姫はゴクリと大きく喉を動かす。鷹木はニヤッと笑い「ええ、バイトやろ？」と告げる。

結局は短期のバイトということで働くことに同意してしまう。基本は各テーブルのヘルプをするのが仕事。ヘルプというのは指名をされたホステスの席に一緒に着き、水割りを作り、メインの客が連れてきた同行者の相手をする。

採用決定の後に鷹木に源氏名をどうするか聞かれたが、「雅姫でいいです」とすぐに伝える。

「雅姫ちゃん、あのジンクス知らんの？　本名で働いたら水商売から抜けられなくなるっていうやつー！」

鷹木がケラケラ笑いながら言うが、雅姫は「辞めたかったら辞めるので」と淡々と答えた。その様子がツンとした猫のように見えたのか、鷹木は「ええね、超クールビューティーキャットやね」と手を叩きながら大袈裟に笑う。

「そうやね、取り敢えず明日から頑張って。衣装は持ってへんやろうから貸し出しするで。雅姫ちゃんに似合う綺麗系のワンピースがあるから。慣れてきたら自分で買ったりしたら良いし。業務内容は、まあ実践して覚えていって～」

思いの外全ての説明が軽くすまされたことに、雅姫は呆気に取られた。面接前はどんなことが待ち受けているのかと、ドキドキして心拍数が上がりまくっていたのに。鷹木のことは心底気持ち悪いと思ったが、あの時給は捨てがたい。それにあの説明からして、仕事は簡単そうに思える。鷹木のことさえ我慢すれば、海外旅行資金＋αも夢ではないのだから。

——新しいタブレット買えるかな？　あ、レポート用にパソコンも新調したい！

そんな甘いことを考えながら雅姫は帰路につく。妄想の中では、夜の蝶として羽化して三宮の街を闊歩していた。なぜか花魁《おいらん》道中に変換されているその妄想は、更に膨れ上がっていき、雅姫を楽しませる。

もちろん、そんな簡単ではないことに入店初日に気が付いて、後悔することになるのだった。

＊＊＊＊

雅姫がＭｏｏｎｌｉｇｈｔ　Ｓｏｎａｔａで働き始めてから数週間。

「増田《ますだ》さん、こんばんは。九州出張はどうでしたか？」

「雅姫ちゃん〜！　おっちゃん、会えなくて寂しかったで。九州のお土産買ってきたからな」

「あら？　増田さんの悪戯《いたずら》っ子な手が……」

「あ、バレてもた？　ごめんごめん。雅姫ちゃんが可愛いからつい……」

雅姫は自分の太股《ふともも》をいやらしく触っていた手をそっと持ち上げて、伏し目がちに少し照れた笑顔を見せる。その初々しい表情は、仕事にくたびれた中年男性に好評だった。

初めは緊張して水割りを作るのもガチガチだったが、最近は随分と慣れてきた。セクハラへの対処も、問題なくできるようになっている。この増田という中年の男もセクハラが酷く、初めて同席した際「雅姫ちゃん店内絶叫事件」を起こしたが、今では雅姫を目当てに来店するほどに虜になっているらしい。苦手だったポーカーフェイスも少しだけ習得している。あくまで少しだけだが……。

「雅姫ちゃんはホンマに、気品があって清楚やなあ……。どこぞのお嬢様なんちゃうか？　服装かて、奥ゆかしいワンピースやし」

客に清楚だ何だと褒められても、雅姫にしてみれば「だって処女だしなあ」と心の中で苦笑いするしかなかった。同僚のホステスたちも雅姫のことを「今どき擦《す》れていない！　可愛い！」と言って可愛がってくれている。ホステスにはあまりいないタイプだからかもしれない。

そんなある日。控え室で雅姫は同僚のホステスたちが浮き足立っていることに気が付く。

「いやー、ホンマに今日来はるん？」

「うん、さっきボーイが言ってたで」

「あかん、今からドキドキしてきたわ！」

いつもは落ち着いた雰囲気のお姉様方が、気もそぞろに控え室でいつも以上に念入りに化粧を直していた。一人のホステスは「念のために」他の客とのアフターをキャンセルしていたほどだ。「だってお誘いがあるかもしれない」と期待して。それを笑って「あるわけない」と言いながら、少し真顔になっている別のホステスもいた。

どうやらVIPが今夜遅くに来店するらしいと先輩ホステスから教えてもらう。しかし自分には特に関係ないことだ。午後十一時三十分までが勤務時間。着替えて店を出て午前十二時台の終電に間に合うようにするために。学業が本分なのだから、週三でも帰宅が深夜になるのは辛いものがある。

「レポートの提出が来週なのよね。家に帰って早く取りかかりたい！」

他のホステスがVIPのことでザワザワしていても、雅姫にはレポートを一枚でも多く仕上げる方が大事だ。

いつも通り、時計が午後十一時を指す頃から「帰宅する気満々」になる。他のホステスとは別のソワソワだ。ヘルプで席に着いていても、チラチラと時計を何度も気にしていた。

すると鷹木がスッと側に来て片膝を立ててしゃがみ込み、「雅姫さん、ママのお席のヘルプお願いします」と耳打ちする。「え？　もうすぐ帰る時間なのに！」と目で訴えるが、鷹木は笑顔で「ママのお願いです」と言うだけだった。

雅姫は着いているテーブルの客に「失礼します」と挨拶し席を立つ。鷹木の後ろを歩いて渋々ママがいるテーブルに向かおうとすると、店内にママの姿はなかった。鷹木は雅姫を連れて更に奥へと進む。そう、あのＶＩＰルームの前だ。グッと力を入れて、鷹木が重厚な革張りのドアを開いた。

通常の店内とは違う少し薄暗い室内の様子が、少しずつ雅姫の眼前に広がる。するとドアの先では、如何《いか》にも堅気ではない雰囲気の人物が、ママと共にソファーに座っていたのだった。

二．ＶＩＰルームはＶＩＰオンリー

ＶＩＰルームに雅姫が足を踏み入れると、鷹木はサッとドアを閉めてそそくさと出ていった。中の客は明らかに外界との接触を極力避けているようだ。部外者立ち入り禁止という雰囲気が漂っている。いきなりのＶＩＰルーム接客に、素人ホステスの雅姫は緊張から両手に汗をかく。

――鷹木店長め、逃げたな！

「雅姫ちゃん、こちらにいらっしゃい」

ママが優しい笑顔と共に右手をスッと上げ、左手で着物の袖を軽く押さえながら手招きしていた。彼女の笑顔は少し怖いと感じる。笑顔に隠された中身は、いろいろと腹黒そうだと。何せ目が全く笑っていないからだ。

Ｍｏｏｎｌｉｇｈｔ Ｓｏｎａｔａのママは、切れ長の目をした和装の似合う美人で十和子《とわこ》という。優しい声色だが、神戸三宮で大きな店のママをやっている自信と貫禄が感じられる。一度、彼女がボーイを叱責していた現場を見たことがあったが、大の男が震え上がるほどの迫力だった。年齢は謎だが予想では四十代後半。要するに美魔女。シワとシミが一つもない顔は、きっといろいろお金がかかっているのだろうと推測できる。雅姫の母親とそう歳も変わらないはずだが、片や日々の家事とパートに疲れたボロボロの肌のアラフィフ。片や高級化粧品に、毎週エステに通ってプリプリの肌を持つ上級アラフィフ。雅姫の頭の中では、現在二人が隣同士に立っている。申し訳ないが、誰が見ても雅姫の母親に勝ち目はない。

今日の着物も黒が基調の訪問着で、白く美しい藤の花が袖と前見頃に流れるように描かれている。しっとりと結い上げた髪の下に見える、貪りつきたくなるような色白の首筋がまた艶っぽい。中高年男性はイチコロであろうと、雅姫は頭の中で想像して頷く。

「尾乃田《おのだ》さん、こちら雅姫ちゃん。入ったばかりなんです。よろしくお願いしますね」

目の前の男の名前は尾乃田というらしい。雅姫は「初めまして雅姫です。よろしくお願いしますす」と言い、軽くお辞儀をして男の向かいの席に静かに着く。

その瞬間、チラッと尾乃田の鋭い三白眼に見られただけで、スッと血の気が引いた。小刻み

に震え出した手を、必死にテーブルの下に置いて隠す。

尾乃田は雅姫をあまり見ていなかった。きっと視界の端に入っただけだろうと考える。雅姫はただの景色の一部。きっとそこいらにある花瓶や机、テーブルと同一なのだと。寧《むし》ろ好都合である。

——変に興味を持たれても困るし、苦情を言われても嫌だ。ママのヘルプに専念できるわ！

尾乃田は百九十センチはありそうな長身で、ゆったりとソファーに座っていた。アンティークのソファーは外国製で、日本人には少し大きいサイズだが、大柄の尾乃田には若干窮屈に見える。凄《すご》みのある顔から推測できる年齢は四十代前半あたりか。そしてスーツの上からでもわかる鍛え抜かれた筋肉質な身体。

——わ〜、身体の厚みが鷹木店長とは倍も違う。店長ってばインドア派って感じだもんな。

雅姫は尾乃田をチラチラと横目で観察する。この男は例えるなら大型の獰猛な肉食動物。平均的な一般日本人男性とは全く異なった、外国人の傭兵のような身体の作り。

——高校生のときに付き合っていた子は運動部だったけれど、この人より一回り小さいかも。

雅姫は高校生のときに同級生と交際していた。もちろん、彼とは清い交際でキス止まりだったのだが……。頭の中であの野球部の元彼と尾乃田を横に並べて立たせてみる。元彼はドロドロのユニホーム姿で田舎っぽさが全身から漂っていたが、尾乃田はダークカラーのスリーピースのスーツ姿。生地の光沢から素人目にも明らかに高級だとわかるほどだ。妄想の中なのに甘いムスクの香水の匂いが漂っている。軍配は尾乃田に上がる。

尾乃田は黒髪で少しトップが長く、全体をオールバックにしている。こういった髪型は普通はオヤジ臭くなるものだが、この男からはそれを一切感じない。元彼は野球部なので坊主頭。そこでも軍配は尾乃田に上がるだろう。

——尾乃田って人にばかり軍配を上げるのも酷いわよね。元彼君にも良いところがあるはず。

雅姫は注意しながら尾乃田を観察する。きっとどこかに粗が存在するだろうと期待を込めて。

尾乃田の額中央から左の眉にかけて斜めに傷が見える。鋭利な切り口なので、刃物傷か何かかと想像し、ゾッとしてそれ以上考えるのをやめた。目は三白眼で迫力満点だが、鼻は高く彫りも深い。眉毛は太く男らしい。百戦錬磨のホステスたちが騒いでいたのも頷けるほどに、尾乃田からは野性味のある男の色気が漂っている。

——うぅ……。元彼君には刃物傷はないもん。親しみやすさは元彼に軍配！

悪い男というものは、どうしてこうも女を引きつけるフェロモンを持っているのだろうか。きっと彼が望もうと望むまいと、極上の女たちが列をなして身を捧げるに違いない。雅姫も元彼に軍配とか言ってみたが、本当は尾乃田を見ているだけで少し身体が熱くなっている。

尾乃田の口は身体に見合って大きく、チラッと見える歯列は真っすぐで整っている。そんな口に吸い付かれたらどんな風なのかと、雅姫は一瞬想像して顔を赤らめる。

——やだ……、何を考えているのよ私ってば。これじゃあ痴女じゃない！

雅姫は二人にバレないように小さく頭を振った。そんな雅姫をよそに、尾乃田はブランデーをゆっくりと飲んでいる。店内ではあまり見かけない高級なガラスのボトル。レミーマルタン・ルイ十三世。お酒の名前は全く詳しくないが、これは以前テレビで見て知っていた。若い女性がホストに惚れ込んで、このボトルを店に入れていたのだ。確か百万円近い値がついていた代物。一緒にテレビを観ていた母親が「お酒に百万円なんてー！　あり得ない！」と失笑していた。その現物がテーブルの上で偉そうに鎮座している。

——う、うそー！　百万円……。

雅姫はボトルに目が釘付けになる。テレビで見たあの女性は、明らかにレミーマルタンに不釣り合いだった。彼女が得意げにボトルを入れたそばから、お酒の味もわからない年若いホストたちが、ボトルを空けようと麦茶のようにがぶ飲みしていた。その様子をゲラゲラ笑って見ているその女性は、雅姫の目には実に滑稽に映った。

あのときテレビを前に鼻で笑ったレミーマルタンが目の前にあり、それに見合う男が優雅にロックグラスで口に運んでいる。初めて間近で見る堅気ではなさそうな男、尾乃田を前にし、雅姫は緊張と恐怖と好奇心で思考が混乱していた。雅姫にとって全てが規格外なのだ。今までお店で相手にしてきた大手企業の役員、個人経営の社長、代議士の先生、どれをとってもこの男は当てはまらない。

空いたグラスを受け取り、次のブランデーを作りながら上目遣いでチラッと尾乃田に視線を送るが、やはり尾乃田は雅姫を見てはいない。気にもとめていないようだった。

十和子ママが尾乃田に他愛ない話題を投げかけ、尾乃田は低い声で「ああ」や「そうか」と相槌《あいづち》を打っている。その声色でさえ女を惑わす色香が漂っていた。雅姫はその低い声を何だか心地よく感じ、酒に酔ったようなフワフワとした気分になっていく。

そんなときに十和子ママが「尾乃田さん、常磐会《ときわかい》若頭就任おめでとうございます」と、笑顔で横に用意していた大きな紙袋を差し出す。それはオレンジ色のショッパーで有名な高級ブランド、エルメスの紙袋だった。同時に雅姫の視界は暗転していく。

――今なんて？　常磐会？　若頭？　常磐会ってあのテレビで聞くヤクザの？

その言葉が何度も雅姫の頭の中をグルグルと回っている。もしやと思っていた悪い予感が的中したのだから。心のどこかで「強面《こわもて》だけれど普通の会社勤めの尾乃田さん」を期待していたが、その思いは呆気なく崩れ去ったというか木っ端微塵になった。

十和子ママと尾乃田は昔からの知り合いのようで、雅姫の混乱を無視して何やら二人で思い出話をしている。実際は、十和子ママの一方的な会話に尾乃田が適当に相槌を打つ程度だけれど。

二人の出会いは、尾乃田がまだ若く、十和子ママが普通のホステスだった時代。

「あのときの尾乃田さんはまだまだ右も左もわからなくて。ふふふ」

などと「知っている風」を漂わせる。

「お店に当時の組長さんと一緒に来られてねえ。ボディーガードとしてお側に立たれて微動だにしなくって。でもあまりの麗《うるわ》しさに店の女の子たちが、組長さんそっちのけで気を引こうとしていたわね」

クスクスと上品に笑う十和子ママ。組長さんてばムッとしていて、と更に続ける。

若い頃の尾乃田はどんな風貌だったのだろうか。その頃は額に鎮座する「刃物傷」はあったのだろうかと雅姫は想像してみる。この傷のせいで迫力が三割増しくらいにはなっているので、なければなかなかの美青年だっただろう。女性が騒ぐのも無理はない。

「今はこんなに御立派になられて……」と少し尾乃田にしな垂れてみたりする。

――ああ、百戦錬磨の十和子ママでさえこの人の色気にやられたのか。

鈍い雅姫でさえそう思うのに、当の尾乃田はどこ吹く風といった様子で気にもとめていない。適当な相槌からも、十和子ママに興味がないのが表れている。このお色気ムンムン美魔女にもなびかないなんてと、言葉を失うが一切顔には出さなかった。無論、十和子ママが怖いからである。

雅姫は二人の邪魔にならないように、ヘルプに徹した。何なら存在を消したいと願うくらいに。「ヤクザ怖い、ヤクザ怖い」という言葉が頭の中で何度もこだまする。関東の地方都市ではチンピラはいても、ここまで大物感を漂わせるヤクザには御目にかかれない。たとえどこかに存在はしていても、雅姫がそんな場所に行くことは皆無だった。想像していた「オンドリャー！　とか大声で叫びながら大股で歩く柄シャツを着た人」はここにはいない。

──まだオンドリャーさんの方がいいよ……。

雅姫は「柄シャツのオンドリャーさん」を思い半ベソをかく。そのとき、「失礼します」と鷹木ではない別のボーイがＶＩＰルームに入ってくる。何か厄介ごとがあると、自分ではなく下っ端に用を頼む鷹木は、根っから姑息な人物だ。ボーイがコソッと何かを告げると、十和子ママの表情が一瞬真顔に変わるが、瞬時に元の笑顔に戻る。

「ごめんなさい、尾乃田さん。困ったお客様がいましてねぇ。うふふ、すぐに戻りますね」

十和子ママはスッと席を立った。去り際に雅姫の方をチラッと見て、一瞬だが「粗相のないように！」と、般若のような顔と鋭い目で訴える。目は口ほどに物を言う。雅姫はビューッと全身に冷気が当たったような気がした。

十和子ママがそそくさとＶＩＰルームを後にし、室内は雅姫と尾乃田だけになった。シーンと静まり返ったＶＩＰルーム。何か話さないと悪いと思い、思考をグルグルと巡らせるが、経験の少ない雅姫には何も思いつかない。素人ホステスには荷が重い相手である。何か下手に話しかけて彼の気分を害してもいけないからだ。

雅姫がふと尾乃田の足の上に置かれている手を見ると、とても大きく、指は驚くほどに太くゴツゴツと筋張っていた。そんな手で掴まれたら、雅姫の腕など簡単にへし折られるだろう。手の握り拳、特に第三関節は異様に大きく発達していた。硬い何かを何度も殴るようなことをしていないと、こんな関節にはならないはずだ。もちろん、手のあちらこちらにも刃物の傷のようなものが複数確認できる。

──ああ……、駄目だ。これ以上見ていたら嫌なことしか思い浮かばない。

雅姫は必死で悪い方向に向かう思考を止めようとする。

──涼子から「ムーンライトはヤー系じゃない」と聞いていたのに！　後で涼子に文句言ってやる！

雅姫は心の中で大絶叫していた。

暫くの沈黙の後、尾乃田がおもむろに胸の内ポケットから煙草《たばこ》をスッと取り出す。青い箱にはGITANESと書いてあった。雅姫は慌てて自分の化粧ポーチからライターを出し「どうぞ」と煙草に火を点ける。向かい合わせに座っていたために、少し身を乗り出して尾乃田に近付いた。手元のライターを眺めていた自身の視線が自然と上がっていく。すると尾乃田は雅姫をあの三白眼で見つめていた。ゆらゆらと炎越しに見える彼の三白眼は迫力があり、寧ろ美しい。雅姫はジッと見つめ返してしまう。

──ああ……、瞳の中で炎が燃えているみたいでなんて綺麗なんだろう。

尾乃田の鋭い視線は雅姫の目を捉え、熱を帯びた視線と交差する。瞬間に身体にビリビリと電気が走ったような気がして、全身が熱く火照《ほて》ったことを自覚した。

──あ……、熱い。あつ……い。ん？　手が熱い？

「おい、もう火ぃは点いたで。いつまで煙草にライター向けとるんや。手を火傷《やけど》するぞ」

尾乃田の低い声にハッと我に返る。慌ててライターを下げて同時に頭も下げた。

「す、すみません」

「お前、ヤクザもんの席に着くのは初めてか？」

煙草をふかしながら尾乃田が尋ねてくる。彼から独特な、しかし嫌じゃない煙草の匂いが漂う。そしてあの三白眼は、雅姫をまだジッと見ていた。

――ああ、ようやく、私は「風景」ではなく「人」として認識されたのだろうか？

「え……、はい。お目にかかるのも初めてです。関東の田舎にはあまりいらっしゃらないので」

関東には「オンドリャー！　とか大声で叫びながら大股で歩く柄シャツを着た人」みたいなのばかりです、と思わず雅姫は答える。想像の中のヤクザ像をそのまま伝えてしまい、咄嗟に口を押さえるが、言葉は既に尾乃田の耳に届いていた。

「……そうか関東出身か。まあ、初めてのヤクザもんが俺とはエライもん見せてもうたなあ。しかし、オンドリャーとは……。フ、フハハ、ククク……」

尾乃田が笑うと、三白眼はくしゃっと細くなり弓なりに下がる。そして大きな口の両端がグッと上がり薄く開く。先程まで威嚇モードだった大型の虎が、お腹《なか》を出してゴロゴロ甘え出したような光景だ。こんな可愛い笑顔を見せられたら、女性陣は母性本能を擽られるに違いない。この落差にノックアウトされ、白旗を上げて「降参！　もう、貴方《あなた》の好きにして！」と。

雅姫も思わず、「とても笑顔が可愛いですね」と口走ってしまう。雅姫は素直というか思ったことを考えなしに口に出すことがよくあり、そのたびに一言多いと言われるのだが、どうやら今回もやってしまったらしい。両親に「発言の前に一度頭で考えてから」と、小さい頃から何度も注意されていたのに。よりによって一番やってはいけない相手、極道の前でしてしまったようだ。

雅姫は「しまった」と思い慌てて再度手を口元に持っていったが、とっくに言葉は放たれてしまった後だ。「可愛いですね」が、静寂に包まれたVIPルーム内でこだましているようだ。

——耳を押さえたい！　できるなら耳を押さえたい、自分の……。

笑っていた尾乃田は押し黙ってしまい、宙を見ながら手に持っていた煙草をスゥーと大きく吸ってハーと深く吐いている。その様子を眺め、内心冷や汗ダラダラの雅姫は少し震えていた。

——終わった、終わったよ、私の短い人生。さようなら……。

尾乃田の笑顔は消え去り、感情が読み取れない無の表情に戻っていた。

「……今日は何時までの勤務や？」

静寂を破ったのは尾乃田の言葉だった。ゆっくりと煙草を吸っている彼の表情は、やはり意図が窺い知れないほどに無だ。

「えっと……、十一時半までです」

チラッと時計を見ると既に十二時を過ぎている。

「あ、ヤバ、終電が〜！」

「そうかぁ〜。じゃあ俺が家まで送ってやろう」

尾乃田は持っていた煙草を灰皿でグシャッと消し、「おい、帰るで」と低い声で偶然灰皿を替えに来たボーイに告げる。雅姫はまた余計なことを言ってしまったようだ。

先に歩く尾乃田を追いかけながら、必死にどうやってこの場から逃げるかを考えていたが、鷹木が視界の先で「グッジョブ！」とウインクしながら親指を立てているのが見え、走っていって殴りたい衝動にかられる。

「本当に結構です！　自分で帰れます！」と本気で尾乃田に伝えた雅姫だが、十和子ママに「送っていただきなさい！」と般若のような笑顔で言われ、その迫力にコクンコクンと頷くしかできなかった。全てのやり取りを見ていたホステスたちは、いいな〜と羨ましがる者、嫉妬で睨んでくる者、野次を飛ばしてくる者と様々だ。

雅姫が控え室の荷物を掴んで慌てて店の外に出れば、店の前の中山手通に黒塗りの高級外車が停まっている。明らかに違法駐車だろうに、誰もクラクションを鳴らさず、大袈裟に避けて車を走らせていた。神戸では黒塗り高級車には関わらないのが暗黙の了解なのだろう。

店の一階のエントランスに尾乃田とは違う、スラッと背が高い暗い色のスーツ姿の男たちが二人立っていた。尾乃田と比べれば誰でも小さく見えてしまうが、普通に見れば、細身でも筋肉がついているガッチリとした体格の男たちである。一人は優男風ではあるが眼光は鋭く、「堅気」ではないオーラが漂っている。もう一人は普通の会社勤めでもしていそうな風貌であった。

「雅姫さん？」

一人が静かに声をかけてきた。

「は、はい……」

雅姫は恐る恐る答える。もちろん、相手が堅気ではなく尾乃田の手の者だとわかるからだ。

「カシラの車はそこに停まっているから。じゃあ、行こか……」

その男たちは雅姫が逃げられないように左右から挟んで歩き出す。優男風の男が車の後部座席のドアを開けると、尾乃田が奥に座っていた。雅姫が乗るのを見届け、男たちは礼をしてドアを閉める。すると車がゆっくりと動き出す。

雅姫は車内でどうすれば良いのかわからず、窓の外を意味もなく見ていた。その窓ガラスに尾乃田が映っている。車に乗るときに彼の背後に大きな月が見えた。この人には月夜がよく似合うなと思いながら、ぼんやりと窓に映る尾乃田を見つめる。

「どこに住んどるんや……？」

「えっと……、東灘《ひがしなだ》区なのですが」

自身のアパートの住所を告げた雅姫は、内心、「知られたくないよ～」と泣いていた。できれば違う住所を教えて、そこからタクシーで帰るのもありだが、神戸はまだ詳しくないため、嘘《うそ》の住所も思いつかない。尾乃田は雅姫の住所を運転手に伝え、自身のネクタイに手をかけた。ネクタイを緩める逞《たくま》しい手を雅姫はマジマジと凝視してしまう。

——本当に大きな手と指！

「なんや、指ならまだ全部ついてるで」

尾乃田の三白眼がジッと雅姫を捉える。不意に見つめられ、慌てて尾乃田に背を向けるが、耳まで赤くなっている気がする。

「別にそんなつもりでは……。大きな指だなあって思って」

その瞬間、背後から肩を抱き寄せられ、大きな左手が雅姫の顎にそっと触れる。

「え……！」

驚いたのと同時に、尾乃田の左の人差し指と中指が口内に滑り込む。その大きな指は少し煙草の味がして、あの青い煙草のパッケージを思い出す。

「あぁ……の、おの、だ　さん？」

そのまま背後から尾乃田の親指と小指で顎を固定された。大きな二本の指が歯列をゆっくりなぞっていく。尾乃田は雅姫の耳の側に顔を近付け、重低音で「指をしゃぶれ」と告げた。その声が耳に響きゾクッとした雅姫は、たったそれだけで自分の下腹部がポッと熱くなったのを意識する。どうしゃぶれば正解かもわからず、小さい子が指をおしゃぶりするみたいにチュウチュウとしゃぶってみた。

「えらい、可愛いしゃぶり方やなあ。子猫がミルクでも飲んでるみたいやないか。クックックッ、これは調教のしがいがあるで」

雅姫は「調教」という言葉に反応して、瞬時に逃げようとするが、尾乃田の右手で素早く両手を掴まれ後ろ手に拘束された。自由を奪われ満足に手も動かせない。尾乃田に全てを支配されたような感覚だ。途端に恐怖で頭が真っ白になる。大声を出そうとしたのと同時に、口の中に入っている彼の指が舌を掴んだ。

そのとき、雅姫は自身の首筋に唇が触れたのを感じた。優しくチュッと口づけをし、舌が首筋をベロッと舐める。ひとつひとつの行為に身体が震えた。しかしそうさせたのは恐怖とは別の何か。

その瞬間、ガリッと雅姫の首筋に尾乃田が歯を立てた。急所に歯を立てられて無言で圧力をかけられる。肉食獣が獲物の逃走心を完全に奪う行為。お前は俺のものだ、逃げられると思うなよと、たった一噛みで教えてくるそれだ。

雅姫は恐怖で慄《おのの》き、全く抵抗できなくなる。しかし同時に、心の中に何か仄暗い光が芽生えた。その小さな光はじわっと下腹部を熱くする。得体の知れないものが迫ってきているようだが、男性経験がないのでそれが何かははっきりとわからない。

——こ、怖い。けど……、彼に抗えない！

雅姫は二本の指で口内を犯され始めた。まるで指が男根のように口を卑猥に出入りする。

尾乃田の極太な指は二本合わせると、日本人男性の下半身のそれの平均ほどだろう。口内に入れれば、まさしく擬似フェラチオをさせられている感覚に陥る。もちろん、雅姫はフェラチオなど未経験なのだが……。

雅姫の拙《つたな》い舌使いは、彼女の初心《うぶ》さを際立たせる。尾乃田は時折指を口内から抜き、いやらしくピチャピチャと舐めて、また雅姫の口内に戻していた。

極太な指を雅姫は必死になって咥えていた。すると口の端から唾液がスーッと垂れ落ちていく。それを尾乃田が舌でベロッと舐め上げるたびに、雅姫は「ひぁっ……あっ……」と声を上げた。

「慣れてへんなあ。舌を使え」

尾乃田は耳元で雅姫に告げ、耳朶をカリッと甘噛みする。

「ひやっ！　んあっ……」

トロッとしたものが秘部から少し垂れ落ち、下着にシミをつけたようだ。雅姫はこのときに口内が性感帯だと初めて理解する。「指をしゃぶる」というたったそれだけの行為だというのに、すっかりとドロドロにされていく。

なぜ自分が、尾乃田の指を舐めさせられているのかわからない。この行為の意味と、その先にあるものが何なのか、頭の中で考える。知っている知識を総動員しても、答えは出てこない。成績優秀だが、男女の房事に関しては赤点だ。

「うぅ……、――ッんぐっ」

お手上げの雅姫は抵抗もできなくなり、ぐったりと背後の尾乃田に寄りかかる。今はただ極太の指をしゃぶる行為を一心不乱に楽しんでいた。やがて雅姫の下腹部は熱を持ち始め、ジンジンと何かを呼んでいるようだ。その熱をどうしていいかわからずに、足をモジモジと擦るが、そんなことでは熱は解放されない。身体を動かす雅姫を横目で尾乃田は見ていたが、一向に口内以外を触ろうとしなかった。

――下半身が熱い。触って欲しい……。や、ヤダ……、私ったら何を考えているのよ。

そして車が静かに停まる。雅姫が虚ろな目で窓の外へ視線を移すと、自分のアパートの前だった。

「はへ……れ？　私の……、家の前？」

「なんや？　家まで送るって言ったやろ？　それとも別のところに行きたかったんか？」

何を期待しとったんやと、クックッと喉の奥で尾乃田は笑う。そのとき、車のドアが運転手によって開けられる。恥ずかしさから真っ赤になった雅姫は、慌てて車から飛び降りた。

「……送っていただきありがとうございました！」

乱れた髪を整え尾乃田にお礼を言う。

「ああ、またな……」

車のドアが静かに閉まり車体が動き出す。雅姫は暫く消えゆく車を見つめていた。身体にはまだ冷めやらぬ熱が籠もったままで。

雅姫を送り届けた後の車内では、尾乃田がフーッと深く息を吐いていた。身体の中に湧き上がった熱を沈めるために何度も深呼吸をする。胸の内ポケットから煙草を取り出し、Ｚｉｐｐｏライターで火をつける。

なぜ素人全開の堅気の女に興味を持ったのか、尾乃田はわからなかった。

普段、女は性欲処理のために使う程度で、個人的に関心を寄せたりしない。選ぶ女たちも常にプロの極上ホステスばかりだ。そう、行為に慣れた女たち。尾乃田を喜ばせる技に長《た》けたプロだ。

雅姫がＶＩＰルームに入ってきたとき、顔には出さなかったが、心底驚いた。彼女に興味がない風に装っていたが、視界の端で一挙一動を観察していた。子猫のようにコロコロと変わる表情。長い手足に細身だが大きい胸。濁りのない清らかな瞳は、きっと自分とは正反対の世界で生きてきたのだろうと推測できる。

煙草を吸いながら尾乃田は先程の行為を思い返してみた。雅姫の辿々《たどたど》しい舌使い。車の窓に映った顔は生まれたての子猫のように、チュプチュプと尾乃田の指をしゃぶっていた。すると自身の男芯がズキッと熱く疼く。

「あれは男に慣れてないなあ。まさか、処女か……？」

いやいやそれはない、処女で水商売やる奴《やつ》なんてと笑い出す。そんな尾乃田をミラー越しに見る運転手と助手席の男。尾乃田は二人の男のうち助手席の男を三白眼で睨み返した。

「高柳《たかやなぎ》、あの女のことを調べとけ」

尾乃田はそう告げると笑うのを止《や》め、窓の外を見る。

「……了解しました、カシラ」

＊＊＊＊

尾乃田真一郎《しんいちろう》は、指定暴力団平畏組《ひらいぐみ》二次団体常磐会若頭・三次団体尾乃田組組長だ。

高齢化が進んでいる暴力団の中で、三十八歳で二次団体の若頭になるのはかなりの出世だろう。いろいろと汚いことに手を染めて、そこまで上り詰めたのは否定しない。

「高柳！　今日の売り上げはどうや？」

神戸駅の近く、三階建ての尾乃田の組事務所に重低音の声が響いた。時間は深夜だというのに、事務所内では日中かと思うほどに組員が普通に作業をしている。

尾乃田のシノギは王道であるみかじめ料もあるが、この御時世、そんなものだけでは何の足しにもならないので、フロント企業をいくつか所有していた。産業廃棄物の処理会社、キャバクラや風俗店の経営——ここまではよくあるシノギ。

「カシラ、今日は新作が大量にアップロードされています。アクセスも順調で、先日のキャンペーンが効いたのか、新規加入者が増えています」

高柳を筆頭にコンピューターに詳しい若くて優秀な部下に恵まれて、ネットビジネスも手広く経営している。特に海外にサーバーを置いた、合法と非合法それぞれの動画ダウンロードサイトの運営。海外では日本のアニメは絶大な人気で、ダウンロードをする者が後を絶たない。

「そうか……。その調子で新規加入者を増やせ。オタク市場は宝の山やな」

他にはネットカジノの運営もやっており、ガチャを含めたスマホゲームアプリの会社も所有していた。誰もガチャを回すだけで暴力団の資金源になっているとは気付かないだろう。

組内でもトップクラスの収入があるので上納金の金額も多い。権力が資金力に比例する極道の世界で、組内での尾乃田の発言力は絶大だった。もちろん資金面だけではなく、かなりの武闘派としても有名で、過去の抗争の伝説が真しやかに語られている。身体に無数に存在する傷はそのときについたもので、特に顔の傷というのはヤクザの中でも度胸があるとされているが、雅姫を怖がらせた額の傷もそのうちの一つ。

ヤクザのお約束ともいえるが家庭環境はやはり複雑で、尾乃田は母親の顔をあまり覚えていない。放置児童だった尾乃田が、道端でお腹を空かせてしゃがみ込んでいるのを可哀想に思ってか、近所にあったスナック「まりこ」のママが店に呼び、御飯を食べさせ皿洗いなどを手伝わせ小遣いをくれた。命の恩人であり、世に言う母親のような存在だ。

遠い微《かす》かな尾乃田の記憶の中で、母親が寂しそうにピアノを弾いている。とても悲しい旋律の曲だ。そのメロディーはなぜか幼い尾乃田の心に刻まれた。曲名は大人になってから判明した。


ベートーヴェンの「月光」——ムーンライトソナタ。

その旋律が尾乃田のスマートフォンから流れ出す。どうやら時間のようだ。

「高柳、今日はもうしまいや。俺は長田《ながた》へ行く」

高柳がタブレットを操作していた手を止めて尾乃田の方を見つめる。

「まりこさんのお店ですか……？」

「最近は酒に弱くなったみたいで、閉店作業を忘れて店内で眠りこけてたりするからな。危ないんや。俺が面倒を見るから店を閉めろと言っても聞かん」

「まりこさんらしいですね……」

母親が弾いていた曲がわかってから、スマートフォンの通知音は「月光」に設定してある。

組員からは「カシラのテーマ曲」と言われていた。

「……先日お調べしていたカシラのお父様の行方なのですが——」

「なんや、あのロクデナシはまだ生きとったか？」

大股で歩き出した尾乃田に付き添う高柳は、少し言い難《にく》そうに言葉を選びながら話し出す。

きっと今日一日、この話をする機会を窺っていたのだろう。あまり良いニュースではないので、気を遣って尾乃田の耳に入れるのを躊躇《ためら》っていたのかもしれない。

幼少期の尾乃田は、常磐会の下団体のチンピラだった父親と二人暮らしだった。ピアノが好きだった母親は尾乃田が四歳のときに蒸発している。父親は子供ができてからも定職に就かず、組事務所に出入りする下っ端チンピラのまま。母親は生活のために仕方なく嫌々水商売をするが、毎日毎日お金を必死に稼いでも、夫の酒やギャンブル代に消えていく生活にノイローゼ気味になっていたらしい。中流家庭で何不自由なく育った母親には辛い毎日だったのだろう。自宅で趣味だったピアノを弾いている時間だけは、幸せだったのかもしれない。

母親は出ていくときに、尾乃田を一緒に連れていくことはしなかった。父親に幼子を育てる能力は皆無で、暫く父親の両親と共に関西の西の端にある農村部で暮らしていた。小学三年生のときに父親がひょっこり迎えに来てからは、一緒に神戸市長田区の１Ｋのボロアパートで生活するようになる。もちろん、放置されていたのだが。

「お父様はですね、出所されて東北方面で働かれていたのですが……、身体が不自由だったこともあり仕事は長続きせず――」

「野垂れ死んだんやな……」

高柳は黙って頷く。それを見た尾乃田は「そうか……」と静かに答えた。

一緒に住んでいたときは夜も殆《ほとん》ど家に帰ってこなかった父親。父親との思い出など全くと言っていいほどない。尾乃田はお金もなく食べるものにも困り、ドロドロに汚れたサイズの合っていない服を着て近所をさまよっていた。そこをまりこに発見されて命拾いしたのだ。

中学三年生になったある日、父親が組の金を持って女と蒸発したと、訪ねて来た組のヤクザに聞かされた。青天の霹靂《へきれき》ではない。「ああ、あの親父ならやりかねない」と納得したほどだ。

ポケットに入れていた古いＺｉｐｐｏライターを手に取り、カチャカチャと手で弄《いじく》りながら、数少ない父親との思い出を振り返る。蒸発する数日前、珍しく父親が家にいた日があった。きっと、尾乃田に別れを言いに来たつもりだったのだろう。

「昔、お前の母親に貰ったもんじゃ」と、ポイッと渡された古いＺｉｐｐｏライター。顔も覚えていない母親の思い出の品。尾乃田はグッと掴んでポケットに突っ込んだ。

結局、そのまま尾乃田は無理矢理ヤクザの世界に引き込まれた。父親の盗んだ金の返済を背負わされた形だ。貧乏だったが学業は成績優秀。働きながら高校に進学して大学に行こうと予定していたが、全てそこで泡のように消えてしまった。

ヤクザになって数年が経《た》った頃、父親が九州で見つかったと同じ組の仲間から聞くことになる。どこかで野垂れ死んでいると思っていたので、まだ生きていたことに驚いた。父親は制裁のために殺されるのだろうと予想していたが、ちょうどそのときに足がつきそうな組の者を庇う人物が必要だったので、半殺しの制裁の後に身代わりで懲役につく。そう、前歯を全部失った状態で……。

殺人の無期懲役判決。暴力団員なので、もちろん刑期は長い。出所した後も組は面倒を見なかった。どのみち野垂れ死ぬ運命だったのだろう。

「思い出なんか何もないわ……。あっさりとしたもんやで」

地面を這いずるような父親の人生とは違い、ヤクザになってからの尾乃田は恵まれた体格のお陰か、喧嘩も強く、所属していた広域暴力団三次団体組長のボディーガードとして連れ回されることが多かった。

そんなある日、組長が抗争相手のヒットマンに狙われたのを庇い、足に銃弾を受けた。組長を庇っての名誉の負傷。その頃には高柳のサポートで独自に事業も始め、シノギの金額もそこらの幹部と変わらなくなっていた。元々頭の良い尾乃田は経営の才能もあったのだろう。

今までの働きも後押しして、組内での立場が強くなっていく。気が付けば二次団体の若頭に上り詰め、自身の名を冠する組を持つまでになっていた。

「お父様の遺骨は無縁仏として扱われていますが、どうされますか？」

「……神戸に墓でも作ったろか」

尾乃田は静かに答えてから車に乗り込んだ。

三．頭から離れないあの人

「カシラ、先日頼まれていたホステスの女のことですが」

組事務所で高柳が差し出すコーヒーを受け取りながら、尾乃田は大きな本革製のデスクチェアーに腰を下ろした。室内に漂う香り高いコーヒーの匂いは、尾乃田の好みを完全に把握している高柳が毎回豆を挽いて作っているものだ。

尾乃田が高柳に雅姫のことを調べろと命令したのは二週間前。優秀な男なので、とっくに調べ終わっていたのはわかっていたが、意図的に今日まで報告してこなかった理由も知っている。女よりも優先すべきことがあったからだ。組内のいざこざ、つまりはよくある内輪揉めだ。揉め事を粗方片付けるまで、わざとお楽しみを知らせない高柳は、本当にできる側近だなとほくそ笑みながら、尾乃田はゴクリとコーヒーを一口飲みカップを机に置く。

尾乃田が若くして二次団体常盤会の若頭になったことが面白くない古株連中は当然いる。次は自分だと胡座《あぐら》をかいて待っていたのに、そんな自分たちをすっ飛ばして若造が、と怒り心頭だった。

尾乃田自身も、何も自分を選ばなくてもと思っていたが、きっと常盤会組長が何か企《たぬきじじい》んでいるのだろうと推測する。

今の御時世、ヤクザといえど金がない。銀行口座も作れないし携帯電話も借りられない、車も合法に買えない、何もできない。理由は暴力団排除条例だ。ヤクザであり続けることは簡単ではない。潤沢な資金源がなければ上納金も払えず廃業。その点で言えば、尾乃田にはフロント企業の豊富な資金源があり、昔ながらの極道よろしくな羽振りの良さだった。

もちろん、尾乃田は統率力にも優れていて、カリスマ性も相俟《あいま》ってか若い世代から絶大な支持を集めていた。ヤクザになるような人間は、大抵「大金を手にし、イイ女を抱き、周りに敬われて、肩で風を切って街を歩きたい」などと思っていることが多い。よってそれらを全て実現している尾乃田は憧れで尊敬の的だ。「俺もあの人みたいになりたい」と、組に入ってくる者も多い。どこも組員不足の中、尾乃田組は三次団体の中でもトップの組員数だった。

その中から側近として選んだ高柳は極道にしては細身の男だ。背が高くスラッと長い手足をしていてなかなかの美丈夫。昔はモデルのようだと組の者に揶揄《からか》われることもあった。しかし、高柳はこれでいてかなりの武闘派で、冷酷なためか、少々極道的制裁をやりすぎてしまう。Sっ気があるというか、残酷なことも淡々と、いや、寧ろ微笑《ほほえ》みながら成し遂げる。元々は東京《とうきょう》出身で有名国立大学まで出ていながら、極道の道を選んだ変わり者だった。表の世界は簡単すぎてつまらなかったので、裏社会で自分を試したかったと本人は言う。

そんな高柳は尾乃田に絶大な忠誠心を捧げていた。きっと、自分はトップクラスの男だと自負していたのにそれを遥かに上回る人物に会い、プライドが崩れ去ったことで、神のように崇拝してしまったのだろう。

「カシラ、あの女ですが……、楳蔭《ばいいん》女子大の二年生、二十歳です。本名は篠田雅姫。家族構成は地方公務員の父親とパートの母親。兄が一人ですね」

「おいおい、本名で水商売かよ」

「そうですね。危機管理がなっていないと言いますか。まあ、素人ですね」

高柳が更に続ける。

「どこの組にも繋がっていません。多分、安全かと――」

優秀な高柳がそう表現するならば、身辺はクリーンなのだろうと尾乃田は思う。

「そうやなあ。少しの暇つぶしにはなるか」

「店に行かれますか？　それともどこかでお会いになりますか？」

「店に顔を出せば十和子ママが鬱陶《うっとう》しい。あの年増、未だに現役やと売り込んでくるからな」

その言葉に苦笑いする高柳だが、目はとても冷めている。十和子ママに対する嫌悪感ゆえと言うべきか。

「外で食事でもして、その後にハーバーランドの方の部屋に連れていく。時間を空けとけ！」

「了解しました。準備しておきます」

そう言って高柳は持っていたタブレットを触り出した。「ハアー」と小さく溜め息を吐きながら、週末に予定していた会食などをキャンセルしているようだ。

尾乃田は神戸に何軒かマンションを所有している。本宅にしているのは住吉《すみよし》のマンションだ。そこは高級マンションとして日本邸宅街に建てられた、和をコンセプトにした四階建ての建物で、尾乃田はとても気に入っている。最上階の角部屋で大きなルーフバルコニーもついていた。ルーフバルコニーには屋外用ジェットバスを置いており、夜は夜空を観ながらゆっくり湯に浸かることもできる。家にいながらリゾートホテルにいる気分に浸れるのだ。周辺には高層ビルもないので、視界を遮るものも少なく騒音もない。四季が楽しめるその部屋は、春には一面がピンクになるほどの桜並木が見え、夏は川のせせらぎが心地よく聞こえ、秋は紅葉で真っ赤に染まる木々、冬は少しチラつく雪が窓から見える。住吉の本宅には一度も「女」を連れ込んだことはなかった。そう、尾乃田にとって心が安らぐ聖域だから。

そのため女と遊ぶのは大概ハーバーランドか元町《もとまち》の高層マンションにしていた。尾乃田はどちらのマンションでも最上階に部屋を持つ。最上階は視界を遮るものは何もなく、神戸の百万ドルの夜景が存分に楽しめる。カーテンを全開にし、神戸の夜景を背後に女を抱くのを気に入っていた。

尾乃田は誰かが部屋にいると安眠できない。それを高柳はわかっているので、深夜か早朝の三時四時に愚図《ぐず》る女を部屋から追い出すのが彼の仕事になっていた。そして大概の女たちは一回きりで、次に呼ばれることはほぼ皆無だ。そのためか、神戸の夜の街にはこんな噂まである。

「尾乃田に手をつけられていない美人ホステスは、神戸の街にはいない。みんな竿姉妹だ」

＊＊＊＊

尾乃田と初めて会った日の翌日、雅姫は未だに冷めぬ興奮を必死に隠しながら講義を受けていた。喉がいつも以上に渇《かわ》き、頻繁にペットボトルのお茶を流し込む。乾く唇を何度も舐めていた。

初めて尾乃田に見つめられた瞬間、身体に電撃が走った。あのときの身体の熱の意味は何だったのか。指で口内を犯されて、火照りは最高潮になった。全く初めての経験だ。

「一目惚れ？　まさか……。相手はヤクザよ」

雅姫はスマートフォンのカレンダーを見た。週三のバイトなので、次に店に出るのは明日の金曜日になる。わかっていても何度もカレンダーを見て熱い息を吐く。

勘の鋭い涼子に何かあった？　と聞かれたが「何もないよ」と咄嗟に答えた。もちろんそんなことでは諦めない涼子は、休憩時間のたびにしつこく食い下がる。それに嫌気が差し、雅姫はついに口を開いた。

「涼子、Ｍｏｏｎｌｉｇｈｔ　Ｓｏｎａｔａにヤクザは絡んでいないって言っていたよね？」

ムッとしたように涼子を問い詰める。彼女の顔がみるみる青くなり、目が宙を泳いでいた。

「うそーん、ヤーさん来よったん？　あれってマジやったんか……」

涼子が「ちゃうねん。誤解！　弁明させて」と言いながら説明する。当初、涼子はＭｏｏｎｌｉｇｈｔ　Ｓｏｎａｔａがヤクザの息のかかった店だとは知らなかったらしい。自分の知り合いが出入りしているが、一度もそれらしい人物を見たことがなかったと言っていたと。それもそのはず、ＶＩＰルームがあるのでヤクザは多分そこに通されるだろうし、ＶＩＰルームの中は外からは見えないのだから。

しかし雅姫が勤め出して数週間後、涼子の知り合いが店のホステスから、常盤会の幹部が出入りしていると聞かされたそうだ。それを知って涼子は驚いたが、雅姫が何も言わないので「触らぬ神に祟りなし」と思い黙っていたと。

「ごめん！　雅姫！　今度さあ、何か奢《おご》るから許して～」

そう言って涼子は雅姫の腕を掴み、子供のようにブンブン振る。

「うーん、そうだね。じゃあ今度さあ、居留地にできた話題のカフェで、ランチを奢ってくれたら許す！」

「奢る、奢る～！　デザートもつけるから～」

現金な涼子はこれで全て帳消しだと言いたげに、いつもの調子を取り戻している。そして雅姫の方を含みを持った笑みで見つめていた。

「で、ヤクザと何かあったん？　なんか落ち着かん様子よね？」

「な、何かっていうか……」

鋭い涼子には隠し事はできない。雅姫は言葉を選びながらゆっくりと答えていく。

「ＶＩＰが来店するって聞いて、私には関係ないと思っていたけれど、ママのヘルプでＶＩＰ

ルームに呼ばれたの。そしたら、ヤクザだった……」

「うわ〜、それは御愁傷様。でもママが一緒なら問題なかったよね？」

そう言われると、実はヤクザに自宅まで送ってもらい、口内を指で犯されたとは言いづらい。雅姫はモゴモゴと口籠もるしかない。

「う、うん……。初めて会うタイプの人っていうか、怖いんだけれど気になるって感じ？　だって笑顔が可愛いの。普段はどんなことをしているのかなとか、どんな食べものを食べてどんなテレビを観ているのかとか考えちゃって。あれ、そういえばヤクザもテレビ観るよね？」

雅姫の発言を聞いた涼子は、目を丸くして口をポカンと開けたかと思うと、「信じられへん」とブツブツ呟き始める。

「ヤクザの日常？　そんなん弱者を追い詰めてお金儲けやろ？　何を食べてる？　悪いことして儲けたお金で、高級なお酒を格好つけて飲んでるわ！」

その言葉を聞いて尾乃田が飲んでいたレミーマルタン・ルイ十三世を思い出す。彼は弱者から巻き上げたお金で、あのお酒を飲んでいるのかと頭の中でその様子を想像した。がに股で歩く尾乃田が「オンドリャー」と言いながら、弱そうなサラリーマンにぶつかり、「おうおう、慰謝料払え」と凄む姿を。

「いや、そんな感じではないわ……。あの人は、もっと……。そうよ！　もう一度会って話してみればわかるかもしれない」

思いの外、熱かった尾乃田の指。自分と同じ血の通った人間だという証《あか》し。ヤクザだからといって悪者だと決めつけるのはまだ早い。脳裏に浮かぶあの圧倒的な色気。記憶の中の尾乃田がネクタイを解き、シャツのボタンに手をかけている。目が合った雅姫に向かって手招きしているようだ。

少しポーッと火照る顔を手で押さえ、「嫌だ、私ったら何を考えているのよ」と呟く。しかし既に涼子は別の話を始めており、その発言を全く聞いていなかった。

金曜日になり、今までの人生で出会ったことのない人物、尾乃田にまた会えるかもと期待しながら店に出勤したが、彼が現れる気配はなかった。尾乃田についてもっと知りたい雅姫は、店のドアが開くたびに、誰が入ってくるかを確認してしまう。もう一度会って、自分の心をざわつかせる「尾乃田」とは何者なのかを確かめたい。そんな思いが募る一方だが、彼は翌週も来店しなかった。

ある日の開店前の控え室で、十和子ママが鏡の前に座ってスマートフォンを熱心に触っていた。彼女のスマートフォンからメッセージの着信音が何度も鳴り響いている。素早いタッチでタイプし送信している様子を、「女子高生並みの早打ち」と感心してしまう。きっと彼女は顧客に営業メールでもしているのだろう。

常に忙しい十和子ママが控え室で座っていることなど珍しく、雅姫はチャンスとばかりに、

「尾乃田さんはあまり店に来られないのですか？」と聞いてしまう。自分で言っておいて「しまった」と思ったが、会って自分の心のざわつきの原因を確かめたい欲求が膨れ上がり、いても立ってもいられなかったのだ。

まだ準備中の十和子ママは、髪をアップにする前で、普段より随分若く見える。そんな彼女はスマートフォンを弄る指を止め、鏡越しにジッと雅姫を見ながら自身の煙草ケースを触り、面倒臭そうに口を開く。

「なんやアンタ、尾乃田さんに惚れたん？」

そう言ってゆっくりと煙草に火をつける十和子ママの目は氷のように冷たい。

「ち、違いますよ！」

耳まで真っ赤になって口籠もる雅姫の目は宙を泳いでいる。

「あんなあ、尾乃田さんは沢山《ぎょうさん》綺麗どころを囲ってはるねん。そりゃ、モテモテやわかるやろ、男の色気ムンムンやもんなあと吐息交じりに続ける。そして十和子ママはフーッと煙草をふかす。愛用はメンソールの細い煙草。その煙は雅姫に向かって吐かれ、顔に直撃する。受動喫煙とでもいうのか、匂いは不快なもので、「ケホッ」と小さく咳をした雅姫は、尾乃田の煙草の匂いを思い出す。あの匂いには決して嫌悪感を抱かなかったのに、と。すると十和子ママは一息置いてから雅姫を睨み付けた。

「アンタみたいなお子ちゃまはなあ、パクッと尾乃田さんに食われて、はい、さようならや」

そう言って左右に手をフリフリと振る。アンタのため止《や》めとき、と。

普通はここで尾乃田のことを考えるのを止めるだろう。女を沢山囲っている男なんて普通ではない。もちろん、極道である時点で普通ではないが……。しかし雅姫はそれでも、尾乃田のことを思い浮かべるのを止められなかった。駄目だと言われれば、余計に知りたくなってしまうのが雅姫なのだ。

車の中での行為を思い出すだけで、下腹部がズキンと疼く。あの状況を頭に思い浮かべ、時々自分で指をしゃぶってみたりするが、尾乃田の極太のゴツゴツした指の感触が欲しくて寂しくなってしまう。そして耳の側で聞いた重低音の声を、毎日思い出しては胸がキュッと掴まれる感覚をおぼえる。自分の身体が何かを渇望して熱くなっているのはわかるが、経験のない雅姫には、この火照りをどうすれば収められるのかもわからない。けれど、尾乃田に会えばきっと楽になるのではないか。

尾乃田とはいつ会えるのだろうと考え、落ち着かない日々を過ごす。自分が異性に対して初めて持つ感情、性的に引きつけられるとでもいうのか、それを尾乃田に会って知った。しかし処女の雅姫にはっきりとした理由がわかるはずもない。身体を駆け巡る熱は、尾乃田の顔を思い浮かべれば更に強さを増す。されど別にこれが恋だとは思わない。ただの好奇心か、初めて官能を与えてくれた尾乃田に、雛の「刷り込み」よろしく興味を持っているだけだと自分に言い聞かせる。これは一目惚れではない。尾乃田は一般人の雅姫と違って極道なのだからと。

——もう一度会って、少しお話したらこの気持ちも収まるわ。そうだ、普段何をしているのか質問してみたいかも。フフフ、ヤクザの日常に潜入取材って感じね。

雅姫は尾乃田に再会したとき用のシミュレーションをして気を紛らわすのだった。

気が付けば雅姫が尾乃田に初めて会った日から三週間が経っていた。今日は金曜日。来週からはゴールデンウィークだ。

結局、雅姫は実家に帰省せず、神戸で連休を過ごすことにした。母親から電話で「どうして帰ってこないのよ！」と何度も泣きつかれたが、その後に兄が初めて彼女を連れてくることになったらしく、雅姫からは興味を失ったようだ。電話口で「彼女のこと、興信所に身元調査を依頼しようと思っている」と言う母親を、「それはちょっと早いかも」と必死に止めた。しかし内心ホッとする。これで暫く母親の関心は兄に向くからだ。

雅姫の母親は過保護だ。いや、超がつく過保護だった。子供が何かを経験する前に「危ない」と言って止めるか、子供に完璧な装備を持たせ、なおかつ子供の先頭に立って棒で道を叩きながら、安全確認済みの道を歩かせる人である。自分の思い描く計画が一番子供のためだと信じて疑わない。雅姫も兄も、小学校高学年になっても靴紐を自分で結んだことがなかった。紐が解けてコケたら危険だからと、母親が「紐がない靴」を買い与えていたからだ。

今回の件でも、きっと母親は興信所を使って兄の彼女の身元を調べるだろう。雅姫が止めたところで、助言を聞くような人物ではないのは明白だった。

雅姫は午後の講義を終えてから涼子と近くのカフェで落ち合い、夏に行く海外旅行の行き先を決めていく。嬉《うれ》しそうに「イタリアにフランス、スペインとイギリスも捨てがたい」と話す涼子に対し、心ここにあらずな雅姫は、頭の中で尾乃田のことを考えていた。

三週間経っても身体の熱は冷めず、尾乃田の顔を思い浮かべるだけで喉が渇くような気がする。注文していたアイスティーは既に空っぽで、溶けた氷をカリカリと噛み砕くしかない。

「どうせなら全部行く？」

「え？　ごめん全部って？」

「もう！　だからイタリアにフランス、スペインとイギリス全部ってことやん」

有り余る涼子の資金力に少し嫉妬しそうになる。自分がボーッとしている間に、とんでもない案が出されていた。そんな涼子に対し、二か国が自分の旅費の限界だと説得するのに少し時間を取られる。

涼子はお喋りなので、話し出すと止まらない。あっという間に午後四時になっていた。今日はＭｏｏｎｌｉｇｈｔ Ｓｏｎａｔａの出勤日だったので、午後五時には家に戻り夕食を取って出勤準備をしようと、雅姫は慌てて自分のアパートに戻る。

するとアパートの前には見覚えのある黒塗りの高級車が停まっていた。静かな住宅街に不釣り合いな外車。雅姫が大きな目を更に見開き、用心深くゆっくりと近付くと、後部座席の窓がスーッと下りて見覚えのある三白眼が見えた。

「……今から時間あるか？」

尾乃田の口から聞こえてくる重低音の声。雅姫の胸は何だかソワソワし出す。何度も記憶を呼び起こして妄想ごっこをしていた相手が、やっと目の前に現れたのだから。口からは熱っぽい息が漏れた。今日はクラブの出勤日だというのに、思わず「はい」と頷いてしまう。催眠術にかけられた人が、無意識に言葉を発するように……。

すると助手席から男が降りてきて、後部座席のドアを開ける。男からは感情を一切表さない冷たさが漂う。雅姫の方をチラッと見ることもない。確かこの人物はあのときも助手席に座っていて、今日と同じように冷たい目をしていたと思い出す。

開いた後部座席の奥では、尾乃田が肘を反対側のドアに置いて、自身の頭を支えるようにして気怠そうに腰かけていた。スーツの前ははだけており、シャツ越しに彼の胸筋の盛り上がりが目視できる。少し斜めに傾けた顔からは男の色気が漂っていた。鋭い眼光の三白眼は雅姫を一瞬で射貫き、足元がガクガクとして倒れそうになる。もう、この場からは逃げられない。

「もう一度、会えるのをずっと待っていました……」

想像以上の尾乃田の色気にやられて目眩がした雅姫は、小さな声で呟き、まるで夢遊病者のように後部座席に吸い込まれていった。

高速道路を走る車の中は静かなものだ。大きな外車は振動を車内にあまり伝えることなく、滑らかに走行している。父親が運転する国産の古いファミリーカーだと、高速道路の走行中はよくガタガタと揺れていたのにと雅姫は驚く。

尾乃田の色気に負けて車に引き込まれてしまったが、これからどうなるのかと、頭の中には何通りかのシミュレーションが浮かんでいた。しかし、どれを選んでもハッピーエンドではなく、会うまで浮かれていた雅姫の頭は次第に冷静になっていった。

——このまま組事務所に連れていかれて監禁？　薬漬けで監禁されてAV出演？　監禁されて風俗に落とされる？　監禁……。昨日観たヤクザ映画のようになっちゃうの？

なぜか「#監禁」がトレンドワードのようで、全部のシミュレーションに出てくる。最近は時間があればヤクザ映画を観ていた。監禁され陵辱されるヒロインの映像がフラッシュバックする。ふと、尾乃田が「か……」と口を開いた瞬間、雅姫はかぶせ気味に声を上げた。

「監禁はいやです～！」

目をギュッと瞑って両手を膝の上に置き、グッと握り拳を作る。身体は少し小刻みに震えていた。雅姫が放った言葉が、シーンとした車内に響き渡る。暫くの静寂の後、クックックッと肩を震わせて笑うような声が耳に入ってきた。恐る恐る目を開けて声の方を見ると、尾乃田が笑うのを必死に堪《こら》えている。

「クックック、監禁て、監禁……、ハハハ、あかん、なんやそれ」

初めて会った日に店で見た、三白眼を弓なりに細めて笑う尾乃田が目の前にいた。

――ほらやっぱり。笑っていると可愛い。

真っ青になって怯えていたはずの雅姫は、尾乃田の笑顔を見て緊張が解ける。僅かに震えていた身体も落ち着いてきた。

雅姫はふと視線を感じ、バックミラーを見てみると、運転席と助手席に座っている二人がミラー越しにこちらを凝視していた。肩を揺らして笑う尾乃田の姿が信じられないといった様子だ。そして少し落ち着いた尾乃田が再び口を開く。

「加納町の方にええ店があるんやが、何か食べられないものとかあるか？」

そこで初めて加納町の「か」だったんだと理解した雅姫は、思わず顔を赤らめた。

「え、あ……、えっと、アレルギーもないし、何でも食べられます」

尾乃田はニヤッと笑いながら雅姫を見つめる。

「もちろん、監禁がお好みなら、それでもかまへんけどなあ……」

そう言いながら雅姫の首筋をあの大きな指でスーッと艶《なま》めかしく撫でた。ゾクッとするのと同時に、身体の中心に熱い小さな種火が灯る。尾乃田の指は雅姫の首から腰へ、身体のラインに沿ってゆっくりと下がっていく。指が腰まで到達したとき、尾乃田がグッと腰に腕を回す。

そのまま彼の方へ強引に引き寄せられた。

「あっ……」

逃げる間もなく、一瞬で男らしい腕の中に捕まってしまう。雅姫の黒く長い髪が尾乃田の腕にフワッと被さる。そして彼の口がスッと耳に近付き重低音で囁いた。

「ほら、これで監禁……や」

尾乃田は腰を掴んでいない方の手を使い、雅姫の髪を指に絡ませてからグッと引っ張り顔をあおむかせる。次の瞬間、雅姫の顔と尾乃田の顔が近付き、唇が触れそうな距離になった。彼の腕の中で心拍数がドクドクと上がっていく。厚い胸板、フワッと香るムスク系香水の匂い、肌触りの良い上質なスーツ、そして強引で逞しい腕。

――か……か、監　禁……。

雅姫の喉がゴクリと音を出す。小刻みに震える身体。恐怖？　期待？　自分でもよくわからない中、足の間で何かがひくんと疼くのを感じた。心臓の鼓動がドクドクと聞こえるのは、緊張しているというより寧ろ、未知の行為に対する期待。

尾乃田の腕の中で小さく身震いした雅姫は、少し熱を帯びた潤んだ瞳で彼を見た。尾乃田の三白眼の奥底で何かが光る。嗜虐心が擽られたようで、それはまるで獲物を前にした肉食獣が、喉を上下に動かして唾液をゴクリと呑み込んでいるようだった。

尾乃田が何かを口走ろうとしたと同時に車が停まる。

「カシラ、着きました……」

声の主は先程の冷たそうな男だ。尾乃田は「高柳、気を利かせろ」とチッと舌打ちし、腕の中から雅姫を解放した。雅姫も男——高柳の声のお陰で我に返り、サッと尾乃田から離れる。

Ｍｏｏｎｌｉｇｈｔ　Ｓｏｎａｔａから五分ほどの通りで車は停まっていた。高柳が後部座席のドアを開けたので、雅姫と尾乃田は車から降り、すぐ側の真新しいベージュ色のビルに入る。護衛だろうか、直後に到着した車から数人の黒いスーツ姿の男たちが降りてくる。彼らはビルの周辺に待機するようだ。高柳は二人の前を注意深く歩く。三人でエレベーターに乗り五階で降りると、その先には墨絵や生花が飾られているエントランスが見える。天然木を基調とした、純和風な内装の天ぷら料理のレストランだった。まだ新しい店内はフワッと木の匂いがして心地よい。カウンター席は十席のみで個室が二部屋。こぢんまりとした店内だった。

三人いた料理人たちは尾乃田を知っているようで、カウンター内から口々に「お久しぶりです」と挨拶をする。堅気ではない男二人と女子大生。不思議な組み合わせなのに誰も何も気にしていない素振りだ。オーナー料理長だろうか、年配の男性が奥から出てきて、尾乃田の前で頭を下げてお辞儀する。

「尾乃田さん。ようお越しくださいました。ごゆっくりできますように、貸し切りにしております」

着物姿のウェイトレスが、奥の個室に尾乃田と雅姫を案内する。高柳は個室には入らず外で立っていた。個室は六畳ほどで、掘りごたつになっているテーブルが中央にある。生花が飾ってあり、壁には日本画。何とも言えない高級感が漂っていた。こういった場所に来たことがなかった雅姫は「綺麗！」と、ひとつひとつ眺めては感想を述べてしまう。

「今日はどないしましょ？」

先程の料理長が尋ねる。尾乃田は「任せる」と短く伝えた。わかりましたと笑顔で下がる料理長には自信があるようだ。きっと彼の好みは把握済みなのだろう。

雅姫は初めこそ緊張していたが、前菜から始まり、旬の天ぷらに舌鼓を打ち、デザートまでのフルコースをペロッと完食していた。あまりの美味《おい》しさに、「おかわりしても良いですか？」と申し出て、海老《えび》と明石《あかし》で取れた鱧《はも》の天ぷらを数回おかわりしたほどだ。料理を運んでくるウエイトレスに「本当に美味しいです！　最高！」とその都度感想を伝える。そんな彼女の様子を見て、最初は驚いた顔を見せた尾乃田も、次第に顔をほころばせる。

雅姫の中で天ぷらといえば、母が作る少しベタッとしたもの。一度に全部揚げて、大皿に盛り付けられたものを、家族みんなで箸でつついて食べる。揚げたてのサクサクの天ぷらなんて初めてだった。もちろんこの店で使われている油も素材も一級品なので、元からレベルが違うのだが。

「そんなに美味しいのか？」

デザートのシャーベットをニコニコしながら食べる雅姫を、尾乃田は微笑ましそうに見ている。尾乃田は日本酒を飲みながら少し天ぷらを摘まむ程度だった。どうやらこれが彼のいつものスタイルなのだろう。

「はい。とても美味しいです。私、こんなに美味しい天ぷら料理は初めて！　ホクホクしていて、衣がサクサクなんですもん。お塩で食べるとか初体験です。良い思い出になりました」

雅姫は、ありがとうございますと子供のようにお辞儀する。

「そうか、それは良かった。デザートもおかわりすればいい」

尾乃田の提案は嬉しいが、今から出勤なのに満腹すぎてウエストがきつい雅姫は、丁重に断る。しかし尾乃田は店に頼み、雅姫用にお持ち帰りの天ぷらまで用意していた。

「大胆な食べっぷりや。こんなに喜ばれると、またどこかに連れていきたくなる……」

お猪口《ちょこ》に入った日本酒をグッと飲み干す尾乃田。今まで女性にこんな反応をされたことがなかったのか、不自然な咳払いをして目線を下げ、小さく呟いた。

「自分から意味ありげに、次があるような含みを持たせるなんてなあ……」

しかし雅姫は鈍感なので尾乃田の言う意味がいまいちわからない。「ん？」とニコニコと笑顔を見せる。そんな様子の彼女を見ながら、尾乃田は「はあー」と小さく溜め息を吐いていた。

「……今日は店の出勤日やろ？　そろそろ送る」

尾乃田は外の高柳を呼んだ。高柳は二人が食事中も座ることなく部屋の前で立っていたようで、雅姫はその様子に驚いた。完全に訓練されたような動作が、一般人的ではなかったからだ。

車を走らせるほどの距離でもなかったが、再度車に乗りＭｏｏｎｌｉｇｈｔ　Ｓｏｎａｔａの前まで送ってもらうことになった。車が停まり高柳が後部座席のドアを開けて雅姫が降りようとしたときに、尾乃田が「店が終わる頃に迎えに来る」と短く伝える。「え……？」と驚いて振り返ると、ドアは既に高柳によって閉められていた。

「十一時半に店の前にお迎えにあがります」

雅姫の方を一切見ない冷たい目の高柳がそう告げ、サッと助手席のドアを開けて車に乗り込む。そして静かに車は発進した。中山手通は交通量が多い通りだが、尾乃田が乗っている高級車と護衛の後続車からは、どの車も大袈裟なほどに距離を取っている。その様子は明らかに尾乃田が反社会勢力だと言わんばかりだった。

「モーゼみたい……」

雅姫は去っていく尾乃田の高級車を見つめながら、今日の勤務後の自分を想像した。不安な気分と同時に、身体の中が火照ってくるのを感じる。

――どうなるのだろう私は……。あのヤクザの男に何をされるのだろう。この前の車の中での出来事以上のことをされるの？

もう一度会って、自分の心をざわつかせる男のことをもっと知りたかった。今日だって会えたことが嬉しく、口にしたこともないような食事をして、浮かれていた。けれどもそんな心が一気に現実に引き戻された。先程まで会っていた男は極道だと。

これから起こるであろう未知の世界への期待と不安で心が揺れる雅姫は、既に車は立ち去ったというのに、道端に立ったまま暫く動けなかった。

「食べるのに必死で、ヤクザの日常生活についてのインタビューするのを忘れてた……」

雅姫は店での接客中も、この後の尾乃田との予定について考えて何度もボーッとしてしまい、ヘルプについているホステスから「雅姫ちゃん！」と強めに声をかけられてハッとする場面が何度もあった。ロックで作るはずのお酒を水割りで出し、お客の煙草に火を点けるのを忘れ、空のグラスをそのままにしていた。一番大きな失敗はお客の名前を間違えたことだ。これにはヘルプについていたホステスもカンカンに怒っていた。

「雅姫ちゃん、今日はどうしたん？　上の空やなあ〜」

いつも真面目にやっているのにと、溜め息交じりの鷹木が「まあ、座って」と雅姫をソファーに腰かけさせる。店長室に連れていかれ注意を受け、反省している風に見せても、頭の中ではこの後に何が待っているのか、尾乃田は一体何をしてくるのかと気が気でない。男性経験はないが知識だけは豊富な現代っ子らしく、勤務中はずっと艶めかしい行為を想像してしまい、何度も耳まで赤くしていたのだから。

そう、この後の尾乃田とのことを想像しただけで、心臓の鼓動がどんどん大きくなり、耳にまでドクドクと音が聞こえてくる気がする。同時に秘部が熱を持ってジンジンとしてくる。雅姫にとってこんな経験は初めてだった。

「そういえば、顔もいつもよりちょっと赤いし。熱あるんちゃう？」

鷹木が手を伸ばし額に触れようとしたとき、雅姫の身体がビクッと大きく反応し、大袈裟に後ろに下がってしまう。

「え、あ……」

鷹木がその様子を見て不思議そうな表情を浮かべている。いつもボディタッチが頻繁な鷹木を、雅姫があからさまに避けたのは初めてだ。ただ無意識に、今は尾乃田以外の男に接触されるのが嫌だと思ってしまったからだった。

「す、すみません。ちょっとビックリして。ははは……」

口から出まかせを言ってみたが、鷹木は納得した風もなく「ふーん、そう」と適当に返しながら、伸ばした腕をクネクネとさせて引っ込めた。

「今日は残りの時間は事務作業手伝ってくれる？　まあその感じでは店には出られんやろ？」

鷹木は机の上にホステスたちの給料明細の束をポンッと載せた。

「これをパソコンに入力して。俺、こういうの苦手やねん」

鷹木は可愛くテヘペロとポーズを取ったが、以前からねちっこいいやらしさがある彼を、雅姫は心底気持ち悪いと思うのだった。

雅姫は無言でパソコンにカチカチとデータを打ち込んでいく。ホステス業務より、淡々とした事務作業の方が向いていると自覚しながら。

——涼子たちとの海外旅行資金も夏前には貯まるだろうし、そのときにこの仕事は辞めよう。

文字入力中は集中していて、この後のことを考えずにすみそうだと思ったが、時々思い出したように尾乃田の顔が脳裏に浮かんだ。仕事が終わった後に会うことになっているが、時間は遅い。一緒に公園でお手々繋いでランランランとはいかないだろう。先輩ホステスがよく言うアフターというやつで、どこかのバーに行くのだろうか？　それともお酒を飲んだ後はラーメンでシメるとか？　それともホテルに……。

——わ～！　だからそっちを想像しない！

身体の火照りが収まらない雅姫は、極力それを助長する性的な想像をしないように努めていたが、いつの間にか「その分野」を強く意識してしまっていた。

全部入力が終わったときに時計を見ると午後十一時二十五分だった。雅姫は慌てて机の上を片付けて帰り支度をする。毎回借りている衣装は既に脱いでおり、通勤に着ていた服に着替えていた。鏡を確認して化粧の崩れを少し直すだけで、簡単に帰り支度がすみそうだと安心する。

今日の服装は無地のトップスに白のロングのティアードスカート。全くホステス感のない服装だ。これで外に出れば、誰も自分がホステスとは思わないだろう。夜の街を尾乃田と歩いている情景を想像し、あまりのでこぼこ具合にクスッと雅姫は笑う。

「へ～、いつもは化粧直しなんてしないで帰るのになあ。怪しぃー！　凄く怪しい……」

鷹木が意味ありげにニヤニヤしている。何度か店長室に様子を見に来ては、事務作業中だった雅姫をいやらしく見つめ、まるでじっくりと視姦しているようだった。

「怪しくなんてないですー！　普通です！　女の嗜みです」

事務作業をしていても結局火照りが収まらなかった雅姫は、少し赤い顔をプックリと膨らませ鷹木を睨む。しかし凄みは全くない。子猫が自分より大きな相手に威嚇するようなものだろう。

「可愛い怒り方やね。グフフ、益々怪しいわ」と鷹木が言い、片手をフリフリと振ってバイバイをする。視線は雅姫をねっとりと見つめたままで。何だか寒気がした雅姫は、横目で鷹木を冷たく見ながら、店長室のドアを勢いをつけてバタンと閉めた。

――ただただ、気持ち悪い！

鷹木は決して不細工ではない。寧ろ整った顔をしている方だろうが、生理的に受け付けないのだからしょうがない。

時計を見ると既に十一時三十分を過ぎている。慌ててエレベーターに乗り、一階のボタンを押した。途中の階で止まって乗客を乗せるエレベーターを、「早く早く」と内心急かしながら一階に辿り着く。ビルの一階のエントランスホールを出たら、すぐに高柳が立っているのが見えた。

「すみません、少し遅くなりました」

軽くお辞儀しながら告げてみるが、高柳は雅姫を一瞥するだけで何も言わずにスッと歩き出した。

——えっと、ついていけば良いのかしら？

雅姫は疑問に思いながら高柳の後を歩く。彼は長身で足が長く、一歩の歩幅が大きいので、一緒に進むには少し小走りになる必要があった。

目の前の大通りには尾乃田の車は見当たらない。この時間帯はタクシーが所狭しと停車していて、ギラギラと目を光らせた運転手たちが乗客を探していた。まるで獲物を狙うハンターのようで、車を停めてわざわざ通りに立って客引きをしている人もいる。「どこまで行くん？安くしとくで！」と割引までするようだ。流石は関西、と雅姫は感心してしまう。

各店のホステスも客の送り迎えのために一階まで下りてきては、キャアキャアと客と騒いでいる光景が見受けられる。「また来てね！」と客の腕に絡みつくホステスに、「また来る」と鼻の下を伸ばしてデレつく男たち。酔っ払って千鳥足で歩くサラリーマンのグループ。こんな時間でもまだ客引きをしている怪しげな黒服。その光景を横目に、ただ黙って高柳について進む。

何人ものホステスたちがすれ違いざまに美丈夫の高柳を熱い視線で見ていたが、彼は一切気にもとめない風だった。寧ろゴミ虫を見るような目で、勝手に視界に入る女たちを蔑《さげす》んでいるようだ。

徐々に表通りから外れていくので、雅姫は不安になり少し先を歩く高柳に駆け寄って尋ねる。

「あの……、どこに向かっているのですか？　尾乃田さんは？」

雅姫は勇気を振り絞って聞いてみたが、その瞬間、高柳の顔があからさまに歪むのを見逃さなかった。

「チッ、こんな人通りの多い時間帯に、お前みたいな堅気の女を、カシラの車に乗せるところを誰かに見られてみろ、面倒臭いことになる」

――あれ？　昼間は私に敬語だったのに。やはり嫌われてしまったのかな？

高柳は吐き捨てるように「この先だ」と言ってまた黙ってしまった。するとそこから少し歩いた先に駐車場があり、尾乃田の車が停まっているのが見える。雅姫は「いた……！」と小さく声を上げて安堵した。

雅姫が車の側まで来ると、高柳が後部座席のドアを静かに開ける。瞬時に中から大きな腕が出てきて雅姫の腕を掴み、グッと車内に引っ張り込んだのだった。

四．止めるか、このまま進むか……

クチュリクチュリという濡れた音が、熱く甘いハアハアという吐息と重なって響き合う車内。二人はたがが外れたように、夢中になって互いの口内を舐め回している。

尾乃田によって車内に引きずり込まれた雅姫は、すぐさま、抵抗する間もなく彼によって唇を塞がれた。

雅姫は口を閉じることもできずに涎《よだれ》を垂れ流している。尾乃田が不意に唇から離れ、ベロリと顎を舐めた。雅姫がそっと目線を上げると、すぐ目の前に尾乃田のうっすら上気した顔がある。目はジッと雅姫を見ていた。ゾクッと少し身体が震え、熱を帯びた視線で見つめ返す。二人の唇が再度重なると、尾乃田に舌を絡め取られ甘噛みされた。

「うン……、ぐゥ……、あっン……」

雅姫の口の端から声が漏れた。尾乃田の右手は雅姫の後頭部を掴み、左手は腰に回されている。決して逃げることは許されない。

尾乃田の舌は雅姫の歯列を順になぞり、最奥の場所に到達しても更に奥に進もうとする。彼のキスは口の先でチュッチュとやる可愛いものではなく、貪るという言葉が相応しいぐらいに口内を侵略していく。尾乃田の舌が触れていない場所はないというほどに口内が彼の色に染まる。尾乃田は雅姫の唾液を飲み込み、自身の唾液を代わりに送り込んでくる。それは唾液の交換。

尾乃田の与えるキスは、身体中の細胞が壊れそうなくらい情熱的で、これでもかとばかりに激しく雅姫を溶かす。酸素が足りなくなったせいで、クラクラとした目眩が雅姫を襲った。息が限界に達しそうだと思うと同時に、尾乃田がスッと唇から離れ、首筋を下から上に沿ってベロッと舐める。そのまま尾乃田の口が雅姫の首筋に押し当てられ、犬歯をカリッと当てて甘噛みした。

「ひやぁ……、あ……」

ビリビリと雅姫の身体に軽く電撃のような刺激が走る。今まで経験したキスは、高校のときに口先でした甘酸っぱいもの。いきなりの野獣のようなキスはキャパオーバー気味で、脳内の処理が追いつかなかった。

——何が起きているのだろう。私、今、何をしているの？

「自分で選べ。止めるか、このまま進むか……」

尾乃田の三白眼が熱を帯び、吐息交じりの声で尋ねてくる。

何度も想像しては消し去った尾乃田との性的な絡みが、今、目の前で現実に起きている。前回奪われなかった唇は、簡単に奪われてしまった。そして、尾乃田はその先の行為を暗に示している。ドクドクと心臓が高鳴り、雅姫は目をギュッと瞑った。

尾乃田とキスをしてはっきりとわかった。自分は彼とのこの先を望んでいる。フェロモンの塊のような男に求められて、初心な雅姫は抗えなくなっていた。

身体中の血が沸騰したようにカッと熱くなった雅姫は、「このまま……」と懇願するように答えた。「この熱を冷まして欲しい、早く！」と心の中で叫びながら。

再度、尾乃田が雅姫の唇を咀嚼《そしゃく》しようと近付いたと同時に、後部座席のドアが静かに開いた。

「……カシラ、着きました」

高柳が無表情でドアの側に立っていた。

「チッ」という舌打ちと共に、尾乃田は車から降りる。雅姫も恥じらいながら俯き加減でそれに続く。すっかり忘れていたが、運転席と助手席には自分たち以外に人がいた。雅姫は自分の痴態を思い出し、恥ずかしさでクラッと目眩がしてくる。その瞬間、雅姫のおぼつかない足が地面に着く前に宙に浮いた。

「え、きゃーぁ、なに！」

「子猫が逃げんようにしっかり捕まえておかんとな」

尾乃田は雅姫を前に折り曲げるように抱き上げて、自身の左肩に造作もなく乗せた。雅姫の臀部は尾乃田の顔の横、頭は逆さになっている。いわゆるお米様抱っこ――俵担ぎだ。

「え、ヤダーぁー、なにこれ。下ろしてください！」

雅姫は尾乃田の背中にポカポカと拳をぶつけてみるが、無論ビクともしない。

「コラコラ、暴れるな！」と尾乃田は雅姫の臀部をパンパンと叩く。「キャー」と叫ぶ雅姫は、まるで逆毛を立てた子猫のように威嚇するが、尾乃田は「黙っとれ」と言って更に叩く。

着いた場所は薄暗く、剥きだしの鉄筋コンクリートでできた、地下駐車場のようだ。尾乃田は雅姫を軽々と担いだままエレベーターの前まで行き、カードキーをかざして、ピッという音の後にエレベーターのボタンを押す。カードキーがないと乗れない仕組みのようだ。

すぐにエレベーターが到着し、尾乃田はドアが開くと同時に乗り込み、最上階のボタンを押す。そしてドアが閉まる寸前で、「後で電話する」と手短に高柳に告げた。

高層階直通エレベーターは、途中で止まることもなく最上階に到着し、到着を知らせる音と共にドアが開く。最上階は二部屋しかないようで、両部屋の入口はエレベーターから左右の方向に大きく離れていた。そのうちの一つの部屋に尾乃田が向かっていき、ドアの前で再びカードキーをかざす。カチャッという音が内側から聞こえ、雅姫は部屋の鍵が開いたことを知った。

この間、雅姫はずっとお米様抱っこのままである。尾乃田は室内に入って内側から鍵を閉め、玄関でようやく肩から雅姫を下ろした。長い空中遊泳の末、ついに地に足が着いた雅姫は、一瞬足がガクッとなり倒れそうになったが、尾乃田がグッと腰を押さえてくれたので倒れずにすんだ。

「細い腰やなあ。ちょっと力を入れたらすぐに折れそうや」

尾乃田は雅姫の腰のラインを確認するようにゆっくりと指で撫で回す。その指はスルスルと下りていき、腰から臀部にかけてのラインに一本指を添わせ尻の下に到着したところで、五本の指で下から淫らに鷲掴《わしづか》みにする。

「あっ！　きゃぁー、んぁ……」

雅姫は思わず出てしまった熱を孕《はら》んだ声に、ビックリして口を手で塞ぐ。

「隠すな、全部聞かせろ。お前のヤラシイ声を……」

尾乃田は口を隠している雅姫の手を掴んで、自身の口元に持っていき、指をそっと甘噛みする。そんなことをされる自身の指を雅姫は少し潤んだ瞳で見てしまう。

するると足の間で何かがひくんと疼き出す。心臓の鼓動が大きくなっているのは、緊張しているというよりは、寧ろ未知の行為に対する期待。好奇心が旺盛な雅姫は、これから自分に起こることを思い描いて掴まれていない方の手をギュッと握りしめた。

「ヤクザのセックスは激しいで……。きっとお前の想像以上や」

尾乃田の唇が雅姫の指から離れ、次は唇に狙いを定めて近付く。雅姫の唇はあっという間に咀嚼され、そして口内を犯された。同時に尾乃田は雅姫を抱っこするように軽々と持ち上げ、そのまま奥の寝室へ進んでいく。

雅姫の足は尾乃田の腰の後ろでクロスし、臀部は尾乃田が両手で支える格好だ。歩く振動で尾乃田のベルトのバックルが、雅姫の下腹部にある秘密の膨らみに振動を与える。

「うふ……、ハア……、あっ、あぁ……」

雅姫は無意識に少し腰を動かしていた。

「フッ、えらい淫乱な子猫やなあ……」

その様子を見て尾乃田はたまらないといった風に、艶めかしく雅姫を見つめている。寝室のドアをバタンと乱暴に開き、部屋の中央に鎮座している大きなキングサイズのベッドに雅姫をそっと置いた。モノトーンの寝具で覆われたベッドは、一人で座るには大きすぎて、雅姫は何だか急に寂しくなる。ジャケットを脱ぎながら尾乃田は雅姫に背を向けて、腕時計やスマートフォンをベッドサイドテーブルに置いていく。シャツの下から身体のラインが浮き出ており、肩と胸に筋肉の盛り上がりが見えた。

尾乃田は雅姫の方を向き、射るような視線で見つめてくる。吸い込まれるような強烈な眼差しのせいで、全身が一気に火照り出したことを理解した。

猛獣に捕らえられた草食動物のように、雅姫はその場から動くことができなくなる。尾乃田が出す色気の吸引力は雅姫を捕らえて離さない。

普段は異性に特に興味もなく、決して淫乱な方ではない雅姫だが、尾乃田の色香にやられて官能の沼にゆっくりと沈んでいく。何度も頭に思い描いた彼との行為を考えるだけで、カッと全身に熱が回るようだった。

──そ、想像が現実になる……！　どうしよう！

急に尻込みし出す雅姫の心。無意識に身体が後退していく。

ネクタイに手をかけて外しながら、緩やかに尾乃田が近付いてきた。目は雅姫を射貫いており、逃がさないと告げている。首から離れたネクタイを床に放り投げて、次はシャツのボタンを外していく。彼が雅姫の前に来たときには、全部のボタンが外れ、はだけたシャツの隙間から、雅姫の想像通りの麗しい肉体美が覗いていた。分厚い胸板や、筋肉の陰影がついた腹部、それらから男らしい色気がムンッと漂っている。

尾乃田は雅姫の足を左右に割って入り、彼女の服に手をかける。雅姫の着ていたトップスはするりと上に向かって脱がされ、ロングの白いティアードスカートもあっという間に離れていく。特別な勝負下着でもないシンプルな下着姿になった雅姫は、急に恥ずかしくなり、モジモジと両手で下着を隠そうとする。

「あのう、汚いからシャワーを浴びたいです……。良いですか？」

「汚い？　クックック、シャワーなら後で幾らでも浴びればいい。今、浴びてもすぐにドロドロになるんやからなあ」

尾乃田は意味があらへんと続け、雅姫の口を唇で荒々しく塞ぐ。彼の右手はゆっくりと雅姫の胸の膨らみに下りていった。柔《やわ》い左胸をブラジャーの上から形が変わるほど揉みしだかれる。左手は後ろのホックを慣れた手付きで外し、その瞬間に白く豊満な膨らみがぷるんと姿を現す。大きな手が直にそれらを乱暴に鷲掴みにする。柔らかく弾力のある胸は彼の手の中で自由に形を変えた。

「んッ……、んー、ふぁぁ……」

雅姫の左右の胸の中心にある突起は小振りでまだ硬い。淡い色は、誰にも開発されていない証拠だ。尾乃田の指がそこに狙いを定めて弄り出す。指で摘まんだり押したりして弄ぶ様《さま》は、子供が真新しい玩具《おもちゃ》を与えられ夢中になって遊んでいるようだ。

「すっかりここは立ってるなあ。そんなにええのか？」

ニヤッとしながら雅姫を見る尾乃田は、突起に口を近付けて、一気にパクッと含んでチュウッと吸ってみる。

「あっー！」

雅姫の身体にビリッと軽く電気が走った。尾乃田はその反応を興味深く感じたようで、「じゃあこれはどうや」とやんわりと乳首を噛んでくる。

「ひぐうッ！」

雅姫は弓なりに身体を反らしてビクッと震えた。すると尾乃田の三白眼が妖しく光り、雅姫を射殺す。彼の嗜虐心に火がついたようだ。身体の中心にある男芯が反応したのか、そこが大きく盛り上がる。

「激しく抱き散らかすのも悪くはないやろう。けど、今はお前の可愛い反応を楽しみたい」

尾乃田は雅姫の胸の突起を口に含み、舌先でコロコロ転がしながら弄んだ。そして柔らかい胸の谷間に強く吸い付いて、はっきりと左右にキスマークを残す。所有者の刻印を。

同時に雅姫の腰から腿にかけてのラインに指を添わせ、スローモーションのように下着を下ろしていく。肌は滑らかで吸い付くようだと尾乃田は感嘆したように漏らした。

指の感触とその艶めかしい行為に、雅姫の中の官能が呼び起こされ秘部が熱を持つ。まだ触られてもいないそこは、物欲しそうにクチュッと小さな音を出した。下着には既に卑猥なシミができていて、尾乃田を「ククク、乳首だけでこれか……」と喜ばせている。

尾乃田はゆっくりと雅姫の尻の曲線をなぞり出す。雅姫は次はどう動くのかと、全神経を触れられている場所に集中させた。指はやがて下腹部にある蜜花に辿り着く。尾乃田に指先で軽く突《つつ》かれただけで、待ちかねたように花弁が開き、蜜に覆われて濡れ光る花芯を露出させた。

「もうグッチョリと濡れて誘ってるで、お前のここは……」

「い、いやぁ――」

自分が淫らな快感に反応している現状に驚き、雅姫は逃げるように腰を引く。こんな自分は知らないと頭を左右に振るが、尾乃田の雅姫への探究心は止められない。腰を引き寄せられて、両方の親指でよく見えるように秘部を開かれる。その形状も色も、より鮮明に彼の眼前にさらけ出されていった。雅姫は誰にも晒したことのない場所が暴露された恥ずかしさで少し震えているが、尾乃田は更に顔を近付けてそこを確認する。雅姫の秘部は小振りでキュッと締まっており、全く使われた形跡が見当たらない。

「まさか処女か？　お前……！」

驚いたように尾乃田がそう言うと、雅姫は耳まで真っ赤にし、そっぽを向いて小さく頷く。

「フッ、処女のくせに、そんなに俺のコレが欲しいんか？」

尾乃田は小声で呟きながらベルトに手をかけカチャカチャと外していく。スラックスを脱ぎ羽織っていたシャツを床に投げ、身体にフィットした黒いボクサーパンツ姿になる。そのボクサーパンツの前部分は異様に膨らんでいた。

尾乃田の盛り上がった胸筋から大きく発達した両肩にかけて、美しい牡丹《ぼたん》の刺青《いれずみ》が見える。

雅姫はゴクリと喉を鳴らした。そう、再確認したのだ。自分を抱こうとしているのは極道の男だと。それを目の当たりにし、恐怖で少し身体が震え出したので、それを隠すようにギュッと手で押さえる。無理もない。愛する人と経験するはずだった行為を、二度会っただけの男、しかも極道に捧げることになるのだから。

店で一度会っただけの男の家までついてきた。そして自分の裸体を晒している。その全てを、尾乃田の吸引力に負けたと言い訳すれば楽だろう。

——違う。尋ねられたときに私は自分で選んだ。無理矢理拉致されたわけでもない。尾乃田さんが、自分の知らない世界への扉を開いてくれるような気がして……。

二十歳になったばかりの雅姫は、理性より先に好奇心が出てきてしまうのだからしょうがない。

「全然あかん。お前のココはまだ蕾や」

尾乃田の極太の指が雅姫の蜜壺をツーッと撫でる。既に卑猥なねっとりした蜜で濡れているそこは、彼の指をしっとりと濡らす。徐々に小さな花弁を左右に開かれ、中心にある雌芯を軽く摘ままれる。

「ヒッ！　ぁーん、んーんっ」

雅姫の口から言葉にならない音が漏れる。それを聞いた尾乃田は「へえ……」と低く声を発し、更にその雌芯に刺激を送り出した。プリッとした小振りの雌芯はテラテラと蜜で濡れていて、触ると小刻みにプルプルと震える。尾乃田が親指を使ってそれを軽く押して潰したので、雅姫は「ひぐぅ、ん――、あぁぁ――！」と声を上げる。蜜壺から粘着質な液体がコプリと垂れ出した。尾乃田が指で雌芯を弾き始める。敏感な場所に強烈な刺激が与えられ、雅姫は「あぐぅっ……！」と発し小さく何度も痙攣《けいれん》する。

雅姫は今まで自分でさえあまり触ったことがない場所が、こんなに感じやすく卑猥なところだったと初めて知った。恥ずかしくて顔を両手で隠そうとしたときに、ヌルッとしたものが秘部に触れる。それは尾乃田の舌だった。

「キャー！　汚いから、や、やめてください」

ジタバタと足を動かして抵抗すると、尾乃田が両足をガバッと大きく開いて持ち、グッと雅姫の胸の方に押し上げる。秘部も後ろの蕾も全開で天井を向く。この恥ずかしい格好に、羞恥心はマックスに振り切れていた。

「やぁ……、尾乃田さん！　この格好はイヤー！」

「こうすれば自分のココがどうなってるかよく見えるやろ？　ええ眺めやで。お前のココはまだ蕾やのに、ヤラシイ蜜で後ろの穴までグチョグチョやな」

尾乃田がねっとりと舌を使い、上下に蜜壺を舐め上げていく。ヌルッとする彼の舌は、雅姫が今まで感じたことのない感触を、ピチャピチャという湿った音と共に与えた。

広い室内に響き渡る淫らな水音。自身から出るその卑猥な音が恥ずかしくて、雅姫は耳を手で塞ごうとした。

「あかん、隠すな、全部聞け。お前が奏でるヤラシイ音をな……」

尾乃田の舌は雌芯に狙いを定めたようだ。レロレロと舌でそれを転がし、周辺も舐め上げている。そして舌を尖らせて雌芯を押し潰す。

「んぁあ——！」

雅姫はシーツをグッと引き寄せた。その瞬間、下腹部に鋭い電撃が走る。

「ヒッ！」

どうやら雅姫の雌芯に尾乃田が歯を立てたようだ。強烈な刺激に目の前に星が散らばる。同時に蜜壺からドロッと蜜が垂れ出した。溢れる蜜を全部舐め上げた尾乃田は、長い舌を使い秘部にある小さな穴をこじ開ける。

「つあ……、ぁっ、やっ、なに……これっ」

舌が別の生き物のようにニュルニュルと出たり入ったりしながら奥に進む。コプコプと愛蜜が湧き上がるのを、尾乃田はジュルジュルと音を出して吸い上げる。その淫猥な音に雅姫の顔は真っ赤になった。

——やだ……、やめ、て。変になるから……！

「どうや？　ええやろ？」

尾乃田の問いかけに、雅姫は赤面して「嫌だ嫌だ」と明らかに正反対のことを口走る。「素直やないところは、ホンマに猫のようやな」と尾乃田は笑うが、すぐに睨むように見て「素直になれ」と低く伝えた。

「う……っ、きもち、いぃです……っ」

「そうか……。お前の蜜は甘くて極上の味がするで」

ずっと舐めていられると言いながら、尾乃田は雅姫の股の間から熱を孕んだ目で彼女を見つめ、陰部に近い太股にジュッと吸い付き痕を残す。すると雅姫の下腹部がカッと熱くなり、熱が一瞬で全身に伝わる。

蜜壺を堪能していた舌がスッと離れ、瞬時に尾乃田の指が秘裂をなぞる。そこで指に淫蜜を絡めた後に、ヌルッと秘裂の穴に沈めていく。グチュッという音と共に、尾乃田の極太の指が膣肉に、第一関節、第二関節と徐々に沈み込む。「えらい狭いなあ」と呟く尾乃田は嬉しそうだ。体内に異物、しかも極太の指が入っていく初めての感覚に、雅姫は身体が硬直していくのを感じる。

「身体の力を抜け。ゆっくり受け入れるんや。俺の指の形を味わえ、ほら」

そう言って尾乃田はおもむろに指の抽送《ちゅうそう》を始めた。

「あ……んっ、あ！」

雅姫の口から本人の意思を無視して音が漏れ出す。痛いはずなのに、なぜかもっとそこを弄って欲しいと言いたげに。グチョグチョと卑猥な音が聞こえ、その音の出所はしっかり自分の目にも見えている。尾乃田の指を咥え込む蜜壺は体位のせいで目の前にあるのだ。

「イヤ……ぁ！」

言葉とは裏腹に、雅姫の膣肉はうねり尾乃田の指を頬張る。一本だった指は二本に増え、指の抽送音は卑猥度を徐々に増していく。雅姫の荒い息遣いと、グチョグチョという粘着質な音が部屋に響き渡っていた。何かを探しながら左右に動く尾乃田の指が、奥の膣襞のある一点に触れると、雅姫は「あ、だめ……！」と声を上げる。

「……ここか？」

尾乃田の目が妖しく光る。「何か」を発見したようで、その秘密の場所を二本の指で激しく突く。

「ひぐうッ！　や……、やぁっ！　いっ……！」

今まで感じたことのない快感が雅姫を襲ってきた。

「あ、あ……！　だめ、だーめー！　な、なに　こ　れ、コワイ」

今まで経験したことのない何か大きなものが、そこまで迫ってきていて雅姫は慄く。尾乃田の指は三本に増えていて、中でグチョグチョと広げては閉じを繰り返す。

「イけ！　受け入れろ。逃げるな……」

尾乃田の三本の指が更に円を描くように動き、激しさが増した。

「あっ……、ぃ！　いーぅ！」

尾乃田の指と周辺に透明な液がビューッと派手に飛び散る。目の前が真っ白になり雅姫は息ができない。高所から落ちるような感覚が襲ってきた。ハアハアと息を整えていると、尾乃田が三白眼のまなじりを下げてニヤリと笑い視線を落とす。

「派手にイッたもんやなあ。処女で潮吹きとは……」

末恐ろしいでと喉の奥で笑いながら、濡れた指をシーツで軽く拭いた。

「そろそろ、頃合いか……」

そう言って尾乃田は自身のボクサーパンツを脱ぎ捨てた。ボクサーパンツの中で、強大な存在感を見せていた逸物《いちもつ》がブルンと飛び出す。それまで彼をウットリと見ていた雅姫は、一瞬で金縛りにあったようになった。尾乃田の臍《へそ》につくほどに反り返った剛直。その剛直は雅姫が知識として知っていたものより異様な形で、ゴツゴツと血管が浮き上がっている上に長さも太さも規格外で、想像を絶するものだったのだから無理もない。

――な、何、あれ？　おおきい、おおきすぎる～！　入るの⁇

今からされることを尾乃田の男根を見てようやく理解した雅姫は、青ざめた顔でガクガクと震え出す。性行為とは男根を自分の膣に受け入れること。しかし、アレはどう考えても自分の穴には入りそうにない。「待って」と言おうとした雅姫は、更に硬直することとなる。

尾乃田はベッドのサイドテーブルからコンドームを取り出し、慣れた手付きで素早く男根に着けた。パッケージは外国製でXLの文字が見える。それを確認した雅姫は卒倒しそうになった。

尾乃田の周りにいるのは、いつも自分から尻を振って寄ってくる化粧臭い女ばかりだ。甘ったるい香水を執拗につけ、上目遣いでしな垂れてくる。そのせいで尾乃田は女など鬱陶しいと常々思っていた。ただの性欲処理の道具だと……。それゆえ処女の相手はあまりしたことがない。初心な女との出会いがないのも大きいが、処女は面倒臭いからと避けてもいた。

まだヤクザに成り立ての頃、当時所属していた組の組長に命令されて親の借金の形《かた》に無理矢理売られた若い処女との行為をしたことがある。完全に震え上がる女を強制的に組み敷いて、自身の男根を突き刺す。何の面白味もなかった。怯える女を見下ろしてなお、ガチガチに勃《た》つ己《おのれ》の愚息を恨めしく思ったものだ。

「ハハハ、こんなデカチンが初めての相手で良かったのう！」

ゲラゲラ笑って行為を見ている当時の組長に、尾乃田は心底嫌悪感を持った。組長は糖尿病のため不能だったのだ。自分の役立たずの男根を使うことができない憂さ晴らしを、若い処女を甚振《いたぶ》ることで紛らわせていたのだろう。そして散々道具を使って女を弄んだ後に、自身の経営するソープに流していた。

しかしそんな下衆《げす》な組長の行為でさえ、今では可愛いと思えるくらいに尾乃田の手はドス黒く染まっている。その汚れた手で、誰の手垢もついていない綺麗な身体を決して犯してはいけないと頭の片隅で思っているからだろう。尾乃田が相手にする殆どの女たちは百戦錬磨のプロだった。相手を壊してしまうかもなどと心配する必要もなく、自分から男芯の上に跨がって淫らに腰を振るような女ばかりなので、存分に激しい行為を楽しめた。

今、目の前で不安げに身体を震わせている女は、尾乃田が苦手とする処女だ。処女だと気が付いてからでも、雅姫の身体が自分を受け入れられるよう慣らすための行為を、なぜか止《や》めることができなかった。普通なら処女とわかった時点で「帰れ」と言い、高柳を呼んでいただろう。しかし口からその言葉は出てこなかった。

初めて会ったときから尾乃田の中に住み着いた雅姫。気品のあるシャム猫のような容姿だが、どこか子猫のように子供っぽく人懐っこい。時折何かを考え込んでいる風になったかと思うと、表情をコロコロと変えてクスクス笑い出す彼女は、見ていると面白い。突飛な発言も興味を誘った。尾乃田に媚びず、己の思うまま振る舞う雅姫は、どんな世界を自分に見せてくれるのかと心惹かれた。

普段なら処女は面倒臭いと思うはずの尾乃田だが、今はなぜか嬉しかった。

――誰の手垢もついていない、この女。俺が全ての喜びを教え込んでやればいい。

尾乃田は舌舐めずりし、大型肉食獣が獲物に狙いを定めるように、雅姫を三白眼で捉える。

――逃すものか！　お前は俺のものだ……！

自分の前にいる小動物は小さく震えてはいるが、「私を食べて」と言わんばかりに股の間の小さな蜜穴を濡らしている。そこから甘い女の匂いを垂れ流し、濡れた瞳と火照った顔でこちらを恥ずかしそうに見つめているのだから。

「俺が欲しいか、雅姫……？」

尾乃田の問いかけに「大きすぎて怖いけど、ほ、ほし……いです」と雅姫が震える声で返事をする。その声に応えるようにニヤリと笑い、「俺もお前が欲しい」と告げて己の剛直を雅姫の蜜口に宛がった。滑りを良くするために、周辺の卑猥な蜜を亀頭に擦り付けていく。それが終わると、一気に膣の卑肉に押し込んでいった。

「ひぐうッ！　ひぎぃいンンッッ！」

雅姫は激痛に声を上げた。今まで感じたことのない質量が、下半身にグングンと侵入してくる。あり得ないほどの強大な杭は、下腹部から串刺しにするように突き上げてきた。極太の指で散々慣らされたはずの蜜壺だったが、規格外のモノを受け入れるには少し足りなかったのかもしれない。そして障害になっていた何かが突き破られた。

「う、くぅー、狭い……。フッ、あぁ、これでお前は俺のもんや。ええな、雅姫……」

ついに、巨大な侵略者は雅姫の純潔を散らす。尾乃田は暫《はか》く動かず、己の雄芯の形に膣を慣らし、同時にまだ硬い処女肉を堪能しているようだ。破瓜の痛みなのか処女を失った感動なのか、雅姫の目から温かい水がポタリポタリと流れる。

——これで良かったの？　この男《ひと》で本当に良かったの……？

その涙を尾乃田は少し驚いたように黙って見つめ、そっと手で拭《ぬぐ》ってくる。

「俺が初めての相手で、……嫌か？」

寂しそうに、でも優しく問いかける男に雅姫はハッとする。

——違う。無理矢理に犯されたわけではなく、自分で選んだことだ。

「嫌じゃ、ないです……。私は貴方に抱かれてみたいと思った。知らない世界へ連れて行ってもらいたかった……」

それを聞いた尾乃田は三白眼のまなじりをグッと下げ、嬉しそうに微笑んだ。その笑顔を見て雅姫の心臓が跳ね上がる。鼓動が速くなり、身体中の血液が一気に駆け巡る。まるで恋に落ちたような自身の反応に驚いた。そして、まだ少し震える雅姫は、尾乃田の左胸にある牡丹の刺青をスーッと指でなぞっていく。

「きれい……」

決して交わることのなかった二つの世界の境界線が、身体を伝って今繋がった。

ふと視線を尾乃田の顔に移すと、満悦の笑みを浮かべて雅姫を見つめている。

「痛みはそう長くは続かん。初めての思い出が苦痛で終わらないように、お前に女の悦《よろこ》びをもっと教えてやる」

「悦び……？」

雅姫が落ち着くまで動かないで待っていた尾乃田は、徐々に男根を動かし抽送を開始した。大きな熱棒が上下するたびに、雅姫の蜜肉をグリグリと擦る。男根の先頭の大きな傘は膣壁のでこぼこにゴリゴリとした刺激を絶え間なしに与えた。最初は中から引き裂かれるような痛みを感じたが、既に激しく濡れそぼっていたソコは、剛直の大きさに少しずつ慣れてきていた。ゆっくりとした抽送を受け入れるうちに、すっかり尾乃田の形に変わった雅姫の秘密の道は、蜜を垂らして剛直を頬張る。

「ククク、初めてのくせに、もう中をうねらせて、随分と淫乱な処女やなあ。ええぞ！」

額に汗を滲ませながら尾乃田は喜んでいるようだ。まさかここまで自分を喜ばせるとは、と呟いている。

尾乃田は雅姫に己を挿入したまま、軽々と彼女を持ち上げグルッと回転させて後背位に変えた。

「きゃーぁ！　――あぁ、は、……グッ、いー！」

いきなり自分の身体が回転し、その振動で剛直がグリグリと中で動いていく衝撃が、雅姫に軽い絶頂を与えた。すぐさま尾乃田は腰を大きく動かす。大きな亀頭を使って最奥をズンズンと突かれ、目の前に火花が散った。

「おのだぁ……さんっ、あ！　あぁ！　んぁ、……あん……っ」

尾乃田は豊満な白い双丘を背後から揉みしだきながら首筋に噛み付いてくる。瞬時に雅姫が声にならない嬌声を上げ出す。すると蜜壺がきつく尾乃田を締め付けた。

「ぐっ、そんなに欲しいのか。ええで、くれてやるわ」

その瞬間、尾乃田は雅姫の片足を掲げ、より深く亀頭が奥に届く体勢にする。亀頭はグリグリと子宮口を押し上げた。

「あぐぅー！　う……、いィ――」

雅姫の絶叫を聞き、尾乃田は満足そうにガツガツと腰を振っている。グチョグチョという湿った音が、パンパンという肌を打つ音と共に部屋に響く。尾乃田はギリギリまで男根を引き抜き、一気に突き刺す動きを繰り返す。そのあまりの衝撃に雅姫は声を上げ、身体をぶるりと震わせた。

「や、あ！　ん！　ぅっ!!」

「クッ……！　雅姫、もっと、もっとや」

「あっ、いいぃ、ああっ！」

パンパンと激しく腰を打ち付けられ、雅姫は必死になってシーツに掴まった。ポタポタと雅姫の背中に尾乃田の汗の雫がこぼれ落ち、二人は呼吸もままならない。熱を持ったハアハアという激しい呼吸音が部屋に響き渡る。尾乃田にひたすら強い刺激を与えられ、頭の中にチカチカと光る白い波が押し寄せてきた。

「くっぅー、あぁ……！」

尾乃田はうめき声を漏らしている。雅姫の中の剛直が一気に質量を増し、次の瞬間にはビクビクと震え、先端の割れ目から大量にトロみのある白濁が吐き出された。装着されていた避妊具はそれを全て受け止める。同時に雅姫も絶頂を迎えた。何度目かわからない絶頂を堪能して小刻みに痙攣する雅姫を、三白眼をグッと下げた笑顔の尾乃田が見つめている。そして雅姫は今日初めて、自分が女であることを彼の手によって知った。

初めての雅姫にとって、尾乃田との行為は刺激的すぎたようだ。処女を失う緊張も重なって、若いとはいえ体力はもう残っていなかった。ベッドに屍《しかばね》のようにドッと倒れた雅姫は、そのままスウスウと深い眠りに就いてしまう。

熟睡している雅姫を見て「おいおい……」と尾乃田は頭を押さえる。まだ雅姫の中に収まっている男根は硬さを保っている。常に一回では終わらない己の性欲は、通常は「絶倫の尾乃田さん」と喜ばれるのだが……。寝たままで犯しても良いが、彼女の反応を楽しみたい尾乃田にとって反応のない蛸壺《たこつぼ》とやっても面白くないため、二回戦目は諦めた。

雅姫の中から男根を抜くと、「あッ、うぅん……」と艶めかしい声が聞こえる。起きたのかと顔を覗き込むが、やはり完璧に熟睡していた。「焦らすなよ」と小声で吐き捨てる。己自身から手早くコンドームを外し、ポイッとゴミ箱に捨てた。

さて、どうしたものかと尾乃田は頭を抱える。いつもなら行為がすめば女は部屋から追い出していた。素直に出ていかなくとも、高柳に電話すれば「朝までいたい」と駄々をこねて嫌がる女を連れ出してくれるのだ。しかし、可愛い寝顔でスヤスヤ寝ている雅姫を起こすのは忍びない。尾乃田は煙草に手をやり、取り敢えず一本吸ってから考えようと火をつけた。

クシュンと雅姫がくしゃみをしたようだ。

尾乃田は慌てて、床に落ちていた毛布をかけてやった。フワフワの毛布をギュッと掴む雅姫を見ていると、キュッと何かに心臓を掴まれた気がした。それが何かはまだ追及したくはなく、そっとその感情に蓋をする。

煙草を吸い終わってそのままベッドに戻り、雅姫の頭を優しく撫でていたら、自身もスゥッと眠りに落ちていく。最近は揉め事を収めるために関西中を動き回っていて、睡眠時間もままならない日々。身体を丸くして猫のように眠る雅姫の横で、同じように身体を丸めて眠りに就いた。

ポロン　ポロン　ポロン

静かな部屋でスマートフォンの呼び出し音が鳴っている。ピアノの曲のようで、優しい旋律は寧ろ余計に眠気を誘いそうだった。何時間くらい寝ていたのか、外はすっかり日が上がって太陽の光がカーテンの隙間から差し込んでいる。尾乃田はベッドサイドテーブルからスマートフォンを取り、相手の名前を確認し画面をタップした。

『カシラ、大丈夫ですか?』

電話から少し慌てた高柳の声が聞こえる。

「ああ、ちょっと眠りこけてた。大丈夫や」

安心したようにホゥーッと息を吐く高柳が続ける。

『昨夜は女を追い出せと連絡がなかったので心配していました。あの女は自分で帰ったのですか?』

「……ああ、あの子猫はなあ、まだ隣で爆睡中や」

ハハハと笑う尾乃田に、電話の向こうの高柳は信じられないと小さく呟く。尾乃田自身も信じられなかった。普段は自分以外の誰かが部屋にいると寝られないのだから。

今日は土曜日だが、もちろんヤクザには土曜日も日曜日もない。

『今日は昼から本部で会合があります』

如何《いかが》なさいますかと高柳が続ける。ハーバーランドの別宅には会合用の着替えはない。元々泊まる予定もなかったので準備していなかった。尾乃田は一旦、住吉の本宅に戻ることにする。

「そやな、あと一時間後に部屋に迎えに来い」

そう言って電話を切った尾乃田は、まだスヤスヤ寝ている雅姫を起こさないように、そっとベッドから下りて浴室に向かった。

そんな尾乃田の気遣いを無下にするかのように、朝日が雅姫の顔を照らし、眩しさで目を覚ます。重たい瞼《まぶた》をゆっくり開くと、見覚えのない部屋にいることに気が付いた。

「え？　ここどこ⁇」

ビックリして飛び起きようとしたが、グキッと身体の節々が痛む。ハッとして雅姫は自身の身体を見る。すると昨晩の痴態の名残がはっきりと目に入った。身体中についたキスマーク、下半身を中心に付いたカピカピに固まった何か……。

「そうだった。私、尾乃田さんと――」

ガチャッとドアが開いて、シャワー上がりの尾乃田が部屋に戻ってきた。

「キャー‼」

雅姫は全裸の彼を目の当たりにして大袈裟なほどに飛び上がり、その勢いでベッドから落ちそうになる。

「あん？　何を恥ずかしがっとるんや？　昨日散々見たやろ？」

尾乃田の濡れた髪は長く額に垂れ、普段より随分と若く見える。額の傷も隠れているので、凄みも減り、端整な顔に磨きがかかっているようだ。明るい光の中で見る尾乃田の肉体美は絶句するほどに素晴らしかった。

尾乃田がクローゼットを開けたとき、背中にある大きな虎と牡丹の刺青が雅姫の視界に入る。昨日は必死で彼の背中を確認する余裕はなかったが、そこにあるのははっきりとした極道の証し。そして尾乃田の両足の間に鎮座しているアレは、平常時だというのにえらく存在感をアピールしている。平常時でコレならば、勃起時は規格外の特大極太だなと静かに納得するしかない。

雅姫は恥ずかしさから、毛布を引っ張り自分に引き寄せた。するとＸＬと書かれた外国製のコンドームの空き袋が毛布の端から転がる。

「ＸＬ……」

「ああ、それな。日本のものじゃサイズが合わなくてなあ、輸入するしかないんや。けど、それでもまだキツイ」

――うんうん、まあアレじゃサイズが合わないよね。でも外国製でもＸＬって、どうよ？

マジマジと尾乃田の下半身を見てしまった雅姫の喉が、ゴクンと揺れたのは内緒だ。そんな雅姫に気が付いていない尾乃田は、クローゼットからラフな着替えを取り出していた。

「もうすぐ高柳が迎えに来る。俺は外出するが、お前は今日は学校休みやろ？　ゆっくりしてから出ていけばいい」

身体も辛いやろうからと言いながら、衣類を身に着け出す。するとピンポーンとインターホンが鳴り、尾乃田が連動させたスマートフォンで相手を確認し解錠ボタンを押した。ガチャッという音の後に、玄関の方からパタパタと誰かが一直線に寝室に向かってきている。思いの外、早足で……。

「カシラ！」

入ってきたのは高柳だった。雅姫は慌てて「きゃっ」と毛布で自身の身体を更に隠す。高柳はベッドにいる雅姫を冷たい目で一瞥し、「チッ」と小さく舌打ちをしていた。

「高柳、どうしたんや？　そんなに急いで？　あ？」

尾乃田も少し驚いていたようだ。いつもは冷静沈着な高柳に何があったんやと呟いている。

「いえ、何もありませんが……。この女、どうするんですか？　追い出しますか？」

「いや、かまわへん。後で新田《にった》にでも言って、家まで送ってやってくれ」

「は？　この女をここに残して出られるのですか？」

着替えの途中だった尾乃田はピタッと停止し、高柳の方を静かに振り返る。その瞬間、高柳は硬直し汗をダラダラかいて真っ青になった。雅姫からは尾乃田の表情は見えないが、高柳の様子から、恐ろしいものなのだと想像できた。

「す、すみ、すみません、カシラ。出すぎた真似を……」

尾乃田は雅姫の方を向き笑顔で優しく告げる。

「後で新田ちゅう若いモンを迎えに寄こすから、それまでゆっくりしとけ」

そして着替えが終わると、悠々と雅姫の方に近付いて頭をポンと触り部屋を出ていった。それに続いて高柳も部屋を出る。しかし高柳の顔は青いままだった。

二人がいなくなった室内は静かで、雅姫が息を吸う音が聞こえる。そこで初めて、自分の身に何が起こったのかを冷静に考え出す。ホステスというバイトをし、偶然に出会った極道の男。その男に好奇心から興味を持ち、ヒョイヒョイとついてきて処女を捧げてしまった。

ふと、尾乃田の背中の見事な刺青が脳裏に浮かび、急激に体温が下がった気がする。

「初めての相手がヤクザか……」

雅姫の中で新しい世界への扉は開いた。尾乃田のお陰で、自分があんなにも淫らに男と繋がれると知った。それに女の悦びも……。

殺風景で大きな寝室にはキングサイズのベッドがあるだけ。そこで一人、全裸で残された雅姫は、違和感がある下半身に神経を集中させた。そこは昨晩、尾乃田に侵略を許した場所。チリチリとした痛みは、抱かれた証し。昨夜の痴態が脳裏にフラッシュバックする。

「や、やだ。まだ何かが挟まっているような感覚……。後悔はしてないもん。ちゃんと自分で決めたんだから……。尾乃田さんに私の初めてをあげるって」

尾乃田は自分には絶対に暴力は振るわないし、言葉使いは関西弁でキツく聞こえるが恫喝《どうかつ》するようなものではない。自分の処女を奪ったときに見せたあの表情も、決して悪いものではなかった。「俺が初めての相手で、嫌か?」と問いかけた尾乃田は、寂しそうだが優しく見えた。

しかし、雅姫は尾乃田のことを深く知らない現実に気が付いた。

——身体が先になったけど、もっと知りたい、あの人のことを。でも、次はあるのかしら？

雅姫の頬は少し桜色に染まり、ベッドに顔を埋める。シーツからは尾乃田の甘いムスクの香りがし、それを何度も身体の奥に吸い込む。逞しい腕に抱かれて絶頂を迎えた昨夜の出来事を思い出し、「また、会えるかな」と呟く。

雅姫は少しの間ボーッとしていたが、新田という男が迎えに来る前に身体を綺麗にしたいと考え、重い身体を動かして浴室に向かいシャワーを浴びた。洗面台に高級そうな外国製の基礎化粧品が並んでいる。女性物もあり、雅姫の胸がチクッとする。気が進まないが、カサカサのまま人に会うのも嫌なので、少しそれを借りることにした。

「すみません。名も知らぬお姉様……」

雅姫がシャワーをすませて落ち着いた頃にインターホンが鳴り、新田らしき男が迎えに来た。金髪に派手目なトップスを着た若い男。ヤクザというより半グレ系の身なりで、聞けばつい最近まで半グレ組織にいたそうだ。

「いやー、半グレ時代に詐欺の取引で下手《へた》打っちゃって。ほなら、責任取れーってトップの連中に殺されそうになったところをカシラに助けてもらってん」

一生頭が上がらないと笑顔で語る新田は、何だかイメージ通りのチンピラだ。散々「本物の極道」にばかり会っていたので、「オンドリャーさん」のイメージに似ている彼には親近感が持てた。きっと悪いことも沢山しているし、「良い人」ではないのかもしれない。それでも歳が近いからか、彼とする他愛ない会話の中で少しずつ心を開いていく。

新田が運転するのは組の車ではあったが、尾乃田が乗っている高級外車ではなく国産の高級車ラインだった。「ぶつけたらえらいこっちゃ！」と言いながら、かなり荒い運転を繰り返す。

雅姫は何度かシートベルトを握りしめた。

話しやすそうな彼になら、自分が知らない尾乃田のことを聞きやすそうだと質問を投げかけてみる。

「新田君、どうして尾乃田さんを組長じゃなくてカシラって呼ぶの？」

新田はフフンと得意げに雅姫の質問に答えてきた。

「肩書きは一番上のものを使うからカシラやねん。カシラは尾乃田組の組長やけど、その上の二次団体常盤会の若頭。だからカシラ！」

俺は尾乃田組の所属で事務所に住み込みやでと、尋ねてもいないのに自身の紹介もする新田に雅姫はクスクスと笑う。

「カシラは凄いねんで～。シノギの金額は上の一次団体含めても全国トップクラスやねん。でも形式上は常盤会として納めてるから、常盤会の組長がふんぞり返って一次団体で執行部にも入ってる。極道は結局、金が全てやからな」

そう言う新田は、どうやら常盤会の組長が好きではないらしい。

「今の御時世、ヤクザやるんは辛いで。なんせ、金が儲からん！　カシラは別やけどな！」

ここだけの話、半グレの方が金持ってるわと小声で新田が囁く。

「なあ、雅姫ちゃんてさあ、カシラのイロなん?」

新田がニコニコしながら尋ねてきた。聞き慣れない言葉に雅姫は首を傾げて「イロって何?」と聞き返す。

「ああ、イロっていうんはな、女ってことやねん。堅気でいう彼女っちゅうやつ」

雅姫はキュッと胸が掴まれたような心地がした。自分は尾乃田の何なのだろうと考えても、全く答えが思い浮かばない。会ったばかりの尾乃田に「お付き合いしましょう」なんて言われていない。愛の告白などされていない。しかし、身体の関係はありだ。それでいて尾乃田の連絡先も知らない。一応マンションの場所は把握済みだが……。

ふと、十和子ママが言っていた台詞《せりふ》を思い出す。

『あんなあ、尾乃田さんは沢山綺麗どころを囲ってはるねん。そりゃ、モテモテや』

『アンタみたいなお子ちゃまはなあ、パクッと尾乃田さんに食われて、はい、さようならや』

部屋にあった高級基礎化粧品から女性の影は確認できる。アレだけ色気のある男だ、女性からのアプローチも凄いだろう。そして、実際に雅姫は「パクッと食われた」一人だ。

「はい、さようなら、なのかな――」

ぼそっと小声で呟く雅姫の声を聞き取れなかった新田が、「え? 何か言った?」と尋ねてくる。

「違うと思うよ。イロじゃないです」

そう言う雅姫の胸は、なぜかギュッと締め付けられるように痛む。その発言を聞いた新田は不思議そうな顔をした。

「マジ？　だって俺、初めてカシラが女を朝まで泊めたって聞いたで。あり得んって、組じゃあ大騒ぎ！　高柳さんなんて……」

新田はそう言った後に「しまった！」と顔を青ざめさせていた。

「ごめんごめん、今のは無しな。俺、殺されるわ～」

新田が「内緒な」と口に指を持っていき、シーッのポーズを取る。

「ハハハ、そうなんだ。でも違うよ。きっと尾乃田さんは疲れていて眠ってしまったんだと思う……」

雅姫は精一杯の笑顔を作って微笑む。しかし手は少し震えていた。

「私は多分これっきりです……」

それを聞いても新田は腑に落ちないといった顔をしていたが、それ以上、何もこの件について尋ねてこなかった。

雅姫のアパートの前まで来たとき、新田が自身のスマートフォンを取り出す。

「雅姫ちゃん、番号交換しとこ！　何か困ったことがあれば連絡してきてや～」

え、ヤクザと番号交換？　と一瞬迷ったが、新田がホラホラと急かすので、思わず番号を教えてしまう。

「ほな、またね！」

ニコニコの新田が爽快に車を発進させた。

アパートの三階にある自身の部屋のドアを開け、中に入り「ふー」と大きく息を吐いた。雅姫の部屋は1DKだ。寝室は八畳に、ダイニングキッチンは六畳。バスとトイレは別でそこが気に入っていた。尾乃田の大きなマンションの部屋にスッポリ入ってしまうほどの大きさだが、こぢんまりしているこの部屋の方が落ち着く。

昨日自分に起きた出来事は現実だったのか、それとも夢だったのか、玄関口に突っ立ったまま、雅姫は考え込んでしまう。夢だったことにして終わりにすれば楽なのだけれど、下腹部のズキズキする痛みが現実だったと告げる。まだ何かが挟まっているような感覚が……。

「何度も言うけど、尾乃田さんとヤッちゃったんだよね……」

初めての相手が極道なのはかなりヘビーな経験である。

『ええか、雅姫。雅姫は今までの生活から抜け出したくて、変わりたくて親元を離れて神戸の大学に来たんやろ？　やったらちょっとは冒険してみ！』

涼子の発言が頭をよぎったが、流石に極道に初めてを捧げろとは言っていない。彼女に話すべきかどうか雅姫は頭を悩ませていた。

五．正しい連休の過ごし方

ゴールデンウィーク中、Ｍｏｏｎｌｉｇｈｔ　Ｓｏｎａｔａは閉店している。もちろん、企業が休みなら接待もないので客足も悪く、店を開けていても無駄に経費がかかるためだと鷹木から教えてもらっていた。

あの処女を捧げた日から尾乃田のことを考えては顔を赤くしたり、不安げな顔になって黙り込んだりと、雅姫は百面相を続けていた。このままではいけないと、気分転換にどこかに出かけたい気分だが、涼子は家族でハワイに行ってしまっている。あと五日もある休日を一人でどう過ごそうかと、朝からスマートフォンを片手に「お一人様、神戸観光」と検索していた。

すると画面に知らない番号が表示され着信を知らせる。雅姫は基本、登録していない番号には出ないのだが、無意識に「応答」のボタンを触っていた。

「は、はい？」

『……高柳だ』

「え……？　あのう、どうして高柳さんが私の電話番号を？」

『それはどうでもいい。今から出てこられるか？　カシラが呼んでいる』

「今からですか？　どちらに向かえば良いのでしょう？」

『家の前にいるからすぐに出てこい！』

そう言うと高柳は電話を一方的に切った。

――え～！　強引～！

渋々窓の外を見てみると、見覚えのある黒塗りの高級車の前で高柳が立っていた。雅姫の視線に気が付いて睨んでくる。慌ててカーテンを閉めて自分を隠してみた。

――え、これって出ていったら神戸港に沈められるとかじゃないよね？

取り敢えず、部屋着からシンプルなワンピースに着替え、デニムのジャケットを羽織る。サッと貴重品をバッグに詰めて持ち、外に出ることにした。高柳は怖いが尾乃田に会えるのかと思うと身体中がポッと熱くなる。処女を捧げた相手は誰にとっても特別だ。雅姫にとっても例外ではない。あの日から、ずっと尾乃田のことを考えない日はなかった。無意識に満面の笑みを浮かべて部屋のドアを閉める。アパートの階段を急いで駆け下り、高柳のいる場所に駆け足で向かった。

「お待たせしました！」

雅姫は怖い顔の高柳に笑顔で挨拶をする。少しでも嫌われないようにと。しかし高柳は雅姫を一瞥しただけで、「ふん」といった風だった。

「にやけた顔しやがって……」

高柳の吐き捨てるような言葉に、雅姫はギョッとして目を見開く。

――どうして私はこの人に、こんなに嫌われているのかしら？　私、何かした？

疑問だらけの頭を一度ブルンと振って、今は深く考えないことにする。

――今は考えても仕方ない。それよりあの人に会える！

高柳が後部座席のドアを不機嫌そうに開けると、中に尾乃田がいた。いつも着ているような高級なスーツ姿ではなく、少しラフな格好をしている。カジュアルなスラックスに、胸元の少し開いたカットソー姿でネクタイはしていない。髪型もオールバックではなく自然にサイドに流している。たったそれだけで、尾乃田は随分と優しく若く見えた。きっと普通に外を歩いていたら、ガタイの大きい人ではあるが、誰も極道とは思わないだろう。

「今日は休みやろ？　何か予定はあったのか？」

車に乗った雅姫の頭に触れながら尾乃田は優しく尋ねてきた。「何もないですよ。お一人様観光に行こうと思っていました」と笑って答えると、彼はジッと見つめてきて「女子大生なら合コンとかいっぱいあるんちゃうんか？」と不思議そうに呟く。雅姫は何だか胸が痛くなり、髪を触る振りをして胸をそっと押さえる。尾乃田は自分が合コンに行って、他の男たちと遊んでいてもどうとも感じないようだ。やはり自分は彼にとって、その他大勢の女、特別な「イロ」ではないのだろうと自覚する。

「合コンに行った方がよかったですか……？」

尾乃田の目を見つめて聞き返す。

「……お前が行きたきゃ勝手にすればええ」

そう冷たく言い放った後、尾乃田は窓の外に視線を向けた。こちらからは表情が見えないが、時々窓に映り込む顔は少し不機嫌に見える。

車が向かった先は、前回と同じハーバーランドの高層マンションだった。二人は地下駐車場で降りて、同じように高層階直通エレベーターで部屋に向かう。その間、尾乃田は特に口を開くこともなく、終始無言だった。そんな彼の数歩後ろを緊張の面持ちでついていく。その距離は約一メートル。これが現在の二人の間の心の距離なのだろうか。

まだたった一度しか肌は合わせていないが、雅姫の身体は尾乃田を渇望していて、同じ空間にいるだけで下腹部がカッと熱を持つ。そう思うと、いても立ってもいられなくなった。今までに感じたことのない、身を焦がすような焦燥に駆られる。これは恋なのか？　それとも欲望なのかと……。少し足早に歩き二人の距離をわざと縮めた。

部屋の扉が開くと、尾乃田は雅姫の手を引っ張って早急に中へ押し込む。そして壁に押さえ付けた。尾乃田は雅姫の唇に自身の唇を強く押し付けてくる。二人とも既に息が熱く、ハアハアと肩で呼吸をしながら互いの唇を貪った。その激しいキスが始まりとなり、あの初めての夜はつい三日前だというのに、もう随分と肌を合わせていなかったような渇きが二人を襲う。

「はぅ……はーぅ、ん――お、のだ、さん……」

「雅姫……、今からお前を抱く。ええな！」

プチュプチュと二人の唾液が交わる音が響き渡る。尾乃田の激しい舌の動きは雅姫に息を十分に吸わせない。軽い酸欠状態となった雅姫は、クラッと倒れそうになるが、太い腕が抱き止める。尾乃田は雅姫をグッと持ち上げてお姫様抱っこにし、そのまま寝室まで連れていった。


「あぁああぁっ！　やぁあっ、やぁあ、あぅ、あーっ、いぐぅ――！」

雅姫の声にならない嬌声と、下半身の蜜壺から聞こえる卑猥な音のリズムが更に速くなる。荒々しく雅姫の後ろで腰を振る尾乃田が、くぐもった声で「グぅー、おっ――！」と叫んだ。膣内で尾乃田の剛直が膨れ上がり、ビクビクと避妊具の中に大量の白濁を吐き出す。同時に雅姫も小刻みに痙攣して、今日何度目かわからない絶頂を堪能していた。

前回は一回目で意識を失った雅姫だが、今回は三回目終了時点でも、まだ辛うじて意識があった。尾乃田は雅姫の中から自身の肉棒をズルッと引き抜き、使用済みの避妊具を捨てた。長い間、剛直を咥え込んでいた雅姫の蜜壺は、少しパクパクと口を開けてから、ゆっくりと寂しそうに萎んでいく。尾乃田は既に三回も吐精しているが、未だに熱が収まらない愚息を呆《あき》れた様子で見つめていた。

「まだ収まらんか、コイツは……」

時間は午後三時過ぎだというのに、室内には淫猥な匂いがムッと充満していて、その匂いが更に肉棒を滾らせるようだ。尾乃田は汗と涎と自身の卑猥な蜜でドロドロの雅姫を、軽々と抱え上げて運び出す。

「ハアハア、お、尾乃田さん。どこへ……」

「風呂でお前を洗ってやる……」

「え！　い、いや、大丈夫です！　自分で洗います」

嫌がる雅姫を無視して、尾乃田は浴室に彼女を連れて入る。湯船は既に適温でセットされており、洗い場はほんのりと暖かい。

尾乃田は檜《ひのき》でできているバスチェアーに腰を下ろし、雅姫をお姫様抱っこのままで自身の膝の上に斜めに座らせた。シャワーヘッドを手に持ち、蛇口を捻ってお湯を出して雅姫をシャワーで濡らす。ボディーソープを手に取り、両手で泡立ててからその肌にソープを滑らせた。

「んぁ……んぅ」

雅姫の口から甘い音が漏れた。先程まで何度も尾乃田に絶頂を与えられた身体は、感覚が研ぎ澄まされているので、少しの刺激でも敏感に反応する。尾乃田の手は雅姫の腹を撫で回してから胸に移っていった。既にコリコリに立っている小さな二つの突起を、指で挟んだり摘まんだりして弄ぶ。そんなことを繰り返されているうちに、雅姫の蜜壺からトロリと蜜が溢れてきた。尾乃田はゆっくりと雅姫の身体の上で指を動かし、甘い淫蜜の香りがする下腹部に辿り着く。そのままスッと秘裂をなぞり、そこにある滑りを掬《すく》い取って雅姫の眼前に持ってくる。

「洗っているだけで、こんなに濡れるなんて淫乱な子猫やなあ」

クックックッと笑う尾乃田は、その指を雅姫に見せつけるように自身の口元に持っていき、ペロッと舐める。

「あん、ぃや……！　止《や》めてください」

雅姫は火照った顔で尾乃田に訴えかける。口では嫌と言いながらも、熱を持った視線は正反対のことを伝えていた。

「その顔はわざとなんか？　俺を惑わす気やな……」

そのとき、雅姫の臀部の下に鎮座していた尾乃田の雄芯がグッグッと大きくなった。

雅姫はふと剛直を直接触ってみたくなり、尾乃田の膝から床に下りてペタンと座る。すると彼の太股に穴のような傷を発見した。穴の周りは少しミミズ腫れのようになっている。今までこんな傷は見たことがない。少し寄り道をして、その傷口を触ることにする。これは何の痕だろうと観察していると、「弾痕や」と尾乃田が呟く。

「怖いか？　俺が……」

尾乃田の瞳の奥が若干不安げに揺れる。雅姫はその感情に気が付き、ゆっくりと口を開く。

「全然と言ったら嘘になります。もちろん、少し怖いです。でも、なぜかそれ以上に尾乃田さんのことを知りたいです……」

屈託のない笑顔で答える。

「そうか……」

　尾乃田は静かに返事をしたが、顔は少し嬉しそうだった。

　身体から始まった二人の関係は、どこに向かっていくのかわからない。十和子ママが言うように、遊ばれて終わりなのかもしれない。けれど不安だからと立ち止まって悩むより、進んでいきたい雅姫は、やはり「突拍子もないことをする」性格なのだろう。

　雅姫はゆっくりと剛直に手を差し伸べる。自分の身体から伝ったボディーソープの泡を少し浴びたそれは、大きくて硬くなっている。亀頭は広がっておりキノコ類の傘のようだと思った。チョンッと先を触ってみるとピクッと動く。尾乃田の男根は、大きな肉食獣の陰に隠れている小さな別の生き物のようだ。何だか愛おしくなる。もちろん、この逸物は決して小動物ではなく、平均サイズより強大で大型肉食動物のような破壊力があるのだが……。

　尾乃田は自身の肉棒を弄り回している雅姫の様子を、微笑ましく見ている。しかしあまりのじれったさに、いても立ってもいられなくなったようで、ある指示を出してきた。

「口に咥えてみろ、雅姫」

　そう言われて、少し恥じらいながら雅姫は肉棒を手に持ちパクッと口に含んだ。すると口の中で何か苦みを感じる。それは肉棒の先っぽから少し出ている液体の味。肉棒は雅姫の小さな口には大きすぎて、口を全開にして頬張るよりほかなかった。口の端から涎を垂らしながら一心不乱に剛直を頬張る雅姫を、尾乃田は妖しげな表情で見ている。

「クックッ、可愛い可愛い子猫は、俺のチ○コが大好物か？」

雅姫の口淫は稚拙でチロチロと舌で肉棒を刺激するだけだが、その初々しさがたまらないのだろう。尾乃田は少し声を上げて笑い出す。雅姫はキョトンとした顔をして口から肉棒を離した。

「良いことを思いついた。ちょっと待っとれ。すぐに戻る」

そう言って尾乃田は浴室から出ていったのだった。


暫くして戻ってきた尾乃田は、雅姫を檜のバスチェアーに座らせる。

「足を開いて自分でココを広げろ」

説明しながら雅姫の手を優しく陰部に持っていく。

「え、い、いや。恥ずかしいです……」

「ええから、広げろ」

真っ赤な顔の雅姫は、言われるがまま自分の秘部を左右に軽く引っ張る。コプッと蜜壺から恥ずかしい音が漏れ、その醜態を直視できずそっと横を向いた。

尾乃田は雅姫をジッと見つめ、持ってきたシェーバーを掴む。そして片手にソープを取り、その泡を優しく雅姫の陰部に載せていく。雅姫はその様子をそっと観察していた。

「しっかり押さえとけよ。怪我するからなあ」

尾乃田は雅姫の陰部に優しくシェーバーを載せてゆっくりと動かす。身体に触れる冷たい刃物の感触に、雅姫はブルッと震えていた。

ジョリジョリジョリと静かな浴室に響き渡る音。雅姫の薄い茂みが削られて徐々になくなっていく。刃物が敏感な箇所を傷つけないかと、雅姫はビクビクしているが、同時に刃物が与えてくる冷たい刺激に反応して卑猥な蜜が滴り落ちている。体毛が薄い雅姫のソコは、すぐにツルツルになっていき全てをさらけ出した。今まで隠れていた小さな秘密の真珠までも丸見えで手招きをしているかのよう。生まれたままの姿の秘部はとても美しく、小刻みに震えながら禁断の果実のように尾乃田を惑わす。

尾乃田の喉が大きく揺れてゴクリと音を出した。視線がその一点から動かせない。視線の先には、貪りつきたくなる小振りなぷるんとした花弁と、中央にはあるのは、プリッとした赤い真珠。その下に小さくポッカリ口を開けた蜜の洞窟。そこからはコプコプと粘りのある蜜が湧き出ていた。

尾乃田は自分の雄芯をそこに一気に突き刺して、一心不乱に腰を動かしたい衝動に駆られる。しかし、ここには避妊具がない。

「くっそう……」

尾乃田はその衝動を抑えるように、雅姫の秘部にガブッとかぶりついて貪った。

「いぃ――――ん、あ――――ぅんっ！」

ツルツルになった雅姫の秘部は、今まで以上に敏感に官能を伝えているようだ。

尾乃田はジュルジュルと雅姫の赤い真珠に強く吸い付き、舌先でグニュッと何度も押してそれを堪能する。そして舌を硬く尖らせて小さな空洞に押し込む。尾乃田の舌に蜜が絡みついて甘い味が伝わった。

――甘い、クセになる味や。俺だけが知る極上の蜜……。俺だけのものや！

カリッと赤い真珠に犬歯を立てたとき、「あぎゃウう――」と獣じみた声を上げて雅姫が派手に痙攣しながら達した。

グッタリと倒れ込む雅姫を間一髪で支えた尾乃田は、意識が朦朧《もうろう》としている彼女を持ち上げるようにして立たせ、浴槽を掴んで足を閉じたまま尻を突き出すよう指示する。何をされるのかわからない雅姫は、フワフワとした意識の中、期待と不安が半々といった顔をしている。

尾乃田は剛直を雅姫の股の間にヌルッと滑り込ませる。蜜でヌルヌルのそこは滑りが良く、湿り気のある音を立てながらゆっくりと腰を振った。

「あん……、擦れて、き、きもち……い……い、です……」

彼女の卑裂が左右に開いて尾乃田の肉棒を挟み込んでいる。肉棒はガチガチに硬く、ゴツゴツと浮き出た血管が、雌芯の上を行き来しながらグリグリと擦る。亀頭は腰を押し付けるたびに、雅姫の股の間からヌポッと顔を出し、雅姫からも避妊具が着けられていないのが確認できた。

「お、尾乃田さん、コンドーム……」

「ああ、生や……。フッ、中には入れへん。けどな、お前のココがこんなに濡れ濡れやったら、ヌルッと滑って入ってまうかもなあ……」

耳の側でそう囁く声を、ビクッと震えながら雅姫は聞いている。そして愛蜜に滑った亀頭が、蜜壺にグリッと少しめり込んだ瞬間、尾乃田に雅姫の熱が直に伝わっていく。

「あ――――！　だーめ――！」

「ククク、生で入れられたくなかったらイくの我慢しろ。俺がいいと言うまでイくな、ええな」

少し中にめり込んだ亀頭を元に戻し、尾乃田が激しく腰を振り出した。グチョングチョンという音が浴室に反響する。その湿った音は尾乃田の興奮度を高めていく。腰の動きが急速になり絶頂が近いことを伝える。

「やぁあっ、いや、待って……っ、グリグリしてるー、あん、また……っ、くる……っ！」

「一緒や、一緒にイくんや、雅姫！」

勝手にイくなと尾乃田が雅姫の首筋を噛む。

「んぅ、いぐぅ――――！」

雅姫の声と同時に「グオ～！」と野獣にも似た雄叫びが尾乃田の口から発せられ、雅姫の股から飛び出している亀頭から熱い飛沫《しぶき》がビューッと飛び、周辺を白濁で汚していく。そして雅姫の足も白濁塗《まみ》れになった。

風呂での情事を終えて、尾乃田の愚息は少し落ち着いたようだ。グッタリする雅姫にシャワーを優しく当て、湯船の中にそっと連れていく。自分の前に彼女を座らせて、後ろから抱きしめる形で湯船に浸かった。その間も、後ろから雅姫の胸を揉みしだいたり、耳朶を咥えたり、首筋に沢山キスをして甘噛みしたりとやりたい放題だ。まるで愛《いと》しいモノを愛でるような愛撫を繰り返し、それはいつになったら満足するのかというほどに執拗だった。

全く体力の残っていない雅姫は人形のように全てを受け入れて、されるがままだ。流石に股の間に手が伸びてきたときは、「もう、駄目……」と軽く押さえた。尾乃田は「チッ、子猫ちゃんには敵わんなあ」と先に進むのは諦めたが、代わりに乳首を弄り出す。

風呂からも自力で出られない雅姫を、尾乃田は丁重に抱き上げて、大きなタオルで包み込み寝室に運ぶ。水さえ飲めない雅姫に、ミネラルウォーターを口に含み口移しで飲ませた。雅姫の瞼は段々と下がってきて、そのまま深い眠りに落ちてしまう。その横で彼女を優しく撫でていた尾乃田もまた、ゆっくり眠りに就いたのだった。

＊＊＊＊

雅姫が目を覚ますと、昼間だったはずの外はすっかり暗くなっていた。

少し前に目が覚めたであろう尾乃田は、ベッドから出て窓に向かって歩いている。そしてスマートフォンを操作して、とある曲を音量控えめで室内に流す。その曲は悲しげなピアノの旋律。通知音に使われている曲だった。

雅姫が起きたことにまだ気が付いていない尾乃田は、天井から下がる窓のカーテンを開ける。部屋は最上階なので神戸の山側の夜景が一望できた。

空には大きな満月が出ていた。満月と並ぶ尾乃田は体格もあってか、物語などに出てくる魔王のようだ。雅姫は息をするのも忘れて目を奪われる。

あの麗しい身体に抱きしめられて何度も絶頂を経験した。つい先日まで処女だったはずの雅姫の身体は、尾乃田の身体を見るだけで股の間が濡れてくる。随分と淫乱になったものだと、雅姫は顔を赤らめて「ふぅ」と甘い息を吐く。

雅姫の視線に気が付いた尾乃田が視線を移す。

「すまん、たがが外れてしまった。辛ないか?」

優しく問う尾乃田に「大丈夫です」と答える。しかし時計を見ると既に午後十時になっていた。

「少し時間が遅いが飯でも食いに行くか……」

「飯」という言葉を聞いて雅姫のお腹が「キュールリ――」と派手に返事をする。

「キャー!」

真っ赤になってシーツで顔を隠す雅姫を、尾乃田は「凄い返事やなあ」と笑っている。今日は朝食を食べて以来、何も口にしていなかったのだから無理もない。

「是非、御飯が食べたいです……」

雅姫は顔を赤らめたままシーツの中から返事をしたのだった。

着替えがないので朝着てきた服に再度腕を通し、尾乃田と地下駐車場に向かう。尾乃田はいつもとは違う別の車の鍵を開ける。黒い高級外車のツーシーターでスポーツタイプの車体だ。

——高そうな車。新田君が言うように、本当に尾乃田さんは羽振りが良いのね。

「尾乃田さん、ご自分で運転されるのですか？」

「ああ、私的に出かけるときはな。いちいち周りのもんを引き連れていくのも面倒臭い」

——そうだな、高柳さんとか口煩《くちうるさ》い小姑みたいなものだもんね。

雅姫はフフフと含み笑いをする。尾乃田もそんな雅姫を見つめ少し笑っていた。

高速を暫く走行すると、車はある出口から下りて古い歓楽街に入っていく。その歓楽街は、雅姫が知っている三宮と若干雰囲気が違うようだ。

道端には酔っ払った人が寝ており、怒鳴りながら誰もいない場所に向かって喧嘩をしている人、手にビールか何かを握ってブツブツ言いながら歩いている人、目をギョロギョロさせ行き交う人を監視しているような人もいた。雅姫が目を丸くして窓の外を見ていると、尾乃田が「ああ……、そうやった」と呟く。

「ここは神戸のドヤ街や。まあ、お前が普段来るようなとこじゃないわな。刺激的すぎるな」

「ドヤ街？」

暫くドヤ街を走った車は、目当ての場所に着いたようだ。尾乃田は車を駐車場に停めて、とある店に雅姫を連れていく。古い看板には「スナックまりこ」と書いてあった。入口には昭和を思い起こさせるカラフルな豆電球が飾られていて、そのうちの何個かは電気がついていない。尾乃田がドアを開けると、中にいた派手で小柄な初老の女性が「いらっしゃ～い！」と笑顔で迎えてくれた。店内の曲は懐メロだ。

彼女はクリクリのパーマヘアーに紫のメッシュ。真っ赤な口紅。豹柄のド派手なタイトワンピース姿。カウンター内に一人で立っている。どうやらこの店は彼女一人で切り盛りしているようだった。カウンター八席にボックス席が二つのこの小さなスナックでは、既に酔いの回った二組の客が楽しそうに談笑している。

「あれー？　真一郎やないの？　どないしたん？」

初老の女性が不思議そうに尾乃田を見る。

「まりこさん、何かコイツに食わしたって」

そう言って尾乃田は雅姫を指差す。雅姫もそれに合わせて頭を軽く下げた。

まりこと呼ばれた初老の女性はジーっと雅姫を見つめ、「ふーん、そうか～」とニヤニヤする。

「さあさあ、ここに座りんか～。関東炊《かんとうだ》きでええか？　ちょうど味が染みて美味しいで！」

まりこは大きく手を振って雅姫を自分の前のカウンター席に座らせた。

「で、アンタ名前はなんていうの？」

まりこは興味津々で話しかけてくる。酔った客が「ビール追加」と声をかけるが、「ちょっと待っとってか。今、大事な話してるねん」と片手を振って面倒臭そうに答えた。

「篠田雅姫です」

「へー、雅姫ちゃんていうの？　覚えとこー！」

まりこは関東炊きを二つの皿に載せていく。一つは雅姫に、もう一つは尾乃田に。見た目はおでんのそれで、なぜおでんと言わないのかと雅姫は不思議に思った。しかし一口食べてみて、おでんとの違いを理解する。雅姫が知っているおでんは真っ茶色の汁に浸っているが、関東炊きは薄い色の汁に浸かっていた。それでも味はしっかり染みている。中に牛スジ肉の串が入っているのだが、これがなかなか美味しい。

「何か飲む？　ビールとか？」

「あ、いいえ。烏龍茶で」

「えー、なんでえさあ、下戸《げこ》なん？　飲まへんの？」

雅姫が返事に困っていると、尾乃田が「烏龍茶言うてるでしょ」と助け船を出す。するとまりこが「いやーん、庇ってまあ、ヤラシイなあ。アッチッチやわー」と茶化した。

——アッチッチって何？

雅姫は意味がわからなかった。思わず尾乃田を見るが、彼は知らんぷりを決め込んでいる。そんな二人をよそに、まりこは手際よく尾乃田の飲み物をカウンターから選んで出した。しかしそれは彼がMoonlight Sonataで飲んでいるような高級酒ではなく、全くの安物のウイスキー。それを文句も言わずに口にする尾乃田を雅姫はジッと見つめる。

「雅姫ちゃん、この子はなあ、外では偉そうに高いお酒を飲んどるけど、ホンマはこんな安物が好きやねんで」

まりこはウインクしながら雅姫に烏龍茶を渡す。

「雅姫ちゃん、随分と若いけど、仕事は何しとるの？」

「えっと、大学生です……」

まりこは目をこれでもかとばかりに大きくして驚き、次いで尾乃田を睨んだ。

「アンタ、こんな若い子に手出ししたんか！」

睨まれた尾乃田は素知らぬ顔でウイスキーを口に運ぶ。

「雅姫ちゃん、何かあったらすぐに私に言ってくるんやで！　ホンマにこの子は……」

まりこは問題児の我が子を見るような目で、溜め息を吐きながら尾乃田を見つめていた。もっと雅姫と話していたそうだったが、再度他の客に呼ばれ、名残惜しそうに二人の前から移動していく。

雅姫は味の染みた美味しい関東炊きに舌鼓を打ってお腹を満たす。その様子を尾乃田は目を細めて見つめている。雅姫がおかわりの二皿目を全部食べ終わる頃には残っていたお客も帰り、閉店時間になっていた。少し酒に酔っていたまりこの代わりに、尾乃田が慣れた手付きで閉店作業をする。するとまりこが雅姫の横にそっと座り、下を向いたままボソッと呟く。

「アンタ、あの子がヤクザなん知っとうの？」

雅姫は無言でコクンと頷く。そして残っていた烏龍茶を一気に飲み干した。

「そうか……」とまりこは酔い覚ましに水を口に含む。

「まりこさんは尾乃田さんのお母様ですか？」

「あはは、お母様って。ちゃうちゃう、私には子供はおらんよ」

でも真一郎を育てたんは私やと、苦笑いを浮かべて続ける。

「真一郎のロクデナシの父親は子育てなんかせんと遊び呆けてた。最初にあの子を見たときは、ボロボロの服を着てガリガリやったわ。店の前の通りの隅で丸くなって座っとった。偶然見つけたから面倒見たけど、もし私が気付かんかったらどうなってたか……」

真一郎は家庭の愛を知らずに育っているねんと小さく呟く。

「あの子が私に女の子を会わせたんは、雅姫ちゃんが初めてやわ」

「え……？」

そこまで言ってうつらうつらとし出したまりこを、片付けが終わった尾乃田が抱えて二階の自宅に運んでいった。そんな二人は傍からは親子のように見える。

尾乃田と雅姫は店の入口のドアを内から閉め、裏口から外に出た。車まで歩いていくときに、雅姫はそっと尾乃田の手を握る。尾乃田は何も言わなかったが、ギュッとその手を握り返してきた。

「まりこさんって素敵な方ですね。お話がとても面白いです」

「ああ、あの人は俺の恩人や……」

「会わせてくださってありがとうございます。初めて食べた関東炊きも美味しかったです」

「……まりこさんを褒められると、自分のことのように嬉しい。会わせて良かったわ」

雅姫は尾乃田が抱えている闇を少しだけ理解した。自分の過去全ての辛い経験を動員しても足りないくらいに、尾乃田が過ごした幼少期は過酷なものだったのだろうと。同時にこの尾乃田という人物を優しく包み込んであげたいと思う。

──母性本能？　いや、違うわ……。一緒にいたい。尾乃田さんの側にいたいの。

「一応、明後日まで休みなんや。まあ、緊急で招集がないとは言えんが」

尾乃田は雅姫を見ないまま静かに続ける。

「もし予定がないなら、俺の家に今から来ないか……？」

「家ですか？　あのハーバーランドの？」

「いや、違う。住吉の本宅や。あそこの方が落ち着く」

少し考えた雅姫は「先《ま》ずは着替えを取りに行かせてください。三日分の！」と笑顔で返事をする。その返事を聞いた尾乃田は三白眼を弓なりに下げて、嬉しそうに微笑んだ。

雅姫のアパートから尾乃田の住吉の本宅までそう遠くはなかった。本宅は住吉川の側で、四階建てに地下駐車場がついた真新しいマンションだ。付近は閑静な住宅街で商業ビルなどは見当たらない。和風な外観で入口には情緒のある人工の滝が流れていた。

尾乃田の車は地下駐車場にゆっくりと入っていく。セキュリティーは万全なようで、特殊な鍵がないと表の道路から駐車場に入ることすらできない。チラッと見えるエントランスには、こんな時間でもドアマンが立っていた。

尾乃田の部屋は四階の４ＬＤＫの角部屋。ドアを開いて廊下を進むと、広いリビングとダイニングキッチンに出る。その先には大きなルーフバルコニーがあり、趣味の良いテラスセットと屋外用ジェットバスが置いてあった。外は朝焼けでオレンジ色に染まり、部屋にいたままでも山が見える。どうやらここでは自然が堪能できそうだ。

「わー、素敵！　ハーバーランドのお部屋の景色も凄かったですけれど、こちらのお部屋の方が何だか落ち着きますね」

ルーフバルコニーに続く窓の側で、キャッキャと雅姫ははしゃぐ。

「気に入ってもらえて何より。ここに女を連れてきたんはお前が初めてや……」

「え……、そ、う、なんですか？　どうして？」

「……さあなあ」

尾乃田はスタスタと大きな茶色い革のソファーに向かっていくと、ドカッと腰かけて寛いだ。まりこに会わせたのも自分だけ、この家に呼ばれたのも自分だけ。そんな状況に少し優越感を覚えた雅姫は、フフフと自然に笑顔を見せる。

「雅姫、こっちに来て座れ」

そう言われて少しモジモジしながら、尾乃田の横のスペースにちょこんと腰を下ろす。

「ちゃう、ココや……。ここを跨いで座れ」

尾乃田は自身の太股を叩いて催促する。雅姫は顔を赤らめつつも太股を跨いで、尾乃田の方を向いて座った。目の前には尾乃田の顔がある。彼の三白眼が雅姫を射貫いていた。

「自分で服を捲《まく》し上げて胸をさらけ出せ」

少し戸惑った雅姫だったが、ハイと静かに返事をし、着ているトップスを捲し上げる。尾乃田の目前に、ブラジャーに収まった柔い大きな二つの膨らみが飛び出す。尾乃田は器用に片手でブラジャーを外し、小さな二つの突起に貪りつく。

「はあっ、あっ、ああん……」

チュパチュパとあからさまに音を出して突起を交互に吸われる。その淫猥な音は雅姫の耳を犯していく。尾乃田の口は胸に留まってはいるが、指は身体の曲線を伝いながら徐々にスカートの中に入り、雅姫の下着の中に潜り込んでいった。既に湿っているそこは、指をしっとりと濡らす。

「流石や……、俺の淫乱な子猫ちゃんは……」

ハァッと色っぽく尾乃田が息を吐く。その滑りを指に絡め取り、まだ硬く合わさった花弁をゆっくりこじ開ける。

「ん、グゥ！　いっー」

雅姫の蜜穴は散々尾乃田の巨大な肉杭を受け入れたというのに、すっかり元の小さなサイズに戻っていた。やはり尾乃田の極太の指をすぐに下半身で頬張れるようになるには、少し訓練が必要なのかもしれない。

「雅姫、スカートを自分でたくし上げろ。離すなよ」

そう言って尾乃田は身体を滑らせ、雅姫のまだ下着に隠されたままの淫唇の真下に顔を持ってくる。レースで作られたピンク色の下着には、既に卑猥な滲みができていた。

「ここはもうヤラシイ滲みでグッショリか。女の匂いもプンプンするで……」

「い、イヤー……言わないでください、お願い……」

小刻みに震えて雅姫が懇願する。尾乃田はクロッチ部分を片側にグッと引っ張り、その隙間から雅姫の淫唇に口をつけた。そして左右の蜜肉をチュルッと口に挟んで強く吸い、赤い真珠をペロペロと舐めながら蜜を舌で絡め取る。雅姫は快楽を貪りながら絶叫し、淫花から垂れ流した蜜を尾乃田に啜られ全身をくねらせた。愛蜜を堪能していた尾乃田は、両手を雅姫の臀部あたりに持っていき、いきなり左右に下着を引き裂く。

「キャ――――！」

予期していないことが起こり、驚いた雅姫は思わず叫んでしまう。きっと、剛力の尾乃田にとっては、柔いレースの布を引き裂くのは簡単なことだろうが、雅姫には驚きしかなかった。

「新しいの買《こ》うたるから安心せい。俺好みのエロいのをな」

ニヤリと妖しく笑う尾乃田を、「もう！」と頬をプックリ膨らませて睨む。アーモンド型の目がグッと吊り上がるが、それが寧ろ微笑ましく映ったのか、尾乃田は笑顔を見せた。

「可愛いなあ、お前は。でも、怒ってられるのも今のうちやで」

尾乃田は上体を起こし、元の位置に戻ってズボンの前を開け、自身の肉棒をボロンと取り出した。巨大に滾り堂々と反り立つ剛直を見て、生唾を呑み込まない女はいない。もちろん雅姫もゴクリと大きく喉を鳴らす。散々その肉棒に快楽を与えられ絶頂を迎えたのだ。中毒者のようにそれを欲してしまうのも無理はなかった。

「どうや、コレが欲しいか、雅姫？」

「つ……、ほ、欲しいです」

ニヤッと妖しく尾乃田が笑う。

「欲しかったら、自分でココに入れてみろ」

尾乃田の指が雅姫の淫唇にツッと触れる。

「じ、自分で、ですか？　そんな……」

戸惑う雅姫に「もちろんゴムもお前が着けるんやで」と言い、避妊具のパッケージを手渡す。

——や、やだ。どうしたらいいの？　自分で入れるって、そんな……でも……、欲しい……。

意を決した雅姫は避妊具のパッケージを開け、ゼリーで濡れている中のゴムを取り出し、見様見真似で剛直にゴムを載せる。尾乃田はあたふたする雅姫の手を握り、「こうやるんや」と一緒に取り付けていく。

「さあ！　中に迎え入れろ、雅姫。もう我慢できん！」

尾乃田が急かすので、なるようになれと思いながら、雅姫は肉棒を片手に持ち自身の卑裂に押し当てた。雄芯と雌穴が擦れ合ってクチュクチュといやらしい音を立てるが、一向に中には入っていかない。

——どうして？　どうして入っていかないの？

押しても引いても先に進まない男根。フハハと笑う尾乃田が艶めかしい声で囁く。

「子猫ちゃんは俺を焦らすのが上手やなあ。妖艶に腰を振って俺を誘う」

尾乃田は雅姫の両腰をグッと押さえて、「こうやるんや！」と、剛直をガツンと一気に蜜壺に突き刺した。

「ヒィ、いいいぃ——————！　あう……ぐぅ」

とてつもない衝撃に雅姫は背中を大きく反らし白目を剥いた。剛直を急激に埋め込まれた膣肉が、キュウキュウと尾乃田を締め付ける。

「クッ、あかん、まだや……」

いきなり持っていかれそうになった尾乃田が己に言い聞かせているようだ。童貞じゃあるまいし、と。

雅姫が尾乃田の熱棒の虜になっているように、尾乃田も雅姫の蜜壺の虜だった。常に挿入していたいというように、雅姫と繋がりたがるのだから。

雅姫の腰を固定したまま、尾乃田は下から激しく突き上げる。ガクンガクンと派手に揺れる雅姫は、絶頂を迎えすぎて意識が途絶えそうだった。

「ハアハア、雅姫、ええか……。お前は、ハア、俺のもんや……！」

尾乃田が息も絶え絶えに囁く。男根の抜き差しするスピードが上がり、絶頂が近いことを雅姫に知らせる。

「うっ、うぐっ……、お、うお――！　がはっ！」

雄芯が大きく脈動し、熱い白濁が荒々しく避妊具の中で迸《ほとばし》る。自身の体内には染み渡らないその白濁を、雅姫は少しだけ寂しく感じるのだった。

尾乃田は明後日まで予定はないと言っていたが、気が付けばあの日から四日も過ぎている。その間、二人は四六時中、快楽を求め続けた。激しく互いを貪り合い、二人で泥のように眠りこける。起きてまた互いを求め合う。お腹が空くと二人で食事をし、一緒にシャワーを浴びて、また抱き合うの繰り返し。すっかり快楽の奴隷と成り下がった二人の日々は、四日目の午後に、高柳によって終わりを迎えた。

合鍵で室内に入り、淫らな嬌声が漏れる寝室のドアを無遠慮に開け、「カシラ、お時間です。これ以上はどうにもなりません」と無表情で二人に告げたのだ。

「い、いや――――！」

尾乃田の上で淫らに腰を振り、肉棒を膣で頬張っていた雅姫は、高柳に「愛蜜塗れの肉棒が卑猥な穴を出入りする光景」を提供してしまう。

「チッ」

尾乃田は舌打ちし自身の男根を雅姫から引き抜くと、そっと彼女をベッドに下ろした。羞恥心で顔が真っ赤になっている雅姫を一切気にすることなく、高柳は尾乃田に今日の予定を伝えて浴室に送り出した。

寝室には雅姫と高柳が残る。その張り詰めた空気を破ったのは高柳だった。

「お前、こんなところまで入り込みやがって……」

雅姫に背を向けていた高柳が振り返る。見ればこめかみをピクピクと震わせ唇を噛んでいた。

「え……？」

それからドアをバンッと乱暴に閉め、寝室を出ていった。

そんな二人のやり取りを知らない尾乃田は、浴室で少し熱めのシャワーを浴びていた。今日の夕方に緊急招集が常盤会本部でおこなわれるらしい。連休最終日に御苦労なことだと愚痴る。

この四日間、尾乃田は雅姫の身体に溺れ、肉欲の日々を過ごした。その時間を思い浮かべるだけで、愚息はグッと熱くなる。それを摩りながらこの連休の出来事を思い出していた。

自分でもなぜ、雅姫をまりこに会わせ、本宅まで連れてきたのかわからない。今までここに女を連れ込んだことはなかったのに。他の女が使った場所ではなく、自分だけの場所に無性に連れて行きたくなったのだ。まりこのことは組でもごく少数にしか伝えていないので、雅姫を引き合わせることは大きな意味を持つ。

――雅姫をずっと閉じ込めて、手足に鎖を着けて自由を奪うのもいい。食事も排泄も俺がいないとできない生活。俺が与える快楽だけが全てだと身体に教え込みたい……。雅姫が見つめるのは世界で俺だけ。四六時中抱き潰し、中も外も俺の色に染め上げる……。

「俺は雅姫を前にしたら盛《さか》りのついた猿に成り果てるな……」

尾乃田はシャワーを浴びながら、先程途中で塞《せ》き止めたドロドロの溶岩を剛直から放出させる。ボトボトとタイルに落ちたそれは排水口に呑まれて消えていった。

「会合に行かんとあかん。帰るんは深夜や」

シャワーを浴びてスーツに着替えた尾乃田が、雅姫のいる寝室に戻ってきた。そのまま雅姫の額に優しくキスを落とす。

「お前はここにおってもええ。なんやったらずっと――」

「あ、いえ……。明日から学校なので、家に帰ります」

「そ、そうか……。じゃあ、新田に家まで送らす」

少し寂しそうに尾乃田が告げ、部屋を出ていく。もちろんその後に続く高柳は、雅姫を一瞥して尾乃田に聞こえないように「チッ」と舌打ちした。


「やっぱさあ、雅姫ちゃんはカシラのイロやってんなあ」

住吉の家の玄関口で、新田がニヤニヤしながら雅姫に問いかける。雅姫は「新田君、やめてよ」と言いながら自身も考えてみた。

尾乃田は雅姫を「俺の子猫」と呼ぶ。行為の最中にも「俺のもの」と何度も伝えてくる。それに親代わりのまりこに会わせてくれ、住吉の本宅へ連れてきてくれた。しかしまだ「彼女」とは言ってくれない。

――所有物？　セフレ的なあれなのかも……。でもちょっとでも特別だったら良いな。

「いや〜、どうだろうね。尾乃田さんが私をどう思っているのか、わかんない……」

十和子ママが言う「沢山の女」の一人なのか、それですらないのか？　想像の中の綺麗なお姉様たちは、雅姫の周りで「ハ〜イ」とセクシーポーズをしているが、雅姫はキョロキョロ周囲を見て面食らった顔を晒すだけだ。

——うっ、私にセクシーポーズなんて無理！　でも、ここに呼ばれたのは私だけ！

雅姫は仁王立ちでお姉様たちを見る。すると頭の中の彼女たちは「ま、参りました」と白旗を上げた。

絶賛妄想中の雅姫の百面相に対し、新田はジッと何か意味ありげに視線を送っている。

「雅姫ちゃんはどうなん？　カシラのこと、好きなん？」

「うーん、まだはっきりとわからないけど、惹かれているのは本当。私が側にいて包み込んであげたいなって……。生意気かな？」

初めて会ったときは極道としての迫力に圧倒されていたが、共に過ごすたびに見え隠れする彼の内面。まりこに会って知った悲しい過去。それに触れて、興味本位だけではなく尾乃田自身に惹かれていったのだと自覚した。

「包み込む？　カシラを？　ええねえ……。俺は雅姫ちゃんが気に入ったわ」

新田は先程よりニヤニヤして雅姫を見るのだった。

雅姫は久しぶりに自宅に帰り、翌日の講義の準備をし、テレビを観賞しながらコンビニ弁当を食べていた。

尾乃田の本宅では何だかんだと彼が料理を作っていた。「大したものがない」と言いながら、カフェで出されるようなカリカリチキンのワンプレート料理や、パスタなどで雅姫の空腹を満たしてくれていたのだ。味付けも完璧で、雅姫は「女子力でヤクザに負けるとは……」とショックを受けたものだ。

「小さいときからまりこさんの店で料理したり、ヤクザ見習いの部屋住みのときに、料理作ったりしてたからなあ」

尾乃田は雅姫を慰めたが、自尊心はドーンと地に落ちてしまう。

超過保護の雅姫の母親は、娘に料理を一切させなかった。「包丁で手を切ったらどうするの」「火傷したらお嫁に行けない」が口癖だ。そのせいで料理が一切できない雅姫は、このままでは良くないことを理解する。

「恥ずかしくないように、もうちょっと料理を覚えよう……」

連日の情事で疲れ切っていた雅姫は、食事が終わるとすぐに深い眠りに落ちていった。

六．合コンには気を付けましょう

「あの女……、いえ、雅姫さんをまりこさんの店へ連れていかれたのですか？」

「ああ、なんやあかんのか？」

「いえ、しかし……。あそこは組でもごく一部の者だけが知っている場所ですので。少し驚きました……」

尾乃田が雅姫をまりこに引き合わせたことに驚きを隠せない高柳は、目眩を起こしたように目を押さえながら事務所内の壁にもたれる。尾乃田はまるで女優のような動きをする高柳を見て笑い出し、「そんなに一大事か？」と告げた。

「まりこさんはカシラにとっての親のような存在であり、弱点でもあります。そんな大事な方と会わせるなんてと……。もし情報が彼女から漏れたら」

それを聞いて黙り込んだ尾乃田は「確かにな」と呟いた。

「それに雅姫さんは堅気の女性です。少しの遊びでしたらそれで問題ありません。しかし、本気だとなると、彼女をコッチの世界に引き込んでしまうことになります。その辺はどうお考えですか？」

高柳の発言はもっともであり、尾乃田はそこで自分と雅姫の間にある大きな壁に気が付く。二人の生きている世界は決して交わらない。気付かなかったというよりわかっていたが見て見ぬ振りをしていたという方が正しい。雅姫の身体を貪り、乱れた連休を過ごしたせいで、少し浮かれてしまっていたようだ。だからといって、雅姫が他の男と一緒になるなど考えたくもない。では、極道の世界に引き入れてしまえばよいのかと思うが、苦労するのが目に見えている。

「本音を言えば側に置いておきたい。しかし俺はどうすればええんやろうな……」

「深入りはなさらない方がよろしいかと」

高柳の発言は真っ当で、尾乃田の心臓を抉るように響いてくるのだった。

＊＊＊

「雅姫！　アンタ、何があったんこの連休中に！」

涼子は校内で雅姫を見るや否や興奮気味に話しかけてきた。そして頭の先から爪先まで凝視してくる。

「それ、それや！　何、その色気？」

「色気って……。いや〜、別に何も……」

その瞬間に雅姫は、尾乃田との連日の情事を思い出しポッと赤くなった。

「いや――――！　私の清純な雅姫が〜！　どこの誰やねん！　しばき倒す！」

頭を壁に打ち付ける真似をした涼子は、「講義の後に報告会やで！」と言って校内の人混みに紛れていく。今日の二人は別々の選択科目だったので、一先《ひとま》ず涼子の怒涛の追及からは逃れられた。

その後ものらりくらりとかわし、雅姫は涼子に尾乃田との関係を告げないままでいる。全く納得していない涼子を尻目に、数日に一回は尾乃田との逢瀬を楽しんだ。雅姫からではなく、尾乃田から当日に連絡が入り、住吉の家で逢瀬を繰り返していたのだ。

ホステスのバイトがある日は、新田が外で雅姫の仕事が終わるのを待っており、そのまま尾乃田の本宅に送迎される。バイトのない日は、自分のアパートで課題をしながら迎えを待つ。もちろん会えば朝まで房事に耽《ふけ》ることになるので、眠い目を擦りながら尾乃田の家から大学に通う。そんな状態が一か月ほど続いていた。

そうした日々の中、雅姫の頭の中では不安が徐々に大きくなっていく。尾乃田はとても疲れた様子でも雅姫と会いたがる。そのたびに激しく雅姫の身体を貪るが、一向に「愛している」とは言わない。

——私は尾乃田さんに惹かれているから、会えるのは嬉しいし、呼ばれたら飛んでいってしまうわ。エッチだって、求められたら応えたいし、私も深く繋がりたい。だけど、あの人は私をどう思っているの？　身体だけ……？　どうすればいいの？

雅姫の生活は尾乃田に支配されていた。彼にいつ呼び出されても良いように、大学の課題を空き時間にすませ、身体のメンテナンスに気遣い、勝負下着を常に着用する。友人と遊びに行くこともなくなり、スマートフォンをいつも気にしていた。ゴールデンウィークに感じた優越感は既に消え去り、不安だけが日々大きくなる。

気怠そうに学校に登校する日が増えていた雅姫は、ついに講義中に眠りこけ、教授から「眠ってしまうほどにつまらないなら出ていけ」と追い出されてしまった。その講義が終わると涼子は、雅姫を強引に引っ張ってカフェテリアに連れていく。

「もう逃げられんで！　白状し！　アンタをこんな風にしてる奴をしばく！」

雅姫は観念して涼子に尾乃田との関係を話すことにした。

「え、ええ？　いや――、常盤会の若頭はしばけんわ……」

流石に私が殺される、と目を泳がせる涼子。雅姫と尾乃田との関係の告白は、彼女を心底驚かせたようだ。

「しかしなんでまた、あの尾乃田なん？」

「涼子知ってるの？　尾乃田さんのこと？」

興味津々で雅姫は尋ねる。

「え、いや～、有名やもん。凄い強面の男前で羽振りも良くって、あっちこっちに女がおるって。神戸の夜の界隈じゃあ知らん人はおらんって友達が前に言ってた」

それを聞いて雅姫は複雑な思いで黙って俯く。息苦しさを感じ、ハッハッと忙《せわ》しなく呼吸をして落ち着かせる。やはり雅姫の望むような答えは誰からも聞こえてこない。

――きっと尾乃田さんには、珍しい女ってことで一時的に興味を持たれているだけなのかも。

「うちの家、建築業やん。まあ、仕事上、ヤクザとも繋がりがあるねん。父親から尾乃田の名前は何度か聞いたことあるんよ。多少強引ではあるけれど、ビジネスの才能があるらしく、かなり儲かっているって……」

涼子は言い難そうな顔をし、雅姫の顔をジッと見つめた。

「雅姫はさあ、ホンマに綺麗で清楚でモテると思う。けれど、何でも持っている尾乃田がさあ、なんで素人女子大生を本気で相手にするんよ……」

涼子の言葉は至極正論で、グサリと雅姫の心に突き刺さった。呼吸が先程よりも速くなっていく。

「……き、きっと涼子が正しいよ」

口から出る声は、どこか鼻にかかったようになっていた。

「雅姫！　合コンしよ、合コン！　まともな彼氏作ろ～！」

「え、だからっていきなり合コンは――」

雅姫は言いかけて、尾乃田の言葉を思い出す。彼は以前「行きたきゃ行け」と言っていた。

少し黙って俯く雅姫に、涼子は「ほらほら」と畳みかけてきた。

「尾乃田だけを見ているからあかんねん。他の男も見てみれば、少しは見方も変わる。誰も付き合えって言ってるわけじゃないねん。ちょっと、味見……、ちゃうちゃう、参考にな？」

「そ、そうだね。尾乃田さんも行きたければ合コンに行けって言っていたし。でも……」

「でもちゃうって。他の男に会ったら見方が変わるわ！」

涼子は雅姫を無視し友人にメッセージを送り出す。そしてあっという間に次の週末の合コンをセッティングする。「もうみんなの予定を入れたからキャンセルはなしやで」と、まだ躊躇している雅姫の参加を強引に決定した。

断ることの難しい状況を作られた雅姫は、後ろ髪を引かれる思いで「じゃあ、参加する」と小さな声で了承した。


その週末まではいつも通りに過ぎていった。夜はホステスのバイトをし、昼間は学校に行く。尾乃田からの連絡は暫くない。少し忙しくなると聞かされていた。どうやら組の管轄で揉め事が起きたようだ。

尾乃田の携帯番号を教えてもらっていたが、自分からかける気は起こらなかった。もしかしたら、尾乃田はもう自分に飽きて、他の女性に関心が向いているのかもしれない。雅姫は不安で押し潰されそうになった。時々、スマートフォンを見ては、深い溜め息を吐くのが癖になりそうだ。そしてホステスのバイト中も、隙あらば画面を横目で確認していた。

「なあ雅姫ちゃん、誰の連絡待っとるん？　男か〜？」

雅姫はニヤニヤしている店長の鷹木に、これでもかというほどの冷たい視線を送る。すると鷹木は顔を上気させて口をパクパクと開いた。

「あー、ゾクゾクする。その虫けらを見るような目！　女王様の素質あるで、雅姫ちゃん！」

身体をくねらせる鷹木を、雅姫は心底気持ち悪いと思ったのだった。

＊＊＊＊

週末、神戸居留地にあるお洒落《しゃれ》なダイニングバーにいた。

目の前にはヤンチャな雰囲気の茶髪、少し控えめ草食系、眼鏡が似合うS系、お調子者のお笑い系、サークル活動に励む仕切り系と、よくもまあ、ここまで集めたなあと感心するラインナップだった。全員、外見は悪くない。寧ろハンサムの部類だ。

雅姫の横には満足顔の涼子、真紀ちゃん、そして初めて会う真紀ちゃんの友達二人。男たちは全員同じ大学らしく、神戸の富裕層向け私学として知られている大学だった。

「流石！　あの美人揃いの女子大やね〜。可愛い子ばかりやん！」

お笑い系が鼻息を荒くして発言する。

「まあまあ、落ち着けって！」

サークル系が仕切り出す。彼らは合コン慣れしているのか、女性陣を存分に楽しませていたが、雅姫はどこか上の空だった。

「雅姫ちゃんてさあ、大人っぽいよね」

ヤンチャ系が雅姫の横に割り込むように座って話しかける。男は手にスマートフォンを持っていて、頻繁に画面を確認していた。

「え、いえ……。そんなことは、ないです」

「彼氏おるの？　まあ、合コン来るくらいやから、いないってことか、または別の意味か……」

「別の意味って？」

聞き返してもそれには返答せずに「これ食べてみて。美味しかったで～」と、雅姫の口に「あーん」と言いながら唐揚げを放り込む。いきなり大きなものが口の中に入り、ビックリしたが、モグモグと口を動かし唐揚げを呑み込んだ。

「食べ方も可愛いなあ」

このヤンチャ系はやたらとベタベタ触ってきていた。いい加減鬱陶しいと思い始めたが、周りを見ると良い感じにカップルになって談笑している。ここで「席替え！」なんて言ったら、空気が読めないヤツと認定されてしまう。今はグッと我慢することにした。

ヤンチャ系がトイレに行くついでにバーの方に寄って、バーテンダーとコソコソ話していたが、会話で盛り上がるテーブルでは雅姫以外に誰もそれに気が付かなかった。

その後は何度か席替えもあったが、席が離れてもヤンチャ系は話しかけてきて、雅姫は他の男子学生とまともに会話ができない。それに何かがいつもと少し違う。

——うーん。何だか身体が重い。酎ハイ二杯目でこんなに酔うなんて……。

どうやら酔ってしまったらしい。酎ハイを一杯飲んで、おかわりの二杯目の半分ほどでクラクラしてきた。お酒に弱い方では決してないのにと雅姫は頭を押さえる。

ダイニングバーでの会計をすませて、一同が店の外で軽く談笑する中、雅姫は道の脇の段差に腰を下ろして少し休むことにした。

「雅姫〜、大丈夫？　今からみんなでカラオケに行くって言ってるけど？」

涼子が雅姫の前にしゃがみ込んで心配そうに尋ねた。

「……ちょっと休んでから向かうよ。すぐそこのカラオケでしょ？　先に行っておいて！」

涼子は心配そうだったが、ヤンチャ系が「俺が側におるから」と告げたため、一同はカラオケに向かった。残った雅姫は足元がフラフラしており、自分で立つこともままならない。顔は熱く火照ってくるし視点も上下左右に動いてしまう。

「（あー、名前、誰だっけ？）えっと、すみません。迷惑かけまして」

雅姫がヤンチャ系にちょこんと頭を下げた。

「ええって、気にせんといて。それよりお茶でも飲む？」

先程自販機で買ったというお茶を、ヤンチャ系は「蓋は開けておいたで」と笑顔で差し出す。

「すみません、ありがとうございます……」

雅姫がゆっくりとお茶を喉に流し込む。ヤンチャ系はその様子を、唇を少し震わせながら見ていた。お茶を数口飲み、貰ったペットボトルを横に置こうとしたとき、ドクンと雅姫の心臓が何かに反応する。瞬時に身体中が更に熱くなり、熱を持った血液が全身を巡るような感覚が襲う。

——な、何、これ……。

「ああ、あつい！」

耐えきれず雅姫は着ていた薄手のカーディガンを脱ぐ。カーディガンを脱いだだけでは、ちっとも熱は収まらず、寧ろもっと熱いくらいだと汗を拭う。

「雅姫ちゃん、どうしたん？」

ヤンチャ系が雅姫の肩にそっと触れた。

「ん……あっ！」

その瞬間、口から熱を持った音が発せられる。驚いて咄嗟に手で口を押さえたが、音はとっくに男の耳に届いていた。ヤンチャ系はニタニタと笑いながら耳元に口を近付けてくる。

「雅姫ちゃんって、随分と感じやすいんやね」

男はフーッと耳の穴にわざと息を吹きかけた。雅姫は悶《もだ》えるように震え、下着にトロッとしたものが少し付着したのを自覚する。

「今からさあ、二人で抜けよ〜。もっと気持ちええことしたるからさ」

そうして肩に置いていた手をゆっくり背筋に沿って下ろした。

「あぁ、んっつ……！」

雅姫は目をトロンとさせ虚ろに男を見つめる。

――こんな男、嫌なのに、身体が……。

尾乃田に何度も激しく抱かれていた身体は、快楽を素直に貪ることを躊躇しない。

「う、あかん。我慢できん！　ちょっとは味見してもええやろ？」

ヤンチャ系がフラフラしている雅姫を無理に立たせて路地裏に連れていく。雅姫はされるがままに引っ張られてしまう。ビルとビルの隙間に押し込まれヤンチャ系が前に立ち塞がる。そして乱暴にスカートを捲し上げ、ショーツの上から弄り、ついには中に手を入れようとしてくる。雅姫は抵抗しようとするが、全く身体に力が入らない。

「い、いや――――！」

するとドカッという大きな音と共に男は側の壁に強くぶつけられ、地面に這いつくばっていた。無理に支えられていた雅姫は、ヤンチャ系が自分から離れたと同時にペタンと座り込む。

「兄《にい》ちゃん、お楽しみのとこ悪いなあ」

ネオンが光る道路の方角から、聞き覚えのある声が雅姫の耳に届く。ふんわりと漂う覚えのある煙草とムスク系香水の匂い。しかし、路地裏は薄暗く逆光で見えにくい。大きな影は見えるが顔まではっきりと確認できない。揺れる視界の中で雅姫は目を凝らす。

その大きな影は、地面に倒れているヤンチャ系の顔を片手で掴み乱暴に持ち上げる。

「兄ちゃん、ここはラブホちゃうで」

「え、え？　ヤ……クザ？　ヤクザ？」

ヤンチャ系は完全に混乱していた。歯がガチガチ音を立てているのが周囲に聞こえるほどに。

「お、尾乃田さん？」

目が慣れてきた雅姫は大きな影が尾乃田だと悟る。尾乃田はゆっくりと男を掴んでいた手を離し、雅姫を見て、不気味に三白眼を歪めてニヤリと笑った。

「おいおい、こんなところになんで俺の子猫がおるんや……？」

わざとらしく大袈裟に手を頭に乗せて、ハリウッド俳優のようなジェスチャーをした。そして左手に持っていた煙草を素手で握り潰す。雅姫の身体はまだドクドクと火照っており、目はトロンとしたままで尾乃田を見つめる。呼吸もハアハアと荒い。着衣は乱れ、スカートから白い太股が顔を出し、艶めかしい四つん這い姿になっていた。

「なんやそれ、雌猫の発情期か？」

尾乃田は再びヤンチャ系をグッと持ち上げて宙吊りにする。その瞬間、ヤンチャ系のポケットからポロッと小瓶が落ちて地面に転がった。尾乃田はそれを拾い上げ街灯に透かして中身を確認している。

「こんなもん、普通の大学生がどこで手に入れるんや～？　怖い世の中やなあ」

ヤンチャ系は手を前で合わせ「すみません！　すみません！」と必死に叫んだ。瞬時に尾乃田の表情が変化する。冷たい、氷のような三白眼が鋭く光った。

「おい……、なんでお前の手から、アイツの匂いがするねん」

え？　っと青ざめるヤンチャ系の腹に大きな拳がめり込む。

「ガハッ、ぐえ～」

男の口からドバッと汚物が吐き出された。「汚《き》ったないなあ」と言いながら、今度は乱暴に蹴り上げ、またもや頭を掴む。ヤンチャ系はガクガク震え真っ青だ。

「お前、雅姫のマ○コに指入れたんか？　あ？」

「い、入れていません！」

「入れてへんのに、なんでアイツの匂いがお前の指からするんや？」

「……す、少し、濡れた下着の上から触れました――」

瞬時にボキボキボキと何かが折れる音と共に、ヤンチャ系の「ぎゃ――――！」という耳を裂くような悲鳴が聞こえる。

「コイツは俺のものやねん。何もかも全て、身体から出るものも含めて全てや……」

「カシラ、後はこちらで……」

通りにいた高柳が尾乃田にそっと告げる。その後に数人の屈強な男たちが、ドカドカと路地裏に入ってきてヤンチャ系を拘束した。

「高柳、そいつがこれを持っとった」

尾乃田が先程男から奪った小瓶を高柳に投げる。高柳はそれを受け取り中身を確認した。

「カシラ、コレは常盤会のものではないです……」

「そうやろなあ。そこの男から入手先を聞き出せ！」

尾乃田はドカドカと大股で雅姫に近付き、未だ火照ったままの彼女を無言で抱き上げて車に連れていった。ハアハアと熱っぽく呼吸する雅姫を車の後部座席に放り込み、その後に自身も車に乗る。「住吉の家や」と一言だけ運転手に告げると、その後は腕を前に組んだまま終始無言だった。


「この雌猫は随分と淫乱やな。少し目を離しただけで、ケツ振って男漁りに夢中か……」

「ち、違う――」

「何が違うんや？　おぉ？　俺が止めんかったら、道端でチ○ポ突っ込まれて腰振って喘いどったんやろうが！」

住吉の家の室内では二人の声が響いている。尾乃田は雅姫の顔を片手で鷲掴んで上に向けた。涙目の雅姫は何度も首を横に振って否定する。

「私には、尾乃田さん、だけ……。他の人には触られるのも嫌です！」

雅姫の目からツッと雫がこぼれる。こんなに乱暴な扱いをされているというのに、雅姫の心は尾乃田を欲していた。

「見張らしとった新田から連絡があったんや。お前が男らとおるってなあ。用事を終わらせて見に来てみれば、発情期の盛《さか》った雌猫がスカートの中に手を突っ込まれて喘いどる！」

三白眼がメラメラと燃えるように揺れている。

「……監視していたんですか？」

自分に見張りを付けられていたことは初耳だった。尾乃田の自分に対する執着心を感じた雅姫は、心の中にカッと熱いものが灯ったことに気付く。その火種は心臓を締め付けた。嫌じゃない、寧ろ嬉しい。他人からこんなに執着されたことなどなかったので、多幸感から鼓動が高鳴ってきた。

「監視の何が悪い！　お前は誰のもんや？　雅姫……」

「わ、わたし、私は尾乃田さんの――っつ」

最後まで言葉を発する前に、尾乃田の大きな口が雅姫の口を塞いだ。生き物のように動く尾乃田の舌が、乱暴に口内を犯す。長い舌が喉の奥まで届き、それより先に進もうとする。一瞬、嘔吐しそうになった雅姫は慌ててそれを呑み込んだ。

「口では幾らでも嘘は吐《つ》けるわ。表面的な言葉はいらん。お前の身体に直接教え込む。俺以外受け付けへんように、俺以外に濡れへんようにお前を調教せなあかん……」

雅姫は「調教……」と小さく呟いて絶望のあまり唇を震わせる。しかし心の奥底で僅かに喜んでいる自分がいるのを感じ取っていた。調教という言葉はどこか甘美で、雅姫の身体の中心をゾクゾクさせる。「愛している」とは言わない尾乃田だが、支配されることで、雅姫は尾乃田と一体になれる気がした。

＊＊＊＊

雅姫は手錠によって後ろ手に拘束され、大きくM字開脚した体勢のまま、ロープで椅子に固定されている。剃毛された秘部は丸見えで、中心の赤い小振りな真珠が披露されていた。

着衣のまま、雅姫の秘部に極太の指を入れて執拗に穿つ尾乃田は額に汗をかいている。初めは泣きながら止《や》めてと言っていた雅姫も、今はただ、一心に快楽を貪るようになっていた。椅子の下には雅姫の蜜壺から流れ出た卑猥な蜜が、ねっとりとした水たまりを作っている。

何度目かわからない絶頂を迎え、雅姫は「んゃっ、あっ、……ぁ、イグー！」と叫び派手に痙攣する。尾乃田はその様子を、ジッと三白眼で視姦していた。喘ぎすぎて声が掠れた雅姫に口移しで水を与えるだけで声は発しない。

「お、おの……尾乃田さん……、お願い、尾乃田さんが、欲しい……の。もう、駄目……」

指は雅姫に絶頂を与えてはくれるが、身体が求めているのはコレではない。あの熱い極太の肉棒で体温を感じたい。一つになりたい。そして絶頂を一緒に迎えたいと。

「クックック、ヤラシイ雌猫は、俺のチ○ポを御所望か？」

尾乃田は勿体《もったい》ぶって服を脱いでいく。焦らすように、ゆっくりと……。少しずつ見えてくる男らしい筋肉質な身体。盛り上がった胸筋、ボコボコに割れて影を作っている腹筋、太い首から上腕二頭筋にかけての曲線は芸術的だった。雅姫はその裸体を見ただけで蜜壺から愛蜜をコプリと垂らす。

服を脱いで全裸になった尾乃田の中心部に、臍まで反り立つ強大な逸物が鎮座している。それは雅姫が今まで見た中で一番大きく肥大していた。

恍惚の表情で目の前の麗しい裸体を見つめていた雅姫は、渇いた喉を動かして生唾を呑み込んだ。

「雅姫、言ってみろ。これでどうして欲しいんや？」

尾乃田は自身の剛直を弄りながら尋ねてくる。先端は先走りで濡れていた。

「入れて……欲しい……です」

「聞こえんなあ。何をどうして欲しいんや？」

「わ、私、の……、アソコに、それを……入れて欲しいです」

「ククク、まだ足りんなあ。はっきり言わんかったら……！」

雅姫の顔色が瞬時に変わる。もうこれ以上のお預けは嫌だと。

「わ、私の……、淫乱な、おマ○コ……に、尾乃田さんの、おチ○ポを入れて……ください！」

上出来やなと尾乃田がほくそ笑み、自身の剛直を掴んで雅姫の蜜口に押し当てる。避妊具は着けていない。雅姫はそれを視界の端で確認する。

「思う存分楽しめ、雅姫！」

尾乃田ははち切れんばかりにいきり立った剛直を、一息で雅姫の最奥まで突き刺した。

「あぐぅっ……、ぅ、あぁあぁぁっ、イイ――――！」

――ぁ、あぁっ、熱い……っ。

雅姫の目から歓喜の雫が流れて頬を伝う。指で二時間も慣らされた卑裂は、すんなりと尾乃田の肉棒を受け入れた。初めて味わう薄膜越しではない肉棒の感触は、それだけで絶頂の底なし沼に雅姫を落とす。随分と待ちわびたそれを、蜜肉が波打ちうねりながら頬張る。

――足りない、足りない……、もっと！　貴方を感じたい。私には貴方だけだから！

雅姫の蜜壺がキューッと尾乃田の剛直を締め付ける。

「がはぁっ、くぅ……。おいおい、そんなにきつく締めるな。時間はたっぷりあるんや！」

尾乃田は雅姫の顎を片手で掴み、唇に吸い付いてくる。熱い舌が絡み合い、お互いの歯列をなぞり合う。

「尾乃田さん、お願い……。手錠とロープを解いて。貴方を触りたいの！」

熱い瞳で見つめ、雅姫が懇願する。尾乃田は黙って手錠とロープを外した。

ようやく自由になった両手を広げて尾乃田に抱きつく。尾乃田もまた、雅姫をギュッと抱きしめた。下半身でもガッチリと繋がったまま、二人はゆっくりとベッドに移動する。

ベッドの上で尾乃田は、蜜壺からギリギリまで肉棒を引き抜き一気に突き刺す。あまりの衝撃に雅姫は気を失いそうになる。

「や、あ！　ん！　お　の　ださぁーんぅっ!!」

「クッ……！　なんでわからんのや――」

「あっ、ああっ！」

「俺の……、俺の気持ちを何もわかってへん！」

尾乃田は欲情で燃える目で雅姫を見つめる。同時にパンパンと強く腰を打ち付けられ、雅姫は必死になって尾乃田に掴まった。荒々しい腰の動きと共に、尾乃田は何度も「俺のもんや」と小声で呟く。いつもの自信に満ちた様子とは違い、どこか不安げな表情をした顔からポタポタと汗の雫が落ちる。その雫は雅姫の胸を濡らしていった。

激しい絡み合いで、二人は呼吸もままならない。尾乃田は激しく腰を振りながらも、雅姫の卑裂の上にある赤い真珠を片手で摘まんで刺激を送る。尾乃田にひたすら激しい刺激を与えられ、雅姫の頭の中にチカチカと光る白い波が押し寄せてきた。

「だめっ、私、もうっ、いぐぅー！」

「ああ。お前を中から、俺のモノやと染めてやる……！　マーキングや！」

「あっああっ……！　尾乃田さん！　貴方だけ――！」

雅姫の頭の中が真っ白に瞬いたかと思うと、一気に意識が波に流される。瞬間、尾乃田の男根もビュクッビュクッと脈動し、雅姫の中にドロッとした精を一瞬にして吐き出した。

「クッ……そっ……！」

雅姫の膣内に熱いモノが広がる。それは中を侵食するように余すところなく染み渡った。そして尾乃田は倒れるように雅姫に覆い被さる。

――あぁ……あつい。これが尾乃田さんの精子。

膣内に収まりきらない白濁が、二人の結合部分からダラッと流れ出る。

――嫌だ、全て私の中に留めておきたい……。ずっと染まっていたいの、貴方の色に。

初めて尾乃田の吐精を薄膜越しではなく、直に膣内に浴びた雅姫は、その熱い液体の感触を味わっていた。自分の胸の上で、何度も「俺のもの」と譫言《うわごと》のように繰り返す尾乃田の頭を優しく撫でる。愛を囁いてくれない男の欲望が体内に広がる様《さま》は、もの悲しさを雅姫に与えた。

しかし、尾乃田の欲望を直に受け入れて喜ぶ自分は、かなり彼に執着しているのだろう。こうすることで、自分のもとに引き留めることができるのではと考えてしまう。

――私は貴方のものです。だから貴方も私のものに……。

大量に吐精をしたものの、尾乃田のそれは雅姫の体内で硬度を保ち、落ち着く様子もない。

寧ろ前よりも硬く太くはち切れそうになってきた。

「お前は俺からもう逃げられへんで……」

我慢できないというように、尾乃田はゆっくりと抽送を再開する。

＊＊＊＊

雅姫の蜜壺には背後から赤黒い肉棒が突き刺さっていた。愛蜜と白濁を浴びたそれはヌメヌメと光りながら、蜜壺から淫猥に出ては入ってを繰り返している。グッタリとしている雅姫は、あの後に何度も絶頂を味わっていた。もう回数は忘れてしまっている。

「が、はっぁ……、くぅー、がは、ハアハア……」

最後の吐精が終わり、尾乃田は雅姫の卑裂から淫茎を一気に引き抜いた。未だにビクビクうち震えているそれは、何も出るものは残っていないはずなのに、まだ何かを出そうと尾乃田を急かす。

二人の激しい行為はその後、翌日の昼まで続いた。大量に尾乃田の白濁を受け続けた雅姫の恥裂から、ドロドロと入りきらない精子が漏れてくる。

――あ、あか、ちゃん……でき……ちゃうよ。

もう起き上がることもできない雅姫は、尻を天に向かって突き出したまま、ベッドに倒れ込んでいる。尾乃田の淫茎が抜けた後も、蜜壺はポッカリと小さく口を開けており、中の赤い蜜肉が少しだけ見えた。

無意識に雅姫は猫のようにフリフリと艶めかしく腰を振っている。もっともっとと誘っているかのように。その光景を見ているだけで、尾乃田の剛直は硬さを取り戻していた。

「ほんまに、俺好みの淫乱な雌猫やなあ……」

ボソリと尾乃田が呟きながら、ドロドロと卑裂から垂れる白濁を指に掬い取り、雅姫の中に戻し始める。そして更に小さな声で呟いた。

「このまま、孕めばええ……。そうすれば、お前は、俺から離れられん……。ずっと一緒や」

尾乃田の自分へのはっきりとした執着を垣間見た雅姫は、自分が唯一の存在であるかのような感覚を覚える。「ずっと一緒や」の言葉は、今までの不安な気持ちを一気に吹き飛ばす。目を大きく見開き、振り返って熱い視線を向けた。

「お、尾乃田さん抱きしめてください……」

「な、なんやいきなり！」

ほぼ無理矢理に尾乃田に抱きつく。グッと力いっぱい首にしがみつくと、尾乃田は驚いて硬直していた。己の欲望を乱暴にぶちまけていた相手に、いきなり愛情いっぱいの顔で抱きつかれて思考が停止したのかもしれない。

「な、なんやねん！　は、恥ずかしいわ……。や、やめい！」

「やだ。止《や》めません！　私に執着している貴方が可愛い」

「は、はあ？」

これ以上は恥ずかしいと雅姫を引き離した尾乃田は、赤い顔を隠すように背を向ける。若い女に抱きつかれて照れている極道の男というのも珍しい。誤魔化すようにサイドテーブルに置いていた煙草に手を伸ばす。しかし滑って煙草を床に落としてしまうほど動揺している。拾った煙草を口に含み、カチカチとＺｉｐｐｏライターで火を点けようとするが、どうも上手《うま》くいかない。

「き、気のせいや……。執着なんかしてへん」

ようやく火が点いた煙草を深く吸ったとき、スマートフォンから着信音が鳴った。画面をチラッと見て「なんや……」と呟き静かに電話に出る。

『あのクスリの出どころが発覚しました。予想通りです』

「やはりか、わかった。すぐに向かう」

「……尾乃田さん、何かありましたか？」

雅姫は心配そうに尋ねる。尾乃田から急に先程までの雰囲気が消え去り、何かが起こったことを瞬時に悟ったからだ。

「昨日、お前に使われたセックスドラッグの製造元や。それがわかったんや。うちの許可なしに、そんなもんで荒稼ぎしようなんて、ホンマに最近の大学生は度胸があるわ」

尾乃田は笑っているが目はギラッと光る。まさしく獲物を捕える目処《めど》がついたと喜ぶ肉食獣のそれだった。

「セックスドラッグ……？　え？　どうして？　いつのま——、あ！」

そういえば雅姫は、ダイニングバーで一杯半の酎ハイでベロベロになり、ヤンチャ系から渡されたお茶を飲んだ後に身体が熱くなった。それを思い出し、ワナワナと身体が震え出す。

「心当たりがあるんやろ。お前の飲み物に細工したんやろうな、あのガキ」

「クスリを盛られているってわかっていたのですか？」

「そりゃ、こっちは本職やで。見りゃわかるわ……」

尾乃田はクスリのせいで発情していた雅姫を、知らん顔をして散々「淫乱な発情期の雌猫」と責め立てていた。雅姫にしてみれば濡れ衣でしかない。

「もう、尾乃田さん！　酷いわ！」

顔を真っ赤にしてプックリ頬を膨らませ、雅姫が怒る。それを見た尾乃田は少し頭を掻きながら、バツの悪そうな顔をしていた。

「黙っていたのは悪かったが、お前も警戒心がなさすぎる。俺は心配でしょうがなかった」

「……心配ですか？」

「ああ、お前は危機管理が足らん！　だからちょっとお灸をすえてやろうかと……」

「お、お灸って……。ちょっとでもないし……」

ハハハと大笑いしながら、尾乃田はベッドに戻って雅姫の額に唇を落とす。

「気を付けろよ。今回のは少量で、すぐに効果がなくなる安物やったけど、何があるかわからん。あまり信用できなさそうな奴とは出かけるな。知らん男とは会うな！　ええな」

「……はい」

「……店も、もう辞めろ」

「え？　ホステスのバイトですか？」

「ああ、イライラするんや……。お前が綺麗に着飾って他の男に愛想振りまくんがな」

尾乃田は目を泳がせながらいつもより小さい声で、少し言い難そうにボソッと呟く。執着はしていないと言いながら、正反対のことを口から発するところが、やはり可愛いと雅姫は思った。先程の顔の火照りがまだ冷めていないせいで薄らと赤い顔を片手で押さえながら、尾乃田の目を見つめる。

「……わかりました。いきなり辞めるのは迷惑がかかるので、六月いっぱいの今月末まで働きます」

「勝手にしろ……」

また連絡すると伝えて尾乃田は部屋を出ていった。

＊＊＊＊

「新田君、私のことを監視していたの？」

尾乃田の家から自宅に向かう車内で、少しムッとした雅姫が新田に尋ねた。すると新田は大袈裟に「バレてもたか！」と呟きながら、口元を手で隠し笑い出す。しかし新田のお陰でヤンチャ系に襲われずにすんだので、感謝しないといけない。

「ははは、雅姫ちゃん。怖いで〜、顔」

笑ってえなあと新田は屈託のない笑顔を見せてくる。

「もう！　でも、ありがとう……」

どういたしましてとニッコリする新田は、軽快に車のハンドルを切り、スピードも少し上げたようだ。

「ねえ、新田君。私にクスリを使った男はどうなったの？」

「えー、それ聞く〜？」

知らん方がええよと新田は続けた。

「カシラがえらい怒っていたからなあ。まあ、痛い思いはしたわなあ。でも、相手は堅気やし、殺しはしてへんで〜」

いやいや、当たり前だろうと心の中で突っ込む。新田は少し暗い顔をして雅姫を見た。

「まあ、二度と、クスリ使って女襲おうとは思わんのちゃう？」

続けて「水戸黄門が悪を成敗しておきました」と笑い、どちらが悪なのかと雅姫も笑った。

「雅姫ちゃん、これからは俺が雅姫ちゃんのボディーガード兼運転手やから。学校に登校するときも、どこに行くときも連絡して」

「えー！　何言ってるの？　そんなのいらないよ」

「カシラに言われてん。だから命令やねん。命令は絶対やから……」

そう聞かされて嫌とは言えない。雅姫は尾乃田の怖さを知っている。

――私が嫌がったら、新田君が尾乃田さんに酷い目にあわされるんだろうな。

「うん、わかった……」

雅姫は下を向いて静かに了承する。ホッとする新田が視界の隅に映っていた。

雅姫はアパートに戻り、あえて見るのを避けていたスマートフォンを恐る恐る確認してみると、涼子からの物凄い数の着信があった。

「ヒー！　ヤバイ！　絶対に心配してる！」

雅姫はすぐに涼子に電話をかける。一回のコールで出た涼子の「雅姫！」という大声が耳に突き刺さった。

『アンタ！　今までどこに行ってたん？　いつまで経ってもカラオケ来んし、ダイニングバーに戻ってもおらんし。心配しててんで！　真紀ちゃんはアンタら二人はホテルに行ったたって言うけど、それでも連絡くらいしてよ！』

――あの男とホテル？　ないない。

雅姫は気分が悪くなった後にタクシーで帰り、今まで寝込んでいたと嘘を吐いた。『ほんまに？』と涼子は少し怪しんだが何とかやり過ごす。

――この先、涼子が送り迎えの新田君を見たらなんて言うだろう。不安しかない……。

雅姫は取り敢えず、布団に入って寝ることにした。まだ時間は早いが、身体がヘトヘトで何もする気が起きなかったからだ。しかしベッドに向かおうと身体を動かすと、秘部からドロッとしたものがこぼれ落ちる。

「あ、やぁ……、尾乃田さんの精子――」

先程お風呂でそれを掻き出したはずなのに、きっとまだ奥深くに残っていたのだろう。ゾクゾクとした感覚が不意に襲いかかる。散々中に出されたのだ、尾乃田の精子を。熱い液体が身体の中からドクンと全体に広がって、雅姫を侵食していくアノ感覚。

――気持ち良すぎて忘れられない……。もっと、もっと欲しい。

雅姫は息を呑む。駄目だ、中出しなんてされて、妊娠してしまったらどうするの、と。尾乃田は自分に執着しているが、まだ付き合ってとも、愛しているとも言われていないのだから。

横目でカレンダーを見る。生理の予定日はそろそろ。多分大丈夫だと自分に言い聞かせた。

――でも、もし……、尾乃田さんの赤ちゃんができていたら……。

雅姫はフッと笑い、愛おしそうにお腹を摩った。尾乃田との子供を想像して顔がほころぶ。極道で、きっと愛してはいけない人。それでももう、雅姫の気持ちに歯止めは利かない。

「尾乃田……さんが……好き……」

惹かれているなんて甘いものではない。自分の中の好きという感情をようやく理解した。激しく欲望をぶつけてくる尾乃田を全て受け止めることは、母性に似ているかもしれない。

雅姫は尾乃田の三白眼を下げて笑う顔を思い出し、クスッと口角を上げた。暴れん坊の尾乃田には、自分ぐらいの寛容な女が似合うのでは、と少し生意気に。

「身体だけの関係なのかもしれない。だけど、私はそれでもいい。今は……」

翌朝、雅姫の下着に赤い印がついており、妊娠していないことが判明するのだった。

＊＊＊＊

「なんで～！　雅姫ちゃん店辞めるん？」

鷹木が派手な嘘泣きをしながら雅姫に抱きついてきた。

「鷹木さん、セクハラです……」

雅姫は真顔で鷹木を拒む。鷹木は「ケチー！」と言って離れたが、未だに距離は近い。

「雅姫ちゃん、接客にも慣れてきてもったいないから」

上目遣いで目をウルウルさせて見つめてくる。手は雅姫の両手を握って離さない。

「元々、夏休みの海外旅行資金を貯めるために始めたんです。もう十分貯まったし」

「せめてさあ、夏休み中は働いてよ〜。店としては七夕イベントとか花火大会イベントとか目白押しでさあ、人手がいるんよなあ……。俺も寂しいし」

雅姫自身も、もう少し勤務して貯金を増やしたかったが、尾乃田がきっと許さないだろう。

――尾乃田さん、「イライラする」らしいし……。

「すみません、七月は前期試験もあるので。もし、どうしても人手がいるなら一日だけとかなら大丈夫だと思います」

あまりの懇願に、尾乃田も一日くらいなら許してくれるだろうと考え直す。

「ホンマ？　そやったら、人手がいるイベントのときはお願いなあ〜！　浴衣も貸し出しするから」

鷹木は「よしよし」と小声で呟きながら、雅姫とまた会えることを喜んでいた。

勤務時間が終わり、雅姫は外に出て新田を探す。道端でタクシー運転手たちと雑談をしているようだが、雅姫に気が付いて大きく手を振ってきた。その方向へ進んでいくと、そのうちの一人が目を丸くして声を上げる。

「えー！　兄ちゃんの彼女、えらいべっぴんさんやなあ～？」

美女と野獣やんかと一人のタクシー運転手が茶化し、周りもそれに同意して頷く。

「ちゃうちゃう、彼女ちゃうから！」

新田が必死になって否定していたが、タクシー運転手たちは信じない。

「マジで止《や》めてくれ!!」

カシラに俺が殺されるわと青ざめていたが、雅姫は「彼女です」と冗談を言い、更に新田を青ざめさせた。


新田に車に乗せてもらい、自宅のアパートに戻る。尾乃田は最近忙しいらしく、あの日から一週間ほど会えていない。ちょうど生理もあったので好都合でもあった。

「カシラは最近メチャメチャ大変みたいやで。昨日もあまり寝てへんって言ってたわ」

新田は雅姫に尾乃田の近況を毎日報告してくる。それは本当にありがたかった。

「雅姫ちゃん、カシラに会えへんで寂しいかもやけど、我慢してな……」

「大丈夫だよ～、新田君。心配してくれてありがとう」

雅姫はまだ尾乃田とは付き合っていないことを理解しているので、文句を言う筋合いはないと思っていた。会えたらラッキーくらいに留めておかないと、高望みしては後で辛くなると自分を戒める。

車がアパートに着くともう十二時を過ぎていた。雅姫は新田にお礼を言い、静かに部屋に入っていく。このあたり一帯は住宅街でとても静かだ。電気が消えている家も多い。

雅姫は部屋に入ってすぐに部屋着に着替えた。トップスはキャミソールで下はモコモコしたショートパンツ。六月といっても夜中は冷えるので、モコモコパンツとセットのパーカーを上に羽織る。レポートを書くかたわら、テレビをつけると深夜番組が放送されていた。クラシックのベートーヴェン特集。尾乃田が時々聞いていた悲しい旋律のピアノ曲が流されていた。

「へー、あの曲。月光っていうんだ」

早速スマートフォンで検索して曲をダウンロードする雅姫は、尾乃田のお気に入りを手に入れて上機嫌だ。ふと時計を見ると、既に午前二時半を回っている。そろそろ寝ようかとカップを流し台に置きに行くと、深夜なのにスマートフォンが鳴り出した。

「え、誰よ。こんな時間に！」

画面には「尾乃田さん」の文字。驚いた雅姫は何度かスマートフォンを床に落としながら、慌てて応答ボタンを押す。

「……まだ起きとるんか？」

「え、はい。レポートをやっていました。でも、もう寝ようかなって。尾乃田さんはこんな時間までお仕事ですか？」

一週間ぶりの尾乃田の声に雅姫はドキドキした。この胸の高鳴りが、電話の先の尾乃田に聞こえるんじゃないかと恥ずかしくなり、更に心臓が速く鼓動を刻む。

「んー、まあ、そんなとこやな……」

――そんなとこって??

「なあ、お前の部屋に今から行ってもええか?」

尾乃田のいきなりの提案に、雅姫はビックリしてスマートフォンをまた落としそうになる。

――今来るの?　え?

「今、お前のアパートの前におるんや……」

雅姫が慌てて窓のカーテンを開けると、通りに尾乃田のスポーツタイプの外車が見えた。雅姫の心臓がドクドクと音を出してカッと身体が熱くなる。尾乃田がいる、会いたかった尾乃田がそこにいる、そう思うだけで身体が熱を持つ。

「……はい、どうぞ上がってきてください」

五分もしない内に尾乃田は雅姫の部屋の中にいた。自分の部屋に尾乃田が存在する不思議な光景に、雅姫は少しポカンとしてしまう。大きな彼にこの1DKの部屋は狭そうだ。コタツテーブルの前に、ちょこんと胡座《あぐら》をかいて座る高級スーツのヤクザ。雅姫は思わずプッと笑ってしまう。

「狭くてすみません」

雅姫はコーヒーを出しながら尾乃田に謝る。

「いや、大丈夫や。昔はここより全然狭いとこに住んどったからなあ」

「そうなんですか?」と返す雅姫を尾乃田はグッと引き寄せて、自分の太股の上に後ろ向きに座らせる。

「狭い方がお互い密着できるやろ? 俺はかまへんで」

尾乃田の唇が雅姫の唇に優しく触れた。後ろから雅姫を抱きしめる尾乃田は、どこか幸せそうだ。雅姫は「あ!」と言いながらスマートフォンを手に取り、先程手に入れたベートーヴェンの月光を彼に聞かせることにする。

「尾乃田さん、この曲をよく聞いていますよね? お好きなんですか?」

尾乃田は少し黙って、ジッとしていた。そして静かに口を開き「思い出の曲や。大切な人との……」と小さく呟く。

——大切な人との思い出の曲?

相手は誰なのだろうと考えた雅姫の心が、キュッと何かに掴まれたように痛んだ。尾乃田の言う大切な人は、明らかに自分ではない。その事実を突き付けられてしまった。執着心を見せられ、自分はもしかしたら特別なのではという思いが、音を立てて崩れていった。

「そ、そうですか……。大切な人との曲……。す、素敵な曲ですよね」

雅姫は必死に笑顔を見せるが、お腹の上にある手にギュッと力が入る。

そんな不安定な気持ちに気が付かない尾乃田が、背後からキツく抱きしめてきた。いつもと様子の違う彼に、雅姫は何だか心配になってくる。

「な、何かありましたか？」

尾乃田は少し黙っていたが、ゆっくりと話し出す。

「ああ、ちょっとな。この前のセックスドラッグの件や。ああいう類《たぐい》は大体が半グレが裏で糸引いとる。アイツらはすばしっこくてなあ。尻尾掴んでもそれを切って逃げて行くんや。まあイタチごっこやな」

暴力団排除条例も関係ないアイツらは自由なもんよと尾乃田は続ける。

「製造アジトに踏み込んでも、末端のガキが何を作っとるかもわからん状態で、ポカンと口を開けているだけや」

「何だかマトリみたいですね。尾乃田さんって」

雅姫は少しクスッと笑ってしまった。ヤクザが違法薬物の取り締まりをやっているなんてと。

「おいおい、笑い事ちゃうぞ。裏の世界でも、いちお、秩序っつうもんはあるんやで。それに、尾乃田組《おれのくみ》ではクスリは御法度《ごはっと》やからな。他は知らんが……」

雅姫は驚いて尾乃田を見る。ヤクザといえばクスリの密売だとステレオタイプなイメージを信じていたからだ。クスリの密売をしていないからといって、尾乃田がクリーンなはずはない。それでも雅姫は少し気持ちが楽になった。

「後は内輪揉めや……。俺が若いのに若頭になったから、それが気に入らん奴もおるんや」

若い？　雅姫はそこで疑問に思う。

「え？　尾乃田さんってお若いんですか？」

尾乃田が目を大きく見開いて固まる。おい、ちょっと待てよと言いたげに。

「……お前は俺が何歳やと思っとるんや？」

「え、四十代中頃くらい？」

尾乃田は頭を抱えて「頭痛がする」と言い、ハーッと大きく溜め息を吐いた。

「俺はまだ三十代やで……」

「えー！　ウソー！」

だってあの落ち着きっぷりとこの貫禄は、とてもではないけれど三十代ではないだろうと雅姫は驚く。

「そんなにオッサンに思われていたのか……」

一晩に何度もイケる四十代がおるか？　と面白くなさそうにブツブツ呟く。

——いや、尾乃田さんならきっと、五十代でも六十代でも何度もイケると思いますが……。

雅姫の心の声はもちろん届かない。少し不機嫌な顔をした尾乃田だったが、そんなことより今は充電やと雅姫をグッと抱きしめてくる。

「雅姫、お前は俺に会いたかったか？」

「……はい。会いたかったです」

「そうか……」

雅姫から尾乃田の顔は見えないが、心なしか微笑んでいるように感じる。

「今日はちょっと顔だけ見て帰るつもりやったけど、やっぱりお前の中を感じたい。ええか……？」

尾乃田の言う「大切な人」がはっきり言って気になる。だからといってこんな状態の尾乃田に「イヤ」とは言えないし、自分の欲望にも抗えなかった。複雑な思考が絡み合うが、雅姫は恥じらいながらもコクリと頷いた。

雅姫のベッドはセミダブルで、尾乃田の家の大きなキングサイズのベッドと比べると、大人用と子供用くらいの差がある。これでは尾乃田にとって狭すぎるのではないかと雅姫は尋ねるが、尾乃田は笑いながら告げた。

「広さは問題やない。俺がお前の中にさえ入れれば、幾らでも気持ち良くなれるやろ……？　お前のマ○コは最高やからなあと耳元で囁く。雅姫の秘部は既にズキズキと疼いていた。こんなにも身体が彼を欲してしまう。心配事に目を瞑り、快楽を貪ることを優先してしまいそうだ。

発情しきった雌猫は、尾乃田の太股の上に跨ると、自然と腰を振り自分の淫裂を擦り付ける。ニチャッとした粘着質な音が、どうやら尾乃田にも聞こえたようだ。

「もう濡れとんのか、お前のココは？」

熱を帯びた目をした尾乃田が、雅姫の穿いている部屋着のショートパンツの中に指を潜らせ、下着の上から秘部をツッと触る。

「んっ……うぁ、違……ますぅ」

雅姫は顔を火照らせ目線を下に向けた。身体の反応とは正反対の言葉が口から漏れてくる。

「素直じゃない子猫ちゃんは、イヤイヤ言っとるが、下の口は正直やで」

たった一週間会えなかっただけで、こんなにも欲してしまう雅姫の身体は、すっかり尾乃田の色に染められてしまっているのだろう。ずっと欲情を我慢していたが、太股に座って側に彼の熱を感じれば、もう止まらない。

雅姫の股の下あたりにあった熱いモノがムクッと勃ち上がってくる。「何？」と見てみると、尾乃田の下半身がズボンの下から存在を主張していた。

「あ、おっきくなってる……」

興味津々で雅姫はそれに手を伸ばし、ズボンの上からサワサワとなぞってみた。するとズボンを破りそうな勢いでムクムクと更に大きくなる。

「ん……っう、雅姫、辛くなるから……、そこから出してくれ」

尾乃田にそう言われ、ベルトを外しズボンのファスナーを下ろした。黒いボクサータイプの下着が見え、アノ部分には巨大なテントが張っている。

少し考えた雅姫は、尾乃田のズボンを全て脱がし、大きく迫り上がっているテント部分を、下着の上からパクッと咥えてみた。ビクッとする尾乃田をチラッと横目で見て更に続ける。そのまま巨大なテントをペロペロと舐めて、下着を唾液で濡らしていく。尾乃田の雄芯の形に下着が濡れて、卑猥な形が浮かび上がってきた。大きな亀頭に血管がボコボコ浮き上がった竿、張りのある玉の袋まではっきりと形がわかる。

雅姫は目を大きく輝かせ、悪戯をする子猫のように笑い尾乃田を見つめた。ハアハアと息を荒くして、握り拳を作っている尾乃田は、熱い炎が灯る三白眼で雅姫を眺めている。

「焦らすな……」

雅姫はゆっくりと尾乃田の下着を下ろしていく。雄芯はビンッと音を立てて下着から飛び上がり、勢い余って雅姫の頬にぶつかる。雅姫はガチガチに勃っている肉棒をパクッと口に含み、一気に喉の奥まで咥えた。口の中で少しだけ青臭い味がする。それは尾乃田の先走りの味だ。いつもこの雄芯に絶頂を与えられているのだと思うと、何だか愛おしくてしょうがない。雅姫は舌を使って舐め上げ、唇をすぼめてジュルジュルと極太な肉棒を吸う。

尾乃田の熱い杭は、あっという間に唾液だらけになりテラテラと光っていた。雅姫は口から一旦肉棒を離し、竿をハムハムと唇で咥え、カリ首の裏筋をチロチロと舐める。淫茎はビクビクと小刻みに震えていた。

「お前……、どこで覚えたんや？」

尾乃田はギラッと目を光らせて雅姫を睨む。どうやら何か勘違いしたようだ。

「んー、ネットで検索しました……。尾乃田さんに気持ち良くなって欲しかったから」

恥ずかしくて真っすぐに尾乃田を見られない雅姫は、チラチラと視線を下に落とす。尾乃田は三白眼を妖しく光らせてニヤーッと笑っていた。

「そうか、俺のために調べてくれたんか。じゃあ、俺も応えたらなあかんなぁ」

尾乃田は身体をずらして寝そべりながら雅姫のショートパンツを脱がす。そして男根を咥えたまま、自分の顔に跨がるように指示する。雅姫は少し恥ずかしかったが、のっそりと尾乃田の顔を跨ぐ。すると秘部に彼の息がフーッとかかった。

「んっ――――」

それだけで雅姫の敏感なソコは蜜を出して濡れる。

「お前のココは随分と淫乱な雌穴になったたな」

ドロドロやんかと呟き、尾乃田がショーツをずらして外観をじっくりと観察している。一か月半ほど前までは堅い蕾で、まだグッと閉じていたが、今では少し開花して女の匂いを漂わせ雄芯を誘っていた。テラテラと光る愛蜜と相俟って、まるで朝露に濡れる椿のようだ。

尾乃田が雅姫の淫花を両手で軽く左右に広げる。プックリと盛り上がった恥丘の真ん中で赤い真珠が顔を出した。濃いめのピンクの淫裂が、パックリと口を開けて誘惑する。尾乃田は我慢ができなくなったようで、可憐で卑猥な花に貪りついた。

「あぁぁぁん……!」

雅姫はいきなりの刺激に気を取られそうになる。

そんな雅姫を尻目に、尾乃田は赤い真珠を唇で扱《しご》き出す。チュッと強く吸い、カリッと甘噛みした。

「はあああぁ、あああぁ、あっ、ンっグぅ」

あまりの刺激に股を閉じたくなったが、瞬時に尾乃田に阻まれる。

「おいおい、口が疎《おろそ》かになっとるで。動かさんかい……」

尾乃田が雅姫の尻をパンッと叩く。

「あ、あぁん……」

尻を刺激され雅姫の秘部がキュッと締まった。ソコを観察していた尾乃田も気が付いたようで、ニヤッとほくそ笑む。

「俺の可愛い子猫ちゃんは、尻を叩かれるのがお好みか……」

尾乃田は少し赤く手形がついた白い尻をベロッと舐める。暫くお互いを舐め合っていたが、不意に尾乃田が立ち上がり、冷蔵庫に向かって歩いていく。そして冷凍室から何かを持って戻ってくる。何をされるのかと雅姫がドキドキしていると、尾乃田にショーツを剥ぎ取られ、両足を大きく広げて肩まで持っていかれた。雅姫の蜜壺が天を向く。尾乃田は指を入れて少し中を開き、「よお味わえよ」と言いながら、蜜壺の中にグッと何かを押し込んだ。

「きゃっあ、つ、冷たい――――！」

尾乃田は小さな氷を雅姫の蜜壺に挿入したようだ。氷が膣内をジュワッと冷やす。熱く滾っていたそこは、氷を更に小さくしていく。

「ああん……、いやー……取ってください」

雅姫は腰をよじりながら尾乃田に懇願する。

「ふふふ、自分で絞り出せ。できるやろ？」

尾乃田は不敵に笑い、雅姫の卑猥な穴をジッと見つめる、さあやってみろと。雅姫は涙目になりながら、グッと膣に力を込めてみる。すると氷が膣肉に食い込む。ジュワッと氷が更に溶けていった。

「あんん、つ……つめた……い」

溶け出した氷の水がコプッと蜜口から出てきた。尾乃田はそれを舌でベロッと掬う。その快感で膣肉がグニグニ動き出し、随分と小さくなった氷を膣内からポロッと押し出した。

尾乃田はそれを自身の口に含んでから雅姫にキスをする。口に冷たい水と小さな氷が侵入してきた。氷は喉を伝い雅姫の体内に吸収されていく。

尾乃田は部屋にある姿見の前に移動し、そこで胡座をかき、自身の肉棒に避妊具を装着する。

「こっちに来い。鏡の前で足を開け」

雅姫は尾乃田の前に移動し、鏡に向かって大きく足を開く。鏡に雅姫の濡れそぼった赤い肉裂がはっきりと映っていた。

「ええ眺めやろ？　絶景や……」

尾乃田が妖しく微笑みながら鏡越しに雅姫を見つめている。雅姫は恥ずかしくてしょうがないが、鏡から目を逸らすことは彼が許さない。

尾乃田は雅姫の両足をＭ字開脚のまま軽々と持ち上げて、自分の剛直の上に持っていく。雅姫はその先を期待してゴクリと喉を動かした。剛直は蜜穴の入口でピタッと止まる。

「雅姫、どうして欲しいんや？　自分の口で言え……」

「尾乃田さんの、おチ○ポを、私のエッチな穴に入れてください。んぁ……！　ひぃう！」

尾乃田の男根が雅姫の蜜壺に突き刺さる様子が全て鏡に映し出される。肉棒が入ったり出たりするたびに、結合部分がグチョグチョと粘った音を出す。

身体が大きく弓なりに反り、半開きになった口から嬌声が漏れる。淫欲が不安を押しのけ、快楽を貪れと頭の中で訴えてくる。

「あっ、はあ、あんんん――――！　いぐぅ――――！」

雅姫は派手に潮を噴きながら達し、鏡に淫らな水滴を飛び散らせた。

情事の後、ベッドの中でゴロゴロと触れ合っていた二人だったが、尾乃田がふと床に積んであった海外旅行のパンフレットを見つけた。

「これはなんや？　お前……、海外旅行に行くんか？」

「ああ、それは友達と夏休みに行こうって。ホステスのバイトもそのためだったんです」

雅姫は嬉しそうに尾乃田に向かってパンフレットを開いて見せる。心弾ませる雅姫の笑顔とは正反対に、みるみる尾乃田の表情が冷たくなっていく。

「あかん。行くな……」

「え……？　どうしてですか？」

「俺の側から遠く離れるなんか許さん。行くな、ええな！」

そんなの酷いと雅姫は黙って下を向く。そして涼子も楽しみにしているのにと訴えた。すると尾乃田は、グッと雅姫の両肩を掴んで口を開く。

「代わりに俺が旅行に連れて行く。ヤクザは基本、国外に行けん。だから海外は無理やけど、国内なら……」

その瞬間、雅姫の顔が一瞬で明るくなった。二人で旅行ができるなんて、嬉しくてしょうがない。まるで恋人同士のようだとドキドキしてくる。

「キャー！　凄く行きたいです！　二人で旅行！」

前のめり気味に雅姫は尾乃田に伝える。その声は今まで彼の前で出した中で、一番弾んでいる自信がある。

「ああ、行き先は考えておく」

尾乃田は愛おしそうに雅姫を見つめて頭をゆっくり撫でた。

＊＊＊＊

「ああ、俺や……。いきなりで悪いけど、纏まった休みが欲しい。理由？　雅姫を旅行に連れていく」

尾乃田は雅姫の家からの帰り道、高柳に電話をした。海外旅行へ行かせない代わりに、自分で雅姫に約束したのだから、何とかして時間を作りたいと。明らかに困ったような高柳が『……了解しました』と返す。

通話が終わった尾乃田は、少し車のスピードを上げる。雅姫と会う時間が取れなかったこの一週間は、自分にとって何かが欠けているようで上手く物事が進まなかった。対して雅姫を抱いて満足した今は、何でもできるような気がしてくる。

「若いときみたいに、カチコミでもできそうやわ」

声を出して笑う尾乃田は、ふと雅姫と自分の関係について思い浮かべる。堅気の女、雅姫には深入りするなと高柳に言われ、そうだと自分も納得した。しかし、一目会えばそんなことも吹っ飛んでしまう。そして雅姫の身体に溺れて何度も抱いてしまうのだ。

「雅姫のいない生活は想像できん……。常に側におって触れていたい。俺だけを見ていて欲しい。俺だけに微笑んで……」

自分の心の中をどう表現すれば良いのかわからない。人はそれまでの人生で与えられなかったものを、他者に与えることは難しい。心の奥で愛を欲しても、他人を愛する方法を知らない。愛されたことがないからだ。その不安から雅姫を激しく抱き、性行為に没頭してしまう。しかし、どれだけ触れてもまだ全然足りない。貪欲に雅姫を求めるのはただ快楽を貪りたいからではない。それが繋ぎ止める唯一の方法だと思うから……。

「しかし、アイツはどう思っているんや？　俺が怖くて仕方なく抱かれている……のか？」

尾乃田の心の中で晴れない陰が雨雲のように広がっていった。

七．恋愛初心者

「なんでよー！　そんなん、あかんゎ――――！」

涼子はかなり不機嫌な顔をしている。雅姫は申し訳なくて下を向くしかない。

「本当にごめん。海外は尾乃田さんが駄目って……」

「はあ？　なんで尾乃田が出てくるんよ～！　彼氏でもないやん！」

雅姫は顔をあからさまに引きつらせるが、だからといって彼氏だと言い返せない。彼氏だという確証がないからだ。雅姫は「でも……」と小さく呟く。

「え？　待って、もしかして雅姫って尾乃田と付き合ってるん？」

「そ、それがまだ付き合ってとは言われたことないの……。でも……」

歯切れの悪い雅姫を見て、涼子はうーんと腕を組んで考えるポーズをする。

「まあ、ええ歳した大人がお付き合いしてくださいとか言うかも謎やなあ。で、好きとか愛しているとか言ってくるん？」

雅姫はブンブンと頭を左右に振る。そう、そんな甘い言葉を尾乃田から伝えられたことがない。もっと別の言葉は常々口走っているが。

「お前は俺のモノやとか、俺だけを見ろとかそんな感じ……」

無言の涼子は目を見開いて絶句しているようだ。

「尾乃田って束縛系なん……？　俺のモノって……。雅姫の気持ちはどうなん？」

少しの無言の後に涼子が神妙な顔で問う。雅姫はジッと友人の目を見つめた。

「……今まで出会った男の人と全く違うタイプだから、最初は興味本位もあったけれど。今は一緒にいたいって思うし、笑顔を見たら胸がキューッてするの……。常に尾乃田さんを喜ばせたいって思う。これって好きってことでしょ？」

「……尾乃田に他に女がおってもええの？」

涼子の問いかけが心に突き刺さる。それでも、雅姫は少し悩んだ後に「……うん」と静かに答えた。他の女性がいたとしても、自分は尾乃田が良いのだ。

「私はそういうのはわからんけど、雅姫がそれでええんやったら、そんな形もあるのかと思うようにするわ……」

そして涼子は雅姫の目を真剣に見ながら続ける。

「でもな、雅姫がちょっとでも辛かったら、そんな付き合いはやめときよ。他に幾らでもええ人おるねんから。紹介したるで！」

涼子に「わかった？」と念を押された雅姫はコクンと頷く。もちろん、他の男を紹介してもらう気は全くない。今は尾乃田以外と付き合うつもりはさらさらないからだ。

「で、どうなん？　尾乃田のアッチの方は？　やっぱり噂通り凄いん⁇」

涼子は関西のおばちゃんのように、興味津々で下世話なことを尋ねる。その変わり身の早さに雅姫は大笑いするしかなかった。

＊＊＊＊

あれから尾乃田は事あるごとに雅姫と会う時間を作っていた。たった数時間しか空き時間がなくても、雅姫に一目会おうとする。仕事帰りの深夜だったり、雅姫の学校が終わってからの数時間だったり。一緒にコーヒーを飲むだけで帰ってしまうこともある。しかし決まって別れ際にはグッと強く抱きしめてきた。週末に纏まって時間が取れれば、尾乃田の住吉の本宅で何時間も身体を合わせるのがお決まりコースで、最後は二人で抱き合って眠りに就く。

雅姫はふと、自分の毎日が尾乃田一色なことに気付き、そういえば彼の空き時間も自分一色なのではないかと考える。そう思うだけで心は少し軽くなった。もしかしたら、今は尾乃田の「女」は、自分だけなのかもしれないという妄想に耽る。

「私たちは付き合っていますかって聞くような女、うざがられるよなあ、はあ……」

いつもなら考えなしにポンポン何でも尋ねてしまうが、これに関してはどうも口が重くなる。恋愛はほぼ初心者なのだからしょうがない。駆け引きの仕方も全くわからないので、次の一手が思い浮かばない。涼子には他に女がいてもいいと言ったが、本心は尾乃田を自分だけのモノにしたい。その気持ちは尾乃田に会うたびに大きくなっていく。そのため、尋ねることができなかった「付き合っているか」の問いは、しこりとなって深く心に刻まれていった。

そして気が付けば、今日はもうホステスのバイトの最終日になっていた。カレンダーを見た雅姫は、「あの鬱陶しい鷹木店長とも今日でお別れー！　嬉しいー！」と喜びながら足取りも軽くバイトに出かける。無論、新田の送迎付きで。

今日は少し早く店に着き、まだ誰も来ていない控え室に入っていく。すると入口から低い声が聞こえてきた。

「なあ。雅姫ちゃんって、尾乃田さんのイロなん？」

冷たい表情の十和子ママが雅姫に話しかけてきた。いつもの高くて通る接客用の声ではない、低音の地声。

「え？　いや……、あのう——」

どう説明すれば良いかわからず雅姫は口籠もる。十和子ママは煙草を吸いながら、ジーッと睨んでいた。それは女の燃えるような嫉妬の目だ。

「聞いたんや。尾乃田さんの住吉の家に出入りしてる小娘がおるって。それ、アンタやろ？」

全部お見通しと言いたげな十和子ママを前にして嘘が吐けなかった雅姫は、小さく「はい」と頷く。すると彼女の顔が小刻みに震え出し、みるみる真っ赤に変わっていった。

「こんな乳臭い小娘のどこがええんや？　尾乃田さんトチ狂ったなあー！」

ハハハと馬鹿にするように笑う彼女を雅姫はキッと睨み返す。自分は侮られても良いが、尾乃田が見下されるのは癇《かん》に障る。

「何？　なんか文句あんの？」

十和子ママは近付いてきて、フーッと雅姫の顔に煙草の煙を吹きかけてきた。瞬時にゲホゲホとむせ返ってしまう。全く好きになれない匂い。不快感しかなかった。

「アンタみたいなお子ちゃまのソコで、尾乃田さんが満足できるとも思わんしなあ。きっと他にも女はまだおるやろうに。勘違いして、ホンマ可哀想な子……」

「……他に会ってる女性は、多分……いないと思います」

尾乃田は時間が空けば雅姫と過ごしているので、他に女がいて、あの「長い行為」をしているとは考えがたい。雅姫は自信ありげに十和子ママの目を見て言い返した。

するとと十和子ママは乱暴に雅姫の顎を片手で掴み、目を大きく見開いて怒鳴り出す。

「アンタ、小娘のくせに自分が特別や思《おも》てるんやね！」

とんだお笑いぐさやと下品に笑い出す。その甲高い声はあたりに響き渡っていた。

「そうや、尾乃田さんのお気に入りの曲知ってる？」

「……月光ですか？」

フフンと十和子ママは得意げに雅姫を見た。彼女が浮かべる表情はどこか含みを持っている。

「その曲名を教えたんは私や。激しいセックスの後にな！」

雅姫は驚いて目を見開く。何も言い返す言葉が見つからない。

「この店の名前はＭｏｏｎｌｉｇｈｔ　Ｓｏｎａｔａ。月光の英語名やで……？」

雅姫の頭の中は嫌な予感でいっぱいになり、すぐさま耳を塞ぎたくなった。

「二人の思い出の曲を店の名前にしたんや。わかるやろ？　私が特別な女やって」

そうだ、尾乃田が以前に言っていた。月光は大切な人との思い出の曲だと。

——え？　大切な思い出の人って十和子ママなの？

雅姫は無気力に床にしゃがみ込む。途端に今までの張り詰めていたものが崩れ落ちていく。

全く自分には愛を囁いてくれない尾乃田に、身体だけとわかっていて、ついていくことができるのだろうかという大きな不安が押し寄せてきた。二十歳そこそこの女に、極道との恋愛は荷が重すぎる。雅姫はその現実を見て見ぬ振りして自分を殺していた。今までは噂に聞いても、実際に尾乃田と関係を持ったという人物に会ったことはない。だからこそどこか現実味がなく、信じていなかったのかもしれないし、わざと目と耳を塞いでいたのかもしれない。しかし目の前に「関係を持った」人物が現れたことで、尾乃田には沢山女がいるという噂が現実味を帯びて雅姫に迫ってくる。しかも十和子ママは「自分と尾乃田は特別な関係」だと言うのだ。それらしい事実を突き付けて。

「そ、そんな……」

震える雅姫の目からハラハラと涙が落ちてくる。それは頬を伝い顎から滴り落ちた。

「これでわかったやろ？　お子ちゃまに出番はないねん。とっとと幼稚園にお帰り！」

暫く呆然としていた雅姫は、フラフラと立ち上がり、控え室から出てそのまま店の扉を開ける。外は既に日が落ちており、金曜日ということもあって、仕事帰りに飲みに来ているサラリーマンや若者で三宮はごった返していた。途中何度も人にぶつかりながら、どうにかして駅に到着し、やっとの思いで電車に乗った。

雅姫はアパートに戻っても部屋の電気はつけず、スマートフォンの電源も切ったまま、部屋で放心状態でいた。

どれほどの時間が経ったのだろう。シーンと静まり返る部屋で、雅姫はまだジッと座ったままだ。するとドカドカと大きな足音がして部屋の前で止まり、激しくドアを叩く音がする。

「おい、雅姫開けろ！　俺や！」

尾乃田の声だ。雅姫は口をパクパクと開け、嫌だと言いながら首を振りドアを見つめる。再度、尾乃田はドアを激しく叩く。それでも雅姫はドアを開けようとはしない。ドアの外で「チッ」と舌打ちするのが聞こえてくる。暫くすると大きなガチャンッという音と共に、ドアが壊された。

「え？　ど、どうして？」

雅姫は唖然としながら部屋に入ってくる男を見つめる。尾乃田は雅姫が無事なのを確認し、フーッと息を吐いた。良かった、無事かと呟きながら。

「え、嫌だ！　なんで？　鍵がかかっていたでしょ？」

「こんな鍵なんか簡単に壊せるわ」

尾乃田は吐き捨てるように言いながら、三白眼で雅姫を見つめる。

「おい、理由は何や？　なんで店から一人で帰ってきた？　携帯に電源入れてへんのはなんでや？」

尾乃田は静かに怒っている。俺を無駄に心配させるなと言いたげだ。

「もう……、嫌なんです、全て……。耐えられない。二度と尾乃田さんに会いたくない！　帰って！」

今まで張り詰めていた心の糸が切れ、半狂乱の雅姫は決して尾乃田を見ない。感傷的な涙が頬を伝い、「ワー」と声を上げて泣く。

雅姫の口から出た全ての言葉が尾乃田の心臓に突き刺さったのか、声も発せないほどに打ちのめされているようだ。身体もワナワナと震えている。

「私は所詮、沢山の女のうちの一人なんでしょ？　飽きたら見向きもしなくなって捨てられる……。もう、嫌！　放っといて！　出ていってください!!　二度と私の前に現れないで！」

今まで出したことがないような悲痛な声を次々放つ。そして「二度と会いたくない！」と何度も繰り返した。

「は？　何をゆうてるねん？　いきなり意味がわからん。俺にもう会いたくない……？」

尾乃田の三白眼がグラリと揺れる。そこには仄暗い炎が宿っており、人間らしい温かみは一切なくなっていた。

尾乃田が雅姫に向かってゆっくりと歩いてくる。雅姫は「来ないで！」と叫びながら、近くにあるクッションを投げた。それでも怯まない尾乃田に、思わず大学の専門書まで投げつけてしまう。大きくて重い専門書は宙を舞い、ガツンと鈍い音を立てて彼の額に当たった。

「あっ！」

――やだ、どうしよう……。

尾乃田の額からツーッと血が垂れてきた。尾乃田はそれを手で拗いペロッと舐める。それを見た雅姫が一瞬怯んだ隙に駆け寄ってきたかと思うと、素早く首筋に手刀をした。そこで雅姫の意識は途絶えた。

＊＊＊＊

雅姫の重い瞼がゆっくりと開いていく。目の前に広がるのは、先程まで見ていた景色ではない。すぐに「え？」と今の状況に疑問が湧く。自分は確か自室にいたはず。しかしここは住吉にある尾乃田の家の寝室のベッド上。しかも全裸だった。視線を感じその先を見ると、尾乃田が椅子に座って煙草をふかしている。雅姫は暫く真っすぐに立ち上る煙草の煙を見つめていた。すると尾乃田がポツポツと言葉を発する。

「……なんでや？」

いつもの自信満々な尾乃田からは考えられない小さな声だ。

「身体は従順やのに、心はくれへんのか……？」

どこか救いを求めるような悲しい声が、耳に届く。尾乃田の言葉は雅姫の気持ちをざわつかせた。

「心は……、痛くて辛くて、穴が空いたようなんです。もう、こんなのイヤ！　楽になりたいんです」

そう答えると、感情の波がうねるように尾乃田の口から先程とは違う声色が響き出す。

「雅姫、二度と俺から離れようなんて思うな！　逃げ出したって見つけ出して捕まえる。もう、どこにも行かさん！　お前は俺だけを見て生きるんや——」

乱れた前髪の隙間から、尾乃田のギロリとした三白眼が雅姫を射貫く。心の奥底まで覗かれている感覚がして、ハッと息を呑む。戦闘態勢の虎がすぐ側にいるようだ。雅姫は血の気が引いたが、ここで怯んでは駄目だと、深呼吸をして尾乃田をグッと睨む。

「私は不安で不安で仕方がなかった。身体しか求められていない気がして……。私は尾乃田さんが好きだから、貴方を受け入れたい。けれども、このままでは心が死んでしまいます！」

「俺だって不安やったわ！　ヤクザやからお前を怖がらせているんじゃないかとか、堅気のお前をコッチの世界に引きずり込んでええのかとか！　いつも考えとった。それでもお前に会うことを止《や》めることができんかったんや……。この気持ちをどう表現すれば良いかもわからん！ただ激しく抱き合えば理解してくれるかと……」

フラフラと近付いてきた尾乃田が、雅姫の胸にグッと顔を埋める。雅姫は一瞬驚くが、ゆっくり「よしよし」とその頭を撫でてやった。「なんでわかってくれへんねん」と繰り返す尾乃田は、気持ちが高ぶっているのか息を荒くしたまま顔を上げない。先程まで闘争心剥きだしだった虎はどこへ行ったのかと思うほどの弱々しい姿を見て、胸が締め付けられた。

「お前は永遠に俺だけのものや……。誰にも渡さん」

尾乃田は炎を宿した瞳でこちらを見つめてくる。その様子から激しい執着を感じ取り、雅姫の胸にゾクリとした嬉しさが込み上げてきた。執着の鎖が強いほど尾乃田と繋がっているように思え、ある意味この寒気が心地よい。

「家族のいない俺にはお前だけなんや……」

——あれ？　待って。もしかして、この人は私のことが凄く好きなんじゃ……。

自分も恋愛初心者だが、尾乃田はどうやら超初心者並みなのではと面食らった。好きなものに貪欲だが、どうやって愛を語ればいいかわからない。感情をぶつけて、それが愛情表現だと勝手に思っているやつだ。まるで小さな子供。

「尾乃田さん、もしかして私のことが好きですか……？」

雅姫は恐る恐る尋ねてみた。予期していなかった質問に、尾乃田はガバッと胸から顔を上げて雅姫を見る。

「は？　何言うとるねん。どう考えてもわかるやろ？」

「え？　え？　何がですか？　あまり経験がないので言ってくれないとわかりません……」

「……」

「え？　なんですって？　ちょっと聞こえないです」

「す……す、好きに決まっとるやろが！」

バッと顔を逸らした尾乃田の横顔は耳まで真っ赤だ。

――ハハーん、やっぱりそうか。百戦錬磨みたいな態度をして、本当は恋愛初心者だな！

雅姫は自分のことを棚に上げほくそ笑む。素直に表現できない尾乃田が愛おしくてしょうがない。小さなベビー虎を胸に抱いて撫でている気持ちになり、顔をクシャクシャにして喜ぶ。

「お、お前、何か馬鹿にしとるな！　なんでやー！」

その様子はまるで顔を真っ赤にして怒る少年のようで、グッと抱き寄せて耳元で囁く。

「私も可愛い尾乃田さんが大好きですよ。貴方の不器用な愛し方を受け入れます」

二人の視線が絡まり、どちらからともなく強く唇を貪り合う。クチュリ、クチュリという濡れた音が、熱く甘いハアハアという激しくなる吐息と重なっていく。どちらがどちらの舌かわからないほどに交わり、唾液も互いの口内を行き来する。

息継ぎの間に「雅姫、雅姫」と何度も呼ぶ尾乃田。雅姫は何だか嬉しくなった。尾乃田は自分をこんなに欲しているのだと感じて。今まで気が付かなかった自分は、やはり恋愛初心者だとも思った。まだ二人の関係に少し疑問はあるが、今は忘れて二人で求め合いたい。

「雅姫、どこにも行くな……。ここに住め、俺と一緒にずっと――」

「はい、尾乃田さん……」

「今からお前と一つになりたい。身体に刻みたいんや、俺のものやということを……」

ニヤッと妖しく微笑む尾乃田が急いで服を脱ぎ、雅姫をベッドに押し倒す。そして既にガチガチになっている肉棒を雅姫の淫裂にグッと宛がった。腰を大きく引き、そのまま勢いをつけて最奥まで男根を突き刺す。

「あぁぁぁ！」

まだ準備ができていなかった雅姫の秘部は、尾乃田の巨大な剛直を簡単に受け入れることは難しい。手荒く中を進んでいった肉棒が、雅姫にピリピリとした痛みを与える。乱暴な行為こそが尾乃田の愛情表現。雅姫は眉間に寄った皺を徐々に緩めていく。

――私は尾乃田さんの激しい愛し方を受け入れると決めたの。これくらいの痛みは大丈夫。

無理に左右に開かれた蜜肉は、最初こそ悲鳴を上げていたが、すぐにクチョリと淫らな音を奏で出す。最奥まで到達した肉棒を頬張るソコは、お気に入りのものがやってきたとばかりに卑猥な蜜を更に分泌した。周囲に飛び散りながらクチュクチュと垂れていく愛蜜は、シーツに染みをつけていく。

「ほら、お前のココはすぐに俺を受け入れる……。もう、俺しかあかんのや――」

尾乃田はハアハアと熱い呼吸を漏らし、激しく雄芯の抽送を繰り返している。身体を揺さぶられ、雅姫の白い豊満な双丘が揺れて波打っていた。尾乃田はそれを鷲掴み、乱暴に揉みしだく。雄芯の抽送は段々と激しさを増し、一心不乱にガツンガツンと腰を振っている。

「ハアハア、お、お前がホンマに愛しい……。お前だけが俺を受け入れてくれるんや」

尾乃田の掠れた声が雅姫の耳元で響く。

淫猥で湿った水音が室内に響いていた。そしてその音が一層速まったときに、尾乃田は絞り出すような声を上げる。

「ぐぅ、くぅ……！　俺を受け取れ、雅姫！」

尾乃田が最後の一突きを繰り出すと、肉棒は雄々しい動きと共に、雅姫の最奥に白濁を噴出し始める。勢いよく出る大量の白濁は、子宮口にもドンッドンッと当たっていた。全てを吐き出したはずの尾乃田の剛直は、未だに硬いままで、まだまだいけると言いたげにビクビクと小刻みに震えている。

「もっと……。もっと欲しい。私を尾乃田さんの色で染めて！」

「ああ、なんぼでも出したる、お前の中に……。コレは俺のもんやとマーキングするんや。お前をもう離さんで……。俺の雅姫！」

尾乃田はギリギリまで男根を引き抜き、一気に蜜壺に突き刺す。白濁と愛蜜が混じり周囲に溢れ出た。そのあまりの衝撃に、雅姫の目の前に星が飛び散る。

「……お……、のださ、――ぁ！　ぅ」

雅姫の嬌声は朝方まで室内に響き続けた。

＊＊＊＊

「尾乃田さん、ここに座ってください」

雅姫はブカブカの尾乃田のバスローブを身に着けたまま、腕を組み仁王立ちしている。そして指は目の前の床を差していた。

尾乃田はラフなトレーニングウェア姿で、ダイニングテーブルの椅子に腰かけ、新聞を読みながらコーヒーを飲んでいた。

結局、朝方までコトに励んでいた二人は、その後は泥のように倒れ込み、昼過ぎまで睡眠を貪った。先に起きた尾乃田は、下階の共同ジムで一汗流して今戻ってきたところだ。

「何や雅姫？　悩み事か？」

ご機嫌な尾乃田はフフフと笑いながら雅姫を見つめる。

「悩み事？　うん、そうかもしれません。ここで、いろいろとはっきりさせたいのです。だから、ここに座ってください！」

小さい子供が「先生ごっこ」か「おままごと」をしているかのようなぎこちない雅姫が、尾乃田は可愛くてしょうがないと思った。駆け寄っていってグッと抱きしめたいが、今はこの「ごっこ」に乗ってやろうと、新聞を畳んで「はいはい」と指定の場所に向かう。

「私たちは、つ、付き合っているのですよね？」

顔を真っ赤にして雅姫が尋ねる。それを聞いて「プッ」と笑いそうになるが、堪えて真面目に返答する。

「付き合っとるって、何か可愛らしい言い方やな。けどまあ、そうやなあ、そうなるわなあ。お前は俺のモノやし……。お前が他の男と付き合うのはあかん」

雅姫の顔がパーッと明るくなったかと思うと、すぐ口元を引き締めて厳しい顔になる。何かを言いたげに口をモゴモゴ動かして、ようやく声を発する。

「じゃあ……、他の方たちとは別れてくれますか？」

尾乃田は目を大きく開いて雅姫を見る。何を言っているのかわからない。

「沢山女性を囲っていると聞きました……。その人たちのことです。昨日、一緒に住むことに了承はしましたが、その人たちと別れないなら一緒には住めません！」

よし、言ってやったとばかりに雅姫はフンッと強気にこちらを見ている。尾乃田は暫く唖然としていたが、ようやく喉から言葉が出てきた。

「あー？　囲っている女なんかおらんぞ。そんな面倒臭いことするかい。女はいつも使い捨てやったからなあ」

さらっとロクデナシな発言をした尾乃田を、雅姫は軽蔑の眼差しで見ている。「どれだけの女性を渡り歩いてきたの」と小さく呟きながら。

「じゃあ尾乃田さん。聞きたいことがあります。尾乃田さんの大切な思い出の人って十和子ママですか？」

「は⁇　え？　何を言ってるのかわからん」

尾乃田は困惑する。なぜここで十和子ママが出てくるのかわからなかったからだ。顔をプックリ膨らませて怒っている雅姫は、「ここで引くわけには」と言いながら続けた。

「十和子ママが教えてくれました。尾乃田さんに月光の曲名を教えたのは自分で、二人は特別な間柄で、エッチもしてて、お店の名前も二人の思い出の曲からつけたって」

尾乃田は「あり得ん」と笑い出す。

「月光は十和子ママとの思い出の曲じゃないぞ。それにあの曲は別に――」

「でもエッチはしているのでしょう……？」

尾乃田はうーんと頭を押さえて記憶を辿る。

「そういえばあったなあ、大昔に。ああ、十和子ママがクラシックに詳しくて、俺が探していた曲名を知ってたんやったわ。それで興味を持って数回抱いてみたが、すぐに飽きたな」

俺がまだ二十代の頃やと尾乃田は笑う。

「それに店の名前は俺がつけた。まあ、俺の店やからなあ。十和子ママは雇われや」

雅姫は頭にハテナマークが何個も浮かんだような顔をする。

「え？　Ｍｏｏｎｌｉｇｈｔ　Ｓｏｎａｔａって尾乃田さんの店なのですか？　そんなこと聞いていない!!」

「ああ、おおっぴらに公表はしてへんけど俺がオーナーや。店の名前は俺がつけたが、十和子ママは関与してへん。アイツは二代目ママやしな。やり手やから雇っただけや。昔にヤッたことも今まですっかり忘れとったわ」

雅姫は自分が間違った情報によって踊らされていたことにようやく気が付いたようだ。

「ご、ごめんなさい。本をぶつけてしまって……」

昨夜、尾乃田に本を投げて怪我をさせたことを思い出したのか、そっと額にある新しい傷に触ってくる。尾乃田は「これくらい日常茶飯事や」と優しく笑った。

「で、満足したんか？」

雅姫は目を大きく開いて見つめ返し、「まだです！　服がないです！　これではどこにも行けません」と訴えた。尾乃田はうーんとわざとらしく悩む振りをして伝える。

「そうやった、そうやった。昨日怒りに任せて破り捨てたんやった。まあ、ここにずっとおるんやから服はいらんやろ？　どうせ四六時中ヤリっぱなしや、服なんか必要ない！」

雅姫は耳まで真っ赤になり「四六時中いたしません！　ヤリっぱなしもないです！」と言い、大きく息を吸って続ける。

「それに！　ここに住むとは言いましたが、私は学生です。学校に通わないといけません。服も下着も必要なんです～！」

「わかった、わかった。明後日にでも取りに行けばいいやろ？　取り敢えずは適当に、高柳に用意させるから、ええか？」

「ハイ……」

雅姫は頷く。そして、ハッと何かを思い出したように尾乃田の前にしゃがみ込み、恥ずかしそうに咳払いをしながら口を開く。

「そ、それ……と、避妊具なしは駄目です！　赤ちゃんができてしまうじゃないですか……」

尾乃田の顔が一瞬険しくなる。なぜ禁じられないといけないのだ、と不満に思う。

「尾乃田さんのことは好きだけど、子供はまだ……。だって、私はまだ大学生です」

二十歳の雅姫には、結婚して家庭を持つというビジョンがまだ見えていないことを、尾乃田は瞬時に感じ取る。それに二人には大きな障害もある。そう、尾乃田が極道だということ。付き合うだけならまだしも、結婚や子供となると解決しなければいけない事実が山積みだった。それが一つも解決していないのに、すっ飛ばして子供を作るなんて無責任すぎるだろう。

「そうか、好きにせえ……」

ニーッと笑う尾乃田に雅姫が「何か企んでる～！」と核心を突いたことを言うが、「意味がわからん」ととぼける。もちろん、彼女を手放すつもりはないので、素知らぬ顔で既成事実を作ればいいと考える。

「雅姫、お前の綺麗な太股がガウンの裾からチラチラ見えて、俺の正気を奪うんや。どうにかしてくれへんか？」

「え⁇　太股？」

尾乃田は雅姫の腕を掴み自分の方へ引っ張る。「キャーッ」と倒れ込んだ雅姫は、偶然にも女豹のポーズになっていた。帯で結ぶだけのバスローブはガバッと大きく開き、辛うじて胸の一部を隠しているだけで下腹部は全開だ。

「俺の子猫は誘い上手やなあ。これは断れん……」

舌舐めずりして雅姫を三白眼で見つめる。

「やぁん、駄目です……。朝まであれだけシタでしょ？　アッーあぅん……」

尾乃田は雅姫の卑裂に指を伸ばしており、既に人差し指と中指を挿入していた。朝まで散々肉棒を咥え込んだそこは、難なく指を受け入れてクチュクチュといやらしい音を立て始めている。それを確認した尾乃田は、段々と指の抽送を速めていく。グチョグチョグチョとねちっこい水音が響き渡るのを、雅姫は「いやいや」と首を横に振って否定していた。

恥ずかしいこの音を出しているのは自分ではないと、無駄な抵抗をしているが、雅姫の口から出るのはハアハアという熱い吐息だった。尾乃田は親指と薬指を使い、卑裂の中心に鎮座している小さな赤い突起を押し潰す。

「ヒィ、ひ、こ……これダメェ……、イっちゃうー、いいいっ、イグー！」

直後にガクンガクンと身体を揺らし、雅姫は絶頂を迎えたようだ。

「コラ、雅姫起きろ！　まだ終わりちゃうぞ」

尾乃田は優しく雅姫の額をピンッと弾く。このまま仰向けになるように言い、その横で素早く自身の剛直を取り出す。既にそれはガチガチではち切れんばかりに腫れ上がっており、大きく反り上がって臍に到達している。それを見て雅姫はゴクリと喉を鳴らしていた。

尾乃田は雅姫の両足を自分の両肩にかけて、グッと身体を折り曲げる。そうすると、秘密の双璧が天を仰ぎ、パックリと口を開く。その狭間にある蜜穴が、クポッと分泌物を溢れさせた。尾乃田が男根を蜜口にグイッと押し付けるその様子は、雅姫からも細部まで丸見えだ。

「いやー、ダメー！　避妊しないと！」

もちろん尾乃田は避妊具を着けていなかった。

「もう散々、昨日今日と中出ししとるから、同じや。諦めぇー！」

明日からな～と笑いながら、そのまま肉棒をグリッと雅姫の中に沈めていく。雅姫は嬌声を上げて受け入れるしかない。尾乃田は満足そうに「さあ、抱き潰すぞ！」と愛しい恋人を見つめた。

＊＊＊＊

着るものが何もなかった雅姫に、日曜日の午後、高柳が服と靴を購入して持ってきてくれた。もちろん、下着込みで。それらは驚くほどにサイズもピッタリで、尾乃田が伝えたのか高柳が目視で測ったのか、どちらにしても驚かされた。

服と靴は雅姫が一度も着たことがない、一目でわかる高級ブランドのもの。下着はフランス製で神戸元町のデパートの紙袋に入っていた。きっとあの一帯で一式揃えたのだろう。あの高柳がデパートで下着を購入しているところを想像して、中身を見た雅姫はプッと笑ってしまった。もちろん、そのことを高柳は知らない。

月曜の午後、ラッキーなことに産婦人科の予約が取れた。週末は尾乃田に散々中に出されていたので、妊娠が心配だった。しかし、どう説明すればいいのかと悩む。

診察後、雅姫は少しばかり恥ずかしさを感じながら産婦人科から出てくる。

産婦人科では来月からの低用量ピルを問題なく処方してもらえたが、かなり怪しまれた。二十歳やそこらの女が、高級ブランドの服を着てピルの処方を望むのだから。

雅姫は以前も低用量ピルを服用していたことがある。大学受験のときにストレスで生理不順になったので、実家付近の産婦人科で処方された。今回も同じものでとお願いしたが、医者に理由をしつこく聞かれる。そして口籠もる雅姫の様子を察したのか、モーニングアフターピル（緊急避妊薬）まで渡されることとなったが、その気遣いをありがたく受け取った。少しの知識はあったが、ウブな雅姫が自分から処方を頼むのには勇気が必要だったからだ。尾乃田とは倫理観にかなり相違があるので、これから正していかなければと雅姫は誓った。

「看護婦さんたちにパパ活やっているって思われたかな……」

雅姫は下を向いたまま、ゆっくり歩いて新田の車まで辿り着く。

「お、姐《あね》さん！　ブツは手に入りましたか？」

車外で待っていた新田が笑顔で話しかける。

「ちょ、新田君！　姐さんはやめてー！」

「いや～、どう考えても姐さんでしょ？」

「だから違うって！」

雅姫は「取り敢えず車の中に入って！」と新田を車に押し込み、自分も急いで乗り込んだ。

「本当に姐さんはダメ！　今まで通り雅姫でお願いします」

今日は朝から新田に「姐さん」と呼ばれていて本当に困っていた。誰もいないところならまだしも、公共の場で呼ばれたら周りに何と思われるかと顔を青くする。

「えー、なんでなん？　まあ、雅姫ちゃんが嫌なら止《や》めとくけど……」

そうは言っても新田のニヤニヤは継続している。

「取り敢えず、自宅に当面の着替えとか勉強道具取りに行きたいの。お願いします」

「オッケー、任しといて～」

新田はいつも通りに豪快に車を走らせた。


「あ、アイツです。あの女が尾乃田の女です！」

雅姫と新田が車から出てアパートに入っていくのを、遠くから監視している黒いワンボックスカー。その中で、全身痛々しい傷だらけの若い男が、震えながらギブスで固定された右手を使って雅姫を指す。そう、合コンの後に尾乃田の組員に制裁された「ヤンチャ系」だ。

「へー、あんな乳臭そうなんがええん？　尾乃田ってロリコンなんか？」

金髪を短く刈り込んだ刺青だらけの男が大笑いする。

「いやー、あれでアッチは凄いんかもよ？　絶品な名器とかな〜」

ペロッと舌舐めずりする別の男は、髪は坊主で耳には凄い数のピアスがついていた。

「護衛がついとるなあ。側におる奴と、あの建物の先に潜んでいる奴らと、合計四人か？」

運転席にいる太った男が周りを注意深く見渡している。

「四対三？　ヤクザ相手には不利やろ？　ヤクザには倍の人数で攻撃せんとあかん」

「取り敢えず、住んでる場所も顔もわかったし、今日は見送りやな〜」

刺青男が坊主頭と太った男に目配せをした。二人は無言で頷く。

「尾乃田の女を教えたんだから、こ、これで、許してくれますよね？」

真っ青に震えるヤンチャ系は酷く怯えている。身体は小刻みに揺れ、視点も定まらない。

「いや〜、お前。自分がどんだけのことしたかわかっとるん？　お前が尾乃田にチクったせいで、ドラッグの製造工場が何か所か潰されてんで？　損失は大きいねん」

ピアスの男がヤンチャ系を睨む。手にはサバイバルナイフを持っていた。

「そ、そん……な……。俺、どうすれば……」

「お前の親って開業医やろ？　親に賠償金払ってもらったらええやん」

「い……幾らなんですか？」

刺青男が指を一本立てて「取り敢えず百万円や。今週中に用意しろよ！」と凄む。

「そんな～」とヤンチャ系は泣き崩れる。その様子を刺青の男は冷めた目で見ていた。

――まだまだコイツからは金を引っ張れるで。ハハハ、ええ金づるやわ。

＊＊＊＊

雅姫の大学の前期試験は七月下旬から約一週間おこなわれる。それまでに勉学の遅れを取り戻したい。尾乃田と出会ってからは何かとバタバタしていて、勉強も疎《おろそ》かになっているからだ。雅姫は外国語学部の英語専攻なので、準備に多大な時間が取られる研究と違い、一般教養の試験の他は英文のエッセイの提出があるだけだった。集中して取り組めばすぐに追いつく。

新田に手伝ってもらいながら、雅姫はスーツケースに当面の着替えと試験のための勉強道具を詰め込んでいく。尾乃田と一緒に住むとしても、このアパートは残しておかないと両親に怪しまれるだろう。将来的に、尾乃田を両親に紹介できる日が来るのかと考えると少し頭痛がしてくる。あの母親はきっと卒倒してしまうし、父親は世間体がどうとかと言ってきっと二人を許さない。だからといって尾乃田が雅姫を諦めるとは思わないし、雅姫も尾乃田と離れるのは耐えられない。

「ハッピーエンドは難しいのかな……」

ボソリと雅姫が呟く。新田が「え？　なんかゆうた？」と聞き返すが、なんでもないと笑顔で返した。

「なあ、雅姫ちゃん？　下着は色っぽい方がええんちゃう？」

雅姫のシンプルな白の下着を手に持って新田が真面目に言う。

「え！　ちょ、な……何見てるのよー！」

新田の手から下着を奪い取り、真っ赤になって叫ぶ。

「いやいや、これは大事なことやで。男にとって下着はロマンやからなあ！」

新田は下着がどれだけ男心を操るかを力説し始めた。多分それは彼個人の主観なのだが、何せ経験のない雅姫には、だんだん彼が大先生のように思えてくる。

「雅姫ちゃん。俺の彼女が元町の下着屋で働いているから、そこでいろいろ見立ててもらい」

それを聞いて雅姫は思わず頷いてしまった。


「いらっしゃい〜。健二《けんじ》くん！　その子が雅姫ちゃん？」

案内された下着屋では、茶髪の派手な身なりでキラキラネイルをしたナイスバディーの女性が二人を出迎える。雅姫はこのとき初めて新田の下の名前が「健二」だと知った。「可愛い！」と何度も連呼しながら、その派手な女性は雅姫をペタペタと触ってくる。

「サエ、雅姫ちゃんに色気ムンムンの下着を選んだって」

カシラのためにと小声でサエに告げているが、雅姫には丸聞こえだった。サエは「なるほど！」と納得したように雅姫を見つめる。雅姫は「色気ムンムンじゃなくていいです」と付け加えるが、彼女はニタニタと笑っていた。

「雅姫ちゃん！　素材はええねんから、ガンガンいっとこ〜！」

サエは腕まくりして嬉しそうに雅姫を連れて店内を歩き出す。数着ほどサエが選んでいき、それを持って二人はフィッティングルームに向かった。

「他にも持ってくるから、取り敢えずはこれを試着してな〜」

サエはニコニコの笑顔で雅姫をカーテンの中に押し込む。渡された下着はどれも総レースで大人っぽいデザインだった。

「うわ〜、こんなセクシーなの着たことない……」

黒や紫にワインレッドのレースのブラジャーたちは、自分の下着コレクションには皆無で、紐パンツ仕様のショーツを見たときは目眩がした。総レースのショーツなんて、ほぼ隠れないじゃんと雅姫は愚痴る。しかし、それらの下着はまだマシな方で、後からサエが持ってきた「特別下着」は雅姫に更なる衝撃を与えた。

乳首のあたりが丸く切り取られたレースのブラジャーに、ショーツのクロッチ部分が全部ビーズになっているもの。乳首しか隠れていないブラジャーに、クロッチ部分がパックリ左右に開いているショーツ。シースルー素材でできているブラジャーとショーツ。それらを手に雅姫はただ震えるしかなかった。

「どう？　着心地は？」と弾んだ声で聞いてくるサエに、「普通の下着でお願いします！」と特別下着を突っ返す。

「えー、なんでよ～」

納得できないサエは「でも、コレはイケる！」と、ある一つのセットを雅姫に手渡す。どうせろくなものではないと思っていた雅姫は、その下着を見て「あ！」と声を上げた。

「な？　ええやろ～？　お勧めやで～」

サエは得意げだ。雅姫はすぐに試着してみて「うっ……、こ、これは……」と、鏡で確認しながら感嘆する。

「サエさん、これ、いただきます！」

「まいど～！」

雅姫が会計をすませて店から出るときに、サエがウインクしながらこっそりと新田に紙袋を手渡す。新田は中身をチラッと見て、親指を立ててグッドポーズをした。そんなやり取りに雅姫は気が付いていたが、自分の身に関わることになるとは知るよしもない。

サエの下着屋からそのまま大学に向かい、図書館で英文エッセイの参考書籍を数冊借りた雅姫は、途中、近所のスーパーに寄って夕食の材料を買う。尾乃田と折角一緒に住むのだから、夕食を作って帰りを待ちたいとの気持ちからだ。

「尾乃田さん喜ぶかな？」

新婚気分の雅姫は足取りも軽く、食材を選んでレジに持っていった。

＊＊＊＊

「高柳、十和子をクビにするから新しい雇われママを探しておけ」

「どうかなさいましたか……？」

日本庭園内を歩く尾乃田は煙草を大きく吸い込み、フーッと吐きながら「雅姫に余計なことを告げ口したんや」と冷たく言い放つ。あのときの状況を思い出すだけでイライラがぶり返す。怒りから手を強く握りしめてしまい、爪が皮膚に食い込む。

「余計なことですか……？」

「俺から雅姫を引き離そうとする奴は誰であっても許さん！　あの女のせいで雅姫が俺から離れると言い出したんや！」

吸っていた煙草を再度大きく吸い込んだ尾乃田は、それをそのまま素手で握り潰す。吸い殻は高柳が受け取り、携帯吸い殻入れにそっと仕舞っていた。

「……女は中出しが好きちゃうんか？」

「え？　はい……？　それは人によるとしか……」

いきなりの発言に動揺した高柳が、クラッと身体を揺らして尾乃田を見ている。しかし尾乃田は気にせず「そうやとばっかり思っとった」と更に続ける。

「俺は雅姫の中に出したい。アイツを直で感じたいし、俺の痕を刻みたい……」

尾乃田にしてみれば雅姫が妊娠してもかまわない。寧ろ好都合。高柳は「そうですか……」と少し震えた声で呟いている。

「俺のことを好きだと言いながら、子供ができたら困るからピルを飲むって言うんや」

「そ、それは……。雅姫さんはまだお若いので仕方がないかと。それに妊娠してしまうと、け、結婚……、または籍を入れてなくても子供の認知が必要です。避妊は得策かと」

雅姫は四月に成人したばかりだと続ける高柳に、「わかっとる」と静かに言い返す。

「そうやな、飲みたければ飲めばええ……。俺からはどの道逃げられん」

尾乃田は雅姫をどうせ逃すつもりはないので、彼女の好きなようにすればいいと思った。気が付けば雁字搦《がんじがら》めで逃げられなくなった雅姫を、スッと何食わぬ顔で手に入れれば良いのだから。

「女はよくわからん生き物や……」

「よう、尾乃田ー！　何や最近はアッチの方は大人しいらしいやんか？」

脂《あぶら》ぎった顔でニヤニヤする、小太りで禿げた初老の男が尾乃田の背中を軽く叩く。いきなり会話を中断されたために、冷めた視線をその人物に向ける。

尾乃田は今日は朝から常盤会本部で緊急定例会に参加しており、今はそれが終わり本部から自分の車に戻る途中だ。

「柴元《しばもと》のオジキ、お久しぶりです」

声の主は常盤会の若頭補佐の柴元。年齢でいけば尾乃田ではなく柴元が次の若頭候補だったのだが、胡座をかいてただ待っているだけの柴元には人望もなく、あるのは組長の兄弟分という肩書きと違法薬物で稼いだ潤沢な資金だけだろう。それでも、尾乃田のシノギの半分にも満たないのだが。

「どうしてん、尾乃田？　股の間にあるそれは冬眠中か？」

組の序列でいえば尾乃田の方が柴元より上だが、組長の兄弟分である以上礼を欠くことはできない。嫌味なこの男の相手をするのは面倒臭いが、老人介護だと思って接していた。側にいる高柳は今にもキレそうだったが……。

「はは、最近はどうも忙しくて。今は組のことで頭がいっぱいですわ」

「流石に、若頭はちゃうなあ～」と柴元は笑顔で言うが目が笑っていない。この男は尾乃田が若頭の地位にいることが気に入らない。自分こそが相応しいと思っているからだ。

「そうや、尾乃田。時間のあるときにでも、お前の新しい子猫を見せてくれよ。ワシのと並べてどれが美味か一緒に楽しむのもええなあ～。お前が他を捨ててハマるくらいや、さぞええもん持っとるんやろうなあ、ガハハハ」

試してみたいもんやのうとニヤニヤ顔の柴元が、尾乃田の肩をポンッと叩き去っていく。瞬時に尾乃田の三白眼に殺気が宿った。柴元は雅姫のことを誰かから聞いたのだろう。だからわざわざ嫌味を言いに来た。

「あのクソジジイ！」

尾乃田は側にあった竹製の柵を蹴り、真っ二つに割った。

＊＊＊

定例会から自宅に戻った尾乃田を雅姫は笑顔で迎える。

「お帰りなさい！　一応御飯を作ったんです……」

恥ずかしそうにモジモジする彼女を尾乃田は幸せな顔で見つめた。

もう随分と長い間、誰にも「お帰りなさい」と家で言われたことはなかったかもしれない。

何やらむず痒い感覚に若干戸惑うが、それ以上に温かい気持ちになっていた。尾乃田は雅姫をギュッと抱きしめて彼女の胸に顔を埋める。

「ただいま……」

もしかしたら自分は少し泣いているのかもしれない。雅姫はそんな尾乃田に気付かないまま頭を優しく撫でている。

「カレーしかまともに作れないので、カレーです。これからもっと覚えていきますからね」

穏やかに語りかける雅姫に、「カレー、好きや」と言う尾乃田は、三白眼をグッと下げて子供のように笑う。


尾乃田がスーツからジャージ素材の部屋着に着替えている間に、雅姫は食卓の準備をしていた。食器棚から食器を慎重に取り出しカレーを盛り付ける。雅姫が作ったカレーは普通のカレーで、何の変哲もない。カレーはよっぽどのことがなければ、誰でもそれなりに作れる優れものだ。雅姫もその恩恵に与《あずか》り、失敗はしなかった。付け合わせのサラダもカット野菜を並べただけなので完璧だ。

尾乃田は雅姫の作ったカレーを完食し、デザートのリンゴを剥いている。雅姫は急須にお湯を入れてお茶の準備をしていた。尾乃田は器用に包丁を使いリンゴの飾り切りをし、スワンと木葉をサッと作って皿に載せる。

「な、何、この無駄に高い女子力！　尾乃田さん何者？」

雅姫は絶句して皿の上のリンゴを見る。尾乃田の所有している食器類は雅姫の家にある大量生産品ではなく、手焼きのような高級感溢れる皿たちばかり。その上に鎮座する飾り切りリンゴは、高級料亭で出されるデザートのようだった。雅姫の買ってきたリンゴは一玉百五十円ほどの普通のふじリンゴなのに。

食後はソファーに座ってくっついてテレビを観ながら、二人は少しの間、ゆっくりとした時間を過ごしていた。尾乃田の大きな身体に雅姫が包まれるようにして座り、時々、意味もなくチュッと互いに唇を合わせたり、尾乃田が雅姫の髪を優しく撫でたりを繰り返す。

やがて雅姫はソワソワしながら立ち上がり部屋を出ていく。尾乃田はそれを特に気にする様子もなく、そのままソファーに残ってテレビを観ているようだ。

暫くして雅姫が「尾乃田さん……。ちょっと寝室まで来てください」と声をかけた。

「何や？　どうしたんや？」

尾乃田がドアを開ける直前、雅姫の心臓はドキドキと大きく鼓動する。

寝室の大きなベッドの上に子猫が一匹。いや、雅姫が猫耳をつけて、ピンクの可愛いフリルとグレーのモコモコのついたブラジャー、それとセットのフリルのショーツを身に着けて座っていた。ショーツは紐パンというもので、ちょうど尾てい骨のところにグレーのモフモフの尻尾が見えている。首には黒い革の首輪を着けていて、長い革のリードもついていた。

「こ、こ……これ……は――」

手を口に当てて尾乃田は硬直している。雅姫の姿を見てショックのあまり言葉が出てこないようだ。雅姫は「しまった！　失敗した？」と顔面蒼白になったが、すぐに勘違いだとわかる。

尾乃田の顔が真っ赤になっていき、ブツブツと独り言を呟いているからだ。

「可愛すぎるやろ。何やその格好は……。俺を悶絶死させる気か！」

「尾乃田さんの子猫です……。ミャア……」

雅姫のぎこちない言葉がきっかけとなり、尾乃田の中でプツンと何かが切れたようだ。ハアハアと息も荒く自身の着ている衣服を乱暴に脱ぎ去り、ドサッと雅姫の上に覆い被さってきた。そして右手で首輪に繋がっているリードを掴む。尾乃田の中央に鎮座している巨大なモノは、既に起動状態で、臍まで反り返ってビクビクと震えていた。

「雅姫～、お前は悪い子猫やなあ。俺をこんなにさせるとは……。もう止まらんで！」

その尾乃田の言葉で雅姫の蜜壺はトロッと蜜を垂れ流す。お仕置きを期待して、秘部を濡らしてしまう自分にも驚くが、それ以上に尾乃田の中心で反り立つあの剛直で、身体の中を荒らしまくって欲しいと思った。ゴクリと喉を鳴らして尾乃田の三白眼を見つめる。

「んぅう、はやく……、お……しおき、して……くだ……さい」

雅姫は両手を伸ばして懇願した。尾乃田が舌舐めずりをしながら笑みを浮かべる。

「ほんまに、お前は俺好みのええ女や」

どうなっても知らんぞとボソッと呟き、二人の長い夜が始まった。

＊＊＊＊

新田は尾乃田が帰宅したときにサエからのプレゼントを渡していた。袋の中身を見て尾乃田は苦笑したが、可愛い組員からの心の籠もったプレゼントを感謝しつつ受け取る。中身はサエが雅姫に試着室で渡したセクシー下着の詰め合わせ＋諸々。

「毎日違うのを着せていろいろ楽しんでもええなあ……」

尾乃田がどんなプレイをしようかと想像しながら自宅のドアを開けたことなど、笑顔で出迎えた雅姫はもちろん知らなかったし、結局は一日で下着を全部使われて朝まで喘がされるなんて想像もしていなかっただろう。

ジュプグチュという卑猥な音が、激しく肌を打ち付ける音と共に寝室に響き渡っている。既に雅姫の猫のコスプレ下着は、猫耳と首輪、リード以外は脱がされていた。

猫は猫らしくと、動物の性行為のように後背位で尾乃田は雅姫を激しく揺さぶる。彼の身体に掴まりたい雅姫に「あかん」と言い放ち、首に繋がるリードを軽く引っ張った。すると雅姫の首がクイッと軽く絞まる。雅姫は必死にシーツを掴んでいた。

尾乃田は乱暴に背後から突き、雅姫が達しそうになるとリードをグッと引く。それは「まだイクな」の合図だった。

今度はリードを使って雅姫の両手を後ろ手に縛り上げる。首と両手がリードで繋がっている状態だ。若干長さのあるリードの先は尾乃田が握っていた。

尾乃田が引っ張るリードのお陰で、雅姫は辛うじて後背位の体勢を保てるくらいだ。キリキリと喉の首輪が雅姫を絞め付ける。そして尾乃田はそのまま背後から、自身の剛直を雅姫の卑裂に猛烈に突き刺す。雅姫は極太の男根によって、身体を串刺しにされているような姿勢だ。

「あっう……あっんっひんっ……っく、いぐっーいくーいやぁっ……」

雅姫は大きな嬌声を上げて、卑猥な穴から派手に水飛沫を噴出して絶頂に上り詰めていた。

「おいおい、まだイクなよ……。ほんまに、躾のできてへん悪い子猫には、更にお仕置きが必要や……」

パンッと尾乃田は雅姫の白く柔い尻を叩く。

「あぅ、あ――ぐぅう」

スパンキングに連動して、肉壷がギューッと尾乃田の肉棒を締め付ける。

「くーぅ、そんなに締めるな。食いちぎる気か？　大丈夫や、お前を俺で満たしてやる。何度でも。お前がもう無理と言うまで……」

尾乃田の額から汗が流れ落ち、ポタリと雅姫の尻に落ちる。首筋を甘噛みしながら「俺の雅姫」と囁く。それを聞いて身体中を熱くした雅姫が、「はい、尾乃田さんの雅姫です」と吐息と共に答える。

雅姫にしてみれば、側にいても良いとは言われたが、そうなると今度は失うことが怖い。こうやって身体を重ねているときは、心から安心できた。だからこそ、強く求めてしまう。

「大好き、尾乃田さん……」

何度口に出そうとも、全ての思いは伝わりきらないかもしれない。それでも尾乃田に伝えたい。貴方なしでは息もできないくらいだと。誰にも邪魔されず、二人だけの空間で永遠に交わり続けたい。

尾乃田は雅姫の言葉に応えるように激しく唇を重ねてきた。そして「好きや……」と呟く。

結局は今夜も朝までコースとなり、雅姫は試験勉強が全くできなかった。

＊＊＊＊

七月も中旬になり、雅姫の前期試験初日まであと一週間に迫っていた。

最後に一般教養の試験のための追い上げと専攻の英語のエッセイ執筆で、雅姫は勉強尽くし……とは言いがたい。

雅姫が勉強していても、尾乃田は側に座って彼女の身体のどこかを触っている。それが段々と熱を帯びた触り方になるのは言うまでもない。もちろん雅姫も耐えられなくなり、二人して房事を始めてしまうのはお約束。夜は普通に毎日交わり合うので、雅姫は学校にいる時か尾乃田が帰宅する前しか勉強ができない。

それでも今まで真面目に勉学に励んできた積み重ねのようなものがあるのでまだ何とかやり過ごせそうだが、これでもっと難関の国立大に進学していたらと考えるとゾッとした。

「今の生活は堕落している……。ちょっと、気を引き締めないと！」

今夜こそ尾乃田に「試験が終わるまで暫くエッチはなしで！」と伝える決意をする。

今日は尾乃田が夕食を作っていた。シェフ並みの腕前で、「時間がないから簡単に」と言いながら、一時間もしない内に和食四品――さわらの西京焼き、ほうれん草の胡麻和え、お味噌汁、揚げ出し豆腐を食卓に並べている。もう女子力では尾乃田に敵わない雅姫は、最近は白旗を上げて食べることに専念していた。

雅姫は夕食後、日本茶を飲みながらテレビを観て寛いでいる尾乃田の方を向いて、神妙な面持ちで口を開く。

「尾乃田さん、私……、一週間後に試験が始まるんです。だから試験が終わるまでの約二週間は勉強に集中したい。エッチは暫くしません！」

尾乃田は「はぁ？」と唖然としたが、我に返ると「そんなん無理や」とブツブツ呟いていた。

「言うことを聞いてもらえないなら、私は自分のアパートに戻ります」

「そ、それは、あかん――」

悲痛な表情の尾乃田。雅姫はもはや尾乃田にとってお気に入りのぬいぐるみと同じで、側にないと落ち着かないとでも言いたげだ。

「じゃあ、二週間は禁欲生活です！　いいですね？」

雅姫が念を押す。尾乃田は幼い子が嫌々頷くように、グゥーッと唸りながらゆっくりと頷いた。

――よしー！　これで勉強に専念できる！

雅姫は笑顔で勉強を始めたが、その後ろで尾乃田が恨めしそうに見つめていたことに、全く気が付いていなかった。

＊＊＊＊

怒涛の前期試験が終了し、雅姫がウキウキで教室から出ようとすると、スマートフォンが激しく振動していた。画面を見ると嬉しくない相手、母親からだった。雅姫はハァーと大きく溜め息を吐いて画面をタップする。

『雅姫ちゃん？　試験終わった？　お母さん、雅姫ちゃんにお話があるのだけれど～』

こういうときの母親は大抵あまり好ましくない話題を振ってくる。雅姫は再度大きな溜め息を吐く。

「何？　お母さん、まだ教室だから手短にね」

『お兄ちゃんの彼女がね、どうも、しっくりこないの……。お母さん、あの人はどうかと思うのよ。だから、雅姫ちゃんにも一度会って判断してもらいたいの』

――きたきた。

雅姫にはこの後の母親の言葉が既に聞こえた気がした。

『夏休みはこっちに帰ってきてくれない？』

——やっぱりそうきたか。

雅姫は夏の間は尾乃田と一緒に過ごしたかった。大学の夏休みは二か月もある。後期授業は十月からだ。だからその長期の休み全部を尾乃田とのイチャラブに充《あ》てたかった。

昨日の夜に尾乃田から「明日、学校から戻ったら京都《きょうと》に一泊旅行に行こか」と言われていたので、雅姫はその瞬間から世の中がキラキラしているような気分だった。足取りも軽く、試験も楽にすんだ。早く帰って尾乃田と京都に旅立ちたい！　とウキウキしていたところだったのにと、ブスッとした表情を浮かべる。母親からの電話で全てが灰色になったような心地のまま暗い声で返事をした。

「お母さん、夏休みは前にも言ったけど、バイトを毎日入れようと思ってるの。それに、涼子たちと近場へ旅行に行きたいし。夏に帰るのは無理よ……」

わざとらしい母親の大きな溜め息が、スマートフォンから聞こえてくる。

『雅姫ちゃん、どうしてこっちに戻りたがらないの？　ゴールデンウィークも帰ってこなかったし。何だか変よ？　本当に涼子ちゃんと旅行に行くの？』

「変じゃないよお母さん。ただこっちでやることがあるだけだし」

そのとき、雅姫のスマートフォンが手から離れていく。

「あ、おばさん？　お久しぶりです、涼子です。お元気ですか？」

涼子が雅姫からスマートフォンを奪って母親と話し始めた。明るい涼子は入学式で会って以来、母親のお気に入りだ。

「うん、そうです。雅姫と旅行に行くんです。後はいろいろと関西を観光したいし、うちでお泊まり会とかも。夏は大忙しですよ」

暫く涼子と話して納得したのか、戻ってきたスマートフォンの向こう側にいる母親の機嫌は良かった。

『涼子ちゃんに迷惑かけないようにね。羽目も外さないでよ！　お盆には数日でいいから戻ってきなさい』

適当に相槌を打って雅姫は電話を切る。目の前にはニタニタ顔の涼子が仁王立ちしていた。

「ははは、涼子様にあらせられるぞ、頭が高い!!」

「ははー、涼子様！」と雅姫は大袈裟に頭を下げて礼をする。

「で、尾乃田との生活はどうなん？」

「うん、楽しいよ毎日。何だか子供みたいに甘えてくるし。可愛い……」

そう言いながら雅姫はポッと赤くなる。

「は？　あの尾乃田が甘えてくる？　子供みたい？　想像できんし、信じられん！」

涼子は目を見開いて首を大きく振っている。世間一般の尾乃田のイメージからすると、雅姫に見せる姿はきっと想像できないのだろう。

　同棲し出してからの尾乃田は、雅姫の前ではとてもリラックスしている。大きな虎が喉をゴロゴロ鳴らし側に纏わり付く感じだ。雅姫の膝枕でうたた寝もするし、ベッドで寝るときは雅姫をギュッと抱きしめたまま就寝。キッチンで洗い物しているときも後ろにベッタリ張り付いてくるし、室内を移動すれば、もれなく大虎さんも一緒に移動していた。尾乃田の家の中での活動範囲は、雅姫が視界に入るスペースだ。どこにでも付いてくる尾乃田との生活を、まるで幼児と生活しているようだと雅姫は笑った。

「で、あっちは相変わらずなん？　凄いんやろ？　絶倫って噂やで〜」

「もうー！　涼子はそればっかり！　……でも、まあ……凄いよ。うん……、凄い」

　キャーと叫びながら雅姫の背中を叩く涼子は、興奮気味に「詳しく教えて〜」と目をギラギラさせていた。

八．京都へ

　五月蝿い涼子を何とか撒いて家路についた雅姫は、尾乃田と一緒に荷造りをして京都に向けて出発した。

一泊旅行なので、尾乃田所有の高級ブランドの小さなスーツケースを二人で使用した。最近は少し慣れてきたが、尾乃田の持ち物は全て高級ブランドで揃えられている。靴下でさえエルメスの文字が入っているのだ。ウォークインクローゼットは、高級セレクトショップの店舗かと思うほどに全てが一級品。同棲当初は、目が飛び出るほどに驚いた。

「尾乃田さん、ここでお店が開けそうですよね……」

「ようわからんが、雅姫のスペースもあるねんから、そこにこれから俺と同じようなもんを揃えればええんちゃうか?」

「いえいえ、大丈夫です。私には海外高級ブランドは似合いません。エルメスなんてもってのほかです」

全力で断ったのだが、なぜか同棲を開始してから、日に日に高そうな女物が増えていく。雅姫はそれを見て見ぬ振りをするしかなかった。

尾乃田の高級外車で高速を東へ移動する。

着いた場所は京都の嵐山《あらしやま》。七月終わりの京都は蒸し暑いが、夕方になると少し気温が下がり出す。外を歩くのも昼よりは随分と楽かもしれない。

尾乃田は長袖のダークグレーのヘンリーネックTシャツにジーンズ姿で、雅姫は「尾乃田さんもジーンズを穿くんですね! 若く見える!」と言ってしまいデコピンをされた。

「何度も言うが、俺はまだ三十代や！」

こんなに暑い時期でも、刺青を隠すために長袖を着ないといけない尾乃田が不憫だと思うが、本人は「慣れた」と言って気にしている風ではなかった。ダラダラと汗をかいているわけでもなく、涼しい顔を見せている。彼曰《いわ》く「舞妓と同じで、見えるところには汗はかかん」らしい。

雅姫は尾乃田が購入した、淡い紺のチュールチェックのロングワンピースを着ていた。ほどよく透けたチュール素材が軽やかに揺らめくシルエットで、フェミニンな雰囲気を醸し出している。可憐ながら大人の女らしさも兼ね備えたそれは雅姫にピッタリで、彼の趣味の良さが窺える。自分の選んだ服を着て歩く雅姫を、まるで眩しいものを見るように目を細めて見つめていた。

旅館は渡月橋《とげつきょう》のすぐ近く、桂川沿いに建っている。少し歩けば有名な竹林の小径《こみち》もあり、それを知った雅姫は尾乃田に「絶対に行きたい！」と強請《ねだ》った。

旅館の建物は山の麓の古い寺院のような門構えで、中には日本庭園が広がり茶室まであるようだ。外見は純和風だったが、館内は和と洋を芸術的にかけ合わせた斬新なインテリアデザインで、どうやら外国人観光客に好評らしい。館内の従業員には外国人も見受けられた。聞けば外資系のホテルの系列だという。

チェックインをすませて部屋まで案内された雅姫は、豪華さに驚いて言葉が出てこなかった。そこは旅館の離れに建つ露天風呂付きのプレジデンシャルスイートルームだった。嵐山の絶景を全面に見渡せる開放感のある大きな窓に囲まれており、景色を遮るものは何もない。キングサイズのベッドにガラス張りの浴室。ダイニングルームにリビングルームまで付いていた。そしてバルコニーにある露天風呂は檜でできており、源泉掛け流しの温泉が適温で中を満たしている。室内の家具や備品に至るまで高級感溢れるもので埋め尽くされており、漆塗りの食器や金の刺繍を施した織物のセンターテーブルクロス、雅姫には価値のわからない高そうな壺など、触るのも躊躇する代物ばかりだった。

「お……尾乃田さん、これは凄すぎでは？」

尾乃田と一緒でない限り一生泊まらないであろう客室を、雅姫は挙動不審気味に見て回る。

「温泉に入りたくても、俺は大浴場に入れんからなあ。どうしても温泉付き個室になるんや」

尾乃田は慣れた風に室内を確認していた。日本ではやはり刺青は受け入れられない。どこの温泉でも刺青お断りの注意書きが貼られてある。温泉だけではない。海やプールにも行けない。

どうしてそんな生きづらい道を極道の人たちが選ぶのか雅姫にはわからない。自分が生きてきた人生と全く違う人生を歩んできた者たちが、それ以外の道を選ぶ術《すべ》がなかったからだというこ とをまだ理解できていなかった。

「おお、ちゃんと届いてるな」

尾乃田がクローゼットを確認して何かを発見したようだ。それを持って移動し、ベッドの上に置いた。分厚い和紙で作られた大きな長方形の包みが二つ。

「雅姫、開けてみろ」

尾乃田に言われ雅姫はゆっくりと包みを開ける。そこには薄い赤地に真っ赤な牡丹の絵柄の入った浴衣が入っていた。帯はターコイズ色。もう一つには男物の紺色の浴衣。

「尾乃田さん、これは……」

「馴染みの呉服屋に注文しといた。気に入るとええけど……」

「もちろん！　凄く素敵です！　えへへ、牡丹、刺青とお揃いですね」

雅姫は牡丹の柄をスッと触ってニッコリと尾乃田を見つめる。それを見た尾乃田は三白眼をグッと下げて微笑んでいる。

「でも私、着付けなんてできないのですが……」

「着付け？　そんなん俺がやるから大丈夫や」

「尾乃田さん！　着付けできるんですか？」

「ああ、祝いの席で着物は着るしなあ。まあ、普通やろ？」

──いやいや、普通ではないから！

涼しい顔をしている尾乃田に頭の中で激しく突っ込んでみる。すると雅姫を手招きし、慣れた手付きで浴衣を包みから出していた。

「こっちに来い。着せてやるから」

雅姫は自分の女子力のなさにへこみながら尾乃田に委ねることにした。着ていたものを脱いで下着姿になるが、尾乃田は「おいおい」と大袈裟に頭を抱えてみせる。

「雅姫……、下着は着けへんもんや、着物はな」

ニヤッと含みを持たせて笑う。

「え、素っ裸ですか？」

尾乃田が「ええから早く全部脱げ」と急かすのを、「うそ、絶対おかしい！」とブツブツ突っ込みながらも、ブラジャーとショーツを脱いでいく。尾乃田は雅姫の短いストリップショーを間近で堪能していた。

手で胸と下腹部を隠しながら、「これで良いですか？」と少し不満そうに尾乃田を見る。毎日のように全てを見せている相手でも、未だに裸体を晒すのは恥ずかしい。

にもかかわらず何食わぬ顔をして浴衣を着付けていく彼に、雅姫は今度は別な意味での不満げな視線を送る。この二週間の禁欲生活で、雅姫には尾乃田禁断症状が出ていた。尾乃田の肌が少しでも触れると秘部がキュッと疼くし、見つめられただけで下腹部がトロリと濡れてくる。

その上、行為はなくとも夜は尾乃田が後ろから抱きしめて眠り、隙あらば雅姫にキスを求めてきていた。彼のキスは情熱的なので、それだけで秘部がしとどに濡れる。それを隠すのに雅姫は必死だった。ついには一人でこっそり自分を慰める行為までしてしまったほどだ。

雅姫はそんな状況だというのに、一方の尾乃田は淡々と手を動かす。裸の雅姫を前にしても冷静に着付けをすませていった。ふと、もしかしてこんなに求めているのは自分だけで、彼はそれほどではないのかと不安がよぎる。

——私は尾乃田さんに早く抱いて欲しいのに……。尾乃田さんは我慢できるんだ。

尾乃田は帯を結ぶときにキュッと強く締め上げた。「あっぁん」と雅姫の口から艶っぽい声が出る。咄嗟に手で押さえたが、尾乃田は無言で涼しい顔を決め込んでいた。

「さあ、できたで。そこの鏡で見てみろ」

「うわー。素敵！　あ、髪は自分でできますよ」

雅姫はようやく自分の出番だと、髪を器用にアップにしていく。そのときに尾乃田が「後れ毛が少しある方が色っぽい」と首筋をツッと舐める。

「あぁぁぁ……ふぅんあっ……」

雅姫は自分でも驚くほどに、身体が敏感に反応していることに気が付く。ショーツを着けていない股の間から、ツーッと粘り気のある液体が垂れてきた。

——ど、どうしよう。こんな状態で外を歩いたら大変なことになるわ……。

真っ青になっている雅姫を尻目に、尾乃田も浴衣に着替え終わったようだ。

「さあ、外に散歩にでも行こか……」

彼の三白眼に妖しい光が灯っているかのように見えたが、外を散策できる嬉しさが勝《まさ》り、「はい！」とその腕にギュッと抱きつくのだった。

夕方でも嵐山は観光客が多く、大勢の人が所狭しと道を歩いている。

外国人観光客が目立つ中、その中に交ざっても一向に見劣りしない尾乃田の筋肉質な体格は、あたりにいる女性の視線を釘付けにしていた。整った顔立ちに、しかも和服姿なのだからたまらないのだろう。何人かの外国人女性が興奮気味に尾乃田の写真を撮っていたほどだ。しかし尾乃田は特に気にする風でもなく、雅姫以外は空気とでもいうような態度だった。

神戸だと何かと知り合いに会う可能性も高いため、手を繋いで出歩くことは控えていたが、ここでは気にする必要もなく歩ける。観光客の多いこの場所では、誰も尾乃田が極道だとは知らない。二人は誰にも邪魔されることなく恋人同士の時間を満喫できた。

「えっと、渡月橋はこの先ですって」

尾乃田の手を引く雅姫は少し照れて頬を染めている。足取りも軽く少しスキップしていた。

「わかったわかった、落ち着け」

頭をポンポンと撫でてくる尾乃田の手を掴み、そっと頬へと移動させる。大きな手のひらに頬擦りして、顔を赤らめながらチュッと唇で触れた。その太い指に細い指を絡ませて、ウットリと尾乃田を見つめたまま渡月橋まで歩く。指先から伝わる彼の熱と自身の熱が混ざり合い、身体まで火照ってくる。指先だけでなく、身体中で尾乃田の熱を感じたいと訴えているようだ。

下着を一切着けていない雅姫は、浴衣が肌に擦れるだけで「んぁ……」と小さく声を上げる。尾乃田はきっと気付いているはずなのに、聞こえていないと言わんばかりの知らん顔だ。

渡月橋に着いたときにはあたりは既に暗くなっており、空には月が出ていた。二人は渡月橋の側、桂川の河川敷に向かう。尾乃田と月と渡月橋。雅姫は思わずスマートフォンのカメラのシャッターを連続で押していた。「何枚撮るねん」と尾乃田は呆れていたが、雅姫は「う〜ん、バッテリー全部使うまで」と笑顔で答える。

「尾乃田さんは本当に月が似合いますよね」

「そうか？　まあ、夜の世界の人間やからなあ……。でも、お前は太陽の下がよく似合う」

尾乃田は少し寂しそうに、けれども優しく雅姫の頭を撫でた。その指がゆっくりと下がっていく。雅姫の顎を指でクイッと上に向けるのと同時に、尾乃田の唇が雅姫の唇に重なった。今まで観光客の騒がしい声が聞こえていたはずなのに、魔法にでもかかったのか、シーンと静まり返ったように何も聞こえない。世界にはたった二人だけ。外界の雑音が全てシャットアウトされて、月の下で二人は優しいキスを交わす。

ゆっくりと尾乃田の唇が離れたのと同時に、また観光客の騒がしい声が聞こえ出した。短い魔法は解けてしまったのだろう。雅姫はスッと尾乃田に寄り添い熱を孕んだ瞳で彼を見つめる。

「私、尾乃田さんが大好きです……」

「ああ、俺も……。お前が好きやで」

その言葉でドクンと雅姫の身体が熱くなる。小さな火種は勢いを持って駆け巡り、まるで媚薬のように身体を火照らせる。

「あ、熱い……、尾乃田さん……。もう、だ……め」

雅姫の白い肌がポッと桜色に染まる。一人で立てなくなって尾乃田にしな垂れてしまう。尾乃田はグッと雅姫の腰を掴み、耳元で「部屋で思う存分抱いてやる」と呟いた。雅姫はコクンと頷き、自身の胸元を無意識に押し付ける。下着を着けていない胸は、少し擦れるだけで敏感に反応し、小さな二つの突起がプックリと立ち上がった。

尾乃田は河川敷に着いた頃から、腰に手を回しつつわざと雅姫の尻の膨らみに触れていた。背骨のラインを指でなぞり、腰に置いた手を意図的に動かして胸を押し上げ、薄暗いのをいいことに尻を揉みしだいたりと悪戯をしていた。それによって蓄積された小さな種火が、尾乃田の言葉によって雅姫の中でパチパチと発火してしまう。

桂川の河川敷は京都市内の鴨川に比べて人は少ないが、相変わらずカップルをチラホラ見かける。薄暗い中で思い思いの愛の語らいを楽しんでいる者たち、キスをしている者たち、モゾモゾと何かをおこなっている者たちと様々だった。いい大人の尾乃田は流石にここで雅姫を本格的に弄るわけにもいかず、周りをチラッと見ては苦笑いをしている。

「雅姫……、少し我慢せいよ」

旅館までは歩いて少し。雅姫は小さくブルッと震えて「……は……い……」と答えた。

部屋に戻った二人はドアを開けると同時に互いにもつれ合い、激しい口づけを交わす。どうやって部屋まで戻ったのか覚えていないくらいに、雅姫は熱くハアハアと肩で息をしていた。ピチャピチャと互いの舌を絡ませ唾液を交換する。雅姫の蜜壺は既にずっぷりと濡れそぼっていて、蜜がゆっくりと太股を垂れていく。

尾乃田は雅姫の浴衣の前合わせを乱暴に開き、たわわな白い双壁を解放した。帯を残したまま、胸が露わになったその様《さま》はとても妖艶で、雅姫は自分でもドキッとする。

「こんなに乳首を立たせて……。フロントの奴らに見えとったんちゃうか？」

ニヤリと笑う尾乃田に、雅姫は「もう──」と赤くなっている。実際にフロントで何かを悟られていたかもしれない。火照った顔でフラフラ歩く雅姫の腰を、グッと掴んで歩く尾乃田。ムワッと発情した雰囲気を発している二人を見たフロント係は、「お帰りなさいませ」と短く発言した後、スッと目線を逸らしていたのだから。

尾乃田の口が少し開き、雅姫の胸の膨らみにある小さな突起を咥え込む。レロレロと舌先で突起を転がし、チュウッと吸い付く。「んぅあー」と発した雅姫の身体が弓なりに反った。

「お前は恥ずかしい状況や、ちょっと痛いのが好きなところがあるやろ？」

三白眼を光らせ妖しく尾乃田が笑うと、雅姫は小さくビクッと震えた。

「そ、そんなことないです……」

雅姫は首を大袈裟に左右に振ってみせるが、心の中は正反対だった。彼の言う通りきっと何かを期待しているのだろう。

尾乃田はゆっくりと自身の太い指を滑らせながら、雅姫のお腹を通り過ぎて秘部に辿り着く。ショーツを着けていないそこからは、タラタラと滑りのある液体が垂れ落ちて太股を濡らしていた。それを一掬いして雅姫の目の前に持ってくる。わざとらしく指で粘着性を確かめてから口を開いた。

「下着を着けんと歩いただけでコレか？」

「そ、それは、違う……。尾乃田さんがいろいろ触ってくるから――」

「ちゃうな。お前はその前から濡れとった。俺の子猫はホンマに天邪鬼《あまのじゃく》や」

尾乃田は指についた卑猥な蜜をペロッと舐める。実際に彼の指摘は正しかった。雅姫の秘部は、夕方旅館を出るときからしっとりと濡れ出していたのだから。

「これだけ濡れとったら下準備もいらん。ズッポリ咥え込めるで」

ニタリと笑う尾乃田は自身の浴衣の帯を外した。浴衣の前合わせが開き、膨らんだ胸筋とボコボコと影のある腹筋が顔を出す。その下には大きく盛り上がったボクサーパンツ。

尾乃田は雅姫をひょいっと担ぎ上げてダイニングテーブルまで移動する。ダイニングテーブルは三方を大きな窓で囲まれており、そこからは嵐山の景色が見渡せた。尾乃田は雅姫をダイニングテーブルに乗せて足を窓に向けて開かせる。

「え、いや……です。外に見えてしまう」

必死に足を閉じようとすると、尾乃田は「ほならしゃあないなあ」と言い、自身が使っていた浴衣の帯で雅姫の両手を後ろ手に縛り、足は腰紐でM字開脚に締め上げる。

「きゃあー、いや……、コレ……いや」

遮るものがないので外からも秘部の中が丸見えな気がする。雅姫の濡れた蜜壺は、M字開脚により全開になっており、クパクパと口を開けて窓の外に存在を見せつけていた。外といってもホテルの裏側の山辺で一般観光客はいない。しかし庭を散策している者や、仕事中の従業員がいれば丸見えだ。外は暗く、室内は明るいので、もしかしたら遠くからでも室内の様子が垣間見えるかもしれない。

「いや……、恥ずかしい……。見えてしまう――」

羞恥心で真っ赤になる雅姫の顔を、舌舐めずりをして熱い視線で眺めていた尾乃田は、すぐに卑裂に顔を近付けてくる。あれだけ尾乃田の男根を毎日のように咥え込んでいても、まだピンクでくすんでいない若い蜜肉は、愛蜜をコプコプと湧水のように垂らしていた。

蜜肉の確認作業が終わった尾乃田は、ニヤリと妖しく笑って側を離れた。クローゼットに置いてあった自身のスーツケースのサイドポケットから、何かを掴んでダイニングテーブルに戻る。それは長めのジュエリーケース。雅姫に見えるようにして開け、中身を取り出す。

「真珠……ですか？」

見たところ真珠が連なってTバックの形になっている。どうやら全く隠せないタイプのショーツのようだが、少し奇妙な飾りが揺れているのが特徴的だった。中央のクロッチにあたる部分に五つの大きさの違う真珠が垂れ下がっている。

雅姫は自由の利かない身体のまま何をされるのかと期待し、大きく喉を動かしながら生唾を呑み込んだ。

尾乃田は真珠のショーツをゆっくりと雅姫に穿かせる。それは左右を金具で留める仕組みだったので、M字開脚で締め上げられている雅姫でも難なく着用できた。しかし、連なった五粒の真珠だけは所在なくぶら下がったままだ。

「これはホンマは後ろの蕾に入れるもんや」

ツウッと尾乃田は後腔を指でなぞる。雅姫はビクッと反応して大きく震えた。

「大丈夫や、まだココは開発せえへん……」

今日はなと小さく尾乃田は呟く。

「この真珠は雅姫のヤラシイ前の穴に入れたろな」

ニッコリと微笑みながら、尾乃田は一番小さい真珠を勿体付けながら雅姫の蜜壺に押し込んだ。そしてゆっくりと一つずつ次々と入れていく。

「んんんん、あぁぁぁぁ……んぁ」

徐々に真珠が体内に入ってくる感覚は、一本の肉棒がズンッと侵入する感覚と違い、ムズムズする。雅姫は自由に動かない身体を何度もよじって堪える。最後の五つ目の真珠が入ったとき、尾乃田は「ようし、全部食べれたなあ」と耳元で囁く。

「お前のココはホンマに綺麗や……。真珠がよう似合うてるで」

窓から見える月に向かって雅姫は足を大きく開いて陰部を晒す。尾乃田は室内の電気を消して月明かりの下でそれを視姦した。中から少しだけ顔を出している真珠は雅姫の愛蜜に濡れ、テラテラと月明かりで光り輝く。尾乃田は息がかかるほど近くで、完全にまだ開花していない小さな双璧と、中央に鎮座する赤い突起を観察している。尾乃田がフーッと強く息を吹きかけると、雅姫は妖艶に腰を揺らした。

「お……おのだ……さん、おねがい……入れて」

雅姫は必死に懇願する。同時に秘部も尾乃田に向かって小さく口を開けて誘う。

「へぇー、ええもん見せてもらったわ」

尾乃田ははだけている浴衣はそのままに、ボクサーパンツだけ脱ぎ捨てて自身の反り立つ剛直をグッと握る。

「雅姫、褒美や！　真珠を入れたまま、コイツでお前の中をグチャグチャにかき混ぜたるわ」

「え、そ、そんな……。いや、無理——」

ニヤッと笑う尾乃田の剛直がズブッと雅姫の淫裂に喰い込んでいく。

「ああ……あ——、グゥ、がはぁ……。イイ——」

「くぅっ、ああ、そうや。ヤラシクうねりやがって。お前のここは俺のコイツをこんなに欲しがっとったんや！」

既に真珠が陣取っている雅姫の膣道に、尾乃田の極太の男根がグリグリと入り込んでいく。

真珠は雅姫の肉壁と尾乃田の肉棒の両方を責めている。二週間の禁欲生活は二人の性に対する渇望を強大にしていた。尾乃田の腰が振られるたびに、互いの快感がマックスに振り切れていく。尾乃田はもう我慢ならなくなり、早急に激しく腰を振り出す。同時に膣内の真珠がゴリゴリと暴れ出した。

「あふ。あひあひ、いぁあああ、いく、いく、いぐ――――!」

雅姫が艶めかしい声を発して頭を左右に振る。こんな快感は今まで味わったことがないと言うほどに。すると尾乃田が繋がったままグイッと雅姫を持ち上げた。急に身体が浮き上がった雅姫はギョッとするが、尾乃田はその体勢で彼女の臀部を掴んで激しく上下に振った。雅姫は後ろ手縛りのままで足はM字開脚状態で縛られている。雅姫の全体重は尾乃田の逞しい両腕と極太な雄芯が支えているだけだ。そんな不安定な体勢なのに、乱暴に下からドンドンと突き上げられて、雅姫は絶句するほどの快楽を味わった。

「あひぃッ……、いぐぅ――。だめぇ――。壊れちゃ……」

涎を垂らしながら達したと同時に、尾乃田も雅姫の中に大量の白濁の大砲を発射した。

グッタリする雅姫を担いだまま、もちろん男根も突き刺したまま、尾乃田は外にある備え付けの露天風呂に移動する。外には大きな月が見えていた。洗い場で椅子に座った尾乃田は、ゆっくりと器用に雅姫の拘束を解く。真珠の下着も外し、膣内の真珠も一気に引き抜いた。同時に雅姫の口から喜悦の声が発せられる。白濁塗れの真珠が出た後も、終わらない快感に口がパクパクと痙攣しているほどだ。もちろん、この間も男根は雅姫の蜜壺に蓋をしたまま。ひと時も雅姫の中から出たくないと駄々をこねる子供のように、極太の男根は彼女の秘部に居座っている。

手足が自由になり、少し余裕のできた雅姫はフーッと息を吐く。

「お……おのだ……さん、まだおっきいの入ってる」

雅姫がトロンとした目で見つめると、尾乃田はニーッと笑いながら三白眼を揺らす。

「ああ、そうやなあ。今日は朝までずっと入れっぱなしや。抜かずの百発ぐらいいっとこか」

「え、うそ……！」

拘束が解かれた雅姫は尾乃田の太股に跨がり、向かい合わせに座っている。尾乃田は手にボディーソープを取って優しく雅姫を洗い出した。そして雅姫の唇をついばみチュチュと軽い口づけをする。やがて唇は胸の突起に移動して、レロレロと舌先で転がし甘噛みをした。

「ぐぅ、くー、あぁん……」

「ほら見ろ。お前は少し痛い方が感じるねん」

子供のように笑う尾乃田が、雅姫の胸の形が変わるほど激しく揉みしだき、胸の突起に再度噛み付く。

「あああああああ！」

雅姫は弓なりに仰け反って体内にある肉棒を締め付ける。肉棒はその刺激を受けて硬さが増してきた。

「ええぞ、雅姫。そんなにコイツが欲しいんか。幾らでもくれてやる。安心せぃ」

尾乃田は素早く二人の全身の泡を流し、向かい合ったまま担ぎ上げて露天風呂に入っていく。もちろん、下半身はまだ繋がった状態で。一歩一歩尾乃田が動くたびに秘密の砦をノックしてくるので、雅姫は必死になって正気を保っていた。その間、尾乃田の鍛え上げられた上腕二頭筋に吸い付き甘噛みする。そして太い首筋に吸い付いて自分の痕をつけた。

「大好き……、尾乃田さん。大好き。私のモノ……」

その様子を尾乃田は嬉しそうに見ている。

「子猫の爪痕は可愛いなあ。俺にキスマークを残すのを許した女は、後にも先にもお前だけや。お礼に俺からも外にも中にも、痕をいっぱい残したる……。お前の大好きなマーキングや」

尾乃田は雅姫の首筋にがぶりと噛み付き、チュウッと強く吸い付いて痕をつけた。

「雅姫、覚悟せいよ！　二週間分溜まりに溜まった欲を全部解放するからな。朝まで喘がしたるわ」

すぐさまバチャンバチャンと激しく水を弾く音と共に、雅姫の艶めかしい声が静かな露天風呂で響く。きっと誰かに聞こえているだろう。もしかしたら裏庭を散策している宿泊客が聞き耳を立てているかもしれない。そう思うだけで二人の興奮は高まっていく。

「お……お湯が……アソコに……入ってしまうから」

そんな抗議に「中まで綺麗に洗っとるんや」と答えた尾乃田は、湯船の中で対面座位のまま激しく腰を振り、雅姫の奥底に男根を捻じ込む。次いで「尻を見せろ」と雅姫をクルッと回転させて後ろ向きにし、尻を突き出すように体位を変えさせる。雅姫は必死に檜の湯船の縁を掴み、この後に来る何かに備えた。すると尾乃田は自身の肉棒を雅姫の中からギリギリまで引き抜き、ドチュンと一気に最奥まで突き刺す。

「あ――――、いい……ぁ」

雅姫の口から雫が垂れる。尾乃田は後ろから雅姫が首筋に垂らした涎を舐めていた。同時に背後からの一突きで、軽く達した肉壺がギューッと尾乃田を締め付ける。

「んー、ええぞ、雅姫。ホンマに可愛いなあ、俺の子猫は……」

尾乃田は腰を卑猥にグラインドしながら抽送を繰り返す。

「雅姫、お前のヤラシイ声を聞かしたれ。あそこでこっちを見てる奴らにな！」

ギョッとした雅姫が真下の裏庭に目線を落とすと、若い男女のカップルが暗闇の中、立ち入り禁止の場所からこちらを凝視していた。外でお楽しみの場所を探していて、偶然目に入ったのだろう。

「いや――――――！」

雅姫は叫ぶが尾乃田は抽送を止めようとはせず、寧ろ激しさを増していた。バシャバシャという水音と、結合部分から男根が出入りする湿った音が、淫猥に混ざり合って裏庭に響き渡っている。裏庭のカップルの男は、興奮のあまり女の胸を揉みしだき始める。

「雅姫、お前のイくところをアイツらに見せたれ！」

尾乃田は雅姫の右足を持ち上げ、下から二人の結合部分が丸見えになるようにする。

「やだ、ヤダ――尾乃田さん」

口では嫌だと言いながら雅姫の蜜壺はギューッと尾乃田の肉棒を締め付ける。

「見られて興奮する俺の子猫ちゃんは、ホンマに淫乱や……」

尾乃田は雅姫の耳元で囁き首筋を甘噛みした。ビクッと震えた雅姫を背後から激しく揺さぶり出す。肉棒の抽送が段々と速くなり、更に激しさが増していった。片足を持ち上げられて丸見えの結合部分から、泡立った蜜がジュブリジュブリと音を出しながら垂れてくる。

「お、のだ……さん、もうダメ……、いく――」

「ああ、一緒にイくんや。ええな」

「……はい！」

尾乃田が一心不乱に腰を何度も打ち付ける。

「んひぁ――、ひぃ……、いクゥ――！」

尾乃田は雅姫の声に合わせるように最奥に白濁を放つ。雅姫はガクガクと小刻みに揺れて、一滴もこぼさないとばかりに尾乃田の肉棒を蜜肉で扱いている。大砲のようにドチュンドチュンと発射された白濁を膣内で堪能した雅姫は、「熱い……」と呟く。そして尾乃田を振り返り「もっと欲しい……」と上気した顔でお強請りした。繋がれば繋がるほど、もっともっととその先を求めてしまう。激しく抱かれれば、愛されていると感じることができる。尾乃田の愛し方がそうだと知っているから。支配されることで悦びを感じてしまう雅姫は、すっかり尾乃田に調教されてしまったのかもしれない。

「ああ、一晩中注いだる。安心せえ……。俺の可愛い子猫ちゃん」

月光の下、尾乃田は嬉しそうに雅姫にキスをした。

＊＊＊＊

翌日、雅姫には神戸に戻る前にどうしても寄りたいところがあった。

二人は昨晩、というか朝まで乱れ合ったので、身体はヘトヘトだったが、それでも嵐山の竹林の小径にはどうしても行きたかった。雅姫は試験の疲れを、竹林のマイナスイオンで癒やしたかったのだ。

ホテルの部屋で朝食を取った後、二人は帰る前に嵐山の散策に出かける。

「こっちこっち、尾乃田さん早く早くー！」

雅姫が笑顔で尾乃田を引っ張っていく。尾乃田は「ハイハイしゃあないなあ」と言いながら、ニコニコと雅姫に先導されて竹林の小径の入口に到着する。朝は観光客も少なく、腕を組みながらゆっくり歩けるほどだった。竹林の小径でマイナスイオンに癒やされて笑い合う二人は、どこからどう見ても普通の恋人同士だ。

竹林の小径を出て二人が向かったのはオルゴール博物館。アンティークのオルゴールが展示されていて、大人から子供まで楽しめる場所だ。二人でゆっくり館内を見て回り、隣接されているショップに足を運ぶ。そこで雅姫はとっておきのものを見つけ、満面の笑みでレジに向かった。尾乃田が代金を払おうとするのを「ダメ！」と大袈裟に止めて隠し、自分で払う。そんな彼女を尾乃田は不思議そうに見ていた。そして二人で車に戻り、尾乃田が車を出そうとしたとき、雅姫が先程買った包みを笑顔で渡す。

「尾乃田さん、これ今回の旅行のお礼です。本当に楽しかった。ありがとうございました」

尾乃田は少し驚いて包みをすぐに開ける。そこにはガラスケースに入ったオルゴールがあった。わずかに震える手で彼が蓋を開けると、聞き覚えのある曲が車内に響き渡る。

「これ、尾乃田さんの好きな曲ですよね？　この旅行の思い出に……」

オルゴールが「月光」を奏でていた。それは暫くするとゆっくりと停止していく。同時に尾乃田の頬をなぜか生温かい水が伝う。雅姫はまた何かやらかしたのかと不安になり、そっと彼の顔を覗き込む。

「尾乃田さん……、どうしたのですか？」

「いや、何でもない……。ただ、ただ、嬉しくて……。月光がお前との大切な思い出の曲になった。ありがとう……」

尾乃田が泣いている理由はわからなかったが、雅姫はそっと彼の手を握って涙の上にキスをした。大の男が、しかも極道が、年若い女の前で涙を見せるのは驚くべきことで、尾乃田自身もかなり動揺しているようだ。それは雅姫から見ても明確だった。


尾乃田にしてみれば、「月光」は自分を捨てた母親との唯一の思い出の曲。しかし決して楽しい思い出ではなかった。辛く悲しい出来事。尾乃田はそれを繰り返し聞くことによって、わざと自分を救いのない暗黒の中に落としていた。極道という非情な世界で生きていくために……。


しかし今日から「月光」は、雅姫との初めての旅行の思い出となった。この曲を聴くたびに雅姫の屈託のない笑顔が脳裏に蘇るだろう。もう辛く暗い世界に自分を引きずり下ろす曲ではなくなった。己を奮い立たせて非情になる必要はもうない。雅姫がいるだけでどんな日々でも生きていけるのだから。雅姫と一緒に生きていくためなら鬼にもなれる。雅姫の幸せのためなら他人の犠牲など何とも思わない。そう、尾乃田は決心する。

「雅姫、俺にはお前だけや……。一生離さへん、一生な……」

モノクロの世界で生きていた尾乃田にとって、雅姫は目映い光を放つ色鮮やかな存在。

そんな雅姫を絶対に逃がさないと、尾乃田の三白眼がギラギラと昏《くら》く光る。雅姫はその光に気付かずに、ウットリと尾乃田の厚い胸板に顔を埋めていた。

九．愛に伴う犠牲

京都旅行が終わってから、尾乃田は雅姫を今まで以上に激しく抱くようになった。常に繋がっていることを望むように、何度も何度も繰り返し抱く。その行為は雅姫に対する執着であり、尾乃田なりの愛情表現。雅姫を絶対に離さないという思いの表れだった。

「避妊ピル？　アレ、捨ててまおか？」

「……尾乃田さん？」

抱き潰された雅姫がグッタリとベッドに倒れている側で、彼女の髪を撫でながら呟く。

「冗談や、冗談……」

純粋な雅姫を抱くことで、汚してしまうかもと最初は恐れていた。しかし抱くたびに、自分が浄化されていくような気さえする。だからこそ、狂ったように求めてしまい、抱き潰されて気を失った雅姫を目にして我に返る。雅姫の身体に無数にある鬱血痕は尾乃田が付けたもの。今まで自分がこんなにも一人の女に執着することなどなかった。

「キスマークなんか、誰にも付けたこともないし、付けたいと思ったこともないわ。お前だけやで、雅姫……」

尾乃田はフッと笑うのだった。

八月も終わりに近付き、雅姫は結局お盆も実家には帰らなかった。家に戻ったところで、母親の愚痴を聞かされて時間が過ぎるだけ。それよりも、尾乃田と一緒にいたかったからだ。

「なあ、雅姫と尾乃田って家でいつも何しとるん？　同棲って楽しいもんなん？」

涼子は興味津々で聞いてくる。今日は二人で少し遠出をして大阪《おおさか》の梅田《うめだ》まで来ていた。涼子が海外旅行に持っていく小型のモバイルバッテリーを探していたため、大阪駅前の大型電気店に寄り、その後は二人で駅ビルにあるカフェでお喋りに興じていた。

大阪駅は複雑で、神戸と関東出身の二人には迷路のようだ。「生きて出られへん～！」と涼子が笑いながら道を先導してお洒落なカフェを探していたが、余計に迷ってしまう。最終的に二人は手近な駅ビルでお茶をすることにした。そんな中でのいきなりの質問である。

雅姫は一瞬、飲んでいたカフェラテを噴き出しそうになる。尾乃田と二人で何をしているって、そりゃ、アレだ……と言いたいが、雅姫にも恥じらいはあった。毎日自分を抱き続ける尾乃田が、そのうち行為に飽きてくるのではと心配になってきていた雅姫は、少し聞きづらいが涼子に質問してみようと決心する。

「うん、毎日楽しいよ。一緒にテレビを観て寛いで。でね、逆に質問したいのだけれど。ま、毎日……、いたすわけですよ。その……、それって大丈夫なのかな？　飽きられる？」

ブーッと涼子は飲んでいた抹茶ラテを派手に噴いた。抹茶ラテは綺麗に霧状に舞う。

「ちょ、涼子！　汚いー！」

「え、いや、ごめんごめん。だっていきなり変なこと聞くからー！」

二人で慌ててテーブルを拭いていく。店員がやってきて拭くのを手伝ってくれ、二人は「すみません」と恐縮した。そして綺麗になったテーブルを前に、涼子は神妙な面持ちで口を開く。

「やっぱ、尾乃田は絶倫やねんなあ。噂通りか……」

「うん……。かなり凄いと思う。三十八歳であれってことは、もっと若いときを想像しただけで目眩がするもん」

「そりゃあ、ヤリまくりやったやろ〜。滅茶苦茶モテるらしいしなあ。尾乃田が歩いた後は、女が列を成してついていく。ハーメルンの笛吹きさながらって噂が——」

ギョッとした雅姫を尻目に、一口水を飲んだ涼子が興奮気味に続ける。

「じゃあ、その絶倫な性欲を全部雅姫に向けてくるってことやろ？　雅姫の下半身が危機的状況やなあ。大丈夫？」

「えっと……、うん。大丈夫かな……」

実際のところ、雅姫は尾乃田の精力についていけるほどに自分も旺盛なことに気が付いていた。初めの頃は「無理！」と涙目だったが、今では尾乃田に抱かれないと寝られないほどに溺れている。尾乃田と毎晩繋がっていないと不安になる。

「鋼鉄の下半身をお持ちなのですね、雅姫様は……」

「は〜？　その例えが嫌ー！」

ゲラゲラと笑い出す二人だったが、涼子が真剣な顔で口を開いた。

「でもさあ、やっぱり毎日は飽きてくるんちゃうの？　考えてみいよ、毎日抹茶ラテ飲んでたら、時々、ほうじ茶ラテも飲みたくなるもんやん？　尾乃田も同じやろ？　たまには他の女を味見したくなるんちゃう？　それが男ってもんや」

涼子は抹茶ラテを一口飲み「今までとっかえひっかえやってんやから」と付け加える。

雅姫は浮気の心配などしていなかった。ただ、尾乃田に飽きられないようにするには、どうすれば良いかのアドバイスが欲しかった。しかし、話が思わぬ方向へと向かっていき困惑する。

「浮気の心配はしていないんだけど。だって、尾乃田さんは私にベッタリだもの」

「へえ、えらい自信があるんや……」

なぜか少し不機嫌そうな涼子に戸惑う。そういえば、最近涼子は彼氏と別れていた。きっと雅姫の惚気《のろけ》が気に障ったのかもしれない。

「たとえばやけどな、新しいボディーソープを買って、真新しくて毎日匂いを楽しみながら使うやん？　洗った後もその匂いを楽しんでいた。せやけど、ある日気が付くんよ。あれ？　あの匂いはどこへ行ったってな。それでまた新しい匂いのボディーソープを探して買うねん」

「……意味がわからない」

「ずっと使っていたら真新しくもなくなって、匂いにも気が付かなくなる。他を使いたくなるってこと。セックスも同じ。飽きるってこと！　男は皆そう！」

「…………」

「雅姫ばっかり抱いてたら他に興味を持つわ。だってあの尾乃田やもん……。絶対に雅姫以外に女がおるで！」

　すると涼子は目を大きく見開き、ひらめき顔で雅姫に提案する。

「尾行したらええんちゃう？　私が正しいってはっきりするわ」

「えー！　尾行なんて警察みたい……。尾乃田さんを疑うなんて悪い気がする」

「はあ？　相手はヤクザやで？　疑って何が悪いの！　雅姫、尾乃田に毒されてるわ」

　折角の夏休みやねんから冒険も必要やんかと涼子はウインクしていたが、雅姫には不安しかなかった。それに妙に涼子が悪い方へと誘導してきている気もする。

「そうと決まったら、すぐに行動！　明日、尾乃田を尾行するでー！」

　涼子は善は急げとばかりに残りのラテを飲み干し、変装に必要だという新しいサングラスを買うために、乗り気ではない雅姫を有名ブランドショップに無理矢理連れ出した。

＊＊＊＊

翌日の昼過ぎに、雅姫は住吉のマンションから尾乃田を笑顔で送り出した後、涼子にＬＩＮＥで連絡を入れる。

涼子によって強引に尾乃田の尾行をすることになった雅姫だが、まだ納得はしていない。しかし「男は浮気する」という意見を突き通す涼子は、雅姫に拒否権を与えなかった。きっと別れた彼氏は浮気をしたのだろう。一応、雅姫は尾乃田から今日の予定を聞き出すことに成功していた。今日は午後に事務所に寄ってから、フロント会社の見回りをするそうだ。

『尾乃田さん、今さっき家を出た。今日は事務所に直接行くって』

『了解。じゃあすぐに出てきて。すぐ近くのコインパーキングにいるから』

雅姫は慌てて家を出て、指定されたコインパーキングまで向かう。涼子は父親の高級外車を借りてきているようだ。

「おじさん、よく涼子にベンツ貸してくれたね……（ぶつけられそうなのに）」

「パパは私に甘いねん。だから大丈夫や〜」

涼子は雅姫を助手席に乗せて颯爽と車を飛ばしている。尾乃田の組事務所は神戸駅の近くにあり、取り敢えずは駅の側のコインパーキングに車を停めて、二人で組事務所の近くで様子を窺った。するとどこかに寄っていたのか、尾乃田の車が雅姫たちより遅れて事務所に着く。涼子が「怪しいで！」と呟き、同時に二人で顔を見合わせた。

明らかに自分たちより早くに住吉を出て、遅れて神戸の事務所に到着するのは不可解だ。後部座席が運転手によって開けられ、尾乃田が中から出てくるのと同時に、綺麗な和服姿の女性も姿を現す。スラッとした立ち姿に色気漂う首筋、切れ長の目をした京美人。年の頃は三十代半ば。

「雅姫……。可哀想やけど、これが現実やわ。だって尾乃田はヤクザやもん」

涼子はアレコレと臆測で浮気について話し出す。しかし涼子の声は殆ど雅姫の耳に入ってこない。ただボーッと放心状態で二人を見つめる。

――浮気？　そんなわけないわ。だってあんなに毎日激しく愛してくれるのに。でも……。

一時間ほどして、その女性が事務所から出てくる。今度は尾乃田ではなく、別の誰かがエスコートして車に乗せて消えていった。どうやら尾乃田はまだ事務所の中のようだ。

雅姫は少し表情が明るくなった。尾乃田の性行為は長い。一時間で終わったことなどなかった。それにあの女性は着物も髪型も化粧も完璧なまま帰っていった。尾乃田はかなり激しい行為を好む。あんな涼しい顔で帰っていけるわけがない。

「きっと浮気じゃない……と、思う」

そんな雅姫を冷めた目で見る涼子は、無感情に「へえ、そう……」と言葉を発する。

取り敢えず二人は移動して事務所の入口が見えるファミレスに入り、暫く様子を見続けることにした。何人かの強面男性の出入りはあったが、特に大きな動きもなく、いたずらに時間が過ぎていく。そんなとき、スマートフォンを触っていた涼子が、不意に「これは凄い」と声を出す。

「知ってる？　二十代から四十代は三人に一人が浮気してるねんて」

「……なに、その統計」

「でな、浮気する人の特徴が……」

雅姫はゴクリと喉を揺らして涼子の口元を見る。その先を聞きたくないと思いながらも、そこから目が離せなかった。

「性欲が旺盛、自信家、依存体質やって」

涼子は意味ありげな視線を雅姫に投げかける。はっきり言って、その全てに尾乃田が当てはまっている。雅姫は平静を装うようにして飲み物を口に運ぶ。

「せ、性欲が旺盛だから浮気するって、そんなの安易すぎるわ……」

「そう？　雅姫はホンマにそう思うの？　外出時間が長いのも怪しいってさ」

尾乃田の外出時間は確かに長い。それにはっきりと、どこで何をしているかを知らされてはいない。もちろん、ヤクザのシノギの話をされても対応に困ることもあり、深く尋ねたりはしなかった。だからこそ、その部分で引っかかってしまう。

前向きだった雅姫の気持ちは、この待ち時間のうちに随分とマイナス思考になっていた。理由は涼子の口から次々と出てくる言葉。何度も男と浮気についての持論を展開し、マインドコントロールのように、雅姫の思考を変えていった。すっかりと涼子に影響された雅姫は、疑いの目で事務所の入口を見ている。

暫くして時計を確認すると午後六時になっていた。事務所から高柳が出てきて誰かに電話をし、電話を切った後に尾乃田の組の高級外車が事務所の前に停められる。

二人は慌てて会計をすませて、予《あらかじ》めファミレスの駐車場に移動しておいた車に乗り込んだ。涼子は「おもろなってきた！」と興奮気味で、不安げな雅姫とは対照的だ。

尾乃田が組事務所から出てきて高柳と車に乗り込む。雅姫たちはゆっくりと尾乃田の車の後ろにつけて尾行を開始した。

「なあ、やっぱり思ったけど、遠目に見ても尾乃田って男前やなあ。色気が凄いわ〜」

涼子は高揚したように話す。

「でも側におったら怖くて一言も話せん自信はあるで！」

そんな自信はいらないよと雅姫が突っ込み、車内は和やかだった。しかしそんな雰囲気が一転したのは数分後。尾乃田の車が交差点で停まり、車内から尾乃田が出てきて雅姫たちの車に向かってきたからだ。高級外車から登場するダークカラーの高級スーツに身を包んだ男。しかも目つきが鋭く明らかに堅気ではない雰囲気。そのとき既に信号は青になっていたが、後に続く車たちは一台もクラクションを鳴らさずに、みんなUターンをするか避けて逃げていった。

神戸市民はヤクザ対処能力が全国一位なのだろう。

尾乃田が笑顔で二人が乗っている車の助手席の窓をノックする。雅姫は恐る恐る窓を開けた。

「よお、何しとるんや二人で？　探偵ごっこか？」

ニヤニヤ笑う尾乃田は後部座席のドアの鍵を開けろと涼子に指示し、ドアを開けて中に乗り込んできた。

「はよ出発せんかー。後ろがつかえとるぞ」

涼子は涙目で足をブレーキパッドからアクセルに移動して車を発進させる。

「あ、そこの交差点を右な。しっかし、ええ車乗っとるやんか？　自分とこの親のか？」

「え、は、はい。そうです……」

涼子は恐怖でガチガチに震えており、歯から音が聞こえてきそうだった。

「あのう、尾乃田さん。これにはわけがあるんです――」

雅姫は助手席から振り返って尾乃田を見つめる。

「わけ？　そんなもんどうでもええわ。お、そこや、その先に茶色いビルあるやろ？　そこの前の駐車場に停めろ」

尾乃田は雅姫の方を見ずに涼子に指示を出す。涼子は震えながらも何とか車を駐車した。尾乃田が車のキーを後ろから手を伸ばして奪い、「逃げられたらあかんから没収や」と笑いながら告げた。そして車から降り、同時に雅姫と涼子も恐る恐る降りる。

「このお嬢さん方は会社見学がしたいみたいやから、丁重に中を案内したれ」

先にビルに到着していた高柳は訝しげに二人を睨んでから、「ハアー」と溜め息を吐いて先導してビルの中に入っていく。三階まで上り辿り着いた部屋のドアには「ワールドクラウド」という看板が掲げられていた。涼子が「え、もしかして……」と驚いた顔をしている。

高柳がドアを開けると沢山のコンピューターが室内に見えた。二十人ほどの男女が何かを必死にカチカチと打ち込んでいる。壁にはイラストが描かれた幾多のポスターが貼ってあった。

涼子は「やっぱり!」と笑顔で呟くが、雅姫は全く状況が呑み込めずにオロオロするしかない。

「ここはゲームアプリの開発をしてるとこや。流行《はや》りのガチャ系やな。そっちの子は知ってるみたいやで?」

尾乃田は後ろから雅姫の耳に直接囁く。甘く低い声に身体が崩れそうになったが、涼子が側にいることを思い出し、何とか理性を保った。

「ワールドクラウドのガチャは人気です。私も『異世界転生、恋する乙女』のファンですよ!」

涼子はすっかり元気を取り戻し、目をキラキラと輝かせていた。ゲームを全くしない雅姫には何のことかわからない。それより涼子の変わり身の早さに驚いていた。

「おお、そうか〜。それはありがたいなあ」

笑顔で涼子に語りかける尾乃田は機嫌が良さそうだ。「良かったら新作のテスト版やらせてもらえ」と言いながら、「おい、この子に見せたってくれ」と机で作業をしている男に声をかける。男は立ち上がって涼子にサンプルを見せ出した。涼子がそれに夢中になっていると、尾乃田が雅姫の方に視線を移しニヤーッと三白眼を光らせる。

「お前にはこっちで用がある」

雅姫を引っ張って奥の社長室らしき場所に入っていき、乱暴にドアを閉めた。

「さあ、話してもらおか……。なんで尾行しとったんや？」

社長室の重厚な机の上に座った尾乃田は雅姫をジッと見つめていた。決して睨んではいないが、彼の三白眼は視線を向けるだけで睨んだような迫力があり、雅姫は震え上がる。

「尾乃田さんが……浮気してるんじゃないかと思って――」

雅姫は震える喉元から声を絞り出した。その言葉を聞き終える前に、尾乃田は口をあんぐりと開けて呆れている。

「阿呆か……。どこをどうすれば浮気しとると思えるんや？　あれだけ毎日抱いて、愛しても足りんのか？」

尾乃田は苛立った様子でドンッと机を叩いた。

「先程見ました……。綺麗な着物の女性と会っているのを。浮気じゃないなら、彼女は誰ですか？」

尾乃田は黙って近付き、雅姫の頬を右手でグイッと強引に掴む。

「なんや？　嫉妬か？　俺が他の女と会ってるのが許せんか？」

尾乃田が執着心を見せるように、雅姫も尾乃田に執着している。側にいたい、常に繋がっていたいという気持ちでいっぱいだ。そして尾乃田が見つめる者は自分だけであって欲しい、と。雅姫はキッと尾乃田を睨み付け「嫌です」と言う。きっと今までで一番きつい目線だ。

「ほう。じゃあ浮気やったらどうするねん？」

尾乃田が雅姫を睨み返す。雅姫は怖くて少し震えていたが、グッと握り拳に力を入れて「ひっぱたきます！」と声を上げた。高ぶった感情のまま、思わず右手を振り上げて尾乃田の頬に向かって平手を繰り出そうとする。しかしニヤッと笑う尾乃田に、頬に当たる寸前で止められた。尾乃田は雅姫の右腕を握り、素早く後ろに回して左腕と合わせて後ろ手に拘束する。

「……あ！　いや――」

雅姫は身動きが取れなくなり、そのまま部屋の大きな机の上にうつ伏せに押し付けられる。

「俺の子猫ちゃんは凶暴やなあ～。これは躾《しつけ》し直さんとあかん……」

尾乃田の三白眼の中の炎がグラリと揺れている。そして雅姫のスカートを捲し上げて、ショーツを乱暴に引き下ろす。指二本を後ろからグッと一気に卑裂に潜り込ませ、中を早急に押し開いていく。朝まで散々、尾乃田の剛直を咥え込んでいたそこは既に道ができており、極太の指をすぐに卑猥な蜜で濡らしていった。尾乃田は中の蜜を掬い上げるようにして指を抜き、雅姫の目の前にそれを差し出す。

「見てみろ、雅姫。嫌がってもこれや！　俺が浮気しとるとか疑うことなんかできんほどに、もっと注いだろ……。四六時中連れ回して、常にハメまくったるわ」

尾乃田が荒々しく耳元で告げる。雅姫は嫌だと小声で訴えるが、なぜか腰は淫らに揺れていた。尾乃田もそれに気が付き、ほくそ笑む。そして自身のズボンのファスナーを下ろして、既に戦闘態勢のように滾る肉棒を取り出し、グッと雅姫の卑口に押し当てた。

「しっかり味わえよ——」

その言葉を言い終わらないうちに、尾乃田は先走りで濡れている剛直を一気に蜜壺に突き刺した。グチョッという湿った卑猥な音と共に、雅姫の嬌声が口から漏れる。

「雅姫、あんまり大きい声出すと、お前の友達に聞こえるぞ……」

尾乃田は雅姫の首筋に噛み付く。思わず声を上げそうになるが、グッと呑み込んだ。そして肩越しに睨み付ける。

「酷い！　こんな抱き方……！」

「酷い？　どっちが酷いんや？　俺の浮気を疑って尾行するお前と、お前にどれだけ愛してるかを伝えたくて抱く俺と……？」

尾乃田が背後から激しく腰をグラインドさせて刺激を与えた。雅姫は口を押さえたいが、両腕を拘束されているので不可能だ。必死に口を閉じて声を我慢するしかない。

「俺は知っての通りヤクザもんや。お前が世間のように疑うのはしょうがない。そんな人生を送っている俺が悪いわなあ……」

雅姫はハッとして尾乃田を見た。涼子の口車に乗ったとしても、雅姫だって尾乃田をヤクザだからと決めつけている節があった。経営している事業も知らなかったし、知ろうともしなかった。頭の中で勝手に人に言えない悪いことをしていると決めつけ、そういった目で見ていたのかもしれない。尾乃田の全てを愛すると決めたはずなのに、なんて馬鹿なことをしたのだと自分が恥ずかしくなった。泣き出しそうな切ない声が口から漏れる。

「ご、ごめんなさい。疑って……。本当に」

「俺にとってお前を激しく抱くのは愛情表現や。これしか方法がわからん！」

鋭い眼差しのせいで怒っているのかと誤解しそうになるが、瞳の奥には寂しげな影が映っている。雅姫は一瞬で彼の悲しみがわかった。今はこの乱暴な愛情表現を受け入れる覚悟を決めた。それを感じ取った尾乃田は右手を雅姫の秘部に移動させ、中央に鎮座する小さな突起をキュッと摘まむ。

「カハッ……、あぁぁいぐぅ……！」

雅姫は我慢できなくて声を上げてしまう。涼子に聞こえてしまわないかと、羞恥心で目から涙がポロポロとこぼれ出た。

「おの……ださん、今はダメ……。声が出ちゃうから……」

ニタ―ッと笑う尾乃田が耳元で告げる。

「声が漏れんように口で塞いどいたろか？」

雅姫は「お願いします……」と消え入りそうな声で懇願した。すぐさま尾乃田の唇が雅姫の唇に重なる。舌がするりと口内に滑り込み、尾乃田が雅姫を口内からも犯していく。

既に尾乃田は雅姫の腕の拘束を解いていたが、雅姫は逃げ出そうとはしない。蜘蛛の巣に自分から引っかかった愚かな蝶のごとく、まんまと自分が罠に陥ってしまったことを悟ったからだ。どれだけ手足をばたつかせても蜘蛛の巣に絡め取られてしまう。無駄に暴れたところで、自分はこの男から逃げられないし、逆に喜ばせてしまうことを理解していた。大人しくなった雅姫に尾乃田は嬉しそうに告げる。

「あそこのドアは鍵がかかってへん。そのうち誰かが開けるかもしれんで。どうする？　あそこからなら全部丸見えや……」

「い、いや――」

雅姫はブンブンと頭を左右に振った。

「ほなら、自分で腰を使って俺を早くイカせろ。このままやったら、確実に誰かに見られることになるぞ」

尾乃田の脅しに雅姫の顔は青ざめていく。誰かに見られるなんて嫌だ。しかも涼子がそのドアの先にいるというのに。雅姫はグッと白くなるまで唇を噛む。そして尾乃田の抽送に合わせて腰を振り出した。淫らでリズミカルに尾乃田の腰に自分の臀部を叩きつける。湿った音と肌がぶつかる音が交ざり合い室内に響いていく。二人が限界に近付いた時、社長室のドアがトントンとノックされた。

「雅姫？　高柳さんが倉庫のノベルティグッズをね、選んで持って帰ってもいいって言ってるねんけど、雅姫はどうする？　一緒に倉庫に行く？」

ドアの向こうから涼子が嬉しそうに話しかけてきた。一瞬、雅姫はドアが開けられると思いビクッと震え、尾乃田の雄芯をキュッと締め上げる。尾乃田は「くぅっ！」と短く唸った。

「涼子……、わ、私は……いらないから高柳さんと行っておいで――んぅ――」

瞬間、尾乃田が激しく腰を動かし始める。

「雅姫？　大丈夫？」

雅姫は振り返り尾乃田を睨む。尾乃田は悪びれることなく更に腰を打ち付けてきた。

「だ、だいじょう、ぶ。行っておいでよ……。ん――！」

「すぐ戻るわ」と涼子の足音が遠のいていく。安心した雅姫はホーッと息を吐くが、すぐさま尾乃田に唇を奪われた。

「見せつけたったらよかったんちゃうか？　見られる方がお前は好きやからなあ」

喉の奥で尾乃田が笑うのを、雅姫は「違う！」と涙目で否定するが、陰部は更に濡れそぼって泡立っていた。もし、あのままドアを開けられていたら、きっと派手に達していただろう。

そう、涼子に全てをさらけ出しながら淫らに涎を垂らして……。

既に破裂寸前の剛直を、尾乃田はこれでもかとばかりに雅姫の最奥に叩きつけている。抽送が激しさを増し、尾乃田の動きが単調になった。絶頂はすぐそこまで来ている。二人が絶頂の声を出しそうになったのと同時に、互いの唇で蓋をする。外に出ない声が互いの口内でこだましていた。同時に熱いドロッとした白濁が雅姫の最奥で放たれた。雅姫は何度味わっても、この感触は最高だと膣内で堪能する。尾乃田もまた、雅姫の中に放出する快感をゆっくりと堪能しているようだ。自身の肉棒をズルッと蜜壺から引き抜き、ニヤニヤしながら口を開いた。

「昼間に会っていた女はＭｏｏｎｌｉｇｈｔ　Ｓｏｎａｔａの新しいママや。愛人ちゃうで」

肩でゼエゼエと息をしていた雅姫は「え？　え？」と混乱している。

「お前に余計なことを言った十和子ママはクビにした。今日、事務所に来てたんは店についての打ち合わせや。高柳も同席しとったしなあ」

それでもまだ状況が呑み込めないでいる雅姫に尾乃田は続ける。

「あ、３Ｐはないぞ。高柳は女に興味がないからな」

――え、ええ！　高柳さんって女性に興味がないの？　じゃあ、男性が好きってこと？

混乱気味の雅姫を見て尾乃田は笑っている。しかし、すぐに表情を引き締めて顔をしかめた。

社長室は二人の行為が終わって、少し重苦しい雰囲気が漂っている。雅姫は机から黙って起き上がり乱れた着衣を整えていく。

「えっと……、涼子が待っているから行かないと」

尾乃田はそれを無視し、雅姫を引き寄せ二人でソファーに座る。そしてポケットから煙草を取り出し、Ｚｉｐｐｏライターで火をつけた。

「なんで俺が浮気しとると急に思ったんや？　説明せい……」

雅姫は異様な圧力を感じて声が震えそうだったが、何とか説明する。

「今まで女性をとっかえひっかえしていた尾乃田さんが、私一人で満足できるわけないと思って。それに、毎日同じ女では飽きるんじゃないかって……。疑ってごめんなさい」

「……お前の友達が何か言ったんか？」

尾乃田の声は酷く冷たく聞こえた。煙草をふかしながら一点を見つめる彼には危険な雰囲気があり、雅姫はまずいと咄嗟に理解する。

「ち、違います！　涼子は何も悪くないんです！　私が勝手に誤解して、彼女を連れ回しただけ……。お願い、信じてください！」

雅姫は少し震えながら懇願した。しかし尾乃田は無言だ。ただ黙って煙草を吸っていた。静かな室内にドアを軽くノックする音が響く。

「雅姫？　私はそろそろ帰るけどどうする？」

雅姫はハッとし、尾乃田を見つめた。尾乃田はゆっくりと口を開く。

「ちょっと中に入っておいで。話があるんや」

雅姫は驚き尾乃田を凝視する。彼はニヤッと妖しく三白眼を光らせた。何を企んでいるのかわからない。それでも雅姫はグッと彼の手を握った。尾乃田はそのまま雅姫の手を口元に持っていきチュッと優しくキスをする。

恐る恐るドアが開き、涼子がひょっこりと顔を出す。「おじゃましまーす」と小さい声を出しながら。

「まだちゃんと挨拶はしてへんかったなあ。尾乃田や。よろしく！」

「え、は、はい。与儀涼子です」

「与儀？　もしかして須磨の与儀建設の？」

「はい、父が経営しています」

尾乃田はニッコリと営業スマイルを浮かべ涼子に告げた。

「与儀建設の社長の娘さんか。君のお父さんには仕事で何度か会っている。なかなか男気のある良い社長さんや」

父親を褒められ涼子は少し照れている。尾乃田は雅姫の肩に手を回し、髪を指に絡めながら三白眼を光らせて涼子を見つめた。

「で、俺が浮気しとるって雅姫を焚き付けたんか？」

冷たい声色の尾乃田の質問に、雅姫と涼子は同時にビクッと震えた。涼子は青ざめて小刻みにガクガクと身体を揺らす。目は宙を泳いでいた。

「なあ、質問の答えは？」

「……はい。言いました。凄くモテる人だから、一人に絞るなんてって感じのことを――」

「そうか……、こんなオッサンにモテるだなんてありがたいなあ。俺は言うほどモテへんで～。君が知ってるのは大昔の話や」

大きな尾乃田の手が雅姫の頭を優しく撫で、時折、その手が耳朶をも触る。すると先程中に出された白濁が、ジワリと垂れ出しショーツを濡らす。「あっ」と小さく雅姫は声を出し、クッと秘部に力を入れて流出を防ぐ。それに気が付いたらしき尾乃田は、雅姫を艶めかしく見つめ頬に軽くキスをしてくる。そして耳元で「後でもっと追加したるで」と囁く。雅姫はカッと全身が熱くなり、涼子に感付かれたのではないかと焦り出す。

「まあ探偵ごっこも程々にな。事務所周辺も安全やない。悪い奴らがたむろしとるしなあ。若くて綺麗な女が二人でおったら、どこかに攫われる可能性もあるからな。俺が心配してまうで」

尾乃田が涼子を見てニッコリと微笑んだ。雅姫は尾乃田が怒り出さなかったことに安堵する。しかし涼子は今の尾乃田の言葉に敏感に反応しているようだ。「攫われる」と何度も小さく呟いている。

そのとき、高柳が社長室に入ってきて「カシラ、時間です」と静かに伝えた。

「おう、今行く。雅姫、今日はこのまま大人しく家に戻れよ。俺はまだ見回りが残っとるからな。今日は少し遅くなるから先に寝とけ」

「……はい」

尾乃田は雅姫の唇に優しくキスをする。涼子がいようがお構いなしに。

「高柳、雅姫にアレ渡しといてくれるか？」

「はい、カシラ。雅姫さんこちらに来てください」

高柳は雅姫を呼び、二人は社長室から出ていく。

部屋には尾乃田と涼子が残った。尾乃田はソファーから立ち上がり涼子に近付く。尾乃田の大きな手が肩に触れ、涼子はビクッと大きく震えた。そしてすれ違いざまに彼女の耳元でゆっくりと囁く。

「雅姫を揶揄《からか》って楽しかったか？　あんまり変なことを俺の大事な女に吹き込むなよ。俺は寛容な方じゃないからな……。次は知らんぞ、与儀建設のお嬢さん！」

尾乃田は涼子を三白眼で鋭く射貫く。その場で恐ろしさのあまり床に座り込んだ涼子を見て不敵に笑いながら、「これからも仲良くしたってな」と告げ、社長室を出ていった。涼子は恐怖でガクガクと震え出し、目からはポロポロと大粒の涙が溢れる。

両親や周りに甘やかされて育った涼子は、今まで生きてきて、ここまでの恐怖を感じたことは一度もなかった。

高柳が別室に雅姫を連れていき、奥から大きな高級ブランドの紙袋を持ってきた。

「えっと、これは？」

「カシラからです。雅姫さんにお似合いだろうからと随分と探していたみたいですよ」

紙袋の中の大箱を開けると、中身は有名な女優の名前がついたバッグで、色は鮮やかなブルー。

「え？　そんな……。こんな高価なもの……使えない。そ、それよりも高柳さん、どうして私に敬語なのですか？」

「貴女はカシラの大切な方ですから……」

高柳の表情が少し曇っているように感じる。きっと彼の本意ではないのだろう。雅姫の口は無意識にゆっくりと開いていく。

「もしかして、高柳さんって尾乃田さんのことを――」

その瞬間、物凄い冷気を高柳から感じ「ヒッ」と口を噤む。

「それ以上は言うな！　わかったな！」

雅姫はブンブンと頭を上下に振って「はい」と答える。同時に、余計なことを言ってしまう癖を今度こそ何とかしようと心に誓うのだった。

尾乃田は高柳と先にビルを後にし、雅姫は大きな紙袋を片手に涼子と二人で元の車に乗り込む。しかし彼女は随分と具合が悪そうに青ざめている。雅姫はなんだか心配になって声をかけた。

「涼子、大丈夫？　何かあった？」

「え、ない。なんもないよ！　か、帰ろか……」

涼子は静かに車を出発させて雅姫を住吉のマンションまで送った。行きは笑い合っていた車内だったのに、帰りは無音で雅姫は不安になる。雅姫から話題を投げかけても涼子は「へえ」「そう」と曖昧な返事をするだけ。

住吉のマンションの前で車を降りた雅姫は、涼子に「またね！」と笑顔で告げるが、涼子は何も言わないまま車を発進させてその場から離れてしまう。雅姫は寂しさを抱えながら、彼女の車が視界から消えるまで道路に佇んでいた。

＊＊＊＊

夏休みも後半になり、予定では尾乃田とのラブラブ夏休みをエンジョイしているはずが、何だか気が重い日々を過ごしていた。

尾乃田との仲は更に良くなり、それについては全く文句はない。しかし、あの探偵ごっこ以来、涼子とは連絡がつかなくなった。電話をかけても「ただいま電話に出ることが――」というアナウンスが流れ、ＬＩＮＥも一切既読にならない。学校は休みなので、一度家まで訪ねていってみたが、お手伝いさんと思われる初老の女性に不在を伝えられるだけだった。

落ち込む雅姫に尾乃田は「お前には俺がおるやろう」と言い、雅姫の気を紛らわすためか、いろいろな場所に連れ出してくれた。神戸の有名なクルーズ船を貸し切ってのディナーや、趣向を変えて大阪の高級ホテルのスイートに宿泊など、尾乃田なりに励ましてくれているのだろうと、雅姫は少しずつ笑顔を取り戻す。

しかし、また重苦しい気分になる出来事が雅姫の身に降りかかる。朝、電話に出てからずっと憂鬱で、いつもは美味しく感じていたコーヒーも、なぜか泥水のような味がしていた。無論、尾乃田の家にあるコーヒーメーカーは高級ブランド製のエスプレッソまで作れる一級品。不味《まず》いわけがないのだが、雅姫の重い気分がそう思わせる。

『雅姫ちゃん、結局はお盆も帰ってこなかったでしょ！　お母さん心配よ……。そうだ！　お母さん今週の土曜日の朝に、雅姫ちゃんに会いに神戸に行くから』

電話の向こうにいる雅姫の母親は、強引に自身の神戸行きを決定した。電話を切って暫くしても顔面蒼白のままの雅姫の顔を、「どうしたんや？」と尾乃田が心配そうに覗き込んでくる。

「……お母さんが土曜日の朝にこちらに来るって」

尾乃田は一瞬無表情になったが、すぐに笑顔を見せた。

「おう、そうか。久しぶりに会ってきたらええ」

「え？　いいんですか？　お母さんが帰るまで東灘のアパートに戻っても？」

「ああ、かまへん。親が子の顔を見に来るんや。ゆっくり親子水入らずで楽しんでこい」

尾乃田の予想外の発言に雅姫は驚くが、折角だから久しぶりに母親に会うことにする。たまには母親の愚痴を聞いて親孝行でもしようと、そのときは少し気楽に思っていたのだが……。

それから数日後、実際に母親が来る直前に気が重くなり、吐きそうになる雅姫。離れて初めてわかったのは、あの母親の存在は雅姫にとってはストレスということだ。度を越した過保護は子供を委縮させてしまう。何かに挑戦する前に「ダメ！」と注意され、目の前から排除される。母親の許可が下りないと何もできない。自分で考える力が育たず、どこか流される性格になってしまう。

雅姫は神戸で一人暮らしを始めて、母親の呪縛から少し解き放たれた。なのにこうして会いに来られると、また母親に「ダメ」と何か注意されるのじゃないかと心配になってしまう。母親が来るのは明日の朝。雅姫は今日の夕方から準備のために東灘のアパートに戻る。尾乃田が仕事の後にアパートまで送っていくという手筈だ。

「うー、帰りたくない、会いたくない。頭が痛い――」

尾乃田は用があると早朝から出かけているので、雅姫は一人でゆっくり朝食を取り、昨晩の痴態の跡をシャワーで洗い流し、ベッドを綺麗に整えていた。週に三回は家政婦が来て部屋を掃除していくが、雅姫も必要最低限は身の周りの掃除をしている。特に雅姫が気にしていたのは、毎晩の痴態の跡を見られること。それに関しては自分で掃除をする。たまに尾乃田が使う小道具なども、絶対に発見されないように、洗った後はウォークインクローゼットに隠す。日に日に増えていく性行為用の小道具を見つめて雅姫は溜め息を吐いた。

「尾乃田さんって、結構な特殊性癖持ちなのかしら？　コレとかコレなんて、普通の人は見たこともないと思うの……」

尾乃田との性行為は日を追うごとに激しくなっていた。それが尾乃田流の愛情表現らしいが、増え続ける道具を見て少しの不安を覚える。それらに嫌悪を覚えるのではなく、どこか楽しんでいる自分が確かにいるのだから。新しい扉が開き、今まで知らなかった心の奥をさらけ出している感覚。その道具たちを見ているだけで、雅姫の中心部が湿ってくる気配がして慌てて奥に仕舞う。

「なんや、道具なんか持ち出して。発情期か？」

雅姫がビクッと震え後ろを振り返ると、尾乃田がウォークインクローゼットの入口で、ニヤニヤ笑いながら立っていた。どうやら思っていたより早く帰宅したようだ。

「あれ？　尾乃田さん早いですね？　お帰りなさい！」

誤魔化すような笑顔で側に寄っていくと、尾乃田は嬉しそうに雅姫をギュッと抱きしめた。

「で、なんや？　道具で慰めるところやったんか？　あれだけ抱いてもまだ抱き足りんか？」

尾乃田が耳元で囁いてくる。その重低音の声は雅姫の耳の中で響き、身体に柔い疼きを与えた。

「ち、違う……。あんなものをどこで手に入れるのかと思って……」

「あれは知り合いの刺青彫師に頼んで作ってもろてる。アイツは手先が器用でな、何でも作りよるんや。元町に店があるから今度連れていったろか？」

雅姫は「結構です」と全力で拒否した。そんな場所に行けばもっと扉が開きそうだからだ。

「尾乃田さんこそ、こんなに早くに帰宅してどうしたのですか？」

「暫く会えんやろ？　だからお前が俺を忘れんように痕をつけておかんとなあと思って」

グラッと三白眼を揺らし尾乃田は妖しく笑う。既に彼の手は雅姫の臀部を鷲掴みにしていた。双丘をグイッと持ち上げて、下から左右に広げる。雅姫の秘部がクチュッと小さな音を出して開花した。

「いや……、もう！　散々今朝までシたでしょ？」

そう言いながらも、雅姫の目はトロンと熱を帯び、尾乃田にしな垂れる。尾乃田はクックックと妖しく笑いながら、スカートをゆっくりと捲し上げた。

「遠慮するな……。お前が望むなら、四六時中俺を突っ込んだまま生活してもええんやで？」

「無理だわ、そんなの……。できるわけないじゃないですか——」

クスリと笑って尾乃田を見るが、彼は真顔で見つめ返してくる。雅姫は瞬時に察した。この男ならやりかねないと。熱い肉棒を咥え込んで生活するだなんて想像しただけで身体が火照り、卑裂がしっとりと濡れる。

「今度ゆっくり、時間あるときに……。な、ええな？　雅姫……」

尾乃田は雅姫の首筋にガリッと噛み付く。雅姫は「んぁ……」と熱を持った声を漏らす。その声はまるで「はい」と返事をしているかのようだ。

そこからは家を出るギリギリの時間まで、尾乃田の滾った欲望を体内に受け入れることとなった。

＊＊＊＊

「雅姫ちゃん喜ぶかなー？　お母さん少し早く着いてしまったし」

明日到着するはずだった雅姫の母親が、東灘のアパートの前にいる。パートが急に休みになり、それならと一日早く神戸に来てみた。もちろん雅姫には連絡していない。母親が一日早く到着しようが、娘である雅姫は絶対に受け入れるはずだと信じて疑わないからだ。雅姫の都合など全く関係ない。

しかし、合鍵で部屋のドアを開けて異変に気が付く。家具は置いてあるが、換気がされていない。長らく誰も住んでいないような雰囲気だ。母親は急いで冷蔵庫を確認した。すると中はほぼ空っぽ。タンスを開けて確認すれば、ゴソッと抜けたような空きスペースがある。そこにあった何かがない。もちろん洗濯中でもなかった。外には何も干されていないのだから。洗面所は完璧に乾いていて、暫く使用されていないのが窺える。

「何これ？　雅姫ちゃんはどこに行ったの？」

母親は不安のあまりパニックになりそうだったが、チラッと目を向けた窓の外に、住宅街に不釣り合いな高級外車が走ってくるのが見える。その車がアパートの前で停まり、中から雅姫が降りてきた。

母親は心臓が止まるほど驚いて、咄嗟にカーテンの隙間から外を窺う。車から出てきた雅姫は、母親が知る姿よりもずっと大人びて、淡い色気を漂わせている。明らかに以前とは違う、男を知ったような体つきに変わっていた。後部座席から大きな男が降りてきて、車のトランクから雅姫のスーツケースを取り出す。遠目に見てもわかる堅気ではない雰囲気。驚くほどの色気を纏った男が、雅姫をグイッと引き寄せ熱いキスをした。

「ひっ……、雅姫ちゃん！」

母親はワナワナと震え、二人の長く濃厚なキスを凝視していた。キスから伝わる二人の関係性。母親は雅姫の身に何が起こったのかを瞬時に理解した。名残惜しそうに二人は離れ、男は車に戻ってその場から立ち去る。雅姫は車が視界から消えるまでずっと佇んで見送っていた。

「雅姫ちゃん！　なんてふしだらな……」

東灘のアパートまで車で送ってもらう間、雅姫は一緒に後部座席に乗る尾乃田の手を握ったり太股に手を置いたり、逞しい筋肉を服の上から撫でたりと、数日間離れる悲しみを紛らわせていた。それに応えるように、尾乃田も雅姫を弄り愛撫を繰り返す。耳朶を甘噛みし、首筋にも噛み付く。キスマークは母親にバレないように、胸の谷間、臀部、太股、陰部のすぐ側につけられた。陰部にもつけてやろうと尾乃田が言ったが、「それは恥ずかしい」と運転席の方を見ながら全力で拒否する。運転席にはいつもの男と、助手席には高柳がいた。二人は気にする様子もなく無視を決め込んでいるようだ。そして尾乃田がついにショーツに手をかけようとしたときに、車が静かに停まる。

「……カシラ、到着しました」

高柳が無表情で二人に知らせる。雅姫は慌てて着衣の乱れを正し、この後に事務所で用事があると言う尾乃田のネクタイをキュッと整えた。尾乃田は「チッ」と舌打ちし、早すぎる到着に「お前ら気を利かせんかい」と悪態をつく。高柳がトランクに入れている雅姫のスーツケースを出すために車内から出ようとしたが、尾乃田が「俺がやるからいい」と制止する。スーツケースを下ろした後、尾乃田と雅姫は熱いキスを車外で交わした。

「尾乃田さん、行ってきます。多分、数日で戻ると思います」

「ああ、何かあればすぐに連絡してこいよ」

静かに尾乃田の車はその場を離れていった。車が発進しても暫く眺めていた雅姫は、ゆっくりと階段を上って自室前まで行く。しかしドアを開けようとして異変に気が付いた。なぜか鍵が開いている。何かを察して恐る恐るドアに手をかけると、玄関の前で母親が仁王立ちをしていた。

「雅姫ちゃん！　これはどういうことなの？　あの男は誰なの！」

雅姫は顔面蒼白でその場に座り込む。そして母親に乱暴に引きずられるようにして、室内に移動させられた。

無言の雅姫は室内で正座をし、母親は腕を組んで側に立っている。母親の顔は鬼の形相そのもので、雅姫は委縮して何も言えなくなっていた。かれこれ一時間近くヒステリックに怒鳴り散らされていて、雅姫の目は既に虚ろになっている。母親の話す内容は雅姫がどれほど乱れた生活を送っていて、きっと性病に感染しているだの、もう嫁の貰い手はないだの、すっかり女の顔になって淫乱極まりない、男を漁って気持ち悪いなどといった、娘の人格を否定するものばかりだった。しかしそれらの罵倒は全く雅姫の耳には入ってきていない。何か遠くの方でキーキーとした雑音が聞こえるだけだ。母親はまるで怒鳴ることで、自身のストレスを発散しているかのようだった。とはいえ一時間も声を張り上げ続けたので、段々と気持ちが落ち着いたのかトーンダウンしてきた。

「だから神戸になんかやるんじゃなかったわ！　傷物にされて……。なんて恥知らずな！　それに何なのあの男！　あんないやらしい男とどこで知り合ったの！」

尾乃田の話題になり、雅姫の虚ろだった意識が一気に覚醒する。尾乃田を「いやらしい男」

と罵る母親に鋭い視線を向けた。何も知らない母親に尾乃田のことを侮辱されたくないと。

「バイト先で……。お客さんだったの」

「バイトってコンビニの？」

「……うん」

あんな男とコンビニで知り合うなんてと母親は少し疑う様子を見せるが、昨今は誰でもコンビニには行くので、あり得ない話ではないと勝手に納得していた。

「それで、あの男の職業は何？　何をしている人なの？　まともな仕事なの？」

母親の声が若干震えていた。雅姫の口から爆弾発言があるのではないかと怯えているようだ。

「……尾乃田さんは、携帯アプリの会社の経営をしているの。他は不動産関係」

実際にそうなのだから嘘は吐いていない。肝心の本業は話していないが……。しかし母親はコンピューターに疎いので、アプリだ何だと言われてもわからないようだった。不動産関係と聞いて尾乃田の風貌にも少し納得がいったみたいだったが。

「でもお母さん、心配よ。あんな年上の人……。雅姫ちゃん遊ばれているのよ！」

「お母さん！　尾乃田さんは確かに見た目が強面だけれど、私のことだけを見てくれているわ。私も彼が大事なの」

母親は怪訝そうな顔をしているが、急に思い立ったように口を開く。

「それじゃあ、お母さんにその尾乃田さんを会わせてくれる？　会ってお話がしたいの！」

母親の提案にあんぐりと口を開けた雅姫は、驚きすぎて言葉が出てこない。母親に尾乃田を引き合わせるなんてと。しかし無言の雅姫を尻目に母親は話し続ける。

「お母さんに紹介できないんだったら、大学も辞めさせて今すぐ家に連れて帰りますよ。地元に戻ってあっちの大学に入り直せばいいの。あの男とは二度と会っては駄目」

このままでは尾乃田と離れ離れになる。雅姫は左右にブンブンと大きく頭を振って拒否した。

「嫌だ……。ここから離れたくない！　尾乃田さんから離れるなんて嫌！」

「じゃあ、今すぐに電話して！　明日にでも会えるようにしなさい」

母親は雅姫の鞄の中から勝手にスマートフォンを取り出して手渡してくる。雅姫は震える手でゆっくりと尾乃田に電話した。

『どうしたんや、雅姫？』

尾乃田の声が聞けただけで、目からブワッと涙が出てくる。雅姫にとって尾乃田は安らぎをくれる唯一の人物だった。

「母が……今日、こっちに来て。……あ、明日……、母と……会ってもらえませんか？」

『ああ、ええぞ。明日ちゃんと時間を取るから安心しとけ。お前は何も心配するな』

雅姫との会話を終えて静かに電話を切り、尾乃田は歯ぎしりをする。雅姫の母親にどうやらアパートの前での様子を見られたのだろうと理解した。それできっと「別れろ」だなんだと責められたのだと。組事務所の自室にいた尾乃田は、苛立ちからすぐ側にあった陶器の灰皿をドアに投げつけた。ガシャンと大きな音がして灰皿がバラバラに砕け散る。慌てて新田が飛んできて陶器の破片を見やる。新田は尾乃田の機嫌を察して、いつもの軽口は隅に追いやり、黙々と残骸を片付けた。

混じりけのない純粋培養の世界で生きていたと思われた雅姫だが、意外にも闇の部分が垣間見える。家庭環境も思ったほどは良くなかったのかもしれない。電話口の雅姫の様子は尋常ではなかった。明らかに不安定な精神状態だった。

「毒親ってやつか……」

自分が見せる仄暗い闇に共鳴し、それをも全て受け入れていく雅姫。きっとお互いだけが安息を与える存在なのだろう。だからこんなにも惹かれ合ったのかもしれない。

「俺にはホンマにお前が必要や。守ってやるからな、雅姫」

尾乃田は考える。さあ、どうしてやろうか？　雅姫を泣かせていいのはこの世で自分だけだ。親兄弟でも許さない。二人の関係の邪魔をする者は排除してきた。たとえ雅姫が親友だと思っていた人物であろうと。親でも邪魔するなら排除はいとわない。もし必要ならば息の根さえ。

しかし、流石に母親を神戸港に沈めるわけにはいかない。それにそんなことをすれば、幾ら何でも雅姫が悲しむだろう。取り敢えずは穏便にすまさないといけない。それでも駄目なら、そのときは――。

「雅姫には俺がいればそれでええ……。他は誰もいらん！」

冷たく微笑む尾乃田は、二人だけの未来を想像して満足げだ。

「まあ、明日は印象良くしとこか。脅さんでもすむように平和的にや……。適当に名刺でも用意して服装も柔らかく。さあ、どこで会おうか。雅姫の母親世代が気に入りそうなところはどこや？　何なら落としてしまうか？」

尾乃田はいろいろと思考しながらほくそ笑む。何か良い案が浮かんだ証拠だ。

「高柳！　明日の予定は全部キャンセルや！」

尾乃田の怒鳴り声は別室にいた高柳の耳にちゃんと届いていた。高柳はタブレットを取り出し、素早く予定をキャンセルしていく。

「……カシラ、了解です」

「はあー」と大きく吐いた高柳の溜め息は、静かな室内で響くだけだった。

＊＊＊＊

昨夜は一睡もできなかった雅姫は、重い瞼を押し上げて久しぶりに母親の作る朝食を食べる。尾乃田の料理と比べると、母親の料理はとても平凡だ。それでも雅姫にとっては、おふくろの味というべきもので懐かしかった。少し塩辛いお味噌汁に鮭の塩焼き、だし巻き玉子と店で買ったお漬物。

「やっぱりお母さんの作る料理が一番よね？」

笑顔の母親に対し、雅姫は作り笑顔で応じた。

「その、尾乃田さんだっけ？　その人に会うまでにまだ時間があるでしょ？　お母さん、ちょっと観光に行きたいわ～。異人館とか、ね？」

昨日散々ヒステリックに喚き散らしたくせに、一晩寝るとケロッとしている母親に、雅姫はとても冷めた目を向ける。彼女はいつもこうだ。気分屋で大袈裟で、周りを巻き込んで小さなことでも大事《おおごと》にする性格。雅姫も兄も何度も酷い目にあった。今は自分の思い通りに事が運んでいるので上機嫌なのだろう。

「尾乃田さんが午後二時に迎えに来るって言っているから、異人館に行く時間はないかも」

雅姫の発言に母親は瞬時に顔色を変える。自分の希望が叶えられないせいで不機嫌になったのだろう。それを察した雅姫は、感情のない作り笑顔を母親に向けた。

「でも尾乃田さんが素敵なところに連れていきたいから、少しだけドレスアップしてって……」

「え、やだ。ドレスコードがあるお店なの？」

「そうではないみたいだけれど……」

「お母さん、そんなよそゆきのお洋服を持ってきていないわよ――」

「うーん、なんか大丈夫って言ってる。私もわからないわ」

尾乃田の意図は不明だ。一体何を企んでいるのだろうかと雅姫は不安だった。


時計の針が午後二時を指す少し前に、尾乃田からアパートの前にいると連絡が入る。雅姫と母親はアパートの外に急いで出ていった。

「初めまして篠田さん。尾乃田真一郎と申します」

尾乃田はいつもと違って明るい色のカジュアルなスーツをまとい、オールバックではなく髪を下ろして軽く流していた。凄みも幾分《いくぶん》隠され、歳も若く見える。色気を隠すことはできないので、尾乃田が側に寄ると母親は少しポーッと赤くなっていた。尾乃田は胸元の内ポケットから名刺を取り出し母親に手渡す。

「代表取締役をされているのですか？」

母親は名刺の肩書き欄を凝視している。そして尾乃田の顔と名刺を交互に見ていた。

「はい。いろいろと手広く事業をやっていまして、その事業の全ての代表取締役です」

「雅姫から不動産とかコンピューターとかの会社だと聞いたのですが……？」

「ええ、それも経営していますよ」

尾乃田が完璧な営業スマイルで答える。母親はその笑顔に更にポッと赤くなったが、瞬時に我に返り、真顔になって返事をする。

「篠田景子《けいこ》と申します。本日はお忙しいところ、無理を言って時間を作っていただきましてすみません」

お辞儀をする母親を雅姫は冷めた目で見ていた。自分が強引に引き合わせたのに、と。

「素敵なお名前ですね。もしよろしければ景子さんとお呼びしても？」

ニッコリと微笑みながら目を見つめてくる尾乃田に、景子はついにボッと耳まで真っ赤になっていた。景子にこんな風に話しかけてくる男性は雅姫が知っている限り皆無で、明らかに彼女は動揺しているようだった。

「す、素敵だなんてそんな……。それに、私、あまり良い服は持ってきていないんです。こんな格好ですみません」

景子は古臭いデザインのワンピースにカーディガンを羽織っていた。雅姫は尾乃田が買って与えた、高級ブランドの最新コレクションの上品な膝丈ワンピース姿だ。

「景子さん。心配はいりませんよ。レストランに行く前に少し寄り道していきますから」

尾乃田は緩やかに微笑みながら景子をエスコートして車に乗せた。しかし雅姫は尾乃田の行動の意図が読めず困惑している。ジッと彼を見つめてみるが素知らぬ顔をされた。

──怪しい、絶対に怪しい！

尾乃田の車はいつものスポーツタイプの高級外車でもなく、高柳と共に乗ってくるセダンの高級外車でもなかった。別の高級外車のＳＵＶラインで車内に若干ゆとりがある。

「お母さん、ベンツに乗ったの初めて！」

興奮する景子に「良かったね」と答える雅姫の笑顔は少し引きつっている。理由は尾乃田の目的がまだわからないためだ。

景子を後部座席に乗せ、雅姫を助手席に案内する尾乃田は、雅姫の腰に手を回し、景子から見えない位置でグイッと臀部を鷲掴みにした。ギョッとして睨むと、「見えてへん」と悪戯っ子のように笑う。

「安心せい。俺に全て任しとけ」

雅姫を助手席に座らせるときに耳元で囁く。尾乃田がそう言うならと、全て委ねることにした。

車は元町の居留地に向かう。ここは神戸の銀座《ぎんざ》と呼ばれるエリアで、高級ブランドの店舗が連なる。その一つの店舗に尾乃田は二人を連れていく。

「尾乃田様、お待ちしておりました」

店のマネージャーだろうか、紳士的な中高年の男性が三人を出迎える。景子は既に恐縮して雅姫の後ろに隠れていた。彼女の世代ではこのブランドは憧れの的と呼べるもので、靴が特に有名だった。

「彼女に似合うものを何着か選んで欲しい。靴と鞄も一緒に頼む」

緊張で縮こまる景子の肩を優しく掴み、尾乃田は男性店員の前に出した。店員は景子を観察するように見つめ、「了解いたしました」と言って店内に消えていく。側にいた別の女性店員が「こちらにどうぞ」と一行を奥の別室に案内した。

「雅姫ちゃん、お母さんどうしよう……」

心配する景子に「大丈夫、大丈夫」と声をかける。雅姫は最近少し慣れてきたが、一般人にとって高級ブランド店で別室に連れていかれるのは緊張するものだろう。とても良い香りのする紅茶とお菓子が出され、雅姫と景子は嬉しそうに摘まむ。その様子を尾乃田は微笑ましく見つめていた。すると先程の男性店員が五着の服をラックにかけて個室に入ってくる。そこには決して派手ではない、上品なワンピースが並んでいた。

「景子さん、試着してみてください。間違いなくお似合いですよ」

尾乃田が笑顔で景子をフィッティングルームに案内した。景子は雅姫と同じような身長で細身。きっと若い頃は綺麗だったのだろうと想像できるが、現在は化粧もファンデーションと口紅くらいですませ、髪型も少しパーマのかかったセミロング。日々の家事とパートで疲れた五十代の主婦そのものだ。

最初は緊張していた景子だったが、五着目を試したときには慣れてきたようで、服を着てクルッと回ってみたりしながら嬉しさを表現している。景子が一番気に入った五着目のシルクのワンピース、それに合った靴と鞄を尾乃田が購入した。景子は「そんな……いけません！」と全力で断るが、尾乃田は笑顔で会計をすませる。そして呼んでいた美容師にヘアメイクを施してもらい、景子はすっかり垢抜けたマダムに変貌した。自分の母親がこんなに綺麗になるのかと心底驚かされる。

「尾乃田さん、ありがとうございます。お母さん、凄く嬉しそう！」

「喜んでもらえて何よりや」

雅姫の笑顔を見つめる尾乃田は三白眼をグッと下げて微笑んだ。初めは緊張と疑心暗鬼な目で尾乃田を見ていた景子だったが、随分と心を開いたようで二人で何やら楽しそうに会話を弾ませている。彼女はすっかり尾乃田の魅力にはまってしまったようだった。

「雅姫ちゃん！　尾乃田さんて素敵ね……。ちょっと強面だけれど、そこが良いわ。ちょい悪《わる》ってやつでしょ？」

雅姫の耳元で景子が頬を赤くして囁く。雅姫は自分の母親でさえも落とす尾乃田の色気に不安がよぎる。この男はどれだけの女を渡り歩いてきたのか。そんな男が「お前だけだ」と毎晩ベッドで囁いてくる。自尊心が高くない雅姫は、「私にそこまでの価値はあるのかしら？」とボソッと呟くが、会話に忙しい二人には聞こえていないようだった。

尾乃田は車を走らせ二人を垂水《たるみ》まで連れていく。少し坂を登ったところには歴史的にも有名な洋館があった。目的地に着くなり景子は「ドラマのロケ地！」と興奮気味でキョロキョロと見渡している。ここは旧貿易商邸で、今は結婚式場やレストランとして運営されていた。予約が取れないと評判で、昨日今日で週末のディナーの席が取れる尾乃田は、やはり別格なのだろう。それともヤクザだからなのだろうか……。

食事まで少し時間があるということで、三人は邸内を散策させてもらうことにする。

「ここはあのシーンの場所ね！」

嬉しそうにスマートフォンのシャッターを切る景子を見ながら、尾乃田と雅姫は手を繋いで邸内を歩く。結婚式場も兼ねているので、ちょうど、午後に予約されていた結婚式が庭園で開かれていた。招待客が歓声を上げて祝福をする中、純白のウェディングドレスを着た新婦とタキシード姿の新郎が照れながらキスをしていた。その様子を雅姫はジッと無言で見つめる。大好きな尾乃田とあんな風に周りに祝福されて一緒になれる日は来るのか……？　極道との結婚を家族は祝福してくれるのかと不安になる。それを察したのか、尾乃田は雅姫の手をグッと握りしめ口元に持っていき、黙ってそっとキスをした。

三人は邸内のレストランでコースメニューを堪能する。食後のデザートも完食した景子は上機嫌で笑顔を振りまく。「ちょい悪イケメン」尾乃田にお姫様のようにエスコートされ、高級ブランドの服を買ってもらい、ドラマのロケ地のレストランでディナーと至れり尽くせりだ。バブル時代を経験した景子にとって、最高の一日だったのだろう。尾乃田との会話も弾み景子はすっかり彼の虜で、二人の交際を反対する理由もなくなったようだった。垂水から雅姫のアパートに戻る間も、車内は和気あいあいとしたムードで会話も途切れない。尾乃田は二人を雅姫のアパートまで送って「これから仕事があるので」と笑顔で帰っていった。

「雅姫ちゃん！　凄いじゃない！　玉の輿よ。お母さん羨ましい！」

景子は興奮気味に尾乃田に買ってもらったブランドの紙袋を見ている。地方公務員の父親ではきっと買ってもらえない品物たちを、値段も見ずにポンポンと購入する尾乃田を思い出してウットリとしている。現実離れした今日の出来事に、いろいろと思考が鈍ってしまった彼女は、寝るまで尾乃田のことを話していた。「素敵！」と連呼しながら。そんな景子に雅姫は時々相槌を打つ程度で、殆どを聞き流しながらテレビを観て気を紛らわせた。


日曜日の朝に雅姫は新神戸駅で景子を見送る。

結局、景子は尾乃田との交際に賛成したようで、別れ際に「絶対に逃がしちゃ駄目よ！　お母さんみたいにつまらない結婚生活を送りたくなかったら、尾乃田さんと一緒になるのよ！」と力説していた。同棲していることには多分気が付いているが、咎める様子もない。

「今度はうちにも尾乃田さんを連れてきなさいね。お父さんだって会いたいはずよ！」

手放しでは喜べない雅姫は引きつった笑顔で「うん」と返事をする。尾乃田がヤクザだと知ったら景子はどうするだろうか？　今のように喜んでくれるのだろうかと……。子供を思いのままにコントロールしたい母親だ。決して手放しで祝福はしないだろう。

新幹線に乗り込む母の背中にこっそり呟く。

「お母さん、私が付き合っている人はヤクザだよ……。それがわかっても祝福してくれる?」

昨日見た花嫁のように自分はなれるのかと考えると頭がズキズキしてきた。尾乃田の激しい愛を全身で受け止めると決めたが、この関係を続けるには何かの犠牲が必要だ。それにようやく気が付いた雅姫は、俯いて足元をジッと見つめている。

景子が乗った新幹線を直視できない目から、ポロポロと涙が溢れた。

十. お前はどんな俺でも受け入れる

十月になり、大学の後期授業が始まる。

雅姫は東灘のアパートを解約して尾乃田の住吉の家に完全に移り住むことになった。アパートの家賃を捻出するのも苦労していた両親は、尾乃田との同棲によって楽になる方を選んだ。無論、父親は反対したが、景子が熱心に説得したと聞く。景子にしてみれば絶対に娘の玉の輿を逃すことはしたくないのだろう。大学受験に失敗して、東京の一流企業に就職する夢が潰えた娘の、人生逆転ホームランなのだから。これで御近所にも自慢ができると、景子は笑いが止まらないようだった。

涼子とはあの「探偵ごっこ」以来疎遠だった。休み明けに大学構内で鉢合わせしても、涼子は雅姫からスッと目を逸らして挨拶もしてくれなかった。夏休み中のLINEのこともあり全てを察した雅姫は、それ以上彼女のことを追い回すような行動はしなくなる。涼子以外に親しい友人もいなかった雅姫は、一人で校内にいることが多くなった。

本当は寂しかったが、勉強に打ち込めるようになって良かったと思うようにしている。実際、遅れていた勉強があっという間に追いつき、一気に周りを追い抜いていったのだから。しかし成績が上がるのと反比例するように、学校では一切の笑顔を見せなくなった。


「雅姫、暫く忙しくなるから家を空ける。二週間ぐらい戻れんと思う」

散々抱き潰されてベッドの上でグッタリしている雅姫に尾乃田が告げた。

「え？　に、二週間もですか？」

息を整えて上半身を起こすと、尾乃田は側に座って愛おしそうに雅姫を見つめていた。

「組で重要な行事があるんや。その準備で忙しい。寂しい思いさせるけど我慢してくれ」

尾乃田の大きな手で頭を撫でられ、雅姫は本物の猫のようにゴロゴロと喉を鳴らしそうになった。涼子のこともあり、本当は心細く寂しかったが、組の仕事では仕方がないと諦める。二週間会えない間は家で勉強を頑張ればいい。最近は教授から褒められる機会も多くなったので、このまま突き進んでいけばいいのだと自分に言い聞かせる。雅姫は手をスッと伸ばし、尾乃田の胸にある牡丹の刺青をなぞった。

「私も牡丹の刺青入れたいな――」

虚ろな目で雅姫は呟いた。それを聞いた尾乃田は、複雑そうな表情で静かに口を開く。

「お前に刺青は必要ない。今のままで完璧や。わざわざ綺麗な肌に傷をつけんでもええ」

雅姫をギュッと強く抱きしめた後、尾乃田はシャワーを浴びに寝室を離れる。その背中にある大きな虎が雅姫の方を睨んでいた。お前にこれを背負う覚悟はあるのかと威嚇する。

雅姫はブルッと震え己を窘め、馬鹿なことを口走ってしまったと後悔して頭を押さえた。

シャワーを浴びながら尾乃田はドンッと壁を拳で殴る。少し血が滲む手で更に壁をグリグリと押さえ続けた。

「刺青入れようかやって……。阿呆なことを言いやがって」

尾乃田は雅姫に苛立っているのではなく、自分に腹が立っていた。一緒にいたいがために雅姫を「コチラ側」に引きずり込んだ。自分が側にいれば雅姫はこの世界でも輝き続けるはずだった。それなのに最近は笑顔に影ができている。彼女の気を紛らわせようといろいろ連れ出してみたが、その瞬間は喜んでいても、すぐに笑顔はぎこちなくなっていく。溜め息も多い。尾乃田モノクロの世界を彩る女神のはずが、モノクロの世界に呑み込まれようとしている。

はグッと唇を噛んでまた壁を殴り付けた。

「どうすればいい？　不安を打ち消すようにもっと激しく愛せばええのか？」

人を愛したことがなかった尾乃田は、どうすれば雅姫を安心させることができるのかわからずに、荒々しく欲望をぶつけるしかなかった。

＊＊＊＊

尾乃田が家に戻らなくなって一週間が過ぎた。家に帰ってこなくても電話は毎日のようにあるので雅姫は安心している。それに新田も毎日家に顔を出し、尾乃田の様子を教えてくれるのでとても助かっていた。

とある日、雅姫のスマートフォンが鳴る。画面に映るのは見覚えのある名前、「鷹木店長」だ。

「雅姫ちゃーん！　元気～？」

嫌々電話に出た雅姫は、声を聞いた途端、速攻で電話を切ろうかと画面に指を伸ばした。既に鬱陶しい気分でいっぱいだ。しかし「雅姫ちゃ～ん、切らんとって」と、何度も聞こえてくる。

「……用は何ですか？」

雅姫は冷たく答えるが鷹木は動じない。寧ろ嬉しそうなのは気のせいか？

「うふふ、雅姫ちゃんさあ、明日の夜は暇？　店の子が急病で来られへんねんけど、明日は大きな予約が入っててさあ、人手がいるんよ。お願いー！」

雅姫は少し考える。クリスマスがもうすぐやってくるが、今の貯金では、尾乃田に似合う高級ブランド品なんてとても買えない。ホステスのバイトをすれば用意することができるだろう。しかも尾乃田は暫く帰ってこないので、プレゼントを買うためのバイトを秘密裏に遂行できる。

いつも高級品を雅姫に買い与えてくれる尾乃田のために、どうしても自分で稼いでプレゼントを用意したい。せめてものお礼に。しかし、尾乃田はホステスのバイトをしたと知ったらどう思うだろうか？　不機嫌になるかもしれない。

返事を渋っている雅姫に、鷹木は「時給二倍でどう？」と悪魔の囁きを投げかけた。つい「やります！」と答えてしまう。

「やったー！　ありがとう雅姫ちゃん！　じゃあ、明日頼むな～」

最近は涼子の件や両親のことで憂鬱な気分だったので、息抜きになるような気がして雅姫は少し嬉しかった。ウォークインクローゼットに向かい、中にあるドレスコレクションを、鏡の前でコレでもないアレでもないと合わせてみる。尾乃田が雅姫に買い与えた高級ブランドの服たちは、ようやく出番が来たと思っているだろう。殆ど着られることもなく、そこにかかっていただけだったのだから。その中から少し大人っぽい深いワインレッドのドレスを選ぶ。尾乃田が雅姫に似合うだろうと嬉しそうな顔でくれた服。デコルテの部分が大きく開いて、雅姫の白く綺麗な肩のラインが目立つ。腰でキュッと絞ったデザインは腰の細さを際立たせ、ふんわりと広がる膝上の丈のスカートは、座れば太股が見えるだろう。

「これでいいかな？　ホステスの人ってこんな感じの格好だったもんね」

雅姫はこの選んだ衣装が、どれだけ男心を擽るか理解していなかった。


翌日学校から戻ると、雅姫は昨日用意していたホステス用の衣装とメイク道具を紙袋に詰めて、バレないように住吉の家を出た。尾乃田にも新田にもホステスのバイトに行くことは伝えていない。電車に乗ってJR三ノ宮駅に到着し、久しぶりに加納町の北野坂に来てみるが、以前と変わらず、開店準備に忙しい店員や同伴出勤で店に向かうお客とホステスが歩いている。

まだ酔っ払うには早い時間なので酔っ払いはいないが、今日はどこの店に行こうかと店の看板を眺めるサラリーマンには出くわす。

「おはようございます、雅姫です」

雅姫は元気よくＭｏｏｎｌｉｇｈｔ　Ｓｏｎａｔａのドアを開けた。夕方でも「おはようございます」というのは水商売業界のしきたりだ。まだ開店前の店内では、ホステスたちが忙しそうに身支度にいそしんでいた。

「あれ？　雅姫ちゃんやん！　久しぶりやね〜」

古株のホステスが雅姫に気が付いたようだ。

「お久しぶりです。お元気ですか？」

「相変わらずやわ。下の子のおむつがやっと取れて、それはそれで大変やわ～」

シングルマザーでホステスをしながら子供を二人育てている彼女とは気が合い、以前はよく話していた。

「そうや！　雅姫ちゃんが辞めた後すぐに十和子ママがクビになってん！　ビックリしたわ。でな、えらい綺麗なママが雇われたんよ。もう、お客さんもメロメロやで」

雅姫はその新しいママを尾乃田の組事務所で見ている。確かに綺麗な京美人だった。

「うわー、雅姫ちゃん来てくれたんやね。さあさあ、こっちで一日入店の書類に書き込んで」

嫌な声が聞こえ雅姫が振り返ると、そこには鷹木が身体をクネクネしながら立っていた。

「うわー、鷹木さんお久しぶりです。相変わらず（……きもい）」

「えー？　何か言うた？　さあさあ、店長室においで」

嫌々鷹木について行く雅姫に、古株ホステスが「御愁傷様やな」と言葉を投げかける。

鷹木が店長室のドアを嬉しそうに開けて中に入り、雅姫も微妙な顔で後に続く。鷹木はデスクの上の「一日体験入店用紙」を手に取り、「はい、これ」と手渡してきた。

「前に所属しとったけど、辞めたから今は登録してへんのよね。だからここに念のためにもう一回記入して」

なあなあにしないで、ちゃんと仕事をしているのだと少し鷹木を見直す。もちろん一瞬だけだが。そして雅姫が住所を記入しているときに、なぜか鷹木がジッと手元を見つめてきた。何か言いたげに数回言葉を呑み込み、数秒置いて口を開く。

「あれ？　雅姫ちゃん引っ越したん？　前は東灘やったよね……？」

「はい、少し前に引っ越しました」

「へー」と住所を凝視して呟く鷹木を何だか気味悪く思う。自分の住所を覚えられていたのだろうか？　と。

「取り敢えず、一日体験ってことで今日は働いてな。お給料は帰りに現金で渡すから」

「はい。よろしくお願いします」

雅姫は控え室に行き、接客用ドレスに着替えて顔にメイクを施すことにする。売れっ子やフルタイムのホステスは、毎日美容院でセットをしてもらうが、バイトや入りたてのホステスは自分でヘアメイクをしなければいけない。控え室ではワイワイと若い女性たちが自身を着飾っていて、いつもより騒がしい。鷹木が言っていたように今日はいつもよりホステスが多い。雅姫の知っている顔もあれば、初めて見る顔もあった。何とか隅に自分の場所を確保して、雅姫はいそいそと準備を始める。紙袋から衣装を取り出して着替えていると、側に座っていたガーリーな風貌の若い女が声をかけてきた。

「それって居留地のお店の服？　凄く高いよね？　羨ましいー！」

人懐っこい笑顔でコロコロと笑う彼女は関西弁ではなかった。フワフワのカールした髪にシフォンのピンク色膝上丈ドレスを着て、ニッコリと上目遣いで雅姫を見つめてくる。同性でも

「可愛い」と思う仕草だ。

「あ、うん。彼氏に買ってもらったの」

「彼氏いるんだ～。まあ、みんないるだろうね。彼氏はこの仕事怒らないの？」

「えっと、知らないんだよね。バレたらヤバいと思う」

「そうなんだ。でもいいなあー！　こんな高価なプレゼントくれる彼氏って」

そこから二人で開店まで世間話をして時間を潰す。彼女の源氏名は璃子《りこ》というらしい。雅姫が店を辞めたすぐ後に入店し、年齢は雅姫の二歳上で大学四年生だという。東京出身の彼女は神戸の国立大学に通っていた。雅姫は敬語を使おうとしたが、「部活でもないし、敬語はなしよ」と止められる。感じの良い璃子に雅姫はすっかり気を許していた。

開店前のミーティングでママと鷹木が今日の段取りを説明する。例の新しいママの名前は麗《れい》子《こ》で、まだ三十代後半だと璃子が小声で告げてきた。

「かなりのやり手らしいよ。京都の祇園《ぎおん》からスカウトされたんだって！」

雅姫は麗子を無言で見つめる。彼女は京美人で薄い紫の着物がよく似合っていた。切れ長の目元は冷たく感じるが、それが近寄りがたい高嶺の花の雰囲気を演出する。きっとこういう女性が尾乃田には釣り合うのだろうと少し嫉妬したが、表面はにこやかに麗子の説明を聞いていた。

「六階は通常営業で七階は貸し切りです。誰がどちらの階に行くかは、店長の鷹木君から説明あるからちゃんと聞いてね」

「はーい。僕から説明させてもらいます。今日は七階にベテランとトップの子らに行ってもらいます。新人やヘルプの子らと数人のベテランは六階の接客。今日は同伴も入れてもらってないので、いつもよりは客足はゆっくりしていると思います。けれど、新規のお客様が来る可能性は高いので、気に入ってもらえるよう頑張ってください。トップの子らがおらんから、自分の顧客にできる可能性が高いです」

何人かの新人は「よーし」とガッツポーズをしている。雅姫は以前のバイト時の接客を思い出し、少し気が重くなったが、尾乃田へのクリスマスプレゼントのためだと自分を奮い立たせた。そして階分けリストが読み上げられる。雅姫は通常営業の六階で、璃子も同様だった。

「良かった〜。一緒だね！」

二人は小さくガッツポーズを見せて喜び合う。

少しの休憩を挟み、店は静かに開店した。


久しぶりの接客なので、大丈夫かと心配していた雅姫だったが、客足がゆっくりとしている店内は過ごしやすかった。貸し切り客に店が専念するために、入店制限をしているのだろう。

雅姫は璃子と同席する機会が多く、二人でテーブルを盛り上げる。知識が豊富な璃子は見かけこそフワフワしているが、話すことはしっかりとしており、年配のお客を引きつけていた。

そういえば貸し切りの七階はどうなっているのかと思ったが、七階へは六階を通らずにエレベーターで直接行けるので、どんな客層なのかは窺い知れない。控え室で化粧直しをしながら雅姫は璃子に聞いてみた。

「この店を貸し切りにできるくらいだから、かなりのお金持ちか大企業の人なのかしら？」

「お金持ちなら私、七階に行きたいかもー！　パパ活できそうじゃない？」

璃子の口から出た「パパ活」という言葉に雅姫はギョッとする。

「璃子ちゃん、パパ活やっているの？」

キョトンとした顔の璃子がゆっくりと口を開く。

「え？　雅姫ちゃんはしていないの？　今どきみんなやっているよ〜」

雅姫は一瞬目眩がするが、何とか平常心を取り繕って答える。

「えっと、私はやっていないかな……」

「へ〜、そうなんだ。てっきり彼氏じゃなくて、パパ活の相手に洋服を貰ったと思ってた。だって、普通の彼氏がこんな高級ブランド買ってくれないでしょ？」

真顔で璃子に返され、雅姫は何も言えなくなってしまった。実際に璃子の言うことは的を射ている。雅姫が通常付き合うであろう年頃の男性が、高級ブランドを彼女にポンポンと買い与えるのは難しい。それに、尾乃田は「普通の彼氏」とは言いがたい。二人の会話が一瞬止まったときに鷹木が控え室に入ってくる。

「おったおった、探しとってん！　七階に行ってる子の顧客がいきなり来店してんよ。その子を六階に下ろすから、二人で七階に代わりに行ってくれる？」

璃子は大喜びで鷹木に「行きますー！」と返事をし、雅姫も黙って頷く。

七階部分は六階と比べると少し狭い。元々貸し切り用に作られており、予約がないときは六階が満席のとき以外は使われない。雅姫が在籍していたときでも、数回使用された程度だった。六階がクリスタルの装飾でキラキラなのに対して、七階は落ち着いたヨーロピアン調のデザインで高級感が漂っている。璃子が入口のドアを開けると、至るところに飾られている深紅の薔薇の匂いが二人の鼻を擽った。

しかし今日の七階の客層は、薔薇を背負う王子様キャラとはかけ離れた人物ばかりだった。どちらかというと和の花。雅姫は「しまった！」と震えながら顔面蒼白になる。璃子も何かを悟ったようだ。それもそのはず、七階には明らかに一般企業の重役には見えない強面の面々が、黒っぽい高級スーツを着て各テーブルで酒を飲んでいたのだから。そしてそこに同席するホステスたちは、いつもより顔が少々強張《こわば》っているようだった。

「ま、雅姫ちゃん……。もしかしてこれってヤクザの集まり？」

璃子の声は少し震えていた。

「うん……。多分そうかもしれない」

「さあさあ、早く席に着いてお客様の相手してよ〜」

ポンッと二人の背中を押した鷹木は一目散に六階に戻っていく。またしても逃げたようだ。すると、呆気に取られている二人に男が声をかけてきた。

「えらいべっぴんさんが来たで〜！　こんな上玉をママはまだ隠しとったか！」

中肉中背のその男は丸坊主で目つきがやたら悪い。既に酔っているのか、ブワッと酒の匂いが鼻につく。ニヤニヤと笑いながら近寄り、二人の尻を鷲掴みにし卑猥に撫で回した。

「キャー！」

思わず雅姫は声を出してしまい、慌てて口に手をやる。すると奥のＶＩＰエリアから見覚えのある大きな影が近付いてきた。

「お前、ここで何しとんのや……？」

「お……尾乃田さん」

尾乃田は三白眼を光らせ雅姫を凝視していた。何度も肌を合わせ寝食を共にしていても、その三白眼で睨まれることに慣れない雅姫はゾクリと身震いする。

「え？　か、カシラのお知り合いで？」

雅姫と璃子の尻を掴んでいた男の顔色は青い。そしてゆっくりと自身の手を二人の尻から離していく。尾乃田は何も言わずにその男を一瞥した。

「ひっー！　す、すんませんでした」

男は飛び上がるように逃げていく。そんな男の存在は初めからなかったように、無表情の尾乃田は雅姫に向かって少し乱暴に告げる。

「今すぐ高柳を呼ぶ。ここからすぐに出ろ！」

尾乃田がスマートフォンに手をかけようとしたのと同時に、奥からしわがれた声がする。

「お？　なんや、尾乃田。両手に花やないかい。独り占めはあかんなあ〜」

尾乃田は瞬時に顔色を変え、「チッ」と舌打ちしていた。

「柴元のオジキ、これは手違いでして。すぐに他の女を連れてまいりますので――」

作り笑顔の尾乃田は、先程のしわがれた声を出した小太りの初老の男、柴元に話しかけた。

そして雅姫を隠すように前に立つ。すると側近らしき人物が柴元に何かコソコソと告げていた。

「へー、その子がお前の囲ってる子なんやて？　どれどれ、見せてみんかい」

大柄な尾乃田を押しのけ、柴元が雅姫の側に寄ってくる。雅姫は内心ビクビクしていたが、それをバレないようにするためにグッと前を見て背筋を伸ばす。尾乃田に恥をかかせたくない一心だった。

「へー、えらい清純そうで綺麗な子やなあ。尾乃田はこんなんが趣味やったんか？　ない物強請りやなあ。ハハハ！」

柴元は雅姫を上から下まで舐めるように見て品定めをし、耳元でボソッと呟く。

「あのデカチンを毎晩咥え込んで、どんな声で鳴くんかいなあ」

ビクッと小さく反応した雅姫を見て、柴元はニヤニヤと不気味な笑みを浮かべていた。

「この子らには、向こうでお酌でもしてもらおか」

柴元は雅姫と璃子の肩に手を回し、両手に花状態で数段高い場所にあるＶＩＰ席に向かって歩いていく。ＶＩＰ席はコの字型になっていて、そこからは七階全体が見渡せた。

ＶＩＰ席には既に麗子ママと店の№１と№２が座っている。どうやら尾乃田の席もここだったらしく、彼の青い箱の煙草が置いてあった。

「おい、お前らもうええぞ。飽きたわ。他の席に行け！」

柴元は麗子ママ以外のホステスをＶＩＰ席から乱暴に追い出す。ドカッと中央のソファーに腰かけ、雅姫と璃子を左右に座らせ御満悦だ。

「今日はワシの誕生日なんや！　常磐会幹部総出で祝ってくれたんやで。組長《オヤジ》もさっきまでおったんやけどなあ、目ぼしい女見つかったからって速攻で帰りよったわ！」

「今頃は腰振ってるで」とゲラゲラ下品に笑う柴元を、雅姫は冷めた目で見ているが、璃子はなぜかウットリとした顔で見つめている。不思議に思い璃子を注意深く観察すると、柴元の手が背後から璃子のドレスの中に入り込み、直に弄っているようだった。

尾乃田も斜め横の席に着き、雅姫を凝視している。その態度から明らかに怒りが伝わってくる。

――ど、どうしよう……。尾乃田さん滅茶苦茶怒っているよね。絶体絶命！

麗子ママが尾乃田の横に座ると、尾乃田が小声で何か指示を出す。麗子ママがスッと立ち上がってVIP席を後にした。やはり二人が横に並ぶとお似合いで、雅姫はチクリと痛む胸を押さえた。

「尾乃田も気が利くやんか〜。自分の女をホステスとして差し出すなんてなあ。流石に俺を追い越した若頭はできが違う！　粋《いき》やなあ〜」

　尾乃田は何も言わずに煙草に火を点けている。だが目は柴元を睨んだままだ。睨まれた柴元は「そない怒るなよ。冗談やんか」と取り繕っていた。

　静かに憤る尾乃田からは殺気がだだ漏れで、周辺を氷漬けにしている。その殺気を知ってか知らずか、柴元は雅姫の身体をねっとりと手のひらで触っていた。肩や腕、手のひら、太股と品定めするようにゆっくりと手を動かす。

「ええ具合の肌やなあー。これはアソコも吸い付いてくるんやろうなあ……」

　柴元の言葉にゾッとした雅姫が、少し身体を離すのと同時に、尾乃田がグッと腕を掴んで自身の方に引っ張った。尾乃田も我慢の限界だったらしい。そのまま雅姫の肩に腕を回し、柴元から完全にガードする。

「おいおい、尾乃田。なんじゃそりゃ？　余裕ないのう。興ざめや〜」

　柴元はニヤニヤしながら尾乃田と雅姫を交互に見た。

「すみません、オジキ。うちの猫は寂しがり屋でね。俺が愛でていないと、すぐに臍曲げて引っ掻いてくるんですわ」

尾乃田は雅姫の頭を優しく撫でる。その手がゆっくりと下り、顎をクイッと上に向けてチュッと唇にキスをした。

「おうおう、熱いこっちゃ」

するとと麗子ママが再びＶＩＰ席に戻ってくる。麗子ママは四人のホステスを連れて、にこやかに柴元の側に座った。

「柴元さん、こちらみんな若い新人さんなの。まだ初心でいい感じですよ」

麗子ママの言葉に柴元の目が妖しく光る。

「……誰の手垢もついてへんのか？」

柴元は大喜びでホステスたちを自身の周りにはべらせる。柴元の興味が移ったのと同時に、雅姫は尾乃田に連れられて店を出た。その間、尾乃田は無言で雅姫の腕を掴んで歩く。途中で高柳に電話を入れ「車を表に回せ」と短く伝えて電話を切る。到着したエレベーターに引っ張り込まれ、無言のまま一階に下りた。店の外に出ると既に高柳が待っており、雅姫は車の後部座席に放り込まれる。

「コイツを住吉の家に閉じ込めとけ！　見張りの新田はどうしたんや？　アイツを呼び出せ！　責任を取らす。ええな！」

尾乃田はドアを乱暴に閉めて店のビルに戻っていく。雅姫は自分の勝手な行動のせいで、新田に危害が加わることを今ようやく理解した。

住吉に帰る車内の中で、雅姫はこれから新田に起こるであろう現実を想像し顔色をなくしていく。雅姫を護衛兼監視するのが自分の仕事だと言っていた彼を無視し、内緒で店に出勤してヤクザの集まりに顔を出してしまったのだから。きっと新田は尾乃田に制裁されるだろう。ヤクザの制裁だ、自分が思い浮かべるよりもっと酷いことになると雅姫は涙ぐむ。

「わ、私……。ただ、自分で稼いだお金で尾乃田さんにプレゼントを買いたかったんです。それなのにこんなことになるなんて……」

「……泣くほど後悔するなら、最初から勝手な行動を慎んでもらえますか？」

高柳がミラー越しに伝えてくる。視線は氷のように冷たい。

「本当にすみません……。あの、新田君はどうなるのでしょうか？」

「事の責任は取らされます。新田はわかっているでしょう。仮にも極道ですからね」

冷たい声の高柳が更に続ける。

「これからもカシラの側にいたいと思われるなら、自分の立場を理解してください。貴女の軽率な行動で、どれだけの迷惑を組員、または組が被《こうむ》るか」

「……はい、本当にすみません」

ハラハラと涙が目からこぼれ落ち、雅姫のドレスにポタポタと水滴がついていった。

住吉のマンションに到着して、雅姫は沈黙のまま高柳に部屋に連れていかれる。「ここで今日は大人しくしていてください」とドアを乱暴に閉められた。ドアの外には既に到着していた組員が張り付いて立っているようだ。雅姫は真っ暗な室内で、ただ座って窓の外の月を眺めて泣くしかなかった。

＊＊＊＊

雅姫は自分が少し寝入ってしまっていたことに気が付き、飛び起きてスマートフォンの時計を見る。既に夜中の二時を回っていた。室内は暗いままで、尾乃田はまだ帰宅していないようだ。すると外で騒がしい音がし、ガチャガチャと玄関のドアが開けられる音がする。尾乃田が戻ったのを察し、雅姫は急いで玄関に向かった。

「尾乃田さん！　新田君はどうしていますか？」

玄関口に立つ尾乃田に詰め寄った。尾乃田は黙って冷たく雅姫を睨んでいる。

「お前の愛しい男が帰ってきて、開口一番に他の男の心配か？」

尾乃田の三白眼は怒りで揺れている。雅姫はたじろぐが、それ以上に新田が心配だった。自分のせいで彼が制裁されるのは耐えられないからだ。雅姫は尾乃田の腕を掴んで懇願した。

「お願いです。新田君には手を出さないで！　悪いのは全部私なんです。罰なら私に与えてください！」

「なにを他の男の心配しとるんや！　お前の口から他の男の名前なんか聞きたくないわ！」

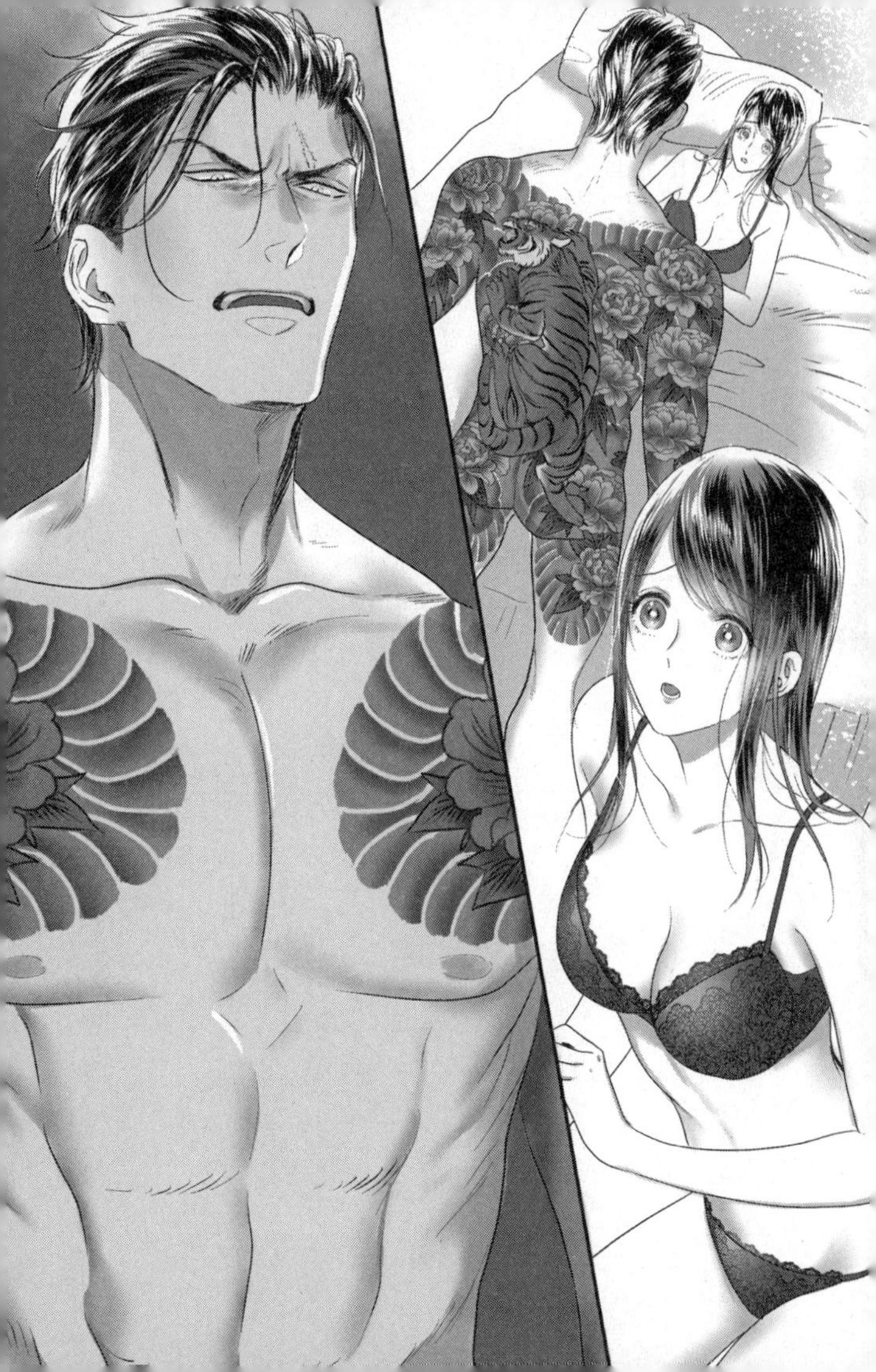

尾乃田は雅姫の身体を担ぎ上げて乱暴に寝室へ連れていく。ドアを蹴り開けてベッドの上に雅姫を投げつけた。

「キャー!」

雅姫の身体はベッドの上で大きく弾むが、グッとシーツを掴んでその場で耐えた。尾乃田は自身の着衣を乱暴に脱ぎ捨て、全裸になってベッドに乗り上がってくる。雅姫は後ずさるが、すぐにヘッドボードに行く手を遮られ、即座に捕らえられた。尾乃田は躊躇うこともなく雅姫のドレスを素手で引きちぎり、素肌を露わにしていく。晒された下着は、深紅のレース素材でできたセットアップで、色白な雅姫の肌の色と相俟って妖艶な色気を漂わせる。既に男を知っている身体は無意識にフェロモンを放出していた。

「着てたドレスといい、わざわざそんな下着を選んで店に出勤か。どこの男をたぶらかすつもりやったんや? 発情期の雌猫は!」

「違う、そんなつもりではなかったんです!」

「何が違うんじゃー! 信じられるか!」

尾乃田の目は怒りに燃え、雅姫の言葉はもう届かないようだ。

「ええか。お前が俺以外この世にいらんと理解するまで犯し続ける。ずっと、ずっとや……。二度と外には出さん!」

「いやー!!」

雅姫の叫びを無視し、尾乃田は両足を掴み左右に大きく広げる。レースのショーツは中身が透けて見え、卑裂がパックリと口を開けて尾乃田を誘う。雅姫の足の間に入り、ショーツのクロッチ部分を片側に寄せて、尾乃田はガチガチに硬くなった自身の肉棒を蜜口に宛がう。そして雅姫の目を見つめて不敵に微笑んだ。

「雅姫、今からお前が行くのは天国でもあり地獄でもある。覚悟はええか？」

尾乃田は自身の腰をグッと引き勢いをつけ、一気に雅姫の中に剛直を突き刺す。下準備されていなかったそこは、メリメリと音を出すように悲鳴を上げながら広がっていく。雅姫はあまりの衝撃に声が出ず「カハッ」と荒く息を吐いた。剛直は既に子宮口まで到達し、それでもまだ奥へと押し込まれる。雅姫は自身の臓器が、尾乃田の肉棒によって押し上げられていくような錯覚を感じていた。尾乃田はこれでもかと一心不乱に腰を振り、狭い雅姫の膣を押し広げていく。次第にヌチャヌチャと湿った音が結合部分から聞こえ、額に汗を光らせる尾乃田を喜ばせた。

「ハッ、どれほど嫌がっても、お前のココは涎を垂らして俺を咥え込むんや」

「こ、こんなの嫌です……」

尾乃田は「ハッ」と再度吐き捨てるように笑い、抽送を激しくする。小刻みに打ち付けたかと思えば、肉棒をギリギリまで引き出し、ゆっくりと根元まで蜜壺に押し込む。腰を器用に動かしながらも、両手は雅姫の柔くて大きな双丘を形が変わるほど揉みしだく。最初は嫌だ嫌だと頭を左右に振っていた雅姫も、「ハアハア」と熱い吐息を漏らす。尾乃田は雅姫を抱き上げて、ぐるっと回転させ後背位にした。雅姫は無意識に尻を動物のように突き出し、美味しそうに涎を垂らしながら淫裂で肉棒を頬張っている。

「雅姫、ええ眺めやぞ。お前の淫乱な穴がパックリと俺を咥え込んで離さんで」

尾乃田の目から丸見えの淫穴は、白く泡立った粘着質な蜜を垂れ流していた。彼はそれを指で掬い取り、指に絡めながらウットリと見つめピチャピチャと舐める。それらは全て姿見に映っており、雅姫はゾクッとしながら見つめることしかできない。尾乃田の異常ともいうべき性的嗜好は、自分の中の奥深くにある被虐性愛を擽り続ける。

――いや、駄目よ。こんなのを認めちゃ……。

雅姫は頭を左右に大きく振り、仄暗い感情を払う。すると残るのは、心が繋がらない尾乃田との乱暴な性行為。今、そこに愛はないのかもしれない。雅姫の目から雫が落ちていく。

「お前の蜜はホンマに甘い。極上や」

「……愛がないセックスなんて、嫌です！」

「愛がないやと？　笑わせるな！　雅姫、お前が俺をこうしたんや。一度灯った熱はそう簡単には収まらん！　お前は俺を受け入れると言った。なら拒絶するな！」

こんなに近くにいるのに、互いに伝わらない気持ち。快楽に喜ぶ身体とは正反対に、二人の表情は苦痛に歪んでいる。

「永遠に俺だけを見ろ。俺だけを感じろ！」

腰の動きは加速していき、雅姫は乱暴に揺さぶられていた。こんな欲望をぶつけるだけの酷い抱き方なんて望んでいない。尾乃田の激しい愛し方を受け止めると決めたが、これでは自分の心が死んでしまうと感じ涙がこぼれていく。

「イヤ――――！」

雅姫の心からの叫びが室内にこだまするが、尾乃田が腰を止めることはなかった。

＊＊＊＊

尾乃田は苛立ちから雅姫を酷く抱いた。雅姫は涙を浮かべて拒絶していたが、無視をして自分の欲望をぶちまけた。その罪悪感から、うなされるようにして目を覚ましてしまう。

全身の血が逆流し、腸《はらわた》が煮え返るほどの激しい怒り。生まれて初めて感じた凄まじい嫉妬。雅姫が案じる相手は自分だけでなくてはいけない。新田への恋心がないのは知っているし、忠誠心の高い新田が裏切るはずがないのもわかっている。しかし、湧き上がる嫉妬心は抑えられなかった。

身体を繋げるだけでは足りない。心も全て、一つになりたい。雅姫が見る相手は自分だけがいい。いっそ檻に閉じ込めて、他の男の目に映らないようにしてやろうかと考える。

しかし、そうすれば雅姫はまた、悲しみに覆われた表情を浮かべるのだろう。二度と笑顔を見せてくれないかもしれない。

——あかん。雅姫は俺の女神なんや……。この暗い世界を照らす女神。

雅姫はまだ眠っているようで、スウスウと寝息が聞こえてきた。意識が途切れるまで行為をしていた二人は、深く繋がったまま寝ていたようだ。尾乃田は男根を雅姫から引き抜き、ゆっくりと立ち上がる。

——どうすればええねん……。お前を完全に手に入れたはずが、俺の腕の間から猫のようにスッと逃げていく。何が足らんのや？

尾乃田はグッと唇を白くなるほど噛む。雅姫を愛していると毎晩囁き激しく抱くが、それを理解していないのか、フラフラと猫のように好き勝手に行動する雅姫。それに苛立ち、膨れ上がった感情を昨晩はぶつけてしまった。

できることならなるべく極道の世界に関わらせるのは避けたい。雅姫は尾乃田の世界を照らす女神なのだから。

しかし、男を惑わすような服を着て、のこのこ会合に現れて柴元に顔を晒した雅姫。そして触れられた……。そのときの光景を頭に浮かべた瞬間、腹の底から突き上げてくる熱が全身を巡り、尾乃田の理性を内側から焼き尽くしていく。さっきまでの罪悪感は、嫉妬心によって跡形もなく消え去った。

「柴元に触られた身体を消毒せんとあかんな……」

　ニヤリと妖しく笑う尾乃田は、寝ている雅姫の身体を見ながら舌舐めずりをした。

　雅姫は淫猥な夢を見ていた。大きな影が自分の全身を舐め回している。触れていない場所はないのではないかというほどに、生温かい舌は雅姫の身体の上を動き回っていた。夢の中で雅姫は小刻みに震え、微弱な快楽さえ感覚を研ぎ澄まして貪る。

「んぅ……、あぅ……、いぃ……」

　夢の中で発した言葉が、なぜかはっきりと耳に入ってくる。雅姫はゆっくりと覚醒していった。オレンジ色の空が窓から見え、朝だと脳が認識する。雅姫は目の前の大きな影に少しずつ焦点を定めていく。その影は寝ている雅姫の片足を持ち上げて、足の指を一本一本ねっとりと舐めていた。

「雅姫……、やっと起きたか。待ちくたびれたで」

　大きな影が三白眼を光らせて雅姫を見つめる。

「尾乃田さん……。足の指なんて汚いですよ……」

「……お前の身体を消毒しとるんや。汚い奴に見られ、触られた場所をな」

　恍惚の表情をした尾乃田はゆっくりと立ち上がり、ベッドサイドテーブル上の器に入っている「何か」を手に取る。少し湿った巨大なものは何だか卑猥な形をしていた。

「熊本《くまもと》の知り合いに頼んで作ってもらったんや。俺に合わせた特大サイズや。お前にもピッタリやろ？　淫乱な雌猫は特大サイズがお好みやからな」

強大なそれを尾乃田は笑いながら顔の横で振っている。

「お……尾乃田さん、そ、それは何ですか？」

「肥後《ひご》ずいきや。聞いたことないやろ。お前のマ〇コに入れる日本古来のディルドーや」

雅姫は「ヒッ」と声を上げベッドの上で震え出す。明らかに自分の淫口より大きく極太なものを入れられる光景を想像しながら、頭を左右に振って抵抗する。しかし雅姫の秘部はクチュッと小さく音を立てて、何かを期待しているようだった。

尾乃田は後ずさる雅姫の片足を掴み自身に引き寄せる。嫌がる雅姫は必死にシーツを掴むが、意味はなかった。尾乃田はベッドに仰向けになった雅姫の片足を彼女の肩へと密着させ、蜜口が天を仰ぐ体勢にする。そうして肥後ずいきをグッと蜜口に押し付けながら、三白眼を妖しく光らせて雅姫を見つめた。

「なぜ拒む？　今流行の天然素材や。この肥後ずいきから出るサポニンっつうのに媚薬効果があるらしい。俺の子猫がよがり狂うのが楽しみでしゃあないわ」

嫌だ嫌だと呟く雅姫を無視して、尾乃田は肥後ずいきをグリグリと蜜肉の中に押し込んだ。

強大なそれはメリメリと膣肉を押し上げて進む。あまりの大きさに雅姫は一瞬息をするのを忘れてしまったほどだ。

「嫌だ、本当に止《や》めて！」

雅姫は叫び声を上げて尾乃田を何度も激しく蹴った。そんなことではビクともしない尾乃田だが、雅姫が初めて見せる身体を使った必死の抵抗に怯み、手を止める。

「な、なんでや？　俺を受け入れんと拒否するんか！　昨日もそうや……」

「そうじゃない！　こんなすれ違ったままで抱かれるのは嫌なんです」

「……すれ違い？」

肥後ずいきを抜いた尾乃田は、雅姫を見つめたままゆっくりと動き、威嚇するように顔を近付ける。

「ホステスのバイトは辞めろと言ったはずや。その約束を破ったのはお前やで。俺から逃れるために他の男を漁りに行ったんやろ？　それに、男を誘惑する服を着て柴元に触られた！」

それを聞いて雅姫は苦しみに胸が締め付けられるような気がしてくる。尾乃田は完全に誤解していた。自分が彼から離れていくなどあり得ない。全くの勘違いで怒っているのだから。

「違います！　私がホステスのバイトをしたのは、尾乃田さんに自分で稼いだお金でクリスマスプレゼントを買いたかったから！　大好きな尾乃田さんを内緒で喜ばせたかったの……」

「は、はあ？」

驚いたような尾乃田は、持っていた肥後ずいきをぼとりと床に落としていた。そのまま暫く口を噤んで固まり、それからゆっくりと右手で口元を覆い隠す。雅姫の言葉に動揺したのか、少し目線を下げ耳まで赤くしていた。

「お、俺のために……なんか？　ホンマに他の男を探してたんやないんか？」

「他の人なんて探してない……。でも、本当に勝手なことをしてごめんなさい」

雅姫の心からの言葉を聞いて、尾乃田は「そうやったんか」と顔を隠したまま呟く。雅姫は何だか彼の隠している顔が気になって、手を無理に引っ張ってみる。すると「や、止《や》めろ」と拒否されるが、その顔は喜びに溢れているようだった。

「あ、可愛い笑顔になっている。嬉しいんですか？」

「五月蝿い。しゃあないやろ、お前が俺のために稼ぐとか、可愛いことを言うからや！　でも最近は、俺と一緒にいても嬉しそうじゃなかった……」

雅姫は両手をスッと伸ばして尾乃田を抱きしめる。自分の軽率な行動が彼を不安にさせたのだから。

「それは……、親に尾乃田さんのことを全部話せていないし、嘘を吐いていることに後ろめたさを感じて。涼子とも疎遠に……。だからって他を探していたわけではないです」

雅姫は尾乃田の頭を優しく撫でて、そっと額に唇を落とす。ヤクザの尾乃田が雅姫の一挙一動に振り回されて、我を忘れる様《さま》は何だか心地いい。どれだけ自分のことを愛しているのかと、胸に温かい何かが湧き上がってくる。しかし、それにはちゃんと応えないといけない。愛は貰うだけではなく与えなければいけないのだから。

「私のことが好きすぎる貴方が大好き……。もう、他に何もいらない。尾乃田さんさえいればいい。不安も消え去ってしまう」

雅姫は胸の中にいる尾乃田を見つめて誓う。自分がここにいる理由は尾乃田を愛しているから。もう、何も迷わないと。

――友達も、家族でさえ私たちを祝福しなくてもいい。私にはこの人だけだし、この人には私だけだから。この愛を貫くには犠牲がつきものなんだから。

何かを吹っ切った雅姫は、「尾乃田さんの全てを受け入れる」と伝えた。

今の尾乃田にとって、雅姫の存在そのものが酸素に近い気がする。もし雅姫が側にいなければ、息ができず死んでしまう。

自分でも狂っていると思う。年若い堅気の女に惚れ込んで、我を忘れて嫉妬に狂い、欲望をぶつけてしまうのだから。もはや雅姫は尾乃田にとって永遠に手放せない存在になっている。

「お前が俺の側からいなくなることは、俺の死を意味する。この薄汚い世界を照らすお前が俺には必要なんや。お前が俺から離れて他の男のもとへ行くようなことがあれば、俺はお前を殺して自分も死ぬやろう」

そう告げる尾乃田は、苦しそうに顔を歪めて雅姫を正面から見つめる。「IF《イフ》」の世界を想像して、存在しない架空の男に嫉妬心を燃やしてしまう。「雅姫は永遠に俺のものや……」と呟きながら拳を固く握った。

そんな尾乃田の告白を聞いていた雅姫は、心臓をギュッと鷲掴みされたように胸が痛んだ。興奮が身体中を駆け巡り、心臓で爆発したようだ。こんな激しい愛の告白を受け入れる女はそうそういないかもしれない。尾乃田には自分が必要で、自分にも尾乃田が必要だ。彼に恋をしてから、今まで感じたことのない感情を知った。キラキラ輝く恋だけが全てではない、身を焦がすような情熱もまた恋だと。

尾乃田の三白眼に激しい炎が見える。雅姫は「綺麗……」と消え入りそうな声で呟くと尾乃田を抱きしめた。彼の愛は乱暴で雅姫を傷つけるものかもしれない。普通の愛し方を知らない虎は、牙を剥きだしにして飛びかかってくる。しかし雅姫はそれさえも全て受け止めたい。雅姫にとって尾乃田は全てだから。

「……抱いてください。私の中も外も貴方の色に染めて欲しい。私は貴方のもの、そして貴方は私のもの――」

その言葉を聞き、尾乃田は雅姫の唇に激しく吸い付く。貪るように、全てを支配するように。

「ああ、抱いたる。お前がもういらんと言っても止《や》めん。何度も何度もお前の中に精を吐き出して、内臓までも浸食してやる……」

反り立った男根を片手で触りながら、尾乃田が熱い視線を雅姫に投げかける。

先程肥後ずいきを入れられた雅姫の蜜壺は、サポニン効果でグッショリと濡れていた。少し痒いような不思議な感覚は、雅姫の中の官能を引きずり出す。

「さあ、俺を受け入れてくれ……」

ズブッという音と共に、肉棒が深く身体に沈んでいく。雅姫は「あぁぁ！」と声を上げながらそれを受け入れた。尾乃田は味わうように腰を振り、雅姫の中をかき混ぜる。クチョリクチョリと卑猥な音が奏でられ、雅姫の口からハアハアと熱い吐息が漏れ出す。

「そうや……、お前は俺に応えてくれる……。中も外も……」

尾乃田は腰を大きくグラインドさせて雅姫の中をかき混ぜた。きっちりと隙間なく埋まっている肉棒のせいで、雅姫の身体まで一緒に動いていく。

様々な体位を楽しんだ二人は、最後は正常位で抱き合った。そして尾乃田はゆっくりと自身の肉棒の抽送を速める。次第に単調な動きになり、吐精が近いことを雅姫に知らせた。

「い、一緒にイキたい……！」

「ああ、一緒にや……」

尾乃田の怒涛の腰の動きは雅姫の身体を大きく揺さぶった。ハアハアと激しい息遣いが室内に響く。

「……ま、雅姫、愛しとる」

尾乃田は絞り出すように囁き、雅姫の唇を貪り出した。自身の舌を使って雅姫の口内を情熱的に犯していく。舌を絡ませ唇に噛み付き、歯列をなぞった。

ようやく離れた唇から、「くぅっ！」と低い声が漏れ、雅姫の子宮口に白濁の大砲がぶち当たる。同時に雅姫も絶頂を迎えて、ビクビクと身体を震わせていた。

愛する人からもたらされる喜びは、何物にも変えられない。絶頂に震える二人の身体と心は今、一つになっていた。

「尾乃田さん、私も愛して……ます」

雅姫の返事は尾乃田を笑顔にした。そう、雅姫の好きな三白眼を下げた笑みだ。

その後、尾乃田の剛直は萎《な》えることもなく何時間も硬さを保ったままで、結局、二人の淫らな行為は翌日の昼近くまで続くのだった。


その後、二人は夕方まで睡眠を貪った。とてつもない疲労で雅姫は目が覚めても起き上がることができないほどだ。フラフラで立てない彼女を抱きかかえて尾乃田は浴室に移動する。

浴室で隅々まで雅姫を優しく洗い、抱っこして湯船に浸かった尾乃田は、起きてからずっと顔が緩みっぱなしだった。

風呂から出てタオルで優しく雅姫を包み水気を拭き取る。続いてクローゼットから下着を選び雅姫に着せていく。もちろん選んだ下着は性行為を目的に作られたであろう、クロッチ部分がパックリと開いたショーツと、着ける意味があるのかと抗議したくなるような乳首しか隠せないブラジャーだ。気力のない雅姫は「うーん」と一瞬声を上げたが、何も言わずに大人しくそれらを着せられていく。

雅姫をリビングのソファーに座らせ、尾乃田は夕食を作り出す。雅姫との愛が深まったことで、上機嫌な尾乃田は鼻歌まで歌い出したが、高柳からの着信を示すスマートフォンに応答すると、顔色がみるみる変わり、機嫌は地まで落ちていく。

「あのクソジジイ！　やりやがったな！」

尾乃田の地を這うような怒声に、ぐったりしていた雅姫も飛び上がった。

「雅姫、緊急事態や。暫く家から一歩も出るな！　俺は当分の間は帰れん」

尾乃田は料理も途中で投げ出し、慌ててスーツに着替える。心配そうな雅姫は、まだしっかりと立ち上がれず、クローゼットまで匍匐前進《ほふくぜんしん》で辿り着き尾乃田に尋ねた。

「何かあったんですか？」

「組長《オヤジ》が急死した。腹上死や。爺《じじい》のくせに何日も無理矢理クスリでチ○ポ勃たせて腰振っとったらしい。どうやら誰かが怪しいクスリを組長《オヤジ》に使わせたんやろうな」

尾乃田はその「誰か」を知っている。雅姫はこの出来事がどんな事態を引き起こすのか、今の時点ではまだ理解できていなかった。

＊＊＊＊

尾乃田が常磐会組長の死を知った頃、神戸の西の端、郊外の山間地帯にある、窓が一切ない鉄筋コンクリートの大豪邸では、女たちの嬌声が地下室から漏れ聞こえていた。この豪邸は若頭補佐柴元の自宅。周囲には物々しく防犯カメラが設置してあった。

不気味な地下室では脂ぎった柴元が腰を一心不乱に動かしている。部屋には目も虚ろな女たちが床に三人転がっており、そのうちの一人は口から泡を吹き気を失っているようだ。別の一人は柴元の真珠入り肉棒を陰部に咥え込んでいた。女は涎をダラダラと垂らし、見るからに正気ではない。それは雅姫がＭｏｏｎｌｉｇｈｔ Ｓｏｎａｔａで会った璃子だった。

璃子は意識がなくなったのか、人形のように床に倒れ込む。それを無視した柴元が「おおおお！」と唸ると同時に、璃子の中に白濁を吐き出した。ブルッと震えながら、自身の肉棒を蜜穴から抜き取り、テーブルの上に置いてあるカラフルな錠剤を飲み込む。すると柴元の陰茎の血管がボコボコと浮き出て、再度ビキビキと硬くなってくる。

既に意識のない璃子を無視して、またもや肉棒を突っ込み、気がすむまで腰を振る。そして何度も吐精した柴元は、ようやく満足したのか地下室からのっそりと出ていく。地下室の出口には側近が立っていて、お待ちしておりましたと柴元に告げた。

「常磐会組長が亡くなりました。計画通りです……」

「おお、そうかそうか！　ついにワシの時代が来たか！」

満悦の表情で柴元がほくそ笑む。

「ほな、本部にまいろか〜。あ、地下の女らはなあ、もう使いもんにならん。壊してもうたわ。悪いけど、いつも通り始末しといてんか？」

柴元は足取りも軽くシャワーを浴びに浴室に向かうが、思い出したかのようにふと振り返り、側近に「そやそや」と告げた。

「アイツらに、もっと質のええセックスドラッグを作れって言うといてくれるか？　今回持ってきたもんは粗悪品や。ワシは組長《オヤジ》みたいに死にたくないからな〜。折角、大目に見たっとるねんから」

「その件ですが、尾乃田若頭が製造場所を手あたり次第に潰しているみたいです。奴らも場所の確保に四苦八苦だそうで」

「尾乃田か……。ホンマに邪魔な存在やなあ〜。そろそろアイツも潰さんとあかん」

ニヤニヤ笑いながら柴元は浴室のドアを乱暴に閉めた。

＊＊＊

尾乃田が出かけてから一週間が経っていた。十一月になり、美しい紅葉《こうよう》が住吉の家のベランダから見える。これを彼と一緒に見られないのは残念だと、寂しそうに雅姫は外に植えられた紅葉《もみじ》の木を見つめていた。尾乃田の言いつけ通り外出はしていない。大学も欠席しているので、単位が心配になる。あまり長い間は欠席できないので、そろそろ登校したいが、尾乃田は「少し待て」と言い許可してくれない。

雅姫は新田ともLINEを通じて連絡を取った。彼の状況も心配になって尋ねるが、新田は「大丈夫！　気にせんといて！」と言い、いつも通りの軽口を返してきていた。しかし、住吉の家に来るのは新田とは別の男で、雅姫に食事を運んできては帰るだけで会話もない。新田のことを聞いても「謹慎中です」とだけ答える。

「これっていわゆる監禁生活よね？　うーん、そろそろ外に出たい！」

家の中をグルグル歩き回る雅姫は、自分が同じところを回るハムスターになった気分だ。

「気分転換にテレビでも観よう！」

適当にチャンネルを変えていると、ふとニュース番組が雅姫の目に留まる。

「璃子……ちゃん？　うそ……！」

テレビ画面に映っている写真の女性はホステスのバイトで会った璃子。その写真は笑顔で明るい。しかしテロップには悲しい言葉が添えてある。

『遺体が見つかった富田瑠璃子《とみたるりこ》さん二十二歳』

璃子もとい瑠璃子は全裸で神戸市北部の端の山林で発見されたらしい。人が滅多に入らない山道に、キノコ狩りの男性が迷い込み偶然発見したとテロップが続く。遺体の様子から、事故と事件の両方で捜査しているとニュースキャスターが伝えていた。雅姫は慌ててスマートフォンを使いニュースの詳細を調べるが、テレビで流れていた情報以上のことはわからなかった。

瑠璃子とはあの日店で会っただけで、連絡先も知らない。しかし、たった数時間でも意気投合した相手だ。もしあのまま尾乃田に家に帰されなければ、彼女とは友人になっていたかもしれない。しかし瑠璃子の事件はそれ以上テレビで続報が流れることはなかった。


尾乃田が家に帰らなくなり二週間が過ぎた頃、住吉の家に新田が食事を持って現れた。

「新田君！　会いたかった、本当に会いたかったの！」

涙を流しながら新田を室内に迎え入れた雅姫は、彼の両手を確認する。ちゃんと指は十本あった。雅姫はホッとして、新田の両手に頬擦りする。

「こらこら！　カシラにバレたら今度こそ殺されるわ！」

新田は苦笑いしながら両手を引っ込めた。しかし両手は無事でも、見れば痛々しい打撲痕が至るところにある。目視できるだけでも顔と腕に。洋服で隠れているが、胴体にも存在することは想像できた。組からの制裁痕だろう。

「新田君、本当に申し訳なかったです。私のせいでこんな目に――」

「雅姫ちゃん。見逃した俺の責任やから気にするなって。まあ、今度から俺をどこでも連れてってな」

ニカッと笑う新田の前歯が少し欠けている。その笑顔を見て雅姫は胸が締め付けられた。

——もう絶対に新田君をこんな目にあわせない！

そう雅姫は誓い、新田を見つめた。視線に気が付いた新田は「なんや？」と笑っている。

監禁生活は既に二週間も続いていて、電話で尾乃田と話す以外は誰とも会話していなかったので、新田との会話を心底楽しむ。話し上手な新田は雅姫を笑わせ、良い気分転換になった。

尾乃田も雅姫のために仲の良かった新田を差し向けたのだろう。

「カシラは本部に籠もりっきりやねん。組長の葬式が終わって、次の組長は誰やって幹部連中が連日会議しとるんよ」

「そんな大変なことになってるんだ」

雅姫に極道のしきたりはよくわからないが、次期総理大臣を国会で決めるような光景を想像して「いや、ちょっと違うな……」とクスッと笑う。

「雅姫ちゃんも寂しいやろうけど、我慢してな。その代わりに俺がおもろそうなお笑いのディスク持ってきたから、これ観て暇つぶししてて」

新田は「お笑い怪獣の笑わせまっせ二十四時間耐久」や「絶対に笑ってもいいポリスアカデミー」などの人気作を雅姫に手渡した。

「ありがとう！　助かるわ」

雅姫は笑顔で受け取りつつ、「できればコント集も観たかったな」という心の声は内緒にした。

＊＊＊＊

尾乃田は神戸市中央区にある常磐会本部にいた。常磐会本部は兵庫県警《ひょうご》のビルの目と鼻の先にあり、連日警察官が周辺の警備に大量に駆り出されていた。組長急死に伴い、次期組長を早急に決めないといけない状況で、警察は仲間割れなどを警戒しているのだろう。実際、組内は真っ二つに分かれていたのだから。若頭の尾乃田を次期組長にと推す者たちと、柴元若頭補佐を推す者たちだ。

尾乃田派は、尾乃田のカリスマ性と円滑で圧倒的な資金力を挙げる。柴元派は、柴元の年齢や組長との兄弟杯を挙げ、一番近しかったことを理由にしていた。それに尾乃田は若頭に就任したばかりで若すぎる。尾乃田自身は柴元にだけは常磐会組長を任せたくない思いがあった。自分の利益のことしか考えない男に組の運営をさせれば、沢山の組員が路頭に迷う。組長の座には興味はないが、柴元の組長就任だけはどうしても避けたい。

そんなやり取りで幹部連中は二週間も本部に缶詰めだった。幹部たちに疲労の影が見え始める。尾乃田も無駄な会合をさっさと終わらせて雅姫のもとに帰り、あの柔らかい身体を包み込みたいと、溜め息を吐き窓の外の紅葉を見ていた。こんなことが起きなければ、今頃二人で紅葉観光をしに京都にでも行っていただろう。清水寺《きよみずでら》の紅葉は今が見頃だ。ああ、高台寺《こうだいじ》も良いなと妄想に耽っていると、しわがれた声が尾乃田を現実に引き戻した。通路の方から一人の男が慌てて走ってくる。

「か、カシラ！　平畏組総本部からの使者が来よりました！」

「チッ、跡目がすぐに決まらないことに、痺れを切らしたか……」

その後に物々しい人だかりを連れた使者の男が現れる。男は総本部の執行部で常磐会組長と同列だった男だ。跡目が決定しない現状に苛立った本部は、実力行使に出たのかもしれない。

「尾乃田、久しぶりだな。今日は本部から重要な話がある。全員集めてくれ！」

尾乃田は使者に「了解しました」と告げて組員に招集をかけた。


ザワザワと騒がしい大広間に、常磐会の幹部と中堅の組員が集まっている。みんな口々に何が発表されるのかと噂しており、緊張の面持ちだった。それもそのはず、新しい組長のせいで全てが変わる可能性もあるのだから。騒々しい広間に尾乃田が現れると、全員が黙り、室内が無言になった。その後に柴元が現れたのだが、明らかに勝ち誇った顔をしている。尾乃田は瞬時に悟った。「しまった！」と。柴元は古株だ。きっと自分の人脈を駆使して総本部に何か働きかけたのだろう。使者の男が続いて姿を現し、中央の上座《かみざ》にどかりと座り書状を読み上げる。

「常磐会の次期組長について、平畏組総本部より通達がある」

シーンと静まり返った広間に書状を開く音が響いていく。

「常磐会次期組長は空席とし、柴元若頭補佐を組長代理とする。尾乃田若頭はそのまま若頭の地位に就き、柴元組長代理を補佐すること」

広間がザワザワと騒がしくなるが、使者の男が大きく咳払いをし、一同を黙らせた。

「若く経験も浅い尾乃田若頭は、まだ精進せねばならぬことが多い。その点、柴元若頭補佐は経験もあり人望もある。尾乃田若頭が組長に相応しく精進した暁には、尾乃田若頭を組長とする。それまでは柴元組長代理を組長と同等に扱うこと。これは決定事項で変更は許されない。以上」

広間はワーッと大きな歓声と共に「柴元組長代理、万歳！」とあちこちで声が上がる。柴元は満面の笑みで立ち上がり、尾乃田のもとに向かって歩いてきた。

「尾乃田、代理いうても組長や。俺によう仕えろよ！」

尾乃田は拳を強く握った。その手からは血が滲んでいたが、平静を取り繕って笑顔で返す。

「柴元組長代理、おめでとうございます！」

勝利に酔いしれる柴元を残し、尾乃田は本部を後にした。

＊＊＊

ようやく尾乃田から家に帰ってくるとスマートフォンに連絡が入る。雅姫はウキウキで室内の掃除を始めた。家政婦が週三で掃除に来るので室内は綺麗だが、それでもいても立ってもいられず、何かをして気を紛らわせたかった。

ドアの鍵が開く音がすると、雅姫は飛ぶように玄関に行く。ドアの隙間から見えてくる尾乃田を見て、雅姫の表情は一気に晴れやかになっていく。

「お帰りなさい！　尾乃田さん」

「ただいま、雅姫。長い間、留守にして悪かったな」

「寂しかったけれど、もう大丈夫……」

雅姫はギュッと尾乃田に抱きついた。尾乃田もきつく抱きしめ返し激しく唇を貪る。久しぶりに味わう雅姫の口内と唾液の味を堪能し、雅姫も同様に尾乃田の煙草の味がする唾液を味わいながら、ゆっくりと頬を紅潮させていく。

玄関口で雅姫のショーツに手を潜らせようとした彼を優しく制止しながら、「続きはベッドで……」と伝えた。「煽るなよ」と耳元で囁く尾乃田は、既に勃ち上がった剛直に雅姫の手を持っていき、服の上から形を確かめさせる。久々に触れる強大な逸物は雅姫の思考を鈍らせた。

「早く、欲しい……です」

「ああ、思う存分くれてやる。中にも外にも……」

尾乃田は雅姫を軽々と担ぎ上げて、大股で寝室に向かっていく。そのまま二人は翌朝まで部屋から出てこなかった。

十一．禁断のプレイ

「ねえ、新田君。尾乃田さんに渡すクリスマスプレゼントは何がいいと思う？」

昼食を運んできた新田に雅姫が尋ねる。今日の昼食は南京町《なんきんまち》にある有名店の中華だった。雅姫は未だに行動を制限されていて、新田が付き添えない場所には出かけることもできない。大学も女子大なので新田が中に入れないということで禁止されていた。

「え、そりゃ〜、雅姫ちゃん自身やろ？　自分にリボンでもつけて『食べて』って言えば最高やんか！」

新田の方を見ながら雅姫は冷たい表情で「馬鹿じゃないの」と吐き捨てる。確かに尾乃田が一番喜びそうな案だが、もっと普通のカップルのようなプレゼントを渡したい。

「カシラは雅姫ちゃん命やしなあ。まあ、雅姫ちゃんがくれるものは何でも喜ぶと思うで」

「……命なの？」

「もう『雅姫が〜』って事務所でもずっと言ってて、組員みんな『はいはい』って感じやで。こんなカシラは初めて見たって古株の人が教えてくれてん」

雅姫はその様子を想像してクスッと笑い出す。頭の中では、三頭身の尾乃田が「雅姫〜！」と言っている側で、お母さん役の高柳が「お仕事が終わってからですよ」と窘めている。

「ねえ、ブランド物のネクタイとかマフラーとかは？　軍資金的にそれが精一杯なんだけど」

「ああ、ええんちゃう？　買いに行くの付き合うで」

新田と二人で元町の居留地に行くことにした雅姫は、クローゼットからちょっと大人びたデザインの服を選ぶ。高級ブランドショップに出かけるので、門前払いされないようにと。尾乃田に買ってもらったブルージーンカラーの鞄を取り出して、普段使いの鞄の中身と入れ替える。折角貰ったものだったが、若い雅姫が持つには少し早い気がして、ずっとクローゼットに置いたままになっていた。

「これで門前払いはされないかな？」

雅姫は恥ずかしそうに姿見の前で、ファッション雑誌のようなポーズを決めて笑ってみた。それを廊下から覗いていた新田が「ファッションショーなん？」と声をかける。「覗くなー！」と雅姫は新田をポカポカと叩いてから、二人で笑い合った。

尾乃田は十二月に入ってから組の行事の采配で多忙を極めていた。柴元の組長代理就任お披露目会、年末総会に新年会の手配もある。なるべく毎日自宅には帰るようにしていたが、深夜や早朝に帰宅して昼前には家を出なくてはいけなかった。しかし、どんなに疲れていても尾乃田は雅姫を愛でることを忘れない。既に寝入っている雅姫に抱きつき、自分も一緒に眠る。目が覚めてから二人で絡み合い、尾乃田は雅姫の中に白濁を放出する。そのまま二人でシャワーを浴び、浴室でもう一度抱き合う。

「んぁ……、いぃー！　もっと、もっと突いてください……」

尻を突き出し必死になって雅姫は浴室のタイルの壁を掴む。そんな雅姫の尻を持って激しく腰を振る尾乃田は、自身の肉棒をギリギリまで引き抜き、一気に中に突き刺した。

「いいいいぃ！　それ、いい！　もっとー！」

尾乃田は雅姫のリクエストに応えて同じ動作を何度も繰り返す。グチョグチョと音を出しながら、蜜塗れの肉棒が卑猥に蜜壺から出入りする様《さま》を、尾乃田は恍惚の表情で見つめた。

「ほんまに、ええ眺めや。雅姫のマ○コのビラビラがよう見えるで……」

尾乃田の指がゆっくりと雅姫の尻の上を這い、その中心にある小さな堅い蕾に触れた。

「キャー！　いやー！　そこは駄目……」

ビックリした雅姫は制止しようと、自身の後孔を片手で押さえる。無論そんなことは尾乃田が許さない。すぐに雅姫の両腕を後ろ手に捕まえた。

「何しよるんや、雅姫。あかんやろ？」

クックッと尾乃田は笑いながら、雅姫の後ろの蕾への刺激を再開する。

「そろそろ、こっちも開発していかんとあかんなあ」

「いやー！　そんなところ……汚いです」

「俺はな、お前が経験する全ての初めての男になるんや。ココの初めても俺のもんや……」

そう言って尾乃田は極太の指の第一関節まで後孔に沈めていく。尾乃田の剛直はまだ雅姫の中に入ったままだ。

「嫌だ……抜いてください……。変な感じがするの」

尾乃田は指をゆっくりと深く後孔に侵入させながら、自身の腰の動きも再開した。腰をパチュンパチュンと打ち付け後ろの蕾を指で刺激していく。尾乃田の指がグッと後孔の中の壁を押しながら中から肉棒に触れる。

「い――――い、ひぃい――！　だめー！」

今まで味わったことのない感覚なのだろう、雅姫は絶叫するのと同時に軽く達した。その様子を興味深く見て、尾乃田は満足そうに三白眼を下げて笑う。

「思った通りや。お前はこっちでも感じられる。やはり俺好みの淫乱な子猫やなあ」

剛直の抽送を速め、後孔の指の動きも速めた。既に自由になった両手で雅姫は必死に壁を押さえている。尾乃田は尻に激しく腰を打ち付け、野獣のような雄叫びを上げた。吐精する寸前で雅姫の中から男根を引き抜き、少しだけ開いた後ろの蕾に、亀頭の先端をグッと押し付け吐精した。雅姫の後孔の中に勢いよく白濁が放出される。

「ああ、あつい……」

雅姫は恍惚の表情で、未開の場所で白濁を受け止めている。全部出し切り尾乃田は満足げに口を開いた。

「今日は取り敢えずマーキングだけや。これからゆっくりココを開発していこな……」

雅姫の後ろの蕾からクプクプと垂れてくる白濁を眺め、満足そうに漏れ出たものを指で蕾に押し込む。そして「最後の仕上げ」と言いながら、大きく口を開けて雅姫の尻に噛み付いた。

＊＊＊＊

クリスマスが一週間後に迫ってきていた。雅姫は既に尾乃田へのプレゼントを用意している。新田と先日居留地に出かけて購入したのだ。もちろん、尾乃田の愛用の高級ブランド、オレンジ色のショッパーが有名な店舗で……。

店員に門前払いされないかと雅姫はビクビクしていたが、予想以上の丁重な接客にえらく感動し、思わず自分用にもお揃いのマフラーを買ってしまった。店員は最初新田が雅姫の彼氏だと誤解していたが、新田が全力で否定したので、困惑しながらも納得していたようだった。側から見れば二人は仲の良い歳の近い恋人同士にしか見えないのだろう。

新田が組の制裁を加えられてから、前以上に二人は親密になった。そこに性的な意味はない。新田には身を挺してでも雅姫を守るという忠誠心が芽生えているし、同時に友情もあった。雅姫も新田に絶大な信頼を寄せている。

尾乃田も雅姫にプレゼントを用意していた。二人にとって初めての大きなイベント。雅姫の誕生日は出会う前の四月だったし、尾乃田の誕生日も二人が親密になる前の五月だった。何か思い出に残るものということで、芸能人が婚約指輪を購入したことで有名なハリー・ウィンストンに行き、雅姫に似合うダイヤのペンダントを注文することにした。

「おい、高柳！ どれが雅姫に似合いそうや？」

尾乃田はハリー・ウィンストンの個室でダイヤのペンダントを何種類か並べて見ていた。女性店員が手袋をはめた手で次々とペンダントを置いていく。

「雅姫さんにはどれもお似合いだと思いますが……」

「それじゃわからんやろ。はっきり言え、どれがええ？ あ、そうか、お前やったらどれを俺から貰いたい？」

高柳が一瞬たじろぎながら「自分が欲しいもの……」と考え、少し顔を赤らめて続ける。

「ペンダントではなく、ゆ、指輪が欲しい……です」

尾乃田は高柳をジーッと見つめる。高柳は目線を逸らし更に顔を赤くしていた。

「いやー、お前。指輪はまだ早いやろ？ そりゃ〜、結婚を考えてへんわけやないけどな」

尾乃田も口をモゴモゴさせ少し頬を紅潮させる。こんな表情の尾乃田は、人気ゲームのレジエンドモンスター並みのレアさかもしれない。

「まあ、それよりや。お前そんなに指輪が欲しいんか？　ええぞ、日頃の感謝や！　好きな指輪を選べ！」

「え？　いえいえ。そんな……、滅相もないです」

「遠慮するな！　あ、でも結婚指輪みたいなんしかなさそうやな――」

尾乃田が指輪のカタログをペラペラと捲る。そしてふと目に留まった黒いリングを指差す。

「これなんかお前に似合いそうやな。一粒のダイヤが埋め込まれとってええやんか」

どうやら結婚指輪のようだったが、その黒いリングは細く長い高柳の指に似合う気がした。

「そちらは店舗にありますので、すぐにお持ちいたします」

女性店員が個室から出て指輪を持って戻ってきた。どうぞこちらへと案内されて、高柳は尾乃田と並んでソファーに腰かける。女性店員に指にはめてもらい、高柳はウットリと指輪を見つめた。なぜか左手の薬指にはめられたのだが……。

「よう、似合ってるで！　お前の細い指にな。じゃあ、これとさっき見せてもらった向日葵《ひまわり》のダイヤのペンダントにするわ」

尾乃田は上機嫌で支払いをする。高柳は嬉しくて嬉しくて、少し顔を上気させながら涙ぐむ。

「カシラ、一生ついていきます！」

「おお！　お前のことは信頼しとる。一生俺についてきてくれよ」

尾乃田は高柳の頭を大きな手で撫でる。撫でられた高柳は夢心地な表情をしていた。

一方、全てのやり取りに聞き耳を立てていた担当女性店員、側に控えていた別の女性店員たちは、心のカメラで二人の様子を激写した。その日から暫く、この出来事が店内で話題に上ったのは言うまでもない。尾乃田と高柳は女性店員たちに「流行りの話題」を提供し、この出来事は高柳と女性店員たちの記憶にずっと残ることとなる。


尾乃田が雅姫に選んだ向日葵型にデザインされたダイヤのトップ付きペンダントは、尾乃田の中の雅姫のイメージにぴったりだ。向日葵のように日光の下が似合う屈託のない笑顔。雅姫は純粋無垢で、汚れた自分がどんなに激しく抱いて中も外も汚そうと、曇り一つないキラキラ光るダイヤのまま。

――早くお前にこのダイヤを渡したい。裸にダイヤだけのお前を貪りたい。俺に抱かれて赤く染まる肌にダイヤが輝く……、俺の愛しい雅姫。

尾乃田はそのときを想像してゴクリと生唾を呑み込んだ。


十二月二十三日。

朝方まで激しくもつれ合う二人の行為は、時間になっても出てこないことに痺れを切らした高柳によって、また中断させられた。

二人の結合部分が丸見えの状態なのに、いつものように顔色を一切変えない高柳。尾乃田は「面白くない」と不満顔であった。もしかして、わざと高柳に見せるためにやっているなら質《たち》が悪い。雅姫は尾乃田の背中を枕でボンッと叩く。すると彼はいつものように前を隠すこともせずに、雅姫の蜜で濡れそぼった男根を揺らして浴室に向かうのだが、その姿を高柳がしっかり目で追っていることを雅姫は知っている。尾乃田は気が付いていないのだろうかと不思議でしょうがない。

「今はちょっといろいろと立て込んでいてな、帰るのは明日の夕方になると思う。クリスマスイブはハーバーランドの家で過ごすんはどうや？　夜景も綺麗やしな」

「わー、素敵！　楽しみにしていますね」

雅姫の笑顔は尾乃田にとって最上級の媚薬のようで、気分が高揚したのか再度ベッドに押し倒してきた。そんな尾乃田に「……カシラ！」と高柳が釘を刺す。それに「わかっとるわ！」と答え、何を想像しているのか妖しく笑う。「クリスマスは覚悟しておけよ」と言いながら、雅姫の唇を優しく嬲《なぶ》り暫く堪能して、笑顔で高柳と住吉のマンションから出ていった。彼らが部屋から出ていくのを見届けて、雅姫は新田に連絡する。

「新田君！　サエさんの店に行きたいの。連れていって！」

『オッケー！　三十分後に』

雅姫は時間通りに到着した新田と一緒に、新田の恋人のサエの下着専門店に向かった。

「雅姫ちゃん、いらっしゃ〜い」

明るいサエは笑顔で雅姫を迎える。店内はクリスマス一色だ。クリスマスに恋人同士が楽しめるようにと、特別仕様の下着の展示もしており、雅姫はそれを横目で確認して赤面する。ショーツがキャンディーでできているものもあり、「甘い性夜を」とのポップが可愛いイラストと共に展示してあった。新田がニヤニヤしながらその下着を手に取って、「これ、サエ着てくれへん？」とお願いし、「はあ？」と真顔で断られていた。

「クリスマス用に、少し……セクシーな下着が欲しくって――」

雅姫はモジモジしながらサエに伝えた。サエはニンマリと笑って「任しとき！」と嬉しそうに店内を走り回って下着を選び出す。そして雅姫をフィッティングルームに押し込み、前回同様に次々と下着を渡して試着を催促してくる。雅姫はその中の一つの不思議なショーツに目が釘付けになった。お尻のあのあたりがパックリと大きく開いているのだから。

「さ、サエさん……。このショーツどうしてお尻に穴が開いているの？」

サエがフフフと笑いながら「雅姫ちゃんてばわかっているくせに」と口を開く。

「Oバックショーツっていうねん。アナル責め用やで！　雅姫ちゃんは経験済みなん？」

ボッと耳まで赤くなった雅姫はしどろもどろになってしまい、サエに「ははーん」と何かを推測されてしまった。「まだです！　まだ！」と弁解するが、サエは誰にも言わないよと笑っていた。結局雅姫は無難にベビーピンクの総レースの下着セットを選ぶ。サエは「面白くない」と言いつつも、別で包んだ何かを「オマケ」と称して紙袋の中に入れる。

「また来てね～、雅姫ちゃん！　感想聞かせてよ」

妙に明るい笑顔で送り出すサエを雅姫は不思議に思うが、後で紙袋の中からOバックショーツとキャンディーショーツを発見し、笑顔の理由を理解した。

「使っても感想は絶対にサエさんには言わないから……！」


十二月二十四日。

朝からテレビ番組も浮かれ気味のクリスマスイブ。雅姫も見事に踊らされて、クリスマスソングを口ずさむ。上機嫌の雅姫だったが、スマートフォンが鳴り出した途端、気分はズーンと落ちていった。もちろんそれは母親の景子からの着信だった。

『雅姫ちゃん、メリークリスマス！　今日は尾乃田さんとどんなクリスマスを過ごすの？』

「お母さん……。お家《うち》でケーキ食べるだけだよ」

『えー！　それだけのはずはないわ！　尾乃田さんよ！　きっとお姫様みたいなクリスマスを演出してくれるのよ……。いいわね～、雅姫ちゃん』

自分が雅姫の立場になった光景を想像したのか、通話口からも景子のフワフワした気持ちが伝わってくる。

『そうだ雅姫ちゃん、成人式どうする？　振り袖はお母さんのがあるわよ。それとお正月は帰ってくるのでしょ？』

「振り袖は尾乃田さんが用意するって言っている。でも悪いから断っているのだけれど……。お正月は……考えておく」

『振り袖まで用意してくれるの？　尾乃田さんって本当に王子様ね！』

意味のわからないことを口走る景子からの電話を早々に切り、出かける準備をする。尾乃田との約束は夕方だが、雅姫には別に向かうところがあるのだ。


「まりこさん、メリークリスマス！」

雅姫はまりこの店の入口にいた。開店時間はまだまだ先だが、まりこは今夜の仕込みを始めていた。クシャクシャの笑顔で雅姫を店内に迎え入れる。

「雅姫ちゃん、よう来たなあ！　メリークリスマスや」

ゴールデンウィークにまりこと会ってから、雅姫は何度かまりこの店に顔を出している。尾乃田と一緒のときもあれば、一人で来ることもあった。もちろん新田も同行しているが、今は電話で別の組員と話しており、店内には入ってこなかった。

まりこは雅姫の母親と祖母の中間ぐらいの年齢だろうか、それでも実の母親よりも話しやすく安心する存在だ。彼女の作る関東炊きの大ファンだったので、店に来てはお腹いっぱい食べる。

「まりこさん、これ。クリスマスプレゼントです」

神戸の冬は意外にも寒い。六甲山《ろっこうさん》からの冷たい風「六甲おろし」が吹くからだ。雅姫はまりこにニット帽子と手袋のセットをプレゼントした。もちろん派手な色柄で、まりこの好みを熟知したセレクトだった。

「いやーん、雅姫ちゃん！　こんな気を遣ってくれて。あかん、おばちゃん涙出てきた……」

「いつものお礼です。ありがとうございます」

「ごめんな、おばちゃん、なんも用意してへんわ……。飴ちゃんでええか？　あ、代わりにええもん見せたる！」

二階の自室に行き、古いクッキーの空き缶を持って下りてきたまりこが、「掃除してて見つけた」と言う。中には尾乃田の子供時代から青年期の写真が入っていた。

「これは私と出会って間もない時期。真一郎が小学生やったときや……」

写真の尾乃田は痩せていて、お世辞にも綺麗とは言えない服装だった。目元も怯えた感じで、今の堂々とした雰囲気とは真逆なので雅姫は驚く。写真から過酷な少年期を送ったことが推測できた。写真の中の尾乃田の年齢が上がっていくにつれて、彼の表情も少し明るくなり、まりこの横で笑っている写真も増えている。しかし急に尾乃田の表情が再度暗くなった。

「その頃にな、クズの父親のせいでヤクザになったんよ。真面目で頭が良くてホンマにええ子やってんで……。それやのに、父親の尻拭いしろって強制的に」

雅姫は尾乃田の過去を全部知っているわけではない。無理矢理にヤクザの道に入れられたことも聞いていなかった。尾乃田はあまり過去を語りたがらず、雅姫も深く追及していなかったからだ。

「そうだったんですね……」

「別に暗い話をしようと思って写真を見せたんちゃうよ。ごめんな……」

「いいえ。昔の尾乃田さんが知れて嬉しかったですよ。昔のことはあまり話してくれないし」

「好いた女の前ではヤクザはエエかっこしたいねん。ほんまにアホな子やわ」

雅姫は尾乃田が愛情いっぱいの家庭で育ったのではないことを薄々感じ取っていたし、愛情表現が普通と違うのも理解している。寧ろ雅姫にとって彼の執着は心地よく、自分をこんなに欲してくれる人物は後にも先にも尾乃田だけだと思っている。

雅姫を無条件で愛するはずの父親は娘の雅姫には無関心で、いつも長男の兄を優先していた。内弁慶で家でしか威張れない小さな男、それが父親だ。雅姫は自分を全く見ない父親を、どこか寂しく感じながらずっと生きてきた。

それに比べて全てを包み込むほどに大きい尾乃田は、雅姫にとって理想の男性像。だからこそ、尾乃田に惹かれていったのかもしれない。同時に大きな身体をしているのに、雅姫の胸に顔を埋めて甘える姿も可愛く思っていた。大型獣を手なずけたような気分で、「私って猛獣使い？」と内心笑いながら、いつも尾乃田の頭を撫でる。

そろそろ帰るという雅姫に、まりこは関東炊きを大きな鍋に入れ「これ持って帰り」と手渡した。それを笑顔で受け取って店を出る。時間はちょうど良い頃。雅姫は新田と共に尾乃田のハーバーランドのマンションへ向かった。

雅姫は合鍵でマンションの部屋に入っていく。久しぶりに訪れた部屋だが、家政婦が掃除しているのか、とても綺麗に整頓されていた。元々は尾乃田が女性を連れ込むために使っていた部屋だが、今では使用することもない。しかし好立地の物件を遊ばせておくほど尾乃田は愚かではなかった。もう一軒の元町の方のマンションは高級民泊として既に貸し出している。このハーバーランドのマンションも同じ民泊として貸し出す予定だ。

「うわー！　ここからだとハーバーランドのクリスマスイルミネーションが見える！」

夕方になり日が落ちる頃には、キラキラとイルミネーションが光り出していた。雅姫はクリスマスディナーを、兵庫県内に複数店舗がある高級スーパーで全て揃えた。グリルチキンにオードブル。高級シャンパンにケーキ。新田に手伝ってもらって全てを室内に運び込む。それらを皿の上に盛り付けて、テーブルの上に運んでいく。新田は組の用があると言って出ていき、後は尾乃田の帰りを待つだけだった。

ガチャガチャと玄関の扉が開く音がして、雅姫は大急ぎで玄関ホールに向かう。

「ただいま、雅姫」

人が出迎える家に戻るのにも慣れてきた尾乃田は、優しい笑顔で雅姫を見つめる。雅姫は両手を広げて尾乃田に飛びついた。

「お帰りなさい！　クリスマスの準備は万端ですよ」

とびきりの笑顔で告げる。尾乃田はニヤッと笑いながら雅姫の秘部をスカートの上から弄り「ここの準備が万端なんか？」と耳元で囁いた。雅姫は「おじさんみたいですよ！」とその手をペシッと軽く叩いて振り解く。「おじさん」という言葉に大袈裟に反応した尾乃田は、「まだギリギリ三十代じゃー！」と雅姫を担いで振り回す。雅姫は「キャー」と声を上げて喜び、その状況を心底楽しんだ。

クリスマスディナーを食べた後、二人で大きな窓際に移動し、夜景を見ながらシャンパンを飲んだ。クリスマスイルミネーションでキラキラ光る光景は、いつも以上に神戸の街を輝かせている。

尾乃田の鍛えられた胸筋に顔を埋めて、雅姫はウットリと外を見つめる。雅姫は尾乃田の筋肉を触るのがお気に入りだ。尾乃田は「こそばい（くすぐったい）！」と言うが、指を使って胸筋から腹筋のでこぼこを辿っていくのが楽しい。シャツの上からでもはっきりとわかる筋肉は、触れれば意外と弾力があるのだから興味深い。尾乃田は「可愛い子猫がじゃれとる」と笑っていた。

「雅姫……。お前にプレゼントがあるんや」

尾乃田が立ち上がり、その場を離れて何かをクローゼットから持ってくる。手には雅姫でも知っている有名高級宝石店ハリー・ウィンストンの深い紺色の紙袋。

「え、え？　尾乃田さん？」

内心ドキドキの雅姫は、尾乃田に勧められるまま中を開ける。そこには向日葵の形にデザインされたダイヤのトップが付いたペンダントが入っていた。雅姫は少しホッとしたのと同時に、残念にも思ったのだがそれは内緒。きっとまだそのときではないのだろうと心の中で呟く。

向日葵のダイヤのペンダントは驚くほどにキラキラと光り、宝石に詳しくない雅姫にも上質なダイヤだと理解できる。尾乃田はペンダントを手に取り、雅姫の首に着けてくれる。白くシミ一つない雅姫の肌の上で光り輝くダイヤを、尾乃田は嬉しそうに見つめていた。

「雅姫、お前が好きや……。お前の全てが愛おしい……。絶対に誰にも渡さん」

「私も尾乃田さんが大好きです。誰にも、誰にも尾乃田さんを渡さない……」

二人の唇が重なり合い、熱烈に互いの口内を弄り合う。激しい吐息と、ピチャピチャと舐め合う音が聞こえるだけで、他は何も聞こえてこない。雅姫の唇から離れた尾乃田は、雅姫の首筋を甘噛みしては舐めるを繰り返す。手は自然に雅姫の服を脱がしていき、雅姫も尾乃田の服を脱がしていく。互いが下着姿になったときに、尾乃田が何かに気が付いた。

「……雅姫？　ちょっとそこに立ってみろ」

尾乃田に催促されて恥ずかしそうに雅姫は立ち上がる。尾乃田は「ハハハ、おいおい」と頭を押さえていた。雅姫はサエに勧められたOバックのショーツを穿いていたのだ。おまけにクロッチ部分もパックリと左右に開く仕様で、下着の機能を全く果たしていなかった。

「メリークリスマス的な……？」

恥ずかしそうに下を向く雅姫に、尾乃田はゴクリと喉を鳴らしながら近付く。まるで獲物に狙いを定めた大型肉食獣だ。

「雅姫、今夜は確実に寝れんで……。俺をこんなんにしたお前が悪い！」

ボクサーパンツから飛び出しそうなほどに反り立つ尾乃田の剛直が、早くアレにぶち込めと催促しているようだ。尾乃田は「まあ、待て」と愚息をなだめ、近くの引き出しの中から不思議な箱を取り出した。箱の写真には外国人の女性が写っており、サーカスの曲芸のように黒い太めの紐で宙吊りにされている。加えて足を広げて秘部が全開になっており、どういう用法で使われるのかは容易に推測できる。箱には「セックス・スイング」と英語で書かれていた。尾乃田の三白眼が妖しく揺れて雅姫に告げる。

「俺の可愛い子猫ちゃんに大人のブランコをプレゼントや」

雅姫は未知の恐怖に身体を小刻みに震わせた。しかし同時に新たな快感を期待し、舌で唇をペロッと舐める。恐怖より好奇心が勝《まさ》ったが、それをまだ脳は認めたくないらしく、口では「イヤ……」と何度も繰り返す。

尾乃田は嬉しそうにドアに宙吊りの紐を設置していく。意外と簡単に準備できるらしく、強度も確認し「完璧や！」と唸る。そして「イヤー！」と逃げる雅姫を、簡単に捕まえて手足を紐で固定していった。

あっという間に雅姫の両手は紐で左右に開かされ万歳の格好になり、両足も左右に開いたまま固定された。胴体と臀部と太股もバンドを巻かれて固定されたが、尾乃田の持つ紐によって角度が調節できるようだ。もちろん、足の開き具合も全てその紐で調節できる。見かけは苦しそうだが、上部にスプリングもついており、ブランコのように前後左右に揺れて心地いい。身体に触れる場所は柔らかく、痛くはない。

「気に入ったか？　なかなかええオモチャやろ？　お前の全部が俺の手元の紐で丸見えになるんやで……」

尾乃田がグッと紐を引っ張ると、雅姫の太股がグーッと上がっていき、M字開脚のまま宙吊りになった。クロッチ部分が左右に開き、雅姫の剃毛されている卑裂がパックリと顔を出す。いつもは隠れている赤い真珠も、ここぞとばかりに主張している。

「イヤー！　尾乃田さん、この格好は恥ずかしいです……」

両手は左右に開いたまま固定されているので、もちろん隠すことはできない。雅姫は恥ずかしさで顔が真っ赤になった。毎日のように散々尾乃田に身体の隅々まで舐められていても、未だに秘部を見られるのは躊躇われる。その初心さが尾乃田を喜ばせることを、雅姫はまだ理解していない。

ペロッと舌舐めずりしながら、尾乃田は雅姫の赤い真珠を指で刺激してきた。いきなりの衝撃に雅姫は「はぅ——！」と仰け反るが、宙に浮いて足をM字に開いた状態では、「もっと」と催促するように秘部を突き出す格好になる。

「なんや、催促かいな？　俺の子猫は欲しがりやなあ」

パックリと開いた雅姫の蜜口がトロッと蜜を垂らし始めた。花弁の中心にある小さな突起は、尾乃田から与えられた一回の刺激だけでしっとりと濡れそぼる。そこは既に尾乃田のための肉壺になってしまっていた。

「尾乃田さん……、私のアソコに尾乃田さんを……入れてください……。我慢できないの」

宙に浮いた雅姫の淫裂がパクパクと小さく収縮する。雅姫のお強請りに尾乃田は妖しく微笑む。まだくれてやるわけにはいかないと言いたげに。

「あかん、雅姫。まだや……、もっと俺を滾らせろ」

尾乃田はゆっくりと雅姫を回転させ、臀部が自分の方に突き出される体勢になるよう紐を操る。雅姫の尻はOバックのショーツのお陰で小さな後孔まで丸見えだ。何かを期待しヒクヒクと皺《しわ》を震わせていた。

「最高のクリスマスイブになるで、雅姫……」

わずかに振り向くと尾乃田の三白眼の中に熱い妖艶な灯が見える。

「ひっ……うっ！」

ぐちゅりと音を立てながら尾乃田の人差し指が、雅姫の後孔に沈んでいく。指にはたっぷりと潤滑ゼリーが塗られているので、すんなりと中に入っていった。極太の尾乃田の指は人差し指一本でも雅姫の後孔に圧迫感を与えた。尾乃田の指を後孔に受け入れるのは二回目なので、まだまだ慣れてはいない。

「えらいキツイな。まあええで……、時間はたっぷりあるんや。ゆっくりと解せばええ」

根元まで入った指は、雅姫の後孔の中でグリグリと時計回りに動き出す。嫌だ嫌だと頭を振る雅姫だったが、自分でも知らないうちに強請るように尻を突き出す格好になっていた。完全に後孔が天を見上げる状態で、尾乃田は「そんなにええんか？」と尻に噛み付いた。

「ヒッ！」

雅姫は短く声を上げる。瞬時に雅姫の蜜壺からトロトロと卑猥な蜜が滴り落ちてきた。一本だった尾乃田の指は二本になって、更に雅姫の後孔を拡張していく。湿ったいやらしい大きな音を立てながら、指が後孔から出し入れされる。二本の指を受け入れられても、あの大きな剛直をそこで頬張るにはまだ足りない。尾乃田は近くの棚の引き出しから何かを出して、それに潤滑ゼリーを多めに塗りたくる。

「先ずはこれを入れて慣らそうか」

ニヤリと笑い、尾乃田は雅姫の後孔に「あるもの」を押し込んでいく。

「あ——！　いや……、くぅ——、キツイ……」

グチョグチョと音を立てながら、透明のプラグが雅姫の後孔を侵略していった。尾乃田の剛直より随分小さなサイズのアナルプラグは、まだ開花しない淫花の堅い蕾をグリグリと拡張していく。透明な素材でできているせいで、雅姫の後孔の中の肉壁が見えている。

「雅姫、お前の恥ずかしい穴の中身が丸見えや……、ピンクで綺麗やで」

限界までプラグを突き刺して、ウットリと後孔を見つめる尾乃田は、初めて見る雅姫の未開の地を視覚で堪能している。プラグを出し入れするたびにピッタリと吸い付くようで、粘膜が一緒に動く様子は尾乃田の目を釘付けにしているようだ。

雅姫はハアハアと息を荒らげながらも何とか正気を保とうとしている。雅姫にとって後孔は不浄の場所。そこで快楽を得るなんて考えられないはずなのに、身体は貪欲に何かを貪っていた。頭と身体がちぐはぐだ。きっとこのまま快楽の波に呑まれてしまえば楽なのだろうが、ギリギリのところで理性が働く。不浄の排泄器官がなぜ快感を生み出すのかと。

「抗うな、雅姫。快楽を無心で貪れ！」

尾乃田は宙吊りの雅姫の腰を掴み、背後から己の剛直を一気に雅姫の卑裂に突き刺した。もちろん後ろの淫孔にはプラグを差したままで。

「はぅ！　がぁはっ……、い、いぐ――――！　イイの！」

目の前に星が飛び散り、挿入だけで達してしまう。あまりの衝撃に雅姫は一瞬息ができなかった。尾乃田が肉棒をガツガツと動かすたびに、後孔にあるプラグと擦れて激しく刺激する。身体に電気が走ったような感覚に、雅姫の目からはポロポロと生温かい水がこぼれた。口は半開きになり、涎を垂らして何度も喘ぎ声を漏らす。イキっぱなしの状態だ。

宙吊りの不安定な状態で猛烈に尾乃田に腰を打ち付けられ、震動がいつもの比ではない。他に逃げ場のない衝撃が、全て雅姫の内部に向かってくる。ドンッと突かれるたびに雅姫の内部も震えた。

雅姫はもう気を失う寸前なのかもしれない。すると尾乃田の腰の動きが一層速く激しくなり、くぐもった声と共に肉棒から大砲が発射される。全ての大砲を撃ち込んだ後も、何度かゆっくり腰を振り、尾乃田はようやく自身の愚息を雅姫から引き抜く。天を見上げている雅姫の後孔にはプラグが挟まったままで、蜜壺からはドロッとした白濁が流れ出てくる。それを恍惚の表情で味わった雅姫は、ついに意識を手放してしまうのだった。


雅姫が次に意識を取り戻すと、紐は外され、ベッドの上に寝かされていた。これで終わりなのかとホッとして、起き上がろうと右手に力を入れてから異変に気が付く。右手を動かすと、側にいる尾乃田の左手が付いてくる。ガチャリガチャリと音を立てて。

「……これは何ですか？」

「見てわからんか？　手錠やないか」

尾乃田はしれっと答える。頭の中が「？」だらけの雅姫は右手にかけられた手錠を凝視していた。

「尾乃田さん……、右手に手錠をかけられたら、私はほぼ何もできないのですが……」

「ああ、わかっとるで。だから全部俺が代わりにする」

「え？　トイレとかどうするのですか？」

「一緒に決まっとるやんか。もちろん俺が世話する」

雅姫は叫び声を上げながら右手を激しく振るが、尾乃田の手も一緒にブンブンと動く。

「クリスマスはずっと一緒に過ごすんやろ。これでベッタリ一緒におれるで」

「いや、違います！　これは違う――！」

雅姫の訴えは却下され、雅姫と尾乃田は手錠で繋がれたまま、残りのクリスマスを過ごすことになった。


「あぁ――、ふぅ……もう、ダメ……」

雅姫は両足を胸につくほどに押し付けられ、尾乃田の左手によって一纏めにされている。完全に上を向いた雅姫の卑裂は、尾乃田の唇にジュルジュルと吸い込まれていた。吸盤のように吸い付く彼の唇は、雅姫の小さな赤い真珠に狙いを定めたようだ。

「ヒァ――！　あ――ぁん、いい、いいの……」

刺激に弱い赤い真珠にガリッと歯を立てて、尾乃田はなおも勢いよく吸い付いた。雅姫の後孔には再びアナルプラグが装着されている。そこは既に二段階上の大きさに進化していた。尾乃田はプラグをグリグリと確認するように動かす。口では卑裂の真珠を責め、右手で後孔のプラグを抜き差しする。左手は雅姫と手錠で繋がったまま、器用に雅姫の足を拘束していた。

異物の抽送に慣れた雅姫の後孔は、そろそろ頃合いだと尾乃田に知らせる。初めは異物感に顔を引きつらせていた雅姫も、後孔での快楽を貪っていた。尾乃田は雅姫をひっくり返し四つん這いにして、臀部を突き出す格好にさせる。もちろん雅姫の右手は、後ろに引っ張られるように尾乃田の左手に吊られている。

「雅姫、これでお前の可愛い尻の穴も俺のもんや……」

ベロッと尾乃田が雅姫の臀部を舐め、アナルプラグを一気に引き抜いた。今まで収まっていたものがなくなり、後孔が寂しそうにクパクパと口を開けている。尾乃田は妖しく笑い「寂しがるな。すぐに入れたる」と雅姫の後孔に自身の肉棒を宛がった。

「雅姫、最高のクリスマスやな！」

尾乃田は一気に剛直を突き刺していく。十分に解されたそこは易々と肉棒を受け入れていった。

「ああ、う――、ぐううう
ッ、いぃ！　ああん」
「ぐっ、かはぁー！　見ろ、雅姫！　全部入ったぞお前のケツに……」

雅姫は朦朧とした意識の中、ベッドの横にある大きな姿見を見つめる。鏡の中では、雅姫のいつもの場所ではないところで、尾乃田の濡れた肉棒が卑猥に出入りしていた。雅姫の視覚に理性が追いつく。ワナワナと震える身体。排泄孔で快楽を貪っている事実がそこにあった。

「いや――、ダメ――！」

頭を左右に大きく振るが、雅姫の口からはハアハアと息荒く嬌声が漏れてくるばかり。腰は尾乃田の打ち付ける律動に合わせて淫猥にうねり、完全に快楽の沼に堕ちてしまっている。不浄の排泄孔でさえも、尾乃田によって快楽を貪る場所に変えられてしまった。尾乃田なしでは生きられないほどに、雅姫の身体は躾けられていく。

尾乃田は快楽の雄叫びを上げながら絶頂に達していた。剛直はドクドクと脈打つたびに、次から次へと白濁を噴き出し雅姫の後孔に流し込んでいる。

「ああ、雅姫……。お前の全てが俺のモノや。ホンマに愛おしい……」

熱い白濁を体内で味わいながら、雅姫は大きな窓の外を虚ろな眼差しで見た。外では半月がキラキラと光り雅姫を見ている。半分は光、半分は陰。今の自分はどちらなのだろうかと自問自答した。

「……半分、綺麗」

その呟きは尾乃田には聞こえていなかった。

アナルセックスをしてしまったという背徳感からか、雅姫はショックで放心状態になってしまう。尾乃田が問いかけても突っ伏して枕に顔を埋めていた。

「雅姫、いつまで拗ねとるつもりや。風呂で尻から精子を掻き出さんと、腹が痛くなるぞ」

「……誰のせいですか」

むくりと起き上がって尾乃田を睨む。その瞬間に雅姫の後孔からドロッと白濁が漏れ出た。

「ああああん……。もう、いや――！」

涙目の雅姫をシーツごと担ぎ上げて尾乃田はガハハと笑い出す。

「お前のお漏らしも、全部俺が綺麗にしたるから安心せい！」

「いや――！」

雅姫は尾乃田の胸を握り拳で叩くが、盛り上がった胸筋はビクともしなかった。

浴室でも手錠で繋がっている二人は、互いに身体を洗い合うしかない。自分で後孔に手を入れて、白濁を掻き出す勇気のなかった雅姫には好都合だったかもしれない。雅姫は赤ん坊が四つん這いでハイハイするような格好をして、尾乃田の前に尻を突き出す。

「恥ずかしいから……、早く終わらせてください」

雅姫は懇願したが、ニヤッと妖しく笑う尾乃田がそれを聞くはずもない。人差し指を後孔に潜らせグニグニと側壁を刺激しながら、ゆっくりと体内の白濁を掻き出す。そこは既に尾乃田によって性感帯に作り替えられてしまっているので、雅姫の口から「ハアハア」と熱い吐息が漏れる。

「もう、やだ～……普通に……だ、出してください……」

「何ゆうとんねん。至って普通やろ？」

真顔で返す尾乃田だが、笑いが抑えられずにブファッと噴き出した。「やっぱり嘘！」と雅姫は抗議するが、尾乃田の指は艶めかしい動きを繰り返す。全部掻き出された後も、すっかりと熱を帯びてしまった雅姫の身体は、秘部からトロリと蜜を垂らしていた。

「どうして欲しいんや、雅姫？」

「い、入れて欲しいです。……いつもの方に」

「あん？　いつもって何や？　どれのことや？」

尾乃田は白々しく尋ねながら、雅姫の大きな白く柔い双丘を右手で揉みしだいていく。尾乃田の手の中でグニャグニャと形を変える胸では、プックリと立ち上がった突起が、咥えて欲しそうに小刻みに震えていた。尾乃田は四つん這いの雅姫の下に潜り込み、下から乳房に吸い付く。艶めかしい舌使いで乳房の突起を転がし、刺激を与えながら再度雅姫に問いただす。

「どこの雌穴に入れて欲しいんや？　言ってみい」

「ケツか？」と言いながら雅姫の臀部をパンッと叩く。雅姫は「ひー！」と短く叫び、「違う！」と頭を左右に振った。

「こっち……」

自分で秘部に触りながら答え、人差し指と中指を使って陰裂を開いた。少し開花したそこは、赤い小さな実を見せてテラテラと蜜に濡れている。

「こっち、じゃわからんな。はっきり言わへんのやったら、またケツに突き刺して喘がすぞ！」

もうお尻は嫌だと雅姫は涙目になりながら懇願する。

「……お願いです。雅姫のエッチなおマ○コに深く入れて激しく突いて――」

尾乃田は三白眼の中にメラメラと燃えるような炎を宿し、舌舐めずりしながら自身の剛直を上下に撫でつけている。それは既にガチガチに硬くなり、臍まで反り立っていた。

「自分で入れてみろ」

「……はい」

雅姫はゆっくりと腰を下ろしていく。尾乃田の剛直が肉壺にクチュリと当たった。左手で肉棒を押さえながら、肉壺の中にグリッと押し込んでいくが、どうも上手く侵入していかない。先に進もうとしても、亀頭が少ししか入っていかないのだ。尾乃田の大きな男根は亀頭も大きく、いつも入れるのに苦労する。

「くぅ……、おおきいの……、はぁはぁ、あん？　待って、あああああぁ！」

痺れを切らした尾乃田が、ズンッと一気に剛直を雅姫の肉壺に突き刺した。ガツガツと下から乱暴に突き上げ始める。衝撃で雅姫は激しく上下に跳ねそうになるが、尾乃田が臀部をガッツリと掴んでいるので、代わりに衝撃が脳天まで到達する。

「いいよぅ、これ……凄くいい！　激しいの！」

二人の結合部分が湿った音を立てて、卑猥な蜜を泡立てている。尾乃田がぶつけてくる腰に合わせて雅姫も妖艶に腰をグラインドさせ、自分のイイ場所に肉棒を当てていく。その腰つきを確認し、尾乃田はクックッとほくそ笑んだ。初心な雌猫は、すっかり俺好みの淫乱に育ったなと呟き歓喜している。自分しか知らないその蜜壺は、これからも一生自分だけの秘密の壺になるのだと続けながら。

雅姫の臀部を掴んでいた右手がゆっくりと尻の中心に向かって這っていく。

雅姫が「あ!」と気が付いたときには、尾乃田の右手人差し指と中指が後ろの後孔に深く挿入されていた。尾乃田の肉棒の抽送に合わせて、後孔の指も動かされるので、雅姫は得も言われぬ快感に震え、目からはポロポロと水滴が滴り落ちる。

「あぁ、あぁ、いい。凄くいいです。もう、だ、駄目。あ――ん、いいいいいぐぅ――!」

雅姫は身体を痙攣させながら上体を反らし絶頂に達した。

「おい、だれが先にイッてええ言うた? お前はそんなにお仕置きが欲しいんか?」

尾乃田はニヤリと笑って雅姫を見つめる。雅姫は「あぁ……」と自分の失態を振り返るが既に遅い。尾乃田は雅姫を持ち上げて湯船に移り、ガチャンガチャンと手錠の音を浴槽内に響き渡らせるほどの激しい腰つきで、雅姫を後ろから何度も猛烈に突き、大量の白濁を蜜壺の最奥にまき散らしたのだった。

「う――、尾乃田さん。私、トイレに行きたいのですが」

風呂での行為が終わり、二人はベッドに戻って裸で寛いでいる。尾乃田は雅姫を後ろから包み込むように座り、手錠で繋がった左手で彼女の乳房を弄んでいた。モジモジと身体を動かす雅姫はまるで小動物のようで、尾乃田はクスクスと笑い出す。

「そうかそうか、ついにか」

待っていましたと言わんばかりに、尾乃田は笑顔で雅姫を担ぎ上げてトイレに向かう。「いやー、尾乃田さんって変態！」と雅姫が肩の上で暴れるが、「褒め言葉や」とほくそ笑む。そしてトイレの便座に雅姫を意気揚々と座らせ、ニンマリと笑顔で観察している。無論、前に座って全てがよく見えるように。

「あっちに行ってください！　もう、変態！　絶対に変態！」

ポコポコと尾乃田の肩を叩く雅姫は涙目だ。そこで「あ！」と何かを思いついた雅姫は、尾乃田の耳を自身の手で塞ぎ、音の共有は寸前で避けることができた。

「おもんない、ああ、おもんない！　ウォシュレットなんてつけるんやなかったわ！」

自分が雅姫を拭いて綺麗にするつもりだった尾乃田は、その役割をウォシュレットに取られて不機嫌だ。雅姫は「ウォシュレット万歳！」と心の中でガッツポーズをした。

トイレの一件で満足したのかしなかったのか、尾乃田は意外とすんなり手錠を外す。雅姫は「もっと早くに外して欲しかった」と呟いたが、相手は知らん顔を決め込んでいた。

「尾乃田さん、私からのクリスマスプレゼントまだ渡していなかったですよね？」

雅姫は笑顔でクローゼットに隠してあったプレゼントを取りに行き、恥ずかしそうに尾乃田に手渡す。

「新田君に手伝ってもらって選びました」

「……新田のパートはいらん」

「え？」

「ありがとうな。綺麗な色のマフラーや……」

雅姫が買ったカシミヤのマフラーはダークブラウンで、ブランドの特徴である蹄《ひづめ》の模様がついていた。尾乃田の持っているコートやスーツに合う、主張しすぎない色合いだ。尾乃田はマフラーを首に巻こうとするが、雅姫は「流石に裸にマフラーは……」と全力で止めた。

＊＊＊＊

「あーあ、ゴロゴロするのも飽きたなあ」

雅姫はコタツに入ってテレビのチャンネルを次々と変えていく。側には母親の景子がいて、スマートフォンで誰かと世間話をしていた。内容は雅姫の兄の彼女に関する愚痴だ。景子は雅姫の兄を溺愛しており、どんな女性を連れてこようが気に入らない。正月に兄と一緒に挨拶に来たのだが、母曰く「お箸も綺麗に持てない女」はさぞかし素敵な家庭出身なのだろうと嫌味を言っている。雅姫には普通の感じの良い女性にしか見えなかったのだが。

年末と新年は組の祭事で多忙な尾乃田は、神戸にいても一人で寂しいだろうと、関東の実家に帰るように勧めてきた。雅姫も暫く地元に戻っていなかったし、成人式もあるので帰ることにした。暇つぶしで観ているテレビは、もうすっかり正月色がなくなった通常番組を放送している。地元に戻ってきても親しい友人がいないので、成人式までゴロゴロするしかなかった。

「そんなにぐうたらして、太って尾乃田さんに嫌われても知らないわよ！」

景子の言葉が雅姫の腹の脂肪に突き刺さる。確かに少しふっくらしたかもしれない。毎日のようにしていた激しい運動を今はしていないので当たり前だろう。

「き、着物は少しふっくらしている方が似合うってテレビで言っていたし――」

「どうだかね……」

景子はリビングから見える和室に飾られた雅姫の振り袖を見つめている。尾乃田が用意してくれたその振り袖は、赤がベースの京友禅だ。牡丹の柄が古典的で、黒の鹿の子《かこ》絞り文様が全体を格調高く見せる。これを持って雅姫が実家に帰ってきた日、景子が「な、なんて高いものを買ってもらったの」と興奮していた。呉服屋で振り袖を選んでいるときに、雅姫も反物の金額を見て思わず仰け反ったのだが、尾乃田は何食わぬ顔で購入してしまった。言うまでもなく仕立て料金は別なので、一体尾乃田は幾ら支払ったのかと、雅姫は想像するだけで倒れそうになった。

「一生に一度の大事な日や。最高に着飾って祝ってこい！」と、笑顔の尾乃田が雅姫を新神戸駅で見送ってくれた。着付けと髪のセットに支払うお金を存分に持たせて。

「はあ〜。こんな高級な着物を汚したらどうしよう……」

雅姫の心配はそれだけだった。


成人式の朝は早い。早朝から美容院に向かい、着付けをして髪型もセットしてもらう。ギュッときつく締められた帯のせいで、着物の新成人は御飯もまともに食べられない。

「お母さん、お腹すいた……」

「おにぎりでも食べる？」

景子は尾乃田に買ってもらったハンドバッグを持ってきている。あの日は美容師に綺麗に着飾ってもらっていたが、今日はいつもの景子で、ブランドもののハンドバッグが少し浮いていた。

「うん……。半分だけ食べる」

成人式の会場に向かう電車の中で、モグモグとおにぎりを口にする雅姫の姿は、小さな子供みたいだと景子は笑う。

「すっかり大人になったかと思ったけれど、やっぱり、まだまだ子供よね。尾乃田さんはどうして雅姫が良いのかしら？　お母さん、謎だわ〜」

——私が知りたい……。こんな子供っぽい私のどこが良いのかしら？

そう心の中で呟く雅姫は、大人と少女の間を行き来する、まだまだ未完成な時期。尾乃田にとっては良い時期に雅姫に巡り会えたと言えるだろう。自分好みの女に仕上がっていく過程を楽しめるのだから……。

成人式は地元に唯一あるコンサートホールで開かれた。何だか寂《さび》れた会場は、雅姫を少し懐かしい心地にさせる。以前は、大好きなアイドルのコンサートを観たがる雅姫に、監視のためと言って景子がついてきていた。外のグッズ売り場で長時間並び、開演時間には既に二人ともグッタリした記憶がある。今日はそのときのグッズ売り場は新成人で埋め尽くされ、即席クラス会が開催されていた。

「ま、雅姫ちゃん？」

雅姫の耳に懐かしい声が聞こえてくる。

「え？　美希《みき》ちゃん？　うわー久しぶり！」

美希は雅姫の中学のクラスメイトで部活も同じだった。お弁当も一緒に食べて受験勉強も一緒にしていたが、高校進学の際に雅姫が県内一の進学校に進んだために、疎遠になっていた。

美希は背が高く、男子に「大木《たいぼく》」と嫌なあだ名をつけられていたが、優しい性格で皆に好かれていた。

「雅姫ちゃん、随分と大人っぽくなったよね！　最初は別人かと思ったよ」

「美希ちゃんも！　ところでバレーボールはまだやってるの？」

美希と雅姫はバレー部だったのだが、美希はエースで高校は運動が盛んな私立に入学したはずだった。しかし少し顔色を悪くした美希は、数秒の間を置いて口を開く。

「高校で膝に怪我をしたの。もうバレーはできなくなって。高校は一応卒業したけれど大学は行かなかった。今は美容師見習いなの」

「そうなんだ……。でも夢があって良いじゃない！　美容師さんって素敵」

景子は知り合いのママ友とのマウント合戦に忙しそうだったので、美希と二人で会場に入っていく。

「神戸の大学に通っているんでしょ？　すっかり垢抜けて、神戸ってやっぱりお洒落？」

お洒落なことに興味津々の美希は神戸の様子が気になるようだ。美容師見習いだけあって髪は見事に結い上げられていて、綺麗に生花が挿《さ》してある。自分でセットしたと得意げだった。

「うーん。神戸はお洒落な場所もあるけれど下町もあるよ。住んでいる人も様々かな……」

「へー、そうなんだ！　でも何だか楽しそうな街ね」

壇上では開会の挨拶が始まり、市長が延々と話している。会場内の新成人は誰も聞いていないようで、各々《おのおの》でお喋りを楽しんでいた。

「人づてに雅姫ちゃんが神戸の大学に行ったって聞いて、少し心配していたの。でも元気そうで良かった」

美希は雅姫が大学受験に失敗したことを知っているのだと悟る。だからといって他の子たちのように哀れむわけではない。挫折を味わった美希だからこそ、雅姫の辛さがわかるのだろう。

「ありがとう美希ちゃん……。ねえ、携帯番号を交換しない？」

久しぶりに雅姫のスマートフォンに女性の名前が登録される。同世代の話し相手が新田だけだったので、ニコニコと笑みが溢れた。そのときにピコンと通知が入る。新田が神戸の成人式に出ている様子を写真で送ってきたようだ。彼女のサエと一緒にド派手な衣装でポーズを決めている写真は、見ているこちらが恥ずかしい。思わず「クスッ」と笑ったため、美希が「何がおかしいの？」とスマートフォンを覗き込む。

「や、ヤンキー？　雅姫ちゃん、随分と派手な友達がいるのね……」

一瞬、ドン引きされたと青ざめるが、美希はケラケラと笑い出す。

「雅姫ちゃん大丈夫よ。ヤンキーは慣れっこなの。美容師見習いってヤンキー出身多いのよ」

笑顔の美希に心底ホッとする。美希にだったら尾乃田のことを話せるかもしれない。だが、今はまだ内緒にしておこうと心に決めた。

成人式は無事に終わり、雅姫の地元では荒ぶる新成人が暴れ出すこともなく、まだまだ話し足りないとばかりに引き続き即席同窓会に興じる。雅姫も美希に連れられて卒業した中学の集まりに入っていく。もちろん、雅姫は男子の視線を一身に集めることになった。

「ちょ、篠田さん凄く色っぽいなあ」

「色気がダダ漏れ！」

「彼氏いるのかなあ？　おい、誰か聞けよ！」

コソコソ会話する男子たちに品定めされている雅姫は、そんなことには一切気付かず、久しぶりに同世代の女の子との会話を楽しんでいた。すると遠くの方でザワザワと騒がしい声が聞こえてくる。人混みの中から一際大きい影がどんどんと雅姫に近付いてきた。

高級コートに身を包み、ダークブラウンのマフラーを首に巻いた男が、雅姫に向かって颯爽と歩いてくる。田舎には不釣り合いな風貌に、会場の外にいた新成人たちが「誰？　何者？」と口々に話していた。その男は髪を自然にサイドに流していて、鋭い眼光で無駄に色気を周囲に振りまいている。こんな正体不明のちょい悪イケメンは田舎にはなかなかいない。

「お、尾乃田さん？　どうしてここに……」

「迎えに来たで、雅姫。さあ、家に帰ろか」

尾乃田の三白眼がグッと垂れている。雅姫の好きな尾乃田の笑顔だった。

「迎えにって……。ここは神戸から随分と離れていますよ」

尾乃田は雅姫の手を引き抱き寄せる。それはまるで映画のワンシーンのようで、周囲にいた新成人が歓声を上げた。

「篠田さんの彼氏さんですか～？」

中学の同級生のうちの一人が声をかけた。その女の方を見て尾乃田がニコリと営業スマイルをする。その笑顔に周囲が「格好いい」とざわめいた。

「彼氏？　そんな安っぽいもんやない。運命の番《つがい》ってやつや。誰も二人の仲を裂けん」

周囲の男たちを一瞥する尾乃田。新成人の男たちは、すっかり尾乃田に呑まれて縮こまる。

「尾乃田さん……、運命の番って」

「今、流行ってるんやろう？　開発中のアプリゲームのタイトルがそんな感じやったわ」

尾乃田は雅姫の頭を撫でながら悪戯っぽく微笑む。周囲には大きな人だかりができていた。

「これ以上、お前と離れていたくなくて神戸から飛んできた」

雅姫は顔を真っ赤にして恥ずかしそうに下を向く。しかし尾乃田は雅姫の顎をそっと持ち上げて唇を奪う。すると周囲に悲鳴に似た歓声が響き渡った。


タクシーで会場に乗り付けていた尾乃田は、待たせていたタクシーに雅姫を連れて急いで乗り込む。

雅姫は慌てて景子に神戸へ帰ることを伝えようと電話を入れたが、逆に景子から尾乃田が現れたことが会場で既に話題になっていると興奮気味に伝えられた。

『お迎えに来てくれたのでしょ？　素敵じゃない！　こっちのことは気にしないで！』

景子はあのイケメンは娘の彼氏だと、電話の先で自慢しているようだ。少し辟易《へきえき》とした雅姫は「ありがとう」と言って手短に電話を切った。

一息吐けば、いつもの面々が側にいないことに気が付く。

「高柳さんは？　皆さんは一緒ではないんですか？」

「ああ、置いてきた。というか奴らは、俺がここにおるのを知らん。黙って出てきたからな」

尾乃田の爆弾発言に雅姫は「そ、それは、後で怒られる案件」と唖然とするしかなかった。

＊＊＊＊

「あぁぁぁん、だめー！　そこばっかりぃ――」

完璧に着付けされていた振り袖は、ものの見事にはだけており、雅姫は時代劇の花魁のように妖艶に素肌を着物の隙間から覗かせている。綺麗に結い上げた髪も乱れていた。片方の乳房は前合わせからはみ出して帯揚げに乗っている。そこに尾乃田がチュウチュウと音を立てて吸い付いていた。振り袖の袂《たもと》はパックリと大きく開いており、雅姫の丸見えの素足が尾乃田を誘惑する。既に濡れそぼったショーツも、着物の隙間からチラチラと見え隠れしていた。

二人は伊丹《いたみ》空港から直接住吉の家に戻り、そのままベッドルームに直行した。もちろん、空港から家までの車内でも、尾乃田と雅姫は激しく弄り合っていた。高柳と運転手がいるというのに、尾乃田はお構いなしで雅姫の胸に吸い付いて離れない。そのせいで雅姫の胸元がはだけてしまい、隠すように尾乃田のコートを羽織って駐車場から部屋まで移動することになった。途中で他の住人に会わないことを祈って。

「どこぞの花魁や？　お前は……。ここもこんなに濡らして俺を誘うんか？」

尾乃田の極太の指が雅姫のショーツのクロッチ部分をグイグイと押し、やがてショーツごと雅姫の蜜穴にグチュッと入り込んでいく。

「いやー！　そんな布越しなんて……」

雅姫は涙目で懇願した。「直接がいい」と消え入りそうな声で。尾乃田は「そうか、そうか」と三白眼を揺らしながら微笑むが、瞳には淡い炎が宿っている。そして雅姫を自分の顔の上に跨がせ、口で男根を咥えるように指示する。雅姫は着物の裾をたくし上げ、尾乃田の顔の上に自身の卑裂を沈めていく。同時に肉棒が口元に来るように前屈した。久しぶりに間近で見る剛直は、相変わらず強大で禍々《まがまが》しささえ感じる危険な逸物だ。雅姫はこの強大な肉棒を愛しそうに根元からゆっくりと舐め上げた。標準より大きな亀頭をチロチロと舐めていく。頂点にある小さな穴から少し苦い液体が染み出ているが、それも美味しそうに味わう。

尾乃田は「浮気検査や」と悪戯っぽく笑いながら、雅姫の卑裂を左右にグッと開いて中を確認している。ピンクの蜜肉と小さな赤い真珠が、テラテラと愛蜜に濡れて光りながら尾乃田を誘う。雅姫はまだ肉棒をペロペロと優しく舐めている。雅姫が与えてくる柔い刺激にもどかしさを覚えた尾乃田は、「貪れ雅姫！　口いっぱいにな」と伝えるが、雅姫はニタリと微笑んで緩やかな愛撫を続けていた。

「おお、そうか～。お前は俺に刃向かうか」

ギラリと三白眼を光らせて、尾乃田は雅姫の蜜壺に強く吸い付いた。卑猥に啜る音が室内に響く。

「んぁ……はぅ――、激しい……。優しくしてください……」

「お前は少し痛い方が感じるんや。何度も言わすな」

実際に雅姫は激しいのを好む。しかし、まだ本人は自分の性癖に素直ではないので否定してしまう。それでも尾乃田に強く吸われたお陰で、愛蜜の量が一段と増したことは本人も理解している。先程よりグチョグチョと湿った音が大きく室内で響いているからだ。

暫く会えなかった思いをぶつけるように、尾乃田は何度も雅姫を求め、結局は明け方まで和服での淫らな行為を堪能した。抱き潰された雅姫は振り袖姿のまま眠りに落ちてしまう。

翌日の朝、雅姫は重たい瞼をゆっくりと開ける。尾乃田は上機嫌で、鼻歌を歌いながらシャワーを浴びているようだ。すっかり着崩れて、髪型もコントの爆発に巻き込まれた人のようになった雅姫は、唖然と振り袖を見つめている。

「あれだけ汚さないように気を付けていたのに……」

高級京友禅は、尾乃田の白濁と雅姫の蜜口から出た飛沫で、目も当てられないほどにグチャグチャになっていた。

――ああ、クリーニングに出すのが恥ずかしい……。

涙目の雅姫は大きく溜め息を吐いた。

十二．三月、春の嵐

三月中旬だというのに、関東の田舎にある雅姫の実家周辺は、珍しく真冬のような気温の日が続いた。流石に雪が降ることはなかったが、顔に当たる空気は冷たい。

そんな春寒の日、雅姫の実家の電話が鳴った。

「え？　おっしゃっている意味が……。本当ですか？　雅姫が大学を長く欠席しているって？」

雅姫の母親の景子は口をポカンと開けて電話の相手と話していた。雅姫の通う大学の教務課からの電話だ。長期の休みが続いているが、このまま休学にするのかとの確認だった。

「いえ、私には何も……。はい、わかりました。ありがとうございます」

景子は震える手で受話器を置く。クラッと目眩がしてくるが、必死に柱を掴んで倒れるのを阻止した。雅姫とは電話で毎週話していたが、学校に行っていないとは一言も聞いていない。何かあったのだろうか、もしかしたら尾乃田と別れて、ショックでどこかに引き籠もっているのかと想像して不安になる。

「雅姫ちゃん、ダメよ！　尾乃田さんを逃したら！」

人生の逆転ホームラン、玉の輿の尾乃田を手放すわけにはいかないと、鼻息を荒くしながら呟いた。無論、自分にとっても娘の玉の輿は自慢のネタだ。御近所、パート先の同僚に存分にマウントを取れるのだから。尾乃田に買ってもらったハンドバッグは何度自慢に使ったことか。景子は様子を探るために、雅姫から聞いていた涼子の携帯に電話をかける。

『はい？　誰？』

「涼子ちゃん、お久しぶり。雅姫の母です」

暫くの無言の後に涼子の声が聞こえてくる。

『……お久しぶりです。何か用ですか？』

少し素っ気ない声色の涼子を不思議に思いながら、景子は雅姫のことを尋ねた。暫く学校に行っていないみたいだけれども、と。

『……私、もう雅姫とは友達じゃないんです。アイツが怖くて——』

涼子の声が微かに震えている。その意味がわからず「どういうことなの？」と追及した。

『おば様！　雅姫は……、ヤクザの情婦なんですよ！』

「え？　な、何を言っているの涼子ちゃん。雅姫には尾乃田さんっていう素敵な彼氏が――」

『尾乃田は平畏組二次団体常磐会の若頭ですよ。調べれば名前がネットで出てきます！』

日本で平畏組を知らない者はいない。その二次団体の若頭がどういう者か、世情に疎い景子でさえネットで調べなくても十分理解できる。

「そ、そんな……」

顔面蒼白で電話を切って床に倒れ込む。暫く放心状態でボーッと天井を見つめることしかできなかった。急遽パートの仕事を休み、部屋に籠もって自身のスマートフォンを握りしめ「尾乃田、常磐会」と検索をかける。

「ヒッ！　や、ヤクザだわ！」

尾乃田について出てくる言葉は「若頭」「ヤクザ」「極道」「武闘派」などの言葉ばかり。ヤクザを専門に扱うページには、御丁寧に顔写真まで載っていた。「平畏組一番の美形」と写真の横に書かれている。そう、見間違うわけがない、写真に写っている整った顔立ちに鋭い三白眼の男は、あの尾乃田だった。

「どうすればいいの……。ヤクザなんて駄目！　御近所に知られたらなんて言われるか……。お兄ちゃんの出世にも影響が出るじゃない！」

メラメラと怒りを滲ませる。国立大学を出て一流商社に入社した息子の将来を心配して。

「お兄ちゃんに何かあったら、雅姫ちゃんのせいよ！　自分が失敗したからって、お兄ちゃんの足を引っ張るなんて許せない！　なんて悪い子なのかしら」

スマートフォンで再度検索をかけ、「これよ！」とニンマリと笑う。画面には「嫌な縁を切るには専門家がお手伝い！」との宣伝文句が並んでいた。景子はプロの別れさせ屋に頼ることにしたのだ。

何十件電話しただろう。景子は断られるたびに、尾乃田がどれだけ凶悪なのかを理解する。初めはどこの会社も「うちに任せろ」と大口を叩くが、「常磐会の尾乃田」と告げると、瞬時に「うちでは無理」と電話を切った。

今回の会社も同じように電話を切られそうになったが、景子が「お願いです！　どうか！」と泣き出したので、少しの沈黙の後に「うちでは無理だけれど、ここならいけるかも」とある会社の番号を告げられる。しかし相手は続けて「でもあまりお勧めしません。この会社は合法ではないことをするので」と言って電話を一方的に終わらせる。景子にとってはまさに蜘蛛の糸であり、どんな会社だろうと、雅姫と尾乃田の縁を切ってくれるならかまわない。電話番号は06から始まっており、関西だと推測できる。景子は震える手で、すぐさま電話をかけた。

『はい、何でも屋ラッキーストライクです～』

「あ、あのう。娘と娘の彼氏を別れさせたいのです。お願いできますか？」

『はいはい、よくあるやつですね。大丈夫ですよ。お任せください！』

「いえ、あの、とても言い難《にく》いのですが、相手の男がヤクザでして……」

『あー、ヤクザね。うんうん、うちはヤクザも大丈夫ですよ』

「え！　そうなのですか？　あ、でも、相手が常磐会の尾乃田なんです……」

電話口の相手は暫く無言だった。景子はここも駄目かと電話を切ろうとしたときに、受話器の向こうからわずかに笑いを含んだ声が聞こえてくる。

『尾乃田ね……、そうですか。うちは奴に恨みがあるんですよ』

景子の予想していなかった言葉が返ってきた。

「是非、お願いします！　娘を助けてください！」

『あの、失礼ですが娘さんのお名前は？』

「え？　あ、篠田雅姫といいますが――」

相手の男は少し沈黙し、今度はゲラゲラと笑い出した。

『ハハハ、そうですか、雅姫さんというんですね。ええ、いいですよ。しかしこちらも命がけなのでお値段は少々かかります。うちができるのは、別れさせるというよりは強制奪還です』

そこから電話口の男は費用の説明をする。金額を聞いて景子は真っ青になるが、サラ金に借りてでも用立てることにする。大事な息子のために……。雅姫のことは諦めたが、せめて息子だけでも自分の自慢のネタで居続けてもらわないと困る。田舎は平和そうに見えて地域住民のマウント合戦が凄い。雅姫の受験失敗で、御近所では陰で散々ネタにされた。もう、あのときのように肩身の狭い思いは御免だ。

「わかりました。その金額でお願いします……」

相手は前金の振込口座を言い、景子に関西まで来るように伝えてくる。母親が娘に会いに来たなら、雅姫も家から出てくるし、尾乃田も警戒しないからと。景子はもっともだと同意して決行日を相談していく。

『三月三十一日はどうですか？ 週末で春休みだし街は観光客で大賑わい。人混みに紛れて逃げるのに好都合です』

「はい、よろしくお願いします」

景子は電話を切り、緊張が解けた瞬間、よろめきながら床に崩れ落ちた。これで雅姫は尾乃田から逃げられるだろう。関東まで戻ってくれれば、尾乃田が追ってきても何とかなると安易に考える。景子は尾乃田の雅姫に対する執着は、その程度のものと踏んでいた。


「うわ〜！ 俺ってついてるやんか！ 飛んで火にいる夏の虫ってやつやで！ 春やけど」

景子の電話を切ったラッキーストライクのオーナーこと鷹木が、満悦の表情で小躍りしながら殺風景な事務所内を行き来していた。鷹木はＭｏｏｎｌｉｇｈｔ Ｓｏｎａｔａの雇われ店長をしながら「何でも屋」を営んでいる。「何でも屋」は本当に「何でも屋」で、お金さえ貰えばどんなことでもやっていた。

「うふふ。これで雅姫ちゃんを尾乃田から奪って、俺のもんにできるやんか〜。どこに監禁しよかな？　楽しみやなあ。三十一日まで待てへんわ……」

不気味に微笑む鷹木は、「そやそや」と軽快に電話をかける。

「おい、お前ら仕事やで！」

『え、はい。鷹木先輩……。どんな仕事っすか？』

「お前ら、常磐会の尾乃田に恨み持っとったやろ？　一泡吹かせられるで」

『え、マジっすか！　尾乃田にはドラッグの製造場所を潰されて痛い目にあわされたんですよ。マジでやります、その仕事！』

「尾乃田の女を誘拐するんや。そんで俺のところに連れてこい」

電話の相手は、尾乃田に危険ドラッグの製造場所を大量に潰された半グレ連中だった。鷹木とは暴走族時代の先輩後輩で、上下関係に煩い半グレ連中は先輩に逆らえない。しかも現在鷹木は、その半グレ組織の幹部だった。よって時々鷹木の使いっ走りにされている。彼らは以前から「尾乃田の女」である雅姫に目をつけていたが、雅姫が東灘のアパートから引っ越してしまったため、居場所を把握できていなかった。しかし今回鷹木の連絡を受け、尾乃田に仕返しがしたい彼らは好都合だと喜ぶ。

『でも、組の監視が付いてますよ。誘拐なんて簡単にできるんですか？』

「ああ、俺にええ考えがあるねん。大丈夫や上手くいくで！」

鷹木は電話を切り、パソコンの電源を入れた。パソコンの中には「雅姫ちゃん」というフォルダーが存在し、鷹木は汗をかいて異常に紅潮した顔でそれを開く。そこには何千という雅姫の写真のサムネイルがあった。鷹木は自身の肉棒を上下に摩りながら写真を見つめる。明らかに盗撮した大量の写真の中には、雅姫が住吉の家から出てくる姿もあった。

「ハアハア……、やっと雅姫ちゃんが俺のモノになる。尾乃田の手垢で汚れた雅姫ちゃんを俺の精子で綺麗に洗わなあかん。身体中に塗りたくって、穴という穴に射精するねん」

その光景を想像した鷹木は恍惚とした表情で絶頂を迎える。派手に飛び散る白濁は、パソコンの画面の中で微笑む雅姫を汚していった。

＊＊＊＊

決行が翌日に迫った日。景子は新幹線で新大阪《しんおおさか》駅に降り立つ。ラッキーストライクの事務所がある尼崎《あまがさき》に向かうために在来線に乗り換えた。

「大丈夫かしら？　全て上手くいくわよね……」

心配で最近は睡眠もままならなかった景子だったが、新幹線の中で少し眠ることができた。お陰で思考が若干落ち着いてくる。夫には事の経緯を話したが、小心者の彼はヤクザという言葉に心底怯えていた。

「お前が悪い。ちゃんと子供を見ていないからだ！　責任を取ってお前が全部片付けろ！」

夫は景子に全てを丸投げし、知らん顔で日常生活を送っている。雅姫が家に戻ってこようとも、臭いものには蓋とばかりに何事もなかったように振る舞うだろう。常に夫の関心は雅姫の兄にだけ向いているのだから。女の、しかも大学受験に失敗した雅姫には既に興味はない。

前金として二百万円を振り込むように鷹木に言われた景子は、全額を貯金とサラ金で用立てた。尾乃田から逃げて関東に戻れたら、追加で百万円だと聞いている。尾乃田の家から連れ出して、関東に逃げるだけで三百万円は高すぎると抗議したが、「こちらも大物ヤクザ相手に命がけ」と言われ渋々了承するしかなかった。

「雅姫ちゃんのせいで老後の生活資金が減ったわ」

景子は雅姫を関東に連れ戻した後は、更に田舎の農村部の知り合いに頼んで見合いさせる計画を練っていた。嫁不足の過疎地域の知り合いは結婚相手を血眼で探している。特に限界集落などでは少し歳を取った独身男性が、嫁を喉から手が出るほど欲しがっているのだ。もう処女ではない雅姫でも喜んでもらってくれる。そこに隔離してしまえば、尾乃田も見つけられないし、見つかっても既に結婚・妊娠しているだろうと、景子は胸を押さえながら息を大きく吐き出した。

「大丈夫……。全て上手くいくはずよ！　雅姫ちゃんは駄目な子なのよ、いらないわ。絶対にお兄ちゃんの幸せの邪魔はさせないし、私の御近所での立場を守るためよ！」

景子はグッと前を睨み在来線の新快速姫路《ひめじ》行きに乗った。

古い雑居ビルの二階に鷹木の何でも屋「ラッキーストライク」はあるようだ。場所はＪＲ尼崎駅の南側で私鉄尼崎駅の近く。土地勘のない景子は事務所までタクシーで向かうしかない。いわゆる関西の下町は景子には少しショッキングで、タクシーから降りたときは足が竦んでしまったほどだ。

「篠田さん！　随分と遠くからお越しいただきありがとうございます」

古く煙草臭い部屋から笑顔の鷹木が顔を出す。ビジュアル系のバンドマンのような服装の鷹木に、景子はかなり警戒していたが、元ホストだった彼の軽快な話術にすっかり安心してしまう。

「お嬢さんの雅姫さんでしたっけ？　写真を送っていただきましたが、本当にお綺麗なお嬢さんですよね。お母様にそっくりで……」

「いやですわ、そんなお綺麗だなんて……。ありがとうございます」

まんざらでもない景子は嬉しそうに微笑む。

「それでは奪還の件ですが、こちらが調べた情報によりますと、尾乃田は暫く自宅に戻らないそうです。明日の午前にでも彼女をこの住所のビジネスホテルの部屋に誘《おび》き寄せてください。部屋番号は当日に御連絡します。ここは私の知り合いが働いていますので融通が利くんですよ。雅姫さん確保後は通用口から逃げることができます」

「わかりました。もし雅姫が暴れるような事態になればどうされるのですか？」

「それは大丈夫です。部屋に睡眠薬入りの飲み物を用意いたしますので、必ず雅姫さんに飲ませてください」

景子は「睡眠薬？」と眉をひそめる。それに気が付いた鷹木は、落ち着いた表情でスマートフォンの画面を開いて説明をする。

「睡眠薬といいましても、流行のオーガニック素材でできた天然ハーブですよ。病院で処方されるものとは違います。合法だし、欧米では健康のためにと市販されているのです」

流行だオーガニックだなどという言葉に弱い景子は、「そうなのですか」と納得してしまう。鷹木はあれこれと身体に安全だ、ＦＤＡ認可だと言うが、景子には意味が理解できない。ただ、「欧米で～」と言われたら何でも凄いと思ってしまう世代だ。

「わ、わかりました。安全なら……。雅姫のためですから！」

景子は力強く鷹木の目を見て、決心したように伝えた。

足取りも軽くラッキーストライクを出て、景子は宿泊予定の新大阪のビジネスホテルに向かう。神戸のホテルに宿泊して、偶然でも雅姫や尾乃田に出くわすのを避けるためだ。

「大阪に来たのだから、有名なデパ地下でお惣菜でも買ってみようかしら？　うふふ、今夜は少しお酒も飲んじゃおう！」

これで全て上手くいくと信じて疑わない景子は、前祝いで祝杯を挙げる気満々だ。大阪駅で途中下車し、駅前のデパートの地下巡りを楽しむことにした。

「はぁー。これで雅姫ちゃんは晴れて俺のモノ!」

尾乃田が暫く家に戻れないのは鷹木の仕業だ。半グレを使いわざと危険ドラッグ関連の揉め事を起こさせて、その収束に尾乃田が向かうように仕向けた。その過程でわざとアジトの一つを発見させたのである。もちろんそれはフェイクで、潰されたところで半グレ組織は痛くも痒くもない。

既に半勃ちの鷹木の愚息は、ズボンの下から己を主張している。

「我慢やで~。明日、雅姫ちゃんに濃ゆいの注ぎ込んだるねん。だからオナニーは禁止や」

ハアハアと鼻息を荒くし、愚息を撫でながら落ち着かせる。鷹木は前金の二百万円を貰うだけで、後は雅姫を拉致監禁するつもりだ。最初から残りの百万円は計算に入っていない。金額を大きく設定したのもそのためで、無事に拉致できた後には、その二百万円を雅姫と東南アジアにでも逃げる資金にするつもりだった。暫く雅姫を監禁する場所も確保済みで、そこで「鷹木専用、肉奴隷」に調教した後に二人で逃亡する。ルートや手順も鷹木の中では完璧だった。

「尾乃田が血眼になって探しても、雅姫ちゃんは見つからんし、発見した頃には再起不能の俺専用肉奴隷化済みや。奴も諦める、グフフフ」

鷹木は奇妙なダンスを踊りながら明日使う「クスリの調合」を始めた。

＊＊＊＊

三月三十一日の朝の七時に雅姫の携帯が鳴る。寝ていた雅姫が起きるまで何度も何度も繰り返される着信音に、雅姫は「何なの！」と不機嫌になった。

「もしもし、お母さん……。朝から一体何？」

『雅姫ちゃん、お母さん、お父さんと喧嘩して家出してきたの！　今、神戸にいるから少し出てきてー！　お願い……』

いきなりの景子の告白に雅姫は絶句する。

──本当に止《や》めてよ、もう……。

『お母さん、全部嫌になってしまったの。暫く神戸に住もうかしら？　尾乃田さんのお家《うち》にお邪魔してもいい？』

雅姫はそれだけはどうしても阻止したい。住吉の家に景子が来ればいろいろばれてしまうからだ。たった一日だけ誤魔化せば良いわけでもなく、四六時中だとぼろが出るのは明白だ。

「お母さん、わかったから！　取り敢えず外で会おうよ。お母さんの宿泊先はどこ？　そこまで行くから！」

電話口で景子が大きく息を吸い、小さく「やった」と呟く声が耳に入る。

『ありがとう。お母さんは三宮のXホテルにいるの。ロビーで待っているからね』

雅姫は電話を切った後に、すぐに新田に電話をかけた。

「お母さんがお父さんと喧嘩して家出してきたらしいの。今からXホテルに行ってくる」

『それやったらホテルまで送るで』

数十分で新田が住吉の家まで迎えに来た。雅姫は車内でもずっと不機嫌で、新田がご機嫌取りに必死になる。

「まあ、長い夫婦生活やんか〜。両親の喧嘩ぐらい許したりよ」

「何も家出することないよね？　お母さんが家にいないと、お父さんってば着替え一つできないのよ。きっと死活問題だわ。全て嫌になったなんて今更よ。もうずっと前から文句を言ってたんだから！」

雅姫は明後日久しぶりに尾乃田と会えるのを心底楽しみにしていた。もちろん尾乃田も同じだろう。景子が家出してきたことは、尾乃田にも電話で伝えてある。爆笑していたが、雅姫は全く笑えなかった。

車がXホテルの前に到着し、雅姫は車から降りる。新田も途中まで距離を取ってついてくき、雅姫がロビーで景子と会ったのを確認してからその場を離れていった。新田から「移動するときは連絡して」とＬＩＮＥにメッセージが届く。雅姫もオッケーと返事を送った。

「お、護衛が側を離れるみたいやで」

「おかん、最強やな！　信頼されまくっとるやんか〜」

「俺らも裏口から中に入るで」

以前に東灘のアパートの前で見張っていた金髪の刺青男、坊主頭のピアス男、太った男の半グレの三人組が、黒いワンボックスカーからホテルの様子をジッと見つめる。

「鷹木さんには連絡したか？」

「今、連絡したで。向こうも準備万端やってさ〜」

「怖いなあ……。鷹木さんだけは敵に回したくないわ。変態すぎる……」

「昔、敵対相手リンチしとるときに、ＳＭの道具持ち出して興奮しながら痛めつけてたんやで？　チ○コをビンビンにさせて……。そいつは再起不能の廃人になったって聞いたぞ」

半グレともあろう三人の顔が青ざめる。尾乃田への恨みから、当初は勢いで引き受けてしまった。しかし今は後悔している。今からでも断りたかったが、先輩なのでどうしようもない。早く仕事を終わらせて、鷹木から解放されたかった。もう尾乃田などどうでもいいくらいに。

三人は急いで裏口から関係者用のカードキーを使って中に入っていった。

＊＊＊

「雅姫ちゃん！　こっちこっち！」

なぜか笑顔で手を振る景子を雅姫は困惑して見つめる。喧嘩をして家出したにしては嬉しそうだ。そんなに父親と離れられたのが幸せなのかと、雅姫は何だか複雑な気分にさせられた。

「お母さん、随分と機嫌が良いのね。そんなにお父さんが嫌だったの……？」

母親に近付きながら雅姫は尋ねた。景子はハッとして真顔になっている。

「機嫌が良いわけないいじゃない。雅姫ちゃん何言っているの。気のせいよ――」

「そう？　ところでこっちには何日くらい滞在するつもり？　お父さん一人で大丈夫なの？」

「す、すぐに帰るわ。気分転換がしたかっただけだから……」

急に大人しくなった景子が少し理解できなかった。気分の浮き沈みが急すぎるので、何か心に問題でもあるのかと心配になってくる。もしや、これが更年期ってやつかもしれない。

「お母さん。取り敢えずは部屋に行こうよ。そこでゆっくり話を聞くから」

景子の手を取り、雅姫はエレベーターに向かって歩く。エレベーターが止まり、二人は景子の部屋がある階で降りる。景子は自分の部屋だというのに場所を覚えておらず、「どこかしら？」とうろうろと探し始めたので、雅姫は更に心配になった。

やっと部屋を見つけ、二人はカードキーを使って中に入る。室内は綺麗に整頓されており、使用された形跡が見当たらない。こんなに早くベッドメイクされたのかと、雅姫は不審げにあたりを見回した。すると景子は、ベッドサイドに置いてある水を雅姫に差し出す。

「雅姫ちゃん、お水でも飲む？　喉が渇いたでしょ？」

景子の急な申し出に若干戸惑う雅姫だが、少し喉が渇いていたので水を受け取りゴクリと数口飲む。二人でベッドの上に移動し、景子がどれだけ父親のことで腹を立てているかを話し出す。はっきり言って面白くない内容だ。暫くすると雅姫は視界が歪んでいることに気が付く。物凄い睡魔が襲ってきて、必死に瞼を開けようと努力するが、鉛のように重く閉じていく。

「雅姫ちゃんどうしたの？」

「ごめん、お母さん。凄く眠くて——」

「じゃあ、少し眠りなさいよ。時間はたっぷりあるんだから……」

雅姫はベッドの上にバタンと倒れ込み、泥のように眠ってしまった。

その様子を見て笑いが止まらない景子は、急いで電話をする。すると相手の鷹木は着信音一回で出た。

「娘が薬で寝ています。大成功ですよ！」

『わおー！　景子さんやりましたね！　今すぐに搬出係を寄こしますので、ドアの鍵を開けて待っていてください！』

鷹木との電話を切って数分後、ドンドンと部屋のドアが乱暴にノックされた。随分と荒っぽい音に、景子は怪訝な顔をする。折角寝ている雅姫が起きたらどうするのだと。

景子がドアスコープから外を確認すると、清掃員の制服を着た三人組が帽子を深く被って立っていた。急いでドアを開けると、三人は無遠慮にドカドカと景子を押しのけて中に入ってくる。明らかにガラの悪い三人組を見て、景子は身体が縮み上がるほど驚く。感じの良い鷹木からは想像できない男たちが目の前にいるのだから。一気に不安の波が襲ってきた。

「あ、貴方たちは何者なの！」

景子はそう言いながらも、顔からは血の気が引いており、唇は恐怖で震えていた。

「はぁー？　何やこのオバハン。あ、女のオカンか！」

「うるさいなあ、黙れや！」

ピアス男に突き飛ばされ、景子は派手に床に転び尻もちをつく。

「な、何するのよ。た、鷹木さんに言いつけるわよ！」

景子は怯えた声で叫ぶが、金髪の男が何度も蹴りつけてきた。「キャー！」と叫ぶも、太った男が押さえ付けて「黙れババア！　殺すぞ！」と脅す。上機嫌だった景子は一気に地獄に突き落とされたような気分になった。何が起きているのか理解できないといった風に、ガクガクと震える身体を両手で押さえている。口の中を切ったのかツーッと鮮血が口の端から垂れ落ちた。

「なあ？　殺してもええの？　このババア」

ピアス男がニヤニヤと嬉しそうに金髪の男に尋ねるが、「そんな指示は出てへん」と却下されていた。

「でも騒がれたら面倒やから気絶でもさせといた方がええな」

金髪の男は自身のポケットから小瓶を取り出し景子に見せつける。

「アンタが娘に飲ませた強力な違法睡眠薬と同じやつや。暫く大人しくしといてもらうで」

「違法ですって？　話が違う！　ど、どうしてこんなことを……。鷹木さんは？」

「オバハン、まだわかってへんなあ。全部、鷹木先輩が仕組んだことや。アンタの娘が気に入ったんやって。良かったなあ〜、アンタの娘はヤクザの情婦から変態の性奴隷に転職や！　あの人のことや、動画も撮られて資金源にネットでばら撒かれるわ」

景子は「うそ、嘘よ、そんな……！」と幾度となく繰り返し、息を詰まらせながら何度も浅く呼吸をしている。身体は震えて額には汗が滲み出ていた。こめかみからドクドクと音が聞こえてきて、ギリギリと痛み出す。どうしてだろう？　もしかして自分はとんでもない過《あやま》ちを犯してしまったのではないか？　解決するどころか状況は悪くなっているではないか。雅姫を犠牲にしてまで守ろうとした優秀な息子の人生は、このままではメチャメチャになるだろう。景子はガックリと項垂れた。不安の波が爆発して正気を奪ってしまった。そして思考は次第に停止していく。

金髪の男は抵抗しなくなった景子に、睡眠薬を飲ませ完全に意識を失わせた。

三人は景子をそのまま残し、部屋に運び込んだリネン用ワゴンに雅姫を乗せ、上からシーツを被せて完璧に隠す。長居は無用とばかりに走って部屋を出た。従業員用エレベーターを使い一階まで下りた三人は、何食わぬ顔でワゴンを押しながらホテルの通用口を通過する。乗ってきた黒のワンボックスカーのハッチバックを開けて、雅姫の入っているワゴンを三人がかりで担ぎ上げて乗せた。ドアを閉めて早足で車に乗り込み、急発進しながらホテルを後にする。

「鷹木さん。女の拉致に成功しました！　で、どこに連れていけばええんですか？」

運転席の太った男が興奮気味で電話をした。

『ありがとさ〜ん。取り敢えず阪神高速を東に向かって走ってくれる？　住所は追跡されてへんって確認できたら送るから〜』

電話を切った太った男は、「相変わらず用心深い人やな」と呟く。

「なあ、この女。凄いええ匂いするで……」

「ほんまやなあ。きっと尾乃田の金で極上の手入れしてるんやで！　アソコもさぞかし綺麗なんやろなあ」

後ろのスペースで、リネンワゴンから雅姫を引きずり出したピアス男と金髪の男が、クンクンと鼻を犬のように動かし雅姫の身体の匂いを嗅いでいた。

「お前ら、鷹木さんにバレたらヤバいぞ！　手を出すなよ！」

運転席の太った男が二人を窘める。しかし、興奮し始めた二人は雅姫を弄るのを止《や》めない。

フウフウと鼻息を荒くして雅姫の首筋の匂いを嗅いでいたピアス男が、ニヤニヤしながら二人に問いかけた。

「尾乃田に散々突っ込まれた穴やで。今更何本突っ込んでもバレんやろ？」

その瞬間に車体がガタガタと揺れ、雅姫の身体も動いて足を大きく開く体勢になった。金髪の男からは、白いレースのショーツが丸見えだ。ゴクリと喉を揺らし、ショーツに手をかける。そのとき、太った男のスマートフォンがけたたましく鳴り、「た、鷹木さんや！」と慌てて電話に出る。

『あ、言い忘れとったけど。女に少しでも手を出したら、お前ら全員のチ〇コをちょん切るからよろしく！　俺は鼻が利くねん。すぐバレるからな……』

電話を切った男はガクガク震えながら「女に手を出すな！　鷹木さんにバレてる！」と声を荒らげる。雅姫のショーツを下ろす寸前だった金髪の男は、慌てて手を引っ込めた。

＊＊＊＊

何時間くらいホテルの部屋で寝ていたのか。景子はズキズキする頭を押さえながら起き上がる。床に無造作に転がされていたので、そう若くはない身体の節々に痛みが走った。

「一体、今何時なの……」

ベッドの側の目覚まし時計を見て驚愕する。既にあれから四時間は経っていたからだ。今は午後三時を回っている。四時間もあれば雅姫はかなり遠くまで連れていかれただろう。半狂乱になりながら部屋を出て、無我夢中でホテルの外に走り出た。


そろそろ迎えの時間だろうと外で待機していた新田は、見覚えのある中年女性が慌てているのを見つけて驚いた。大急ぎで彼女の側に駆け寄り、少し上擦った声で話しかける。

「ちょ、雅姫ちゃんのお母さんやろ？　どないしてん！」

半狂乱の景子はフガフガと口を開けるが言葉にならない。新田は彼女の両肩を掴んで揺さぶり「しっかりしんか！」と喝を入れた。

「ま、雅姫ちゃんが連れ去られたの……。鷹木に騙された――」

その言葉で新田の顔が瞬時に青く変わっていく。しかし冷静に、すぐさまスマートフォンを取り出して電話をかけた。

「カシラ、雅姫ちゃんが鷹木に拉致されました。どうやら母親がグルやったみたいです。すみません……。……はい、了解しました。直ちに向かいます！」

尾乃田との会話が終わった新田は、景子を睨み付けながら腕を引っ張り上げ「アンタも来てもらうで」と、乗ってきた車に彼女を押し込み急発進させた。

新田からの電話を切った尾乃田は、側にいた組員がガクガクと震え出すぐらいの、荒ぶる表情になっている。メラメラと燃える三白眼が、見るもの全てを焼き尽くすようだった。

——俺の雅姫を！　鷹木よ、この落とし前は高くつくからな。覚悟せえよ！

尾乃田はすぐ側にあった椅子を投げてドアにぶつける。次々に破壊されていく室内。怒声と共に事務所中に響き渡る破壊音に、組員たちはただ立ち尽くすしかできない。壁を何度も殴り付けたため、尾乃田の拳からは血が流れていた。壁には尾乃田が空けた大きな穴が見える。唯一、高柳だけが尾乃田の側に寄っていき、冷静な顔で拳から滴る血をタオルで押さえる。

「高柳、今すぐに鷹木の関連施設を洗い出せ。あとホテルの従業員を脅してでも、知っていることを吐かせろ！」

「やはり、鷹木はあの件に関与していたのでしょうか？」

「……多分な。お前の調べた通りやろう。きっと奴は半グレ組織『GATE』の関係者や」

尾乃田は自身のスマートフォンを手に取り、あるアプリを起動する。それはGPS追跡アプリで、以前、雅姫のピアスに細工して発信器をつけていた。組のゴタゴタを懸念して持たせていたものだ。

「東か……」

アプリ上に表示される雅姫の移動経路が一定ではなく、東西南北と動き回っているが、徐々に東に向かっているようだ。どうやら発信器にはまだ気付かれてはいないらしい。

「カシラ、鷹木の関連施設が割れました。東に一箇所、最近契約した倉庫があります」

優秀すぎる側近の高柳が、ものの数分で鷹木の潜伏先の目星をつけたようだ。場所は滋賀県《しが》北部で琵琶湖《びわこ》の側。

「琵琶湖に行くぞ！　急げ！」

「カシラ、ヘリを手配しました。現場の奥琵琶湖へすぐに飛べます」

「でかした！　高柳！」

尾乃田たちは数台の車に乗り、猛スピードでヘリポートに向かった。

＊＊＊＊

ガンガン痛む頭のせいで視界がぼやけていたが、徐々に雅姫は覚醒していく。痛い頭を押さえようとしても両手が動かない。視点はゆっくりと定まってきたが、自分がいる場所は全く見覚えのない殺風景な部屋。どこかの倉庫の一室なのだと理解する。そして身体を動かしたくても動かせないのには理由があった。産婦人科に置いてある診察台のような椅子の上で、しっかりとベルトで固定され、両足は大きく左右に開かされていたからだ。衣服は着ていたが、スカートは意味のないものに成り下がり、雅姫のショーツは丸見えだった。

「な、なんなの……これ？　私、お母さんとホテルにいたはず」

混乱する雅姫にあの人物の声が聞こえてくる。

「まさきちゃーん。起きたん？　おはようさん」

ねっとりとした蛇のような目つきで雅姫を視姦しながら、鷹木がニヤニヤと笑い近付いてきた。その様子に驚いた雅姫は、鷹木の異様な雰囲気に気が付く。自分の知っている頼りない無気力な鷹木店長ではなく、生気の漲《みなぎ》った目つきの鋭い男。それに鷹木の側には柄の悪い三人が立っている。今や彼は、どこかのグループの幹部クラスの雰囲気を醸し出していた。

「……鷹木さん。どうして？」

「雅姫ちゃん、あかんで〜。ゆっくり俺が頂こうと思っとったのに、尾乃田にバージン捧げてもて。ガッカリやわ……。同棲までして、とんだ淫乱になってもたなあ」

カーッと顔を赤くする雅姫をねっとりと見る鷹木は、気味悪く笑いながら話し続ける。

「俺の所属する半グレのグループＧＡＴＥがな、尾乃田に痛い目にあわされとんねん。俺はどうでもええねんけど、グループとして尾乃田への報復を狙っとったらしい。そのときに、雅姫ちゃんのお母さんが連絡してきてん」

「お母さんが？　どういうことですか？」

「尾乃田の正体を知ったお母さんがな、二人を別れさせたい〜って、俺の何でも屋に連絡してきてん。ええお母さんやんか〜、涙出るわ」

雅姫は「ああ」と目を閉じて項垂れた。あの母ならきっとやるだろうと。尾乃田がヤクザだと知って、どんな手を使っても別れさせようと、血眼になって依頼先を探したのが想像できる。

「雅姫ちゃんを尾乃田から救出するはずが、半グレが横から拉致しちゃいました作戦ですわ！最高やろ？　自分の娘を半グレが拉致することに加担した馬鹿な母親！」

ゲラゲラ笑う鷹木は冷たく、全く温かみのない表情だ。雅姫はグッと鷹木を睨み付けて問う。

「私を拉致してどうするんですか？　こんなの犯罪よ！　バレたらタダではすまないわ！」

「バレる？　バレるわけないやん！　雅姫ちゃんは死ぬまで俺の肉奴隷。こんなに俺を虜にした女は君一人だけや。一生離さんわ……」

蛇が獲物を狙うような目の鷹木を見て、雅姫は恐怖で震え出しそうになったが、声を必死に絞り出して告げる。

「無理だわ！　私は貴方なんかに従わないし、隙あらば噛み付いてでも逃げ出してやる！　それに尾乃田さんが絶対に助けに来てくれるもの！」

鷹木は腹を抱える仕草をしながらゲラゲラと笑い出し、「この子おもろすぎる〜」と側にいる男たちに同意を求めていた。彼らは乾いた愛想笑いを浮かべている。

「雅姫ちゃん、わかってへんなあ。俺らが何を製造しとるか知ってる？　危険ドラッグやで？　雅姫ちゃんがおクスリがなくては生きられんようにすることは簡単なんや。それで自我をなくした状態で俺の人形にすればええねん。尾乃田が君を発見しても手遅れになってる」

「楽しみやなあ」とウットリと微笑む鷹木は、側にいる金髪の男に指示を出した。

「取り敢えず、新作のアレ持ってきてくれへん？」

金髪の男は黙って頷き部屋を出ていく。室内では鷹木が鼻歌を歌いながら気持ちの悪いダンスを踊っていた。

＊＊＊＊

尾乃田はここ暫く半グレ組織GATEの壊滅に忙しかった。暴力団の組織の一部になって動く半グレもいるが、GATEは違った。暴力団の縄張りで暴れ回り、暴力団対策法の影響で身動きが取りづらいヤクザに成り代わって、好き放題している組織だった。建前は……。

尾乃田が調べて行き着いたのは、GATEは柴元の庇護下にあるということ。いわゆる、ケツ持ちだ。対暴力団組織として暴れ回っていても、実際は暴力団をバックにつけていたというのはよくある話。GATEが得意とする危険ドラッグの製造販売は、柴元の資金源の一部になっていた。

「雅姫の拉致は柴元が絡んどるんか？　どう思う？」

尾乃田はヘリポートに向かう車内で高柳に尋ねた。高柳は移動中も忙しそうにタブレットを使って何かをしている。その指を少し止めて尾乃田を見ながら声を発した。

「柴元組長代理はGATEを駒の一つにしか考えていません。多分、何かあれば切り捨てるでしょう。ですから背後にいることを隠しています。それに雅姫さんを拉致したいのなら、自分のところのプロの兵隊《ヤクザ》を使って秘密裏にやると思います」

「そうやな、あのクソジジイならもっと上手くやる。母親から判明するなんてない。きっと徹底的に始末するやろうからな」

車がヘリポートに到着し、尾乃田と高柳、数人の組員がヘリコプターに乗り込む。残りはもう一機に乗り込んだ。

「カシラ、GATEの神戸市内の本部アジトは押さえました。いつでも襲撃可能です」

「わかった。外で待機させとけ！　いつでも襲撃できるようにな。俺の大事な女に手を出したことを心底後悔させたるわ！」

尾乃田たちの乗り込んだヘリコプターは、爆音を上げてヘリポートを飛び立っていった。

＊＊＊

「雅姫ちゃん、これが何かわかる？」

ニヤニヤと怪しく笑う鷹木が、指で摘まんだカラフルな錠剤を雅姫に見せた。

「……知りません。知りたくもない」

むすっとした表情の雅姫は、鷹木を睨み付ける。「おお、こわ〜」と鷹木は大袈裟に震えてみせるが、もちろん微塵も怖がってなどいないだろう。

「これはな、新作のセックスドラッグやねん。これを体内に入れたらイキっぱなしになるで。ただなあ、強すぎて他のクスリとちゃんぽんしてもたら、オーバードーズであの世行きやで。雅姫ちゃんも知っている璃子ちゃんのようにな」

「璃子ちゃんの件に関わっているのね！　最低！　許さない……」

「俺は何もしてへんよ〜。柴元のオッサンが勝手にしたことや。ええクスリくれって言うから試験段階のをあげただけ。良い人体実験させてもらったわ。常磐会組長も死んだらしいやん！」

「……信じられない。どうかしてるわ！　人殺しよ！」

「さあ、クスリを飲んでもらおか〜」

舌舐めずりしながら寄ってくる鷹木に「飲むものですか！」と言い放つが、鷹木がニターと笑いながら反応する。

「上の口やなくてもええで。粘膜に吸収されたら効くから。下のお口で美味しく頂いてんか」

診察台に鷹木がジリジリと近付いてきた。雅姫は「来ないで！」と叫ぶが、拘束されている身体ではどうしようもない。鼻息を荒くしながら鷹木が雅姫のショーツに手をかける。大きく喉を揺らしゴクリと唾を呑み込む鷹木を、雅姫は目が痛くなるほどに睨み付けた。

「あはは、やっとや。やっとやで！　雅姫ちゃんのマ〇コが見れる……。尾乃田さえ現れんかったら、一番乗りは俺のもんやったのに！」

そんな鷹木に「極悪人！」と叫ぶ雅姫。すると鷹木が手を止めて、「おいおい」と洋画のような派手なジェスチャーで問いかける。

「俺がやっている以上のことを尾乃田はやっているねんで？　アイツはヤクザや、それも武闘派のな。ドロドロに汚れた奴の手で、君は毎晩抱かれているねんで。ははは、うける！」

吐き捨てるように言われ、雅姫は目を見開いた。毎日甘く激しく愛を囁き自分を抱くのは「背中に虎の刺青を背負う男」。仲が良かった友人も離れていき、母親が半グレを使ってまで別れさせようとした極道者。しかし、雅姫はそれさえも全て受け入れると既に誓っている。尾乃田を愛していると自覚したときに。雅姫は力を込めてなおも鷹木を睨み付けた。

「雅姫ちゃん。汚れた男に抱かれた君も、すっかり汚れているんやで……ふふふ」

「やめて――！　私は汚れてなんかいない！　尾乃田さんだって……！」

雅姫は大粒の涙をボロボロとこぼしながらグッと唇を噛む。きつく噛みすぎて唇から薄らと血が流れ出す。「可哀想に」と上っ面だけで言いながら、鷹木が雅姫の唇を舐めた。しかし瞬時に鷹木の顔が苦痛に歪む。

「ぐぅ、うっ！　か、噛んだな……」

鷹木の口から血がタラッと垂れ出す。その直後、バシッという音が室内に響き、雅姫の頬に鈍い痛みが走った。

「今度何か抵抗したら、こんなもんじゃすまへんぞ！」

無機質な棚の上に置かれていたカラフルな錠剤を手に持ち、鷹木がサバイバルナイフを雅姫の喉に突き付け顔を乱暴に掴む。氷のように冷たい目で睨み付け、無理矢理雅姫の口内に錠剤を入れた。喉を小さな固形物が伝って落ちていく。それはジワリと溶けているようだ。

「雅姫ちゃん、そろそろ、お楽しみの時間を始めよか……」

鷹木はハアハアと興奮気味に語り出す。

「さあ、ショータイムの始まりやで！　クスリでキマッてイキまくる姿をしっかり録画しといたるわ。お前らは外で周囲を監視しとけよ！」

鷹木は半グレ三人組を部屋の外に追い出し、手元のボタンで天井からカメラを下ろす。カメラは三方向からバッチリ撮れるように配置されていた。

「綺麗に撮って尾乃田にも送ったるわな」

焦点を雅姫に合わせながら、迫りくる数台のカメラ。雅姫は叫び声を上げるが、すぐに意識が朦朧としてくる。

「あつい、あついよ……」

上気した顔で虚ろに天井を見つめる。身体は火照っており、少しの刺激を与えられただけで敏感に反応してしまう。そんな状態の中で、雅姫は動かせない両手を必死に動かそうと引っ張る。バンドが腕をきつく締め付けるが、その痛みでさえも快楽として反応してしまうほどだ。

「お願いぃ、手、ほどいてぇ。いやぁ……」

涙目の雅姫が鷹木に懇願する。鷹木は嬉しそうにスマートフォンを片手に持ち、全てを近くで録画していた。そして「たまらん」と言いながら、ズボンから逸物を取り出し触る。雅姫はフーフーと熱い息を吐き、瞳は充血して赤くなっていた。興奮してゲラゲラ笑う鷹木は、「うひょー！　ええで、ええで」と繰り返し、彼女の様子を動画に撮り続ける。

「ああ、永久保存版やわ……。これだけでイッてまいそうや……」

恍惚の表情の鷹木が、クネクネと身体を揺らしながら雅姫の太股に手を置いた。

「これから〜、雅姫ちゃんのエッチな蜜を味わいたいと思います！」

「駄目……やぁ」

鷹木はスマートフォンでなおも録画を続けながら、手を下腹へ移動させていく。指がショーツに触れたのと同時に、ドアの外から荒々しい破壊音が聞こえてきた。

「あ？　……もう、見つけたんか？　早すぎるー！　なんでやー！」

大声で叫びながら振り返った鷹木は、顔面蒼白で部屋の入口を見る。同時に、ドカンという大きな音と共にぶち破られた鉄製のドアが床に沈んでいく。その先には大きな影が見えた。影はあの三人の男たちを担いでいる。そして明らかに意識のない男たちを床に派手に投げつけた。

「……尾乃田！」

「よう！　鷹木店長。その股にぶら下がってる汚いもん、しまってくれるか？　吐きそうや」

嘔吐するようなジェスチャーをしながら、尾乃田が吐き捨てるように言う。鷹木は凍り付いた顔のまま、口をパクパクと小さく開けながらそれを聞いていた。

尾乃田は、診察台に座らされて足を全開に開き、虚ろな目で小刻みに震える雅姫を発見する。一瞬で状況を理解し、三白眼に燃えるような光を浮かべてゆっくりと鷹木に近付いた。一歩一歩、尾乃田が足を進めるたびに地面が軋むような、はたまた地響きのような幻聴が部屋全体に漂う。

「く、来るな！　来たらコイツをコレで刺すで！」

鷹木は側に置いていたサバイバルナイフを素早く手に持つ。そして雅姫の喉にナイフの刃を当て、尾乃田を睨むが、手はガクガクと震えている。

「おい、震えとるぞ、お前の手……。そんなんで人が刺せるんか？」

尾乃田と鷹木の距離が更に縮んでいく。

「刺せるー！　俺は今まで何人も刺しとるわ！」

「ほー、そうか。ほな、雅姫を刺してみろや。許可したるわ」

「はえ？　何《なん》やて……」

尾乃田の言動を理解できない鷹木が呆気に取られている。雅姫は尾乃田にとって最愛の女のはず。刺せとはどういうことだと。混乱する鷹木のナイフの刃先が、スッと一瞬雅姫から離れた。もちろん、その隙を尾乃田は見逃さない。内ポケットに忍ばせていた銃を素早く取り出し鷹木の肩を撃つ。

パ――ンという乾いた音が耳を劈《つんざ》く。締め切った場所で聞く銃声は、聞き慣れない者には目眩がするほどに激しい耳鳴りを与える。強烈な銃声で一瞬正気に戻った雅姫が尾乃田に気が付く。

待っていた、絶対に助けに来てくれると思っていた愛する男の姿に。


「お、尾乃田さん――――！　助けて！」

「雅姫、もう大丈夫やで。俺が来たからな」

銃弾が肩を貫通した鷹木は、叫び声を上げて床を転がり回る。尾乃田は素早く雅姫に駆け寄り、拘束を解いて自身の上着をかけた。

「鷹木よ。お前、ええ趣味しとるなあ。この撮影設備、最高やないか！」

尾乃田は天井から吊るされたカメラを見ながら問いかけた。鷹木は額から脂汗を流し、流血している肩を手で押さえて震えている。

「お前の素敵なビデオを撮って、裏で販売しよか？　ええ値で売れるんちゃうか？」

マニアになと笑う尾乃田は、床に転がる鷹木を大きく蹴り上げる。ドカッという大きな音と共に、鷹木が宙を舞って鉄製の壁に激突した。芋虫のように床に這いつくばる彼の顔を、尾乃田は更に踏みつける。鷹木はすすり泣いているようだ。

「で、お前は雅姫にその汚いもんを突っ込んだんか？」

嗚咽を漏らす鷹木は必死に頭を左右に振る。「まだ突っ込んではいなかった」と。

「へー、でも雅姫に少しでも触れたんやろ？　その汚い手で」

ギロリと尾乃田が睨む。その冷たい三白眼に射殺され、鷹木は震え上がり床に大きな染みを作る。そう、失禁してしまったようだ。

「汚いなあ、大人が漏らすなよ。ガキかお前は――」

やれやれと尾乃田は頭に手をやり、声を張り上げて部屋の外にいる高柳たちを呼んだ。

「コイツに落とし前つけさせろ！　お前らの好きにしてええ。俺は雅姫と戻る」

まだクスリの効果が続いている雅姫は、一瞬正気に戻っていたが、再び虚ろな目で身体を震わせ始める。尾乃田は一刻も早く、雅姫を家に連れて帰りたかった。

「雅姫、家に帰るぞ……、二人の家に。もう大丈夫や」

「お、おの……ださん、こわ……かった……」

その言葉を聞き心が張り裂けそうになった尾乃田は、雅姫を両腕で包み込むように抱きかかえた。力の入らない雅姫は弱い力でしがみついてくる。

「安心せえ、俺がおる。何があってもお前を一生守る！　こんなことは二度と起こらん！」

弱々しく視線を上げた雅姫が、尾乃田を見つめた。

「ええ、守ってください。永遠に……。私は貴方のモノなんだから」

雅姫は気を失ったのか、グッタリと尾乃田にもたれかかる。重みが一層増し、尾乃田は雅姫を、愛しい人を、一生守って生きていくことを改めて誓うのだった。

神戸のヘリポートから、組の迎えの車に乗り込んだ二人は住吉のマンションに戻る。車内で気が付いた雅姫は、ハアハアと肩で息をしていた。「もうすぐや」と何度も耳元で囁き尾乃田が励ます。その囁きにさえ反応してしまう雅姫は、小刻みに震え下腹部を濡らしていく。

「尾乃田さん……、もう……駄目。お願い触って――」

雅姫は尾乃田の胸に顔を埋めながら、尾乃田の手を掴み自身の下腹部へと移動させる。今までなら車内では尾乃田が先に雅姫を弄り出し、雅姫が「ダメ」と拒否をするの繰り返しで、最後は雅姫が根負けして応じるという展開だった。しかしドラッグのせいで正気ではない雅姫は、今日は自分から誘ってしまう。発情期の雌猫が匂いを発しながら、ニャーニャーとしつこく鳴くあれと同じだ。雅姫は何度も何度も消え入りそうに「触って」と繰り返す。

「わかった。ようわかった……」

尾乃田は雅姫の唇にかぶり付き、激しく口内を犯していく。尾乃田の舌が伸びて彼女の喉の奥を触り、それに応えるように雅姫も舌を伸ばして彼の口内を犯す。息をするのを忘れるほどに、互いの口内を浸食するのに夢中になりすぎて、窒息寸前でどちらからともなく離れる。大きく息継ぎをしながら、尾乃田は雅姫の首筋に噛み付き、豊満な胸を乱暴に揉みしだく。

「イイ、いいよう……。私も……」

雅姫は尾乃田の太股に跨がり、大きく口を開けて尾乃田の首筋にがぶりと噛み付く。尾乃田がするような甘噛みではなく、クスリのせいで加減のわからない雅姫はかなり強く噛んだ。

「っつ！　くっ」

尾乃田の顔が苦痛で歪む。同時に雅姫の口からたらりと血が流れた。雅姫はそれを美味しそうにペロリと舐めて、「ヴァンパイア」と赤く濡れた唇でニンマリと笑う。

「飲みたかったら飲め！　お前にやったら、幾らでもくれてやるわ」

尾乃田はフッと笑い三白眼を揺らす。雅姫がペロペロと傷口を舐めていると、尾乃田の指が伸びてショーツの中に忍び込む。既に濡れそぼったソコは、すんなりと極太の指を呑み込んでいく。卑猥な水音と共に二本の指を雅姫の蜜壺の中で上下に動かしながら、中でグッと開いたり閉じたりしている。

「あ、あ、あ、イイの――、あん、あああああん！」

雅姫は尾乃田の高級スーツの上に、ピューッと飛沫を派手に飛ばした。指で数回擦られただけで絶頂を迎えてしまう。

足りない、こんなものでは満たされない。雅姫は尾乃田の太股の上で妖艶に腰を振る。もっと太くて長いもので激しく突いて欲しいと、腰を動かしお強請りする様《さま》はまさしく発情期の雌猫。

「そうか、足りんか。もっと欲しいんやな俺の子猫は……」

尾乃田の三白眼が妖しく光る。車内にいるというのに、尾乃田は剛直をズボンから取り出して雅姫の卑裂に宛がった。それを察知した雅姫はペロッと唇を舐める。

「お前が望んだことや。後で恥ずかしいとか言うなよ」

バックミラー越しに尾乃田は運転手にウインクをする。運転手は耳まで真っ赤になりながらも、素知らぬ振りを決め込むことにしたようだ。

「んぁ……、はぅーん」

尾乃田は雅姫を下から激しく突き上げる。一気に最奥まで届いた肉棒を、雅姫はキューッと締め付けた。「くぅ――」と尾乃田が苦しそうに漏らし、雅姫を熱い視線で見つめる。

「凄い締め付けやな。食いちぎられそうやで、お前のマ○コに」

ペロッと舌舐めずりしながら、「飛べ、雅姫」と更に激しくガツガツと腰を打ち付けた。その振動で雅姫はガクガクと大きく上下に跳ぶ。身体が浮き上がっても、重力で落ちる先には尾乃田の剛直が待っているので、ズッシリと最奥まで沈んでいく。あまりの快感に身体を反らす雅姫は一心不乱に腰を動かす。

「イイー、あひぃー、イイよー！　尾乃田さん、好き……！」

絶頂を迎えた雅姫は白目を剥いて涎を垂らしていた。それでも腰を振るのを止めない尾乃田は、「まだや、まだ」と更に激しく律動を送っている。

どれくらいの間、雅姫は飛んでいたのだろう。尾乃田の肉棒と宙を何度行き来しただろうか。それは随分と長い間だったかもしれない。ようやく尾乃田が「ぐあぁぁぁ」と雅姫の中に吐精したときには、車は既に住吉のマンションの駐車場に入っていた。達しすぎて完全に気を失った雅姫は、ダラリと尾乃田の上に崩れ落ちた。

＊＊＊＊

重たい瞼を押し開けると、眩しい光が雅姫の視界に広がる。雅姫がいるのは馴染みのある大きなベッドの上。ズキズキと痛む頭を触りながら、ベッドサイドのテーブルに視線を移すと、飲みかけのミネラルウォーターと使い終わった氷嚢《ひょうのう》が置いてあった。

「あれ？　いつの間に家に戻ったの……。覚えていない」

ドクドクと音がする前頭部を押さえ、雅姫はゆっくりと上体を起こした。

「気が付いたんか？」

ドアの側には大きな影が立っていて、雅姫を心配そうに見つめている。

「……尾乃田さん。私、どうしてここに？」

「覚えてへんのか……？　身体は辛ないか？　気分は……？」

尾乃田は続けざまに質問してくる。雅姫は自分自身を抱きしめるようにして身体を触った。節々に痛みを感じるが、特に大きな怪我はなさそうだ。

「はい、頭が重いのと、少し関節が痛いだけで……。自分に何があったのか、どこか靄《もや》がかかっていて……。確か鷹木店長が、あぁぁぁ！」

雅姫は断片的に昨夜の出来事を思い出す。ドラッグを使うまでのことは思い出せそうだったが、それ以降はぼんやりとして思い出せない。しかし何とも言えない恐怖が襲ってきた。

「辛いかもしれへんが、ゆっくりでええ。確認したいから覚えているところまで言えるか？」

「クスリを口に入れられたところまでは何とか覚えて……。でもそれ以降は断片的です。何かあったのですか？　私、もしかしてレイ――」

「大丈夫や、雅姫。何もなかった。心配するな……。お前は何もされてない！」

尾乃田はゆっくりと雅姫に近付き優しく微笑みかけた。その表情は雅姫を一瞬で安心させる。彼が自分を危険から守ってくれたのだと理解し、不安は少しずつ消え去った。

「お前の母親が、鷹木に依頼してお前を誘拐させたそうや。俺らの仲を引き裂くために」

「た、鷹木店長から聞きました。それをチャンスと考えた鷹木店長が私を拉致したって……」

「誘拐すれば簡単に俺らを引き離せると思ったとは……。俺はお前を絶対に諦めんし、地の果てでも探し出して奪還するわ。俺からお前を奪うことは誰にもできん！」

尾乃田の手は傍からもわかるほどに固く握られていた。その怒りは雅姫にも伝わってくる。

「私だって尾乃田さんと絶対に離れたくない！」

二人は自然と抱き合った。その重なり合いは互いの熱を伝え、体温が混ざり合う。呼吸さえも同じになり、同一体になったような錯覚が二人を襲った。二人の間に境界線はもうない。ヤクザ、堅気、そんな言葉は二人には関係ない。生きていくために必要な対の存在だ。

「俺らは二人で一つや……。これから先、決して離れることはない」

雅姫は「はい」と伝えて尾乃田の唇に指でそっと触れる。二人の視線が重なり合い、唇が重なった。互いの唇を存分に味わった後、ゆっくりと二人は離れていく。

「雅姫、しんどいかもしれんが、事務所にお前の母親がおる。会って話したいそうや」

「……わかりました。私も話したいことがあるので行きます」

雅姫はまだ力の入りづらい足で踏ん張って立ち上がり、笑顔で尾乃田と共に部屋を出た。

十三、雅姫の居場所

「雅姫ちゃん！　無事だったのね！」

組事務所の応接室にいた景子は立ち上がり、入口で佇む雅姫に近寄ってギュッと抱きしめる。景子は泣きすぎて目が真っ赤に腫れ上がり、寝ていないのか、少し顔も浮腫《むく》んでいた。

「……お母さん」

雅姫はそれ以上何も言わずに、その場は景子の気のすむまでジッとしていた。そのとき、尾乃田に気が付いた景子が、雅姫を自身の後ろに隠すようにしながら睨み付ける。

「あ、貴方のせいで雅姫ちゃんがこんな目にあったのよ！　責任を取って！」

金切り声で怒鳴り散らす景子に雅姫は唖然とした。事の発端は景子が鷹木に依頼したせいなのに。景子の側に昨日からついていた新田も「このオバハン！」と吐き捨てる。

「お母さん！　違うわ。尾乃田さんが助けてくれなかったら、私は今頃……。もう、全部聞いたの。お母さんが仕組んだことだって。恨み言を言うのは間違いよ！」

「な、何言っているの、雅姫ちゃん！　この男が貴女に関わってこなければ、奴らは誘拐なんてしないわ！　私だって変な奴らに奪還の依頼だってしない！　全部、この男のせいよ！」

「お母さん！　止《や》めてよ！　尾乃田さんのせいじゃない……」

尾乃田が数歩前に進み、ゆっくりと口を開いた。

「そうですね。景子さんがおっしゃる通り、俺が関わらなければ雅姫は拉致されなかったでしょう。でも、もう関わってしまった。雅姫には一生、拉致されるかもしれないという懸念がつきまとう。ヤクザ者である俺の唯一の弱点ですからね。常に襲撃に怯えなくてはいけないんですよ」

尾乃田は景子を三白眼で静かに睨み付ける。景子はゴクリと喉を鳴らしていた。

「奴らには別れたと言っても通用しない。誘拐して使いものにならなければ、その場で殺すかソープにでも売られる。それに今更、雅姫を家に連れて帰っても警察に目をつけられますよ。雅姫は警察の重要参考人のリストに載っているはずだ。きっと監視がつくでしょうね」

「そ、そんな、酷い！　警察の監視だなんて……。御近所の目が！　お兄ちゃんの将来はどうなるのですか？　良家のお嬢さんとの結婚は？　雅姫ちゃんのせいで優秀なお兄ちゃんの人生がメチャメチャよ！　私だってパート先で陰口を叩かれる！」

雅姫は景子の言葉を聞いて血の気が引いていく。そこで明確に理解した。景子は娘のことを心配しているんじゃないのだと。新田が「ひでえ母親や……」とボソリと呟く。

「雅姫、お前はどうしたいんや？　お前の気持ちを話してやれ」

尾乃田は優しく雅姫を見つめ、ニッコリと三白眼を細めながら微笑んでいる。そう、雅姫の大好きな笑顔だ。内緒でホステスのバイトをしたことがバレた後に、二人で愛を確かめ合った。そのときに、雅姫は尾乃田と生きていくと決心した。それを今日ははっきりと母親に告げなくてはいけない。雅姫には尾乃田が必要で、尾乃田には雅姫が必要なのだから。

「……お母さん、聞いて。大事な話があるの」

雅姫はゆっくりと大きく息を吸い、前を見据えて口を開く。娘から何を言われるのかと挙動不審な景子は、キョロキョロと視点が定まらない。身体も小刻みに動かしている。

「ま、雅姫ちゃん。取り敢えず、家に帰りましょう、ね？　素敵なお見合い相手もいるのよ」

雅姫の肩に置いた景子の手が異常に震えていた。

「お母さん、ごめんなさい。一緒には帰れないの。私は自分の居場所を見つけたの。もう、あの家に戻れない……」

カーッと瞬時に真っ赤になった景子の顔が、般若《はんにゃ》のように変わっていく。肩に置かれた手に力が込められて、指が雅姫の肩に食い込む。痛みで顔が歪むが、雅姫は景子の目を見て続ける。

「……お母さん、ごめんね。私を自由にしてください。お母さんの思い通りにしようとしないで……。私は自分で考えて尾乃田さんを選ぶの。今まで育ててくれてありがとう……。本当にごめんなさい」

景子の右手が大きく振り上げられ、勢いよく空を切る。

咄嗟に尾乃田が雅姫を庇ったために、景子の平手は尾乃田の腕に当たった。新田が景子を取り押さえようとするが、尾乃田が「かまわへん」と阻止する。

「景子さん、暴力はあきませんなあ……。暴力団の自分が言うのもなんですが」

尾乃田は三白眼を見開き、景子を睨み付けた。景子は大型肉食獣に狙われた小動物のように、ガクガクと震えて青ざめる。

「ま、雅姫は私の子よ！　親が子を思い通りにして何が悪いのよ！」

「そうですなあ。そんな理屈が通じるのも幼児までですわ。雅姫は大人です。子供やないんですよ」

景子は顔を真っ赤にして目を見開き、雅姫を睨み付けた。

「お母さんと一緒に帰らないなら、親子の縁を切るわ。貴女は死んだものだと思って、家族から抹消します！」

「……それでかまわない。私は尾乃田さんといる方が良いの。尾乃田さんといると自分らしくいられる。彼は私の一番大事な人だから――」

雅姫は尾乃田にギュッと抱きつき、胸に顔を埋めた。尾乃田は愛おしそうに雅姫を見つめ、頭をゆっくりと繰り返し撫でる。

「景子さん、これが雅姫の答えですわ」

「け、警察に訴えてやるわ！　ヤクザに拉致監禁されているって」

「景子さん、こちらで調べましたが、どうやら随分と消費者金融で借金をなさったそうですね。旦那さんの収入でこれからどうやって返済されるんですか？　それこそ息子さんに迷惑がかかるんちゃいますか？」

尾乃田は合図をして高柳を呼ぶ。高柳は白い封筒を景子に手渡した。景子は訝しげに封筒を受け取り、中をそっと開ける。

「ご、五千万円！」

景子は封筒の中にある小切手の金額に震え上がった。尾乃田はニヤリと笑い景子を見つめる。

「今まで雅姫を育てるのにかかった費用をお返しいたします。これで綺麗さっぱり縁を切れるでしょう？」

金額は子供を大学卒業までさせた場合の養育費の平均以上だ。明らかに尾乃田は色をつけている。もちろん五千万円は尾乃田にとって端金《はしたがね》。しかし父親が地方公務員の雅姫の実家にとっては大金だった。残りの住宅ローンを返済してもお釣りがくる。

暫く景子は考え込むが、何か答えを見つけたように笑顔で雅姫の方を見た。

「わかったわ、雅姫ちゃん。そんなに言うなら尾乃田さんといなさいよ。もう、篠田家とは今後一切関わらないでね。ヤクザの親戚なんてまっぴら御免！　お兄ちゃんのためよ！　じゃあ、さようなら」

白い封筒をハンドバッグにいそいそと仕舞い込み、景子は颯爽と部屋から出ていった。雅姫を振り返ることもせずに……。

あまりの呆気なさに雅姫は呆然とするが、尾乃田が「大丈夫や」と優しく額にキスを落とす。新田も「これで自由やで」と喜んでいた。

――こんなにも簡単に親子の縁って切れるの？

いや、そうではない。景子は子供のことを自身を飾る物として見ていて、幼いときの厳しさも世間体のため。きっと父親も同じ。子供たちのためではなかった。だからこそ、物を捨てるように簡単に雅姫を排除したのだろう。

今は家族を失うことに不安はない。雅姫はもう知っている。血の繋がりよりも、愛する人との深い繋がりが大事だと。それが実の家族以上の存在に成り得るのだから。こんな風に思えるようになったのは尾乃田のお陰。彼に会って本当の愛を知った。

「さあ、晴れてお前は自由の身やで、雅姫。ホンマに俺と一緒におるんか？　ええのか？」

「もちろんです！　尾乃田さんがヤクザだろうと、私にとっては最愛の人……」

曇りのない眼差しで、雅姫は尾乃田に笑顔を見せる。

——そう、私には尾乃田さんがいる。毒親なんていない方がいいわ。

そんな二人の横で、景子が一枚目で納得しない場合のために追加で五千万円の小切手を用意していた高柳は、「安上がりな親だ……」と呟くのだった。

＊＊＊＊

「柴元組長代理、尾乃田がGATEを壊滅させたそうです。どうされますか？」

側近が地下室でお楽しみ中の柴元に告げる。二人の裸体の女が、寝転がった柴元の下腹部を美味しそうに舐めていた。もう一人は床に倒れていてゼエゼエと肩で息をしている。彼女の秘部からはドロッとした白濁が溢れ出ており、ここで何がおこなわれていたのかが窺い知れる。

「おいおい、お楽しみ中の空気を乱すなよ。そんな話聞きとおないわ〜」

柴元は女たちを乱暴に押しのけて立ち上がり、部屋からのっそりと出ていく。脂ぎった柴元の目は血走っており、下半身は反り立ったままだ。

「もう、あのクスリは手に入らんのか？　あれはエエ出来やったで……。イキっぱなしや」

「すぐに他のグループを当たりますか？　製造方法を教えれば喜んで作るでしょう」

「そやな。手駒になる半グレは幾らでもおる。探しといてんか？」

「……了解しました」

「それとな、尾乃田はあかん。もうちょっと側に置いといたろかと思ったけど、やりすぎや！　予定より早いけど、手を打たしてもらおか」

柴元はゲラゲラと笑いながら浴室へと向かっていった。

＊＊＊＊

雅姫と尾乃田は組事務所を後にして、住吉のマンションに戻った。家族と縁を切って尾乃田を選んだのだから、雅姫にとって頼れるのは彼だけ。住吉のマンションが、尾乃田のいるところが雅姫の帰る場所。

「もう、ここ以外に行く場所がなくなっちゃった……ふふふ」

ポツリと呟く雅姫は、寂しそうに窓の外の夕暮れを見つめる。母親はお金に目が眩み雅姫を捨てた。自分より兄やお金が大事な母親、それを今日は目の当たりにした。

「俺とずっと一緒におればええ。何も心配するな。お前を一人にはしない。俺にはお前だけ、お前にも俺だけ。二人で一緒に生きていこう」

「約束ですよ……」

「ああ、指切りげんまんや」

尾乃田は雅姫を抱きしめて優しく口づけをする。そして互いの唇から離れ、指を絡ませ合う。「指切りげんまん」と言いながら。雅姫は少し涙で歪む視界を隠すように下を向く。すると瞳に溜まった涙がポトポトと床に落ちていった。

「俺は幼いときに母親に捨てられた。父親も俺を行政から貰う給付金目当てに使った。俺にとって両親とは命をくれただけの存在。まあ、それも一応ありがたいわなあ」

下を向く雅姫の顔をグイッと上に向けた尾乃田は、彼女の目を真っすぐに見ていた。その真剣な瞳に、雅姫は吸い込まれそうになる。

「お前の不安は俺が全部背負い込む。お前はただ前を見て生きろ」

「尾乃田さん……。ありがとうございます。私は貴方と恋に落ちて本当に良かった」

互いの唇を重ねて視線を交わす二人を月の光が優しく照らしていた。

＊＊＊＊

半グレ組織GATEは尾乃田の組によって壊滅。各地にあったアジトは、尾乃田の指示で一斉に襲撃された。烏合の衆だったＧＡＴＥのメンバーは、あっという間に蜘蛛の子を散らすように逃げてしまう。辞めたくても制裁が怖くて辞められない者が大半だったので、みんな喜んで離れていった。

しかし個人的な理由で二次団体の若頭が動き、大きな傷害事件を犯したのは、組では問題となるだろう。被害者たちは全治数か月の重傷。鷹木にいたっては、高柳からの制裁も含め、重篤な障害が残ることが予想される。この御時世、どんな件でしょっ引かれるかわかったものではない。何よりも一番上の組長が、暴力団対策法の使用者責任で捕まる可能性もある。柴元組長代理は、尾乃田を事件の翌日に早速呼び出した。

神戸の繁華街の騒がしさがほぼ聞こえない、郊外の山間地帯に建つ柴元組長代理の三階建ての豪邸。組長代理に就任後、組の金を使い更に増築したようだ。鉄筋コンクリート打ちっぱなしの外見は、山の中では不釣り合いすぎる。

護衛は連れてくるなとのことだったので、尾乃田一人で門をくぐった。高柳は心配そうに門の側まで行って尾乃田を見送る。門は三重になっており、第一門を抜けて更に第二門で金属探知機。第三門でボディーチェック。その様子を尾乃田は冷めた目で見ていた。

「尾乃田！　お前、何ちゅうことしくさったんや！」

部屋の扉を開けるなり怒声がこだました。同時に大きなバカラの灰皿が尾乃田に向かって飛んでくる。幸いにも当たることはなかったが、ドガッと音を立てて床に転がった。慌てて尾乃田を部屋に案内した若い男が拾う。

「申し訳ありません、組長代理……」

尾乃田は深々と頭を下げた。無論、反省などしていない。

「謝ってすむ問題か！　おんどれは、ワシに刑務所《ムショ》行け言うんか！」

柴元の額の血管が浮き上がって、禿げた頭のせいか、真っ赤なゆで蛸のようになる。この男は暴力団対策法の使用者責任を気にしているのだろう。自分が刑務所に入りたくないだけだ。実に卑小で滑稽。大きな組の組長の器ではないと尾乃田は無感情な顔で見ていた。

「ワシが刑務所に入ったら、沢山《ようけ》おる組員が路頭に迷うねん！」

――いや、お前が刑務所入っても誰も困らんわ。寧ろ喜ぶ。

尾乃田は無表情を貫く。氷のような瞳には何も映っていない。

「尾乃田、どう落とし前つけるんや、あ？」

「……指を落とします」

尾乃田にとって指を失うことなど、雅姫を助けられたことに比べれば何でもない。

「阿呆か～！　お前の指なんかもろても何の意味もあるかい！　錦鯉の餌にもなるかい！」

唾を飛ばしながら柴元が怒鳴る。そしてその勢いのままに声を更に張り上げた。

「お前は破門じゃ！　お前の起こした事件は、破門後に勝手にしたことにするんじゃ！　ええな!!」

一呼吸置いて、柴元はこれが本題かのように一際大きく怒鳴り出す。

「お前のシノギは全部没収や！」

柴元はニヤッとしながら尾乃田を見る。その表情が全てを物語っていた。

――コイツ、最初からそれが目当てやったな！

尾乃田の眉間に皺が寄った。尾乃田のシノギは常磐会ではトップの額。しかも一次団体を含めてもトップクラスだ。それを柴元はゴッソリと自分のものにしてしまう算段だったのだろう。

「ええな！　破門状は即刻回す。破門の日付は一か月前や」

力がつきすぎた若頭。自分を足元から揺るがす存在を、血生臭くない方法で排除できる格好の機会。笑いが止まらないのだろう、柴元は下品に笑っていた。

そんな柴元を冷ややかな目で見る尾乃田は、内心痛くも痒くもない。資産は海外の数か所にある隠し口座にばら撒いている。

暴力団に対する締め付けが厳しい昨今、資産を隠すのは至難の業だが、側近の高柳は優秀で完璧に管理していた。暴力団を抜けても暫く日本では銀行口座も作れないからだ。

暴力団対策法により、一般社会と暴力団との間に大きな壁ができた。この壁を、より高く強固にしたものが暴排条例だ。現在の日本において暴力団員である者は、憲法で保障された「健康で文化的な最低限度の生活を営む」権利すら保障されないという過酷なもの。それは暴力団を抜けた後も五年間は続く。その五年間は暴力団関係者とみなされ、現役組員同様に、銀行口座を開設することや、自分の名義で家を借りることもできない。だからといって暴力団員歴を隠して書類に記載しないでいると、虚偽記載となり罰せられる。

しかし、尾乃田には五年間、いや十年以上裕福に暮らせる資産があった。何も心配する必要はない。

——元々、ヤクザになりたくてなったわけやない。晴れて自由の身になって、雅姫が望むならいずれ海外移住も良いだろう。ああ、高柳ならついてくるやろな、俺が行くとこどこまでも……。高柳と一緒に、全てが落ち着いたら事業でも立ち上げるか。

フッと尾乃田の顔に笑みが浮かぶ。そう遠くない未来を想像して目を細めた。

「おお、忘れとったわ。お前にお客さんやで〜」

不気味に笑う柴元が「おい、入ってこいや」と入口に向かって手招きをした。騒がしい音が聞こえ、尾乃田は何かを察して振り返るが、既に遅く、大勢の警察官に背後を取られていた。

「お前ら、グルか！」

「人聞き悪いのう〜。ワシは善良な市民やで〜。悪人逮捕に協力するんは当たり前やろ？」

勝ち誇って笑う柴元。すると、あっという間に警察官たちが尾乃田の前に次々と立ちはだかる。

「尾乃田真一郎、滋賀県での半グレ組織との抗争事件の重要参考人として連行する」

両腕を捕まれて尾乃田は警察官四人がかりで囲まれる。尾乃田は暴れる様子もなく、警察官に黙って従う。変に暴れて大事《おおごと》にしないためだ。

「尾乃田、傷害罪はヤクザなら三～五年は臭い飯や。安心せいよ、お前の可愛い女は俺が面倒見たるさかいにな」

舌舐めずりしながら柴元が腰をカクカクと卑猥に振っている。

「柴元、キサマ――――！」

警察官四人で押さえられていた尾乃田だが、両腕を振り回して警察官を次々と投げ飛ばし、柴元の喉元をグイッと掴み上げた。小さな柴元は宙吊りになり、フガフガと呼吸が困難になっていく。尾乃田の三白眼が柴元を捉え、地獄の底から上がってくるような声を絞り出す。

「お前だけは絶対に許さん！　雅姫に何かしてみろ、お前を必ず地獄に落とすからな！」

駆けつけた応援の警察官に次々と飛びかかられて、尾乃田は地面に大きな身体を沈ませる。

間一髪で助かった柴元は、床にしゃがみ込んでゼエゼエと息を整えていた。

「ははは！　ムショから出てきた頃には、あの女はお前のもとには戻らんわ！　別の男と結婚でもして腹ぼてじゃい」

暴れたことで尾乃田は手錠をかけられ、大勢の警察官に挟まれて連行されることになった。

＊＊＊＊

尾乃田は公務執行妨害で逮捕され、勾留期限上限の二十日間も警察署で取り調べを受けた。弁護士以外との接見は禁止されていたので、弁護士だけが唯一の外との繋がりだ。尾乃田は弁護士に頼み、高柳に雅姫のことを保護するように、後は全て高柳に任せると伝えた。取り調べでは一貫して黙秘を貫き、世間話にも応じなかった。警察は暴力団関係者には容赦しない。手荒なこともされたが、尾乃田は動じなかった。

勾留期限が終わる頃、起訴されるだろうと覚悟したが、意外とあっさり不起訴かつ釈放となることを、担当の刑事が不機嫌そうに伝える。

「警視庁の上からの圧力や。お前、どんな手を使ってん？」

尾乃田は全く身に覚えがなかった。地方のマル暴刑事とは持ちつ持たれつではあったが、いざ事件が起これば他人行儀。そういう間柄だった。尾乃田の知り合いの中で、警視庁上層部の者はいない。

「それに被害者らが一貫して、怪我は事故でヤクザは関係ないって言ってる。被害届も出ていない。そんな状況では起訴もできんしなあ」

長期の取り調べの疲労から、尾乃田は考えるのを放棄する。取り敢えず、これでシャバに出られるのだ、ようやく雅姫に会えるのだと喜び、自然と顔がほころんでいく。

「尾乃田、自由の身にしたる代わりに、これを書け！」

担当刑事が一枚の紙を尾乃田の前に出す。それは組の解散届だった。

「ワシらも、メンツがあるんや。このまま、お前を不起訴で釈放したら世間様から苦情が来るやろ？　解散届でワシら警察もニッコリ、お前もニッコリやな」

あざ笑う担当刑事に今すぐ殴りかかりたい衝動に駆られたが、尾乃田はグッと我慢する。

「……わかった。解散届を書いたるわ」

翌日、尾乃田は二十一日ぶりに釈放された。

「尾乃田さん！」

警察署から出てきたところで、ずっと恋い焦がれていた声が耳に飛び込んでくる。外の光を直接見るのは久々で、目がまだ慣れていない。眩しそうに目を凝らし、美しく輝くそれを優しい笑顔で見つめる。

「雅姫……。会いたかったで」

駆け寄ってきた雅姫を力いっぱい抱きしめて、尾乃田はグッと空を見上げる。春の青空はどこかピンクの色が混ざっていた。まだ散りきっていない桜が所々に咲いているからだろうか。

「私のせいでごめんなさい。尾乃田さんはすぐに出てくるって信じていました。だって、これからずっと側にいて支えてくれるって言ったから。私を一人になんかしないって。二人で一緒にこれから生きていくって決めたんだからって……」

腕の中で身体を震わせて泣いている雅姫を何度も強く抱きしめ返し、「そうやったな、側にいるって約束した」と呟く。そして尾乃田たちは迎えの車に乗って警察署を後にした。

このまま雅姫と家に戻り、激しく抱き合いたいと思ったが、先に重大なことをすませないといけない。組の解散届を出したので、それを組員に伝えなくてはいけなかった。既に弁護士から聞いて事情を知っている高柳が尾乃田に告げる。

「全員組事務所で待機しています」

「……そうか。ありがとうな」

雅姫はギュッと尾乃田に掴まったまま、顔を押し付けて黙っていた。


「俺の力不足や。すまん……」

組員の前で尾乃田が頭を下げる。

「頭を上げてください」と組員は口々に言う。中にはボロボロと大粒の涙をこぼす者もいた。

組を解散したことで、行き場所がなくなる者もいるかもしれないし、文句を言ってくる者もいるだろうと覚悟していたが、皆、尾乃田に理解を示す。

「カシラ、いや、組長！　もう、この御時世、ヤクザはあかんのですわ。これで堅気になって生きていくんが最善です」

「そうです。もう、ヤクザは絶滅危惧種でっせ！」

笑いながら「そうや」と言い合う組員たち。強がりだとしても尾乃田は救われた。先程まで自分についてきてくれた組員たちを、路頭に迷わせることになると自身を責めていたのだから。尾乃田は組員一人一人に当面の資金を用意し、一人一人に手渡しながら別れを告げていった。みんな一様に感謝し、喜んで受け取る。一番下っ端の新田が最後に残った。新田は顔をグチャグチャにして泣いていた。

「お、俺は、か、カシラについて行きたいです……。運転手でも使いっ走りでも何でも」

新田は土下座して懇願した。一生貴方についていきたいと。尾乃田は困った顔をして、ハハハと笑いながら新田を立たせる。

「そうやな、お前はちょっと心配やな。じゃあ、ついてくるか？」

「はい――！」

満面の笑みの新田と尾乃田とは正反対に、側にいた高柳は少し面倒臭そうな顔をしていた。

雅姫と尾乃田は夜になってようやく住吉の自宅に到着した。高柳は片付けがあると言って、二人を送り届けた後に組事務所に戻っていく。仕事熱心な側近だと二人は心底感心した。

久しぶりの自宅は懐かしい匂いがし、二人で安堵の表情を浮かべた。もしかしたら、ここにはもう戻ってこられないかもしれないと思っていたのだから。

「雅姫、お前、警視庁の官僚に知り合いでもおるんか？」

キョトンとした雅姫は、ブンブンと首を左右に振っている。そして、尾乃田を見つめながらゆっくりと口を開いた。

「高柳さんの大学の先輩だそうですよ、警察のキャリアの方。チラッとだけお二人でいるところを見ました。尾乃田さんには言うなって言われていたんですけれど……。多分、その方のお陰だと思います」

「……そうか。高柳には一生頭が上がらんなあ」

尾乃田はグッと天井を見つめ黙っていた。雅姫も尾乃田にしがみついて顔を胸に押し付ける。二度と離れたくないと……。

「雅姫、俺はもう極道じゃなくなった。堅気の男や。しかも無職のな」

乾いた笑いをする尾乃田は、留置所生活の疲れで少し痩せていた。

「こんな俺でも、ホンマにお前は一緒におってくれるんか……？」

尾乃田に押し付けていた顔をゆっくりと上げて、雅姫は彼の三白眼を見つめている。二人の視線が交差し、短い沈黙が途切れた。

「極道だろうと、堅気の男だろうと、無職だろうと、尾乃田さんは尾乃田さんです。私が愛した貴方に変わりない……」

「そうか……。お前を愛して良かった。もう、けっこ——」

尾乃田はある言葉を言いそうになり、途中でそれを呑み込む。雅姫に会えた嬉しさから忘れていたが、重要なことが二人の前にまだ立ちはだかっていた。尾乃田は極道ではなくなったが、すぐに綺麗さっぱりとはいかない。五年は現役ヤクザと同じ扱いをされる。抜け道は幾らでもあるが、どこから手をつけようかと尾乃田は考え込む。

「結婚はちょっと待った方がええやろなあ……。ハア……」

折角二人を悩ませる「極道」という障害がなくなったというのに、大手を振って籍を入れられないあの制度を思い、尾乃田は恨めしく溜め息を吐いた。当面は内縁の妻になることを雅姫は嫌がるだろうかと考え、頭を掻きむしる。

「心配しないでください。私は何があっても貴方から離れるつもりはないです。結婚だって今すぐでなくても大丈夫……。ただ、側にいたいだけ」

雅姫と尾乃田の唇がゆっくりと重なる。耳鳴りがしそうなほどに無音の空間で、時が止まったようだと二人は感じた。この世に愛し合う二人しか存在しないような錯覚。スッと唇が離れ、互いの目を再度見つめ合う。

「お前は俺のたった一人の女や……。お前さえいれば他に何もいらん」

「私も尾乃田さんさえいれば、他に何もいりませ――」

雅姫が最後まで言い切るか言い切らないかで、尾乃田が雅姫の唇を激しく奪う。歯列をなぞり舌を絡ませ、唾液を互いに交換し、ハアハアと熱い息を吐き出す二人。我慢ができなくなった尾乃田は、雅姫を担ぎ上げて寝室に向かう。

寝室のベッドの上に優しく雅姫を乗せて、キスをしたまま服を脱がしていく。雅姫が尾乃田のボクサーパンツに触れたときに、既にガチガチに勃ち上がっている剛直に気が付いた。

二十一日間も触れることがなかったそこは、先走りで先端が既に濡れている。早く雅姫の中で爆発したいとピクピク震えていた。

尾乃田は向かい合った体勢で雅姫を抱き上げ、一気に剛直を卑裂に突き刺す。

「あ、ひっ！　あぁぁぁ――――、ああ、イイ！」

雅姫は挿入の衝撃で軽く達してしまった。尾乃田もまた、久しぶりに味わう雅姫の肉壺の気持ち良さにすぐさま放出しそうになったが、必死に堪《こら》える。

「雅姫、お前のココはホンマに極楽や……。チ〇ポに纏わり付いてきて、グッと締め付ける。これを味わったらお前以外は抱けん……」

尾乃田は雅姫の臀部を支え、両足を腰の位置で交差させる。更に腕を尾乃田の首の後ろで交わらせると、雅姫は尾乃田の口内に舌を滑り込ませてきた。互いに舌を絡ませ合いながらも、尾乃田は剛直の抜き差しの勢いを緩めない。一層激しく雅姫の臀部を上下に揺する。卑猥な蜜でテラテラと光る肉棒が、雅姫の肉壺から淫らに出入りしていた。結合部分は泡立った愛蜜でグッショリと濡れ、周囲に雫が飛び散る。

淫猥な音が室内でこだまし、同時に荒い息がハアハアと聞こえる。室内全体に妖艶な空気が満ちているようだ。尾乃田はおもむろにルーフバルコニーに続く大きなドアを開け、雅姫と繋がったまま外に出る。一瞬何が起こったのかと雅姫は驚くが、すぐさま尾乃田に口内を激しく貪られ、どうでもよくなった。

住吉のマンションのルーフバルコニーは四階なので、外からも目視でき、音だって聞こえるかもしれない。隣のマンションからは確実に見えるだろう。尾乃田は雅姫をルーフバルコニーの柔らかい人工芝の上に下ろし、ニカッと三白眼を歪ませながら笑っていた。笑う尾乃田の背後に大きな満月が見える。雅姫の秘部から離れた尾乃田の強大な剛直は、天を向いてピクピクと揺れていた。

「尾乃田さん、来て……。私を月の下で抱いてください。貴方のモノだと世界に知らしめて」

雅姫は尾乃田の両肩にある牡丹の刺青を優しく撫でている。尾乃田は自分の愚息を撫で回しながら雅姫を見つめ、舌舐めずりをしつつゆっくりと卑裂に愚息を宛がった。

「お前の中を俺で埋め尽くす。何度も何度も吐き出して、溢れ出てきたら、次は後ろの穴に入れたる。お前が一生俺のモノやという印や……」

ズブッという音と共に尾乃田の剛直が雅姫の蜜壺の中に深く沈んでいく。二人は野生の動物のように月明かりの下、激しく何度も抱き合い、何度も絶頂を繰り返した。

久しぶりの交わりを朝まで存分に楽しみ、尾乃田は満足げにベッドルームのベランダで煙草を燻《くゆ》らせる。雅姫は先程寝入ったばかりで、スウスウと可愛らしい寝息を立てていた。

そのとき、尾乃田のスマートフォンが着信を知らせる。相手は高柳だった。

「何や？　……そうか無事か。ああ、わかっとるわ。予想はしとった。後の準備は任せる」

高柳からの連絡で海外の隠し口座は全部無事だとわかった。資金面では何の心配もない。ただ、このまま神戸にいるのは命の危険があるかもしれないとのことだった。折角気に入っていたこのマンションも手放さなくてはいけない。尾乃田はベランダの塀を拳で大きく叩く。

「懲役なく、帰ってこられただけでもありがたいんやからな。文句は言ったらあかんな……」

高柳が既にこちらに向かっているので、あまり時間に余裕はない。尾乃田は急いで荷造りを始める。騒がしい音に気が付いたのか、雅姫がのそりとベッドから起き上がってきた。

「尾乃田さん？　どうしたんですか？」

「悪いけどすぐに神戸を離れんとあかん。ここには戻ってこんから、必要なものを荷造りしろ」

雅姫は慌ててクローゼットに向かい、尾乃田の荷造りを手伝った。


三十分もしないうちに高柳が到着して、室内に合鍵で入ってきた。

「カシラ、取り敢えず東京に向かいましょう。……新田とは後日合流します」

新田のパートはどうでもよさそうに、尾乃田に報告する。

「おいおい、カシラは止《や》めろ。俺はもうカシラちゃうぞ」

尾乃田は苦笑いしながら高柳に告げた。

「え、いや、……では、尾乃田さんで……」

高柳は少し恥ずかしそうに呟いた。まんざらでもないと尾乃田は喜んで高柳の肩を叩く。雅姫は二人のやり取りを、微笑ましそうに見つめていた。

十四．最終章

雅姫たちが東京に移り住んで三年が経った。

当初はホテル暮らしだったが、尾乃田が気に入ったタワーマンションを見つけて購入し、そこに引っ越した。もちろん、暴排条例のせいでマンションの購入ができない尾乃田に代わり、名義は雅姫になっている。同じマンションに住む高柳の部屋も雅姫名義になっていた。場所は港区で、なかなか景色の良い上層階だ。建物は和と洋が融合するデザインで、部屋からは東京湾も見える。建物全体のデザインは住吉のマンション、立地は少し神戸ハーバーランドのマンションに似ていると思って二人は購入を即決した。

結局住吉のマンションにあった家具などは全部処分してマンション共々売却。常磐会の縄張りである兵庫には簡単に帰れないためである。

雅姫は神戸の女子大を退学して、東京の某私立大学の通信課程に入学した。神戸の女子大に一年以上在学し、かつ三十単位以上の修得があったので、英語課通信課程の二年生に編入することができた。今は卒業を控えた四年生だ。

尾乃田はあの事件の後、国外に会社を設立し、手広く不動産業からネットビジネスまで手がけている。尾乃田が代表取締役兼ＣＥＯで、高柳は秘書だ。東南アジアに米国用のコールセンターを作り、格安でクレーム処理の電話応対をする会社まで作っていた。尾乃田のビジネスの才能に雅姫は心底感心し、将来は自分も何か手伝おうと意気込むが、高柳からは「邪魔になる」と邪険に扱われる。組に上納金を払わないでいい分、尾乃田は前よりも羽振りが良さそうだ。

雅姫は両親とは絶縁したままだった。戸籍からも除籍し、書類上も篠田家とは無関係になった。兄とは内緒でたまに連絡を取り合うが、業務連絡的なメールの内容で、会って話すこともしていなかった。

新田はサエと結婚して共に東京に引っ越してきており、尾乃田の会社で真面目に働いている。サエはもうすぐ出産を控えていた。幸せそうな二人を微笑ましくも羨ましく思う雅姫は、自身の何も光るものがない左手を見つめている。

「結婚したも同然って言うけれど、やっぱり少し寂しいなあ……」

つけっぱなしのテレビの画面には、最近聞き慣れた名前の男のニュースが映っていた。

『兵庫県警は先日、違法薬物製造販売の罪により使用者責任で逮捕した、平畏組系常磐会組長の柴元浩二《こうじ》を、三年前、他殺体で発見された富田瑠璃子さんの殺害容疑で再逮捕しました。富田瑠璃子さんの体内から発見されたDNAと柴元容疑者のものが一致したのが逮捕の理由とのことです——』

雅姫は黙ってニュースに聞き入り、心の底から璃子の冥福を祈った。

夕飯を軽くすませ、雅姫はふとクローゼットにかけてある袴を見て微笑む。そう、明日は大学の卒業式。雅姫はようやく大学を卒業できる。子供のときから親に押し付けられてきた進路だったが、今回は自分で選んだ大学なので結構気に入っていた。

尾乃田と高柳は出張で東京にはいない。明日の式には戻ると言っていたが、雅姫は無理しないでと二人に告げている。

「明日も早いし、今日は早く寝よう！」

雅姫は今日は少し早めに、独り寝には大きいベッドに潜り込んだ。

＊＊＊＊

「雅姫ちゃん！　遅れるで、早く早く！」

この日、新田とサエがマンションまで迎えに来てサエに袴の着付けをしてもらい、一緒に大学の卒業式会場まで行くことになっていた。だというのに見事に寝坊してしまい、雅姫は慌てて髪をセットする。スマートフォンには地元の友人、美希からメッセージが入る。

『雅姫、卒業おめでとう！　今度そっちに息子を連れて遊びに行くね』

美容学校で知り合った元ヤンの彼と結婚、次いで離婚した美希は、シングルマザーとして、美容師をしながら逞しく一人息子を育てていた。美希には尾乃田のことを全部話したが、全く気にならないと、その後も普通に接してくれている。

「雅姫ちゃん落ち着いて。ちゃんと着付けしたるから！」

意外と器用なサエが、身重の身体で手際よく着付けをしていく。何もできない雅姫は恥ずかしそうに下を向いた。

「恥ずかしい……。私、何もできないなんて。使えない女よね……」

ズーンと肩を落として下を向く雅姫。新田とサエはキョトンとした後、ゲラゲラ笑いながら二人で雅姫の肩をポンポンと叩いた。

「いや〜、雅姫ちゃん。あんな猛獣を扱えるのは雅姫ちゃんだけやで？」

「そうそう、カシラ、いや取締役のことを注意できるんは雅姫ちゃんしかおらん！」

「そ、それは、あまり嬉しくないかも……猛獣使いの称号なんて」

そう話しながら三人は笑顔で部屋を出ていった。

今年は暖冬のために桜の開花が随分早く、卒業式シーズンに桜が咲いている。街は綺麗にピンクがかった色に覆われていた。雅姫が今日のために選んだのは、尾乃田に買ってもらった古典的な柄の着物。それと合わせた深緑の袴には、しだれ桜の刺繍が施されていた。たった一日着るだけなのでレンタルでいいと伝えたが、「折角の卒業や！　思い出にええもん買え」と尾乃田が聞く耳を持たなかったのはいつものこと。

雅姫は大学の側の桜並木をゆっくりと進む。通信課程だったので、一般学生とは違い毎日通いはしなかったが、何度も通った大学までのこの道を、一歩一歩踏みしめて歩く。ザワザワと行き交う人々の声の中から、「キャー、モデルかしら？」「ちょい悪系？」などという黄色い声が聞こえ出し、雅姫は大学の正門の方向をジッと目を凝らして見た。そこには雅姫の知っている大きな影が佇んでいる。

「雅姫ー！　ここや」

主張されなくても十分にわかるその大きな影は、高級スーツに身を包み、三白眼をグッと垂らして笑う。

「尾乃田さん！　間に合ったんですね」

雅姫は笑顔で尾乃田に駆け寄り、ワーッと派手に抱きついた。映画のワンシーンのような二人は、人々の注目の的だ。視線に気が付いた雅姫が少し恥ずかしそうに尾乃田から離れたが、尾乃田は再度グッと抱き寄せて唇を奪った。同時に「キャー」と甲高い声が周りで上がっても、雅姫と尾乃田には外野の音が全く聞こえない。周りを気にしない二人は何度も唇を合わせる。

そしてゆっくりと唇を離し、互いの目を見つめ合う。

「……ゴホン。そろそろ、会場に向かわないと卒業式に間に合いませんよ」

白々しい咳と共に高柳が二人を急かす。

「わーとるわい！　お前もちょっとは気を利かせんかいー！」

ブツブツと愚痴を言いながら尾乃田は雅姫をエスコートし、桜並木の中、講堂まで互いを見つめ合いながら歩いていった。その後ろには高柳、新田とサエが続く。きっと傍目《はため》には一体何の繋がりなのかと奇妙に見えていただろう。ちぐはぐなように見えて、この集団は深い絆で結ばれているのだ。

「雅姫、卒業おめでとう」

「ありがとうございます、尾乃田さん」

笑顔の二人は卒業式の会場に入っていった。


卒業式の後、みんなで馴染みのレストランに行ってお祝いし、二人はマンションに戻ってくる。下階に住む高柳は部屋には帰らずに、どこかに出かけていく。尾乃田の逮捕の件で、連絡を取り合うようになった警察キャリアの男と会う約束をしているようだった。

そんな高柳を見送る尾乃田は、お気に入りの側近を取られて不機嫌なのか、「なんかおもんない！」と愚痴っている。雅姫は高柳がその男と会うときは少し嬉しそうなのを知っているので、「良いじゃないですか。尾乃田さんには私がいるのだから」と微笑む。

二人が住んでいる東京のマンションは、本当に見晴らしの良いマンションで、大きなルーフバルコニーへと続く窓から、月が顔を出しているのが確認できる。窓からの景色は、やはり港町神戸に似ている。違いがあるとすれば海は見えても山が見えないこと。東京はコンクリートが永遠に続いており、夜になるとそれが一面の宝石のように光り輝く。

「尾乃田さん、やっぱりこのマンションを買って正解でしたね。本当に綺麗な景色」

「そうやな……ええ眺めや。でも、いつかは神戸に帰りたい気持ちもあるなあ……。まりこさんも心配やしな」

もう若くはないまりこは、そろそろスナックを畳んで隠居生活を送りたいらしいが、常連が寂しがってなかなか難しいと漏らしていた。尾乃田はまりこが悠々自適な隠居生活が送れるようにと援助を申し出ているが、まりこが「いらん心配や。自分のことは自分でする！」と拒否をしている。まりこらしいと二人は話しているが、尾乃田はきっと陰で援助をするのだろう。

外の景色をぼんやりと見つめる雅姫を、尾乃田が自分の方に向かせてゆっくりと口を開く。

「もう、随分と前から用意はしとった。ただ、タイミングをいつにしようかと考えてたんや……。ロマンチックなことは苦手やが……」

恥ずかしそうに耳まで赤くした尾乃田が、窓を開けて雅姫をルーフバルコニーまで引っ張っていく。そしてルーフバルコニーの中央で「この辺でええか」と呟き、雅姫と向かい合う。尾乃田の横には大きな満月が見えていた。満月と並んで一層色気が増す尾乃田を、雅姫は少し顔を赤らめて眺める。

尾乃田は雅姫の前に跪《ひざまず》き、映画のワンシーンのようにスーツの内ポケットから小さな深い紺色のハリー・ウィンストンのケースを取り出す。それを開け捧げるように突き出し、雅姫を下から優しく見つめた。そこには、一体何カラットあるのだろうと下世話に考えてしまうほどに大きなダイヤの指輪がキラキラと光っている。

「雅姫、俺にはお前しかおらん。結婚してくれるか？　俺にお前との家庭を持たしてくれ」

雅姫の顔から笑みがこぼれた。答えは決まっている。小さな深い紺色のケースに触れながら、目から大粒の雫がポタポタと落ちていく。尾乃田に出会って、ここに来るまでにあったことが、走馬灯のように頭の中を駆け巡る。親の言いなりで生きてきた雅姫と、人を愛することを知らなかった尾乃田。愛を知らなかった尾乃田は雅姫の純粋さに惹かれ愛を知る。尾乃田は激しい愛で雅姫を包み込み、雅姫は尾乃田の腕の中で安心と安らぎを見つけた。今まで二人が関わった人々の顔が次々と浮かんでいく。どの思い出も、全部尾乃田と一緒だった。これから先もずっと二人で……。

「はい、尾乃田さん！　私にも尾乃田さんだけ……。永遠に一緒にいたいです」

尾乃田は嬉しさのあまり雅姫を抱き上げて、グルグルと回転する。「キャー、目が回る！」と雅姫がはしゃいで笑い出す。

雅姫と尾乃田は見つめ合い、ゆっくりと唇を重ねた。静寂があたりを包み、月光が二人を照らす。下界のざわめきは二人には届かない。

「……もう避妊ピルは飲むなよ、ええな」

尾乃田が口籠もりながら照れを隠すように雅姫に伝えた。

「うふふ……、はいはい、わかりました」

ニッコリと雅姫が微笑む。尾乃田は雅姫を見つめて、左手薬指にゆっくりと指輪をはめた。大きなダイヤは、細い指の上からこぼれ落ちそうなほどだ。雅姫はダイヤを見ながらゴクリと喉を鳴らす。

「お、尾乃田さん……。折角ですが、これは豪華すぎます！　ふ、普段はつけられない。多分、銀行の貸金庫に保管するレベルです……」

雅姫が申し訳なさそうに尾乃田に告げると、尾乃田は「なんでや〜？」と不思議そうな顔をしていた。ここに来てもまだ金銭感覚の相違があるようだ。

「ホンマは給料三か月分を買おうとしたけど、それやったらニューヨークの本店からの取り寄せでも何年かかかるって言われたんや。せやから、そこそこで我慢したんやで？」

不服そうな尾乃田は一体、幾らのダイヤを買おうとしたのかと雅姫はゾッとした。

「尾乃田さん！　これで十分です！　本当にこれで十分――」

明らかに恐縮している雅姫を見て尾乃田は、他にもハリー・ウィンストンのケースを持っている手をそっと隠す。それを横目で見た雅姫は、「ああ、まだあるのですね」と呟く。

「実はお揃いで、ダイヤのネックレスとブレスレットのセットを買ってるんや」

目の前に出されたジュエリーケースから、眩しい光を放つそれらを眺めた雅姫は目眩がしていた。尾乃田に手伝ってもらって身に纏い鏡を見る。「オスカーの授賞式みたい」と言えば、尾乃田は「なんでわかったんや？　授賞式で貸し出したと言ってたで」と笑い出す。

——オスカー主演女優賞にノミネートされた篠田雅姫さんが、レッドカーペットを歩いています。あ、コチラを見て手を振ってくれています〜的な？

雅姫の妄想はハリウッドまで羽ばたいていた。鏡を見ながら手を振って笑顔を振りまく。

「さあ、雅姫。俺らは正式な夫婦になるんや！　ガンガン子作りしよか！」

尾乃田は雅姫を担ぎ上げて寝室に向かってズンズンと歩いていく。いきなりの行動に戸惑う雅姫は、「え？　え？」と混乱したまま担がれ、ベッドの上にポーンと放り投げられた。

バフッとベッドの上で弾んだ雅姫は、体勢を立て直して尾乃田を見つめる。尾乃田は三白眼を揺らしながら妖しく微笑んでいた。これを見せるときは何かがあるときだと、雅姫の第六感が教えてくる。逃げろと……。

「あの神戸の彫師から、ええものが届いてん……。ハハハ、アイツもええ趣味しとるわ。ようわかっとる！」

尾乃田はベッドサイドの引き出しから何かを取り出し、ニヤニヤ笑って雅姫に近付いてくる。

「えぇぇ、いやー。な、なんなんですか？　それ……？　想像を絶する卑猥さ……」

尾乃田は三白眼を更に揺らしながらそれをペロッと舐めてみせる。色気の漂う尾乃田の表情は、雅姫の下半身をあっという間に濡らす。あの舌で何度絶頂を与えられたのかと、雅姫はゴクリと生唾を呑み込んだ。

「何かは使ってからのお楽しみや～。雅姫、今夜も朝まで極楽を楽しもか……」

尾乃田は逃げる雅姫の片足を掴み上げる。こうなればもう逃げられない。後は尾乃田の与える快楽に呑み込まれていくだけだ。

「いや――――――ん！」

雅姫の悲鳴が嬌声に変わっていき、最後は強請るように腰を振る。そうしていつもの長い淫猥な夜が明けていくのだった。

月下美人

全てを溶かしそうな熱が漂う、蒸し暑い夏の午後。尾乃田は雅姫と隅田川の越中島乗船場にいた。

少し先を歩く雅姫がこちらを振り返り、にこりと微笑む。彼女が履いている下駄がカコンと乾いた音を鳴らした。

「私、屋形船って初めてなんです！　もう、昨日から興奮して寝られなかったくらい」

白がベースで月下美人が描かれた浴衣を着た雅姫は、匂い立つほどに色っぽい。すれ違う男たちが見惚れているのが視界に映る。

初めて会ったときはまだまだ青さの残る蕾だったが、今では尾乃田に幾度も抱かれて艶やかに開花した。しかし、世の男どもは知らない。雅姫はベッドの上で更に美しくなることを。

「俺も隅田川の花火は初や。東京に移ってから、夏は大体仕事で日本におらんかったしな」

尾乃田の下駄もカコンと音を鳴らす。今日は近江ちぢみを使用したグレーがベースの縦縞浴衣を着ていた。雅姫の浴衣と一緒に仕立てたものだ。

「昔は神戸や淀川花火大会にようぃったなあ」

「尾乃田さんってお祭り好きそう！」

「花火や祭りは昔から大好きや」

「褌で御神輿とか？」

「……それはない」

ヤクザと祭りは切っても切れない関係だ。

尾乃田が神戸で所属していた組織はテキ屋系ではなかったが、若いときは祭りがあると見回りに駆り出された。

「神戸の花火大会の後は相棒と……、朝までよう飲んだわ」

もう戻ることはできない、あの血気盛んだった若かりし日々。遠い昔の記憶が鮮明に蘇った。兄弟と呼び合った相棒と、自分を慕う何人もの若い組員を連れて夜の街を練り歩いていた。一人一人の顔が頭に浮かび懐かしくなる。

一瞬、尾乃田は目を瞑るが、頭を左右に振って目の前の現実を見た。視界に広がるのは優しく微笑む雅姫の笑顔だ。手放したくない平和な日々の象徴ともいえる。

「相棒って高柳さんですか？」

強い日差しを避けるように雅姫が手をかざすと、婚約指輪がキラリと光る。

春にプレゼントしたものは大きすぎると言うので、普段使いに1カラットのラウンドカットのソリティアタイプを追加で購入した。尾乃田は貧相だと思っていたが、雅姫は気に入っているようだ。

空に掲げた手の浴衣の袖が、夏の熱風にゆらゆらと揺れていた。さりげない仕草にも艶やかさが滲んでいる。本当にいい女になった。

「いや、違う奴や。アイツに会う前やな」

「そうなんですね。私は地元の花火大会の思い出しかないかも。あれ？　それっていつまでだっけ？　小学生？　たしか中学は受験勉強で……。ふう、暑くって思い出せない」

彼女の結い纏めた髪から少し後れ髪が見え、そこがしっとりと汗で濡れていた。

「大丈夫か？　船の中は空調が効いているからもう少しの辛抱や」

「大丈夫です。ちょっと帯をきつく締めちゃっただけですから」

以前は尾乃田が着付けをしてやっていたが、最近は新田の嫁のサヤと着付け教室に通っているらしい。今日は自分で浴衣を着ると頑張っていた。

「帯はすぐに解いてやるから心配いらん。裸で花火鑑賞や」

笑いながら告げると、雅姫が腹に肘鉄をお見舞いしてきた。

相乗り船の乗船客が溢れかえっている場所から少し進むと、一艘貸し切り用の乗り場がある。尾乃田が手配したのは貸し切りだ。そしてちょっとした改装もしてある。

係の者の案内で船内に入ると、すかさず雅姫が声を上げた。

「え？　貸し切りって聞いてましたが、こ、これは……？」

「貸し切り言うたらこれやろ？　何を寝ぼけとるんや」

船内の畳から上は遮光のガラス張りで、外が１８０度見渡せる。そして中央には大きなベッド。もちろん、屋形船らしく掘りごたつも完備していた。

「ベッドを運び込むのに苦労したらしい。なあ？」

船頭の男が苦笑いを浮かべて頭を下げた。

「念の為に聞きますが、このガラス窓は外から中は見えませんよね……？」

眉間に皺を寄せた雅姫がこちらを見ている。その様子が可愛くて思わず意地悪をしたくなってきた。

「当たり前やろ！　丸見えや。お前の乱れる姿を他の屋形船の奴らに見てもらえ。花火より雅姫のマ◯コを見てってなあ」

尾乃田は大袈裟に笑って見せたが、雅姫は顔を歪めて口を尖らしていた。

「そんなお馬鹿なことはしないし言いません！」

不機嫌そうに離れていく彼女を、少し強引に引き寄せて唇を奪う。

「冗談や。外からは見えん。お前が望むなら見せることもできるがな」

再度、ぎゅっと押し付けた唇の隙間から、どちらからともなく舌を這わせた。舌が艶めかしく絡み合い、いやらしい雰囲気が盛り上がっていく。

「なんや、もうハメて欲しいんか？」

「……まだ、です」

そう言いながらも、雅姫は名残惜しそうに尾乃田の唇をそっと指で触れてくる。

「花火もですが、お料理も楽しみにしてきました。目の前で揚げてくれる鱧の天ぷらが食べたいです」

「チッ。しゃあないなあ」

料理人兼世話係として同乗している者に目配せをする。彼は礼をして素早く食事の支度を始めた。

二人は船内で揚げたての天ぷらに舌鼓を打つ。お造りにお吸い物と茶碗蒸し、和牛の陶板焼きなどを楽しんだ。そのうち花火も上がりだし、二人で料理を食べながら鑑賞する。

「とても綺麗！　スカイツリーとのコラボがいい！」

「綺麗やけど、花火がちょっと小さないか？」

「こんな街中だからこの大きさが限界なんじゃないですかね？　十分大きいですよ」

「神戸も淀川も夜空に特大花火がドンってなあ。音が心臓に響く感じや。こんなもんちゃうねん」

関西と東京をついつい比べてしまい、フッと笑いが込み上げる。雅姫も釣られて笑っていた。

墨田川は屋形船がひしめき、大渋滞となっていた。

一つ打ち上がるたびに、屋形船内に届く程の大きな歓声が聞こえてくる。

一時間半もある長い打ち上げ時間に少し飽きだしたような雅姫は、向かい合って座っていた掘りごたつから移動し、尾乃田の真横に座り直す。

最近は尾乃田と日本酒も少しなら嗜むようになった彼女は、空いたお猪口にお酌をしてくれる。そのまま自分のものにも注ぎ、クイッと飲み干しながら少し赤い顔をこちらに向けた。そして、意味ありげな視線を送ってくる。尾乃田はその意味をすぐに理解した。

「悪いが二人きりにしてもらえるか？」

尾乃田の言葉を耳に入れ、係の男性は手早く料理を片付けて操縦室へと向かった。

雅姫を胡座に跨がせ座らせる。キスを交わしながら、欲情に濡れた彼女の瞳を覗き込んだ。

「どうして欲しいんや？」

「んっ……。激し目にだい――」

最後まで聞かずに浴衣を左右に引っ張り脱がす。帯も乱暴に解いた。

肌襦袢の上からツンと突き出た小さな突起をいやらしく舐める。唾液に濡れた肌襦袢から突起が透けて見えだし、ピンクで小ぶりなそれに歯を立てた。

「あっ！　やぁ！」

夜空に浮かぶ花火を背景に、月下美人が悶え出す。

何度も繰り返される舌先の愛撫に、もどかしさを感じたのか自分で乳房を肌襦袢から出した。

「直で……舐めて、吸って、かん……で」

艶めかしく見つめられ、ぞくっと背筋が痺れた。熱の塊が下半身に集まっていく。

「ホンマにエッチな女や」

尾乃田は雅姫の豊満な胸を吸い、指先で秘部に触れる。下着は当たり前だが履いていない。

「濡れ濡れやないか。乳首だけでこれか？」

「だって……久しぶりだから」

尾乃田は海外出張が多く、雅姫と過ごすのは一か月ぶりだった。

神戸から東京へ引っ越してから新たに始めた事業が好調で、目が回るほどに忙しい。毎月のように世界を飛び回っていた。

「せやな。ちょっとお預けが長かったか」

剛直は既に浴衣を押して勃ち上がっている。それを濡れた淫花に今すぐにでも挿入したくなるが、夜は始まったばかりだ。

乳房を乱暴にこねくり回しながら、肉棒で割れ目を何度もなぞった。

我慢ができないのか、雅姫が腰を激しく揺らす。

「もう……いれ……てください」

「待てができんのか？」

「でき……ないの。もう、待てないです」

「じゃあ、自分で入れてみろ」

肉棒に手を添え、雅姫が大きく息を飲む。

「いただき……ますぅ。あっ！　くぅ！　んぁ……」

腰をゆっくりと落としながら、雅姫の下の口は肉棒を頬ばる。

「どうや？　旨いか？」

「はい……おいしいのぅ、ひぃうぅぅ！　やあっ、大きい」

雅姫は太陽の下が似合う清楚な女だったのに、月の下で淫らに狂い咲く月下美人となった。いやらしく腰をくねらせ、結合部分を見せつけるように男の上で踊る。尾乃田がそう育てたのだ。

「綺麗や、ほんまに」

淫らなことなど知らずに、慎ましい女として普通の男と出会っていたら、雅姫は今どんな人生を送っていたのだろう。幸せな結婚をし、子を産み、あの両親に孫を抱かせていたのかもしれない。

「……雅姫。お前、今、幸せか？」

口から勝手に言葉が漏れる。騎乗位でいやらしく腰を振っていた雅姫が、フッと微笑んだ。

「んっ……、あぁん！」

問いかけに対する返事はなかったが、腰の動きが早まり蜜肉をギュッと萎めて肉棒を包み込む。

それが答えのようだった。

「いっぱい中に出してぇ……ください ね」

「ああ、出したる。覚悟せいよ！」

尻タブを掴んでいた右手を移動させ、愛蜜で濡れた後孔へと滑り込ませる。

「あっん！　やぁ……」

「何が嫌じゃ。お前の大好物やろ？」

「だって。同時……は、はげしぃぃ！」

尾乃田は猛然と腰を突き上げ、極太の肉棒を使って雅姫の中を掻き回す。突き上げる度に愛蜜が周囲に飛び散った。

「ちゃんと掴まっとけよ！　子宮深く届くまで中をぶち抜いたる！」

「ひぃぅぅぅ！」

雅姫が一段と大きな嬌声を放つ。

下から何度も突き上げて、同時に後孔の指を動かした。

「いくぅぅぅ！　だめぇー！　死んじゃう！」

騎乗位だからといって雅姫に主導権は与えない。常に尾乃田が性行為の舵を取る。

「ほらほら！　イッてまえ！　潮を吹け！」

雅姫の身体が弓なりに仰け反り、愛蜜が淫部から噴射した。

顔に少し飛び散った愛蜜を舐め、尾乃田はニヤリと笑みを浮かべる。

「俺の顔に顔射か？　ええ身分やなあ」

後孔に挿れていた指を抜き、その手で雅姫の尻タブを叩く。

「あんっ！」

「お仕置きじゃ。覚悟せぃよ！」

尾乃田は側に置いていた小さなリモコンに触れる。そしてあるボタンに指を乗せた。

「これを押せば外からは丸見えや。皆、花火に夢中やろうけど、誰かは気が付くかもしれんな」

もちろん、そのボタンにそんな機能はない。ただ天井部分が開くだけだ。それに二人の行為の音は、花火と周囲の観客の声で聞こえはしない。

「やだぁぁ！　駄目ぇ」

尾乃田からリモコンを奪おうとする雅姫を横目に、ボタンを押す。天井が静かに開いていった。

「天井が開いたらセンサーが感知して、外から中が見えるようになる仕組みや。テクノロジーってやつは凄いもんやなあ」

作り話を真剣な顔ですれば、雅姫が涙目になっていた。

「だ、だめぇ……」

雅姫を繋がったまま担ぎ上げ、軽々と駅弁スタイルにする。そして窓の側へと移動した。

「繋がっとる部分が丸見えやろなあ」

「やだぁぁ！」

口で嫌だと言いながらも雅姫は根っからのMなので、この状況に興奮しているようだ。愛蜜の滴りが半端ない。

尾乃田はそのまま雅姫の腰を抱えて引き上げた。愛蜜に濡れ熱り勃つ肉槍に外気が触れだす。ギリギリまで引き上げて、尻の重みを利用し肉槍に突き落とした。

「ひゃうぅぅぅ！」

何度も繰り返せば、雅姫は口を開けて声にならない嬌声を上げ続けた。

「もっと見せたれ。お前が乱れる姿を！」

ベッドへと移動し、後背位となり激しく腰を振る。雅姫は尻を高く上げて顔をベッドに押し付けていいた。絶頂を迎えすぎて意識が遠のいているのかもしれない。

「気絶するなよ！」

尻タブを叩けば色白の肌が桜色に染まった。尻を左右に開きながら、結合部分を眺めると更に興奮度が増す。肉棒と一緒に動く蜜肉は赤く熟していた。蜜を溢れさせ、もっともっと突き刺せと誘惑し、肉棒に熱を集まらせる。

肉棒を引き抜き、濡れた淫花に吸い付く。ジュッとわざとらしく音を出し、愛蜜を吸い込み周囲を舐め尽くす。後孔は舌で穿り、クリトリスには歯を立てた。そして再度一気に奥まで突き刺す。

「あふぁぁ！　やぁぁぁ、イイぃ……！」

怒濤の動きで突けば、愛蜜がトロトロと垂れ落ちてくる。肉棒を引き抜いて愛蜜を舐め干すのを繰り返した。

突かれてイキ、舐められてイクを繰り返す雅姫は絶頂の底なし沼に落ちている。

「尻で出すのとマ○コで出だすの、どっちがええ?」

パーンと再度尻を叩く。

イキすぎて気絶していた雅姫だが、頭を少し動かして顔をこちらに向けた。

「お、お尻は……嫌です。だって、お風呂がないから」

確かに屋形船には風呂はない。二人のアナルセックスは風呂での二戦目もセットだ。出したものを掻き出してやり、そしてまたはめるのがお約束。尾乃田はチッと舌打ちをした。

「ほな、どうして欲しいんや?　ちゃんと言えよ。教えたやろ?」

「ま、雅姫の……尾乃田さん専用、エッチなおマ○コに出してください」

その言葉を耳に入れ、尾乃田はニヤリと三白眼を歪めて笑う。

「ガンガン突いて溢れるほど出したるわ!」

腰を激しく叩き付けるように振る。そのたびに結合部分から愛蜜が飛び散った。

「やぁだ……激しい!」

肉と肉がぶつかる渇いた音が船内に響く。外では連続で花火が打ち上がる音がしていた。

「またイッちゃう!　あぅっぅ、あふぁぁ」

「待っとけ。同時や!」

迫る射精感に、尾乃田は猛然と腰の動きを加速させる。

「出すぞ！」

「ひぃうぅぅ！」

ビクンビクンと大きく脈動しながら、白濁が鈴口から飛び出す。膣奥の行き止まりにぶち当たったそれが、逆流するように肉棒と膣肉に絡まっていく。

熱い滾りは止めどなく何度も噴出していた。

「かぁはぁぁ！」

最後の一滴が出たとき、雅姫と尾乃田はガックリとベッドに崩れる。

外ではフィナーレの花火が打ち上がり、色とりどりの火の粉が夜空を舞っていた。


「尾乃田さん。私、幸せです。貴方に会えて本当に良かった」

「俺もや」

花火大会も終わり、静かになった隅田川で停泊している屋形船はこの船だけとなっていた。

甲板に出て、少し涼しくなった風を二人で浴びる。

すると、興味津々な雅姫が甲板の先へと向かっていく。

「足元に気を付けろよ！」

「大丈夫ですって。あ、タイタニックごっこできそう！」

無邪気に笑う雅姫は子供のようにはしゃいでいた。表情から幸せを謳歌しているのが伝わってくる。そしてそんな彼女を見ていると、尾乃田も幸福な気持ちになった。

今までは過去に傷付けた相手のことなんて微塵も頭になかったが、幸福というものを知り、最近は後悔の念が湧き上がってきていた。

彼女を幸せにすることで、過去全ての悪事を帳消しにできるとは思っていない。

今宵、夜空で光る月は完全な満月ではなかった。まるで真っ当な人間になるにはどこか欠けている自分のようだと思う。

ヤクザ時代に周囲から沢山のものを奪った。同業者、一般市民、刑事など例を挙げればきりがない。

そして今の幸福の基盤は、ある大きな犠牲によって得ることができた。

それはもう終わったことだと、過去に何度も頭を左右に振って誤魔化したが、時々どっと大きな波が訪れて暗闇に堕とされる。

全ての罪を雅姫に話せば楽になるのか。そして、あのことを言えば彼女はどう思うのだろうか。

「……雅姫、じつは――」

振り返った彼女の笑顔を見て言葉に詰まる。

「ん？　なんですか？」

雅姫の艶やかな長い黒髪が揺れて、尾乃田の胸を締めつけた。真っすぐに見つめてくる瞳は澄んで美しい。この世の悪など知らないと言いたげだ。

尾乃田の心の奥底にある深刻なことを、雅姫は笑顔で消し去ってくれる。今、この瞬間も。

「……なんでもない」

自分に向けられた目映い愛を失いたくない。これを繋ぎ止めておけるなら、なんだってする。非道だと非難されようとも、過去の罪から目を背けようとも、雅姫が最も愛する存在であり続けたい。

(全てさらけ出すのは……まだや)

いつかは告げなくてはいけないだろう。自分が過去に何をやったのか。

もし雅姫が自分の元から離れることを選んだとしたら、そのときは――。

「監禁や監禁。雅姫は俺のもんや」

ギョッとした雅姫が声を上げる。

「な、なんですかいきなり。びっくりした！」

「お前、そういうプレイ好きやろ？」

「いや……べ、別に好きとか」

しどろもどろな雅姫の頬が赤く染まる。

「亀甲縛りとかやってみるか？　明日辺りどうや？　今すぐ手配するぞ。蝋燭は——」

「しません！　絶対に！」

「久しぶりにバイブ突っ込んで放置もええな」

「だ、だからしませんて！」

過去のことを思い、ズキズキと痛む心はいつしか消えてなくなるだろう。犯した罪も、いずれ許される日が来るかもしれない。

あの世界とはもう関わらないと決めた。愛する女を守るために。

ヤクザの尾乃田はもういない。今、存在するのは実業家の尾乃田だ。

(過去の俺は消えてなくなる。全ての業とともに)

今までの自分の生き方を全て否定してもいい。雅姫がいてくれるなら——。

「それでええ……」

尾乃田は雅姫に見えないようにグッと握り拳を作った。静かだが大きな決意だ。

「おい、雅姫。今度はスカイツリーを貸し切って頂上でハメたろか？」

「……結構です」

断りながらもどこか期待しているような表情の雅姫を担ぎ上げる。

「さあ、もう一戦やっとこか！　タイタニックやったらそこの先端でヤルか？」

「え？　ちょっと……！　やぁあん！」

二人は明け方まで屋形船で楽しむこととなった。

あとがき

「はじめまして」又は「お久しぶりです」、寺原しんまるです。

『野獣な若頭はウブな彼女にご執心』文庫版を御購入いただきありがとうございます。

初の紙の本！　それも私の処女作での文庫化となりました。感無量です。

この小説は二〇二一年に電子書籍として販売され、今回、書き下ろしを追加して文庫化しております。前回購入いただいた皆様にも楽しんでいただける内容となっていますが、いかがでしたか？　書き下ろしでも「尾乃田節」は健在で、エロエロ展開でした。ハッスルしすぎて屋形船が沈んじゃうぜって感じですね。

書き下ろしの舞台となった屋形船ですが、この夏に隅田川の花火大会へ取材兼観光で行ったんですよ。屋形船も乗ってみました。ええ、凄かったです。船酔いが。

花火どころではなく、終始フラフラでした。普通は屋形船は酔わないらしいですが、この日の墨田川は大渋滞しており、予想より揺れたと従業員の方がおっしゃっていました。

折角の取材の機会でしたが、あまり役には立たなかったかも知れません。屋形船の思い出は、酔い止め目的で食べた大量の「焼酎お湯割り用の梅干し」でいっぱいです。美味しゅうございました。因みに船内で出された美味しそうな料理は全く食べられませんでしたよ。

さてさて。この小説に登場する人たちですが、書いていて本当に楽しいです。自分で生んだキャラたちですが、マジで濃いなと。書き下ろしや初回限定SSで久しぶりに動かしてみましたが、あっちこっちとスルスル動いてくれる。良いキャラたちです。

読書後の感想で「高柳が不憫で可哀想だけどイイ」と言われる方が多い印象です。私も高柳は好きなキャラです。尾乃田への思いは成就しませんでしたが、きっと彼は尾乃田が幸せならそれで良いって思っていそうだなと。尾乃田の若いときを支えた糟糠の妻（？）。尾乃田が大物幹部になったら若い女に取られちゃった最高の不憫キャラ！

機会があれば尾乃田と雅姫のお話をもっと書いてみたいですね。この小説で構築した世界観が、この先も続くと良いなと思っております。アイデアはいっぱいあります。今回が好評だったら続くかも知れません。

前回に電子書籍を出していただいてから、少し期間が空いてしまいました。寺原お前は何してたんだと思われる方もいるかも知れません。寺原は地べたを這いつくばっておりました。引っ越しを短期間で二回。しかも、一回目の引っ越し前にコロナに罹り、後遺症に悩まされながら、大陸横断ウルトラクイズのように、三日掛けて米国大陸の端から中央部までお引っ越し。旦那の手違いで、私が中型トラックを運転しないといけなかったんですよ。引っ越し横断中は優雅に旦那の横で寝るつもりだったのに。因みに私は中型トラックの運転はできます。砂漠を走る中型トラックに私と息子（旦那は娘と愛犬と別のトラック）。離婚して新天地に向かう途中だと各所で勘違いされ、みんなに励まされました。コーヒー買ってくれたトラックの運ちゃんもいたなあ。人って優しい～。因みに私は北米に二十年以上在住しています。

借り住まいから本住まいへ二か月で移り、ケチったために自分たちで家具も運びました。まあ、家具は旦那が一人で担いで移動させてましたね。私は大きいのに少し手を添えただけ。そんな二回の引っ越し作業で腰を痛めた私は、十か月ほどまともに椅子に座れなくなったんです。今はほぼ完治しましたが、大変でした。執筆も痛みで集中できなくて散々でした。まともに文章が綴れないんですよ。痛覚って精神的にもくるんですね。

この潜伏期間は、東京方面に足を向けて寝られないほどに担当のO編集様には御迷惑をお掛けしました。いや、現在進行形で御迷惑をお掛けしております。何だかマヤと月影先生のような関係だと勝手に思っています。この辺の話はまた別の機会に。

担当編集様、藤浪まり先生、表紙デザイナー様、Jパブリッシングの編集部と営業部の皆様、この本の出版に携わってくださった全ての皆様、本当にありがとうございます。

いつも私を支えてくれる家族、友人全員に感謝です。

最後になりましたが、私の小説を楽しみにしてくださっている読者様へ。いつもありがとうございます。皆様の応援があったから辛いときも頑張れました。

そう遠くないうちに、皆様のお手元へ新しい小説を届けられるよう頑張ります。

二〇二三年十月

寺原しんまる

チュールキス文庫 more をお買い上げいただきありがとうございます。
先生方へのファンレター、ご感想は
チュールキス文庫編集部へお送りください。

〒102-0073　東京都千代田区九段北3-2-5　5F
株式会社Jパブリッシング　チュールキス文庫編集部
「寺原しんまる先生」係　／　「藤浪まり先生」係

✦チュールキス文庫HP✦http://www.j-publishing.co.jp/tullkiss/

野獣な若頭はウブな彼女にご執心

2023年11月30日　初版発行

著　者　寺原しんまる

発行人　藤居幸嗣

発行所　株式会社Jパブリッシング
〒102-0073　東京都千代田区九段北3-2-5　5F
TEL　03-3288-7907
FAX　03-3288-7880

印刷所　中央精版印刷株式会社

定価はカバーに表示してあります。
万一、乱丁・落丁本がございましたら小社までお送り下さい。

ISBN978-4-86669-626-3　Printed in JAPAN